U1017562

［乌拉圭］
爱德华多·加莱亚诺 著
张伟劼 译

Patas arriba

La escuela del mundo al revés

颠倒看世界

天津出版传媒集团
百花文艺出版社

图书在版编目（CIP）数据

颠倒看世界 / (乌拉圭) 爱德华多·加莱亚诺著 ；
张伟劼译. -- 天津 ：百花文艺出版社，2020.2(2021.7重印)
ISBN 978-7-5306-7857-2

Ⅰ. ①颠… Ⅱ. ①爱… ②张… Ⅲ. ①散文集—乌拉
圭—现代 Ⅳ. ①I782.65

中国版本图书馆CIP数据核字(2019)第287454号

PATAS ARRIBA. LA ESCUELA DEL MUNDO AL REVÉS by EDUARDO GALEANO
Copyright: © 1998 by EDUARDO GALEANO, originally published by
SIGLO VEINTIUNO EDITORES (SPAIN AND MEXICO), CATÁLOGOS (ARGENTINA),
EDICIONES DEL CHANCHITO (URUGUAY), TERCER MUNDO EDITORES (COLOMBIA).
This edition arranged with SUSAN BERGHOLZ LITERARY SERVICES
through BIG APPLE AGENCY, INC., LABUAN, MALAYSIA.
Simplified Chinese edition copyright:
2020 BAIHUA LITERATURE & ART PUBLISHING HOUSE
All rights reserved.
天津市版权局著作权合同登记章图字 02-2013-294 号

颠倒看世界
DIANDAO KAN SHIJIE
(乌拉圭)爱德华多·加莱亚诺 著;张伟劼 译

责任编辑:赵　芳　　**装帧设计:**郭亚红
作者肖像:邢　程
出版发行:百花文艺出版社
地址: 天津市和平区西康路 35 号　　**邮编:** 300051
电话传真:+86-22-23332651（发行部）
+86-22-23332656（总编室）
+86-22-23332478（邮购部）
网址: http://www.baihuawenyi.com
印刷: 山东临沂新华印刷物流集团有限责任公司
开本: 787×1092 毫米　1/32
字数: 250 千字
印张: 18
版次: 2020 年 2 月第 1 版
印次: 2021 年 7 月第 2 次印刷
定价: 69.80 元

如有印装质量问题，请与山东临沂新华印刷物流集团有限责任公
司联系调换　地址:山东省临沂市高新技术产业开发区新华路 1 号
电话:(0539)2925659　邮编:276017
版权所有　侵权必究

BOOKS
Unique 不可思议之书

作者简介

爱德华多·加莱亚诺，乌拉圭作家。1940年生于蒙得维的亚，14岁时发表政治漫画，20岁起先后担任过记者、编辑、主编。曾被军政府逮捕入狱，后长期流亡。1985年回到祖国。因犀利透彻、充满良知的写作，被誉为“拉丁美洲的声音”。2009年美洲峰会上，查韦斯将其代表作《拉丁美洲被切开的血管》送给奥巴马，引发全世界媒体关注。2015年4月13日，因病去世，乌拉圭举国哀悼。

译者简介

张伟劼，1982年生于江苏南通，南京大学西班牙语语言文学专业学士、硕士，艺术学理论专业博士。长期从事西班牙语文学的翻译和研究。现任教于南京大学西班牙语系，任系主任。著有《帝国的遗产》《吉他琴的呜咽：西语文学地图》，译有《燃烧的原野》《镜子：照出你看不见的世界史》《银儿与我》《假证件》等。

插画作者简介

何塞·瓜达卢佩·波萨达(1852—1913),面包师之子,当过印刷工,后为墨西哥城印刷店店主,插画师。他为十九世纪盛极一时的抨击时政的骷髅诗所作插画,深受民众欢迎,本人却始终默默无闻。逝世多年后,其作品及生平被重新发掘,受到迭戈·里维拉(Diego Rivera,1886—1957)等著名画家高度推崇,成为墨西哥国民艺术家。因为幽默、欢乐的骷髅诗插画,波萨达的名字变得与墨西哥亡灵节密不可分,该节日歌颂死亡,更赞美生命,2003 年被联合国认定为世界非物质文化遗产。波萨达也是爱德华多·加莱亚诺最喜爱的艺术家之一。

让我们精神错乱一会会儿

《颠倒看世界》或许是爱德华多·加莱亚诺写得最有趣的作品之一。如果说在他的成名作《拉丁美洲被切开的血管》中，我们看到的是一个对西方殖民体制进行强烈批判的愤青，那么在这部首版于1998年的著作中，我们看到的则是一个睿智的老男人，面对着改头换面的敌人，仍保留着批判的锋芒，却更为犀利，更为老辣，把“高级黑”的技巧修炼得炉火纯青。让我们回想一下1998年：那时候，全世界正在兴奋与不安中迎接新的世纪、新的千年的到来；不管你喜欢不喜欢，你不得不面对“全球化”的现实，承认这个世界正在发生巨变。十多年后，我们发现，这个疯狂加速的世界确实在某些方面变得越来越好，也确实在另一些方面变得越来越糟。

而加莱亚诺对这个因不公正而颠倒过来的世界的批判并没有过时：诚实的人继续倒霉，劳作的人依旧受罪，无耻的人延享高薪，吃人的人越养越肥。无节制的消费成为美德，消费社会被它制造出来的垃圾团团围住。人类无法控制自己造出来的东西，反而为其所控制。大自然已经罹患癌症，越发喜怒无常。危机四伏之中，这样的世界还能持续多久？有没有可能把它颠倒过来，让它正立起来？

这不是一本小说，也不是一部学术专著。把观点、历史、想象和新闻报道拼贴在一起，用诗性的笔调写政治经济学，正是加莱亚诺的拿手好戏。这本书的目录不叫目录，而是叫“课程计划”，教你认识这个不平的世界：种族主义和大男子主义基础教程、恐惧讲座、道德讲习班、孤独教育学……该书的插图全部采用墨西哥画家何塞·波萨达的作品，大多是鬼怪的形象：戴着将军帽的骷髅头、身披斗篷的骷髅鬼、劫走小女孩的长尾恶魔……在魑魅魍魉的世界，既然黑白已经颠倒，也许只有用反讽的方式才能揭示真理。加莱亚诺是头朝下脚朝上倒着看世界的，大概因为他生活在南半球的缘故。

这所教你认识反面世界的学校，教学的主要案例都来自拉丁美洲现实，教员们都不遗余力地诋毁大自然，宣扬不公正才是自然法则，如大名鼎鼎的米尔顿·弗里德曼反复提到“自然失业率”。众所周知，弗里德曼是新自由主义的重要教父之一，在拉丁美洲鼓吹和实践新自由主义经济改革的经济学家多是所谓的“芝加哥弟子”。从20世纪80年代开始，拉丁美洲成了新自由主义的试验场，虽则一度降低了通货膨胀率，增强了经济活力，但经济改革所带来的副作用似乎更为严重，造成了一些国家的社会危机乃至政治危机。作为坚定的左派，加莱亚诺一直是新自由主义的反对者。本书出版后第二年，巴西金融危机爆发。又过了两年，导致国家破产的阿根廷金融危机爆发。

《颠倒看世界》展现的正是危机爆发之前的图景。“自由”是所有人的自由，更是强者吞噬弱者的自由；“市场”是无所不在、无所不能的神，于是一切都可以买卖，价格取代了价值；“私人的”是神圣的，于是属于全体国民的资产被贱卖，小偷入狱，大偷则成了富可敌国的寡头，不仅可以轻松逃脱罪责，更成为全民膜拜的偶像。作者痛心地看到，拉丁美洲人的传统价值观和维系社会成员的团结互助的纽带正在遭到瓦解：告诉我你消费多少，我就告诉你你值多少钱；每十个阿根廷年轻人中就有七个人认为，不诚实是通向成功的唯一途径；游荡在大都市边缘的孩子们为饥饿所迫，上街乞讨、偷盗和卖淫……

在作者看来，这个世界既平等，又不平等：在强加给所有人的理念和习惯面前，人人平等；在机会面前，人与人严重不平等。新自由主义吹出一个又一个大肥皂泡，把美丽的美式生活展现在所有人面前，鼓励疯狂消费。在这个疯狂的世界里，一面是商业广告创造的幻景，一面是越发严峻的贫富不均的现实，穷人越来越想得到橱窗里光彩夺目的奢侈品，却越来越无力得到它们。既然他们梦想的权利被剥夺，他们只能成为夺去他们权利的人的噩梦。

罪恶的经济秩序造成贫富不均，贫富不均成为暴力的源头。在媒体的渲染之下，暴力与贫穷渐渐等同起来，仿佛穷人天生就长着暴徒的模样，是必须从现代化大都市的繁华景象中剔除的“社会细菌”。我曾透过车窗看到墨西哥的贫民窟。墨西哥城郊外的山坡上，挤满了面目简陋的小房子，场面蔚为壮观。坐我身旁的华人朋友告诫我说，千万不要接近这些地方，搞不好就给人绑架，起码割掉你一根指头……我也曾在墨西哥城的富人区闲逛，高墙、铁丝网、紧闭的厚重大门，门背后恶狗狂吠，富人的家造得像堡垒，像监狱。将这些墨西哥人与那些墨西哥人分隔开，让他们生活在两个全然不同的世界中的，不仅是财富，还有恐惧。

加莱亚诺在书中提出，我们生活在一个恐惧的时代。恐惧是全球性的，渗透到每一个角落的空气中的。“正在工作的人，怕失去工作。不在工作的人，怕永远找不着工作。不怕饥饿的人，怕食物。开车的人怕走路，走路的人怕被车撞……怕没上锁的门，怕没钟表的时间，怕没电视看的小孩，怕没安眠药的夜晚，怕没清醒药的白天。”我们自以为掌握了最先进的科技，自以为比以往所有时代的人都更为强大，却表现得比以往所有时代的人都更为脆弱。

加莱亚诺进一步指出：“在那个原来叫做资本主义的体制里，恐惧和贪欲一直是它最活跃的两台发动机。”恐惧让不合理的秩序得到延续，阻止了变革的可能。既然害怕失去工作，那就不要胆敢争取什么劳动权益了。既然害怕被这个社会淘汰，那就热烈拥抱一切潜规则，别妄想去改变什么了。恐惧还催生憎恨。那些漂洋过海，从不发达地区拥向发达地区寻找生路的移民，往往成为所在国经济危机或社会问题的替罪羊，为“原住民”所憎恨。排外主义、大男子主义和种族主义的源头中都能找到恐惧的因素。人与人之间互相惧怕，于是现代社会真正成为一大群孤独者的热闹集会。

乌托邦的设计者们曾向世人许诺一个非常完美的新世界，反乌托邦小说则将这美丽新世界叙说成一场噩梦。活在今天的我们庆幸世界还没有变成“1984”的模样，却也不敢对当年的理想的实现抱太高的奢望。加莱亚诺在书中指出了世纪末的危机症状：这是一场世界性的信仰危机，因为人们不再相信人类能够改变历史。后悔的人越来越多，他们为政治激情后悔，为一切激情后悔。人类或正在成熟，或正在老去：老于世故，知道政客的话不可信，知道存在的即是合理的，也就不再相信任何变革向善的努力。但愿不是如此，1998年后的事实也并非如此。从南美雨林到华尔街，反对不公正秩序的斗争并没有止歇。2011年5月西班牙“愤怒者运动”（Movimiento de los indignados）爆发时，加莱亚诺还亲临现场，在失望却还没有失去希望的西班牙年轻人中间发表演讲。

“颠倒世界的学校”课程计划的最后一章叫“反学校”。作者提出了一些期望。在一篇题为《另一种全球化》的“教学案例”里，作者似乎已在遥远的1998年预感到了互联网的巨大力量：当发达国家秘密商定，准备把可能危及弱小国家主权的“多边投资协定”强加给其他国家时，公民社会揭穿了这个秘密，多个社会组织在互联网上发出预警，影响之大，迫使多国政府感受到巨大的压力，该协定最终胎死腹中。有权力和资本的全球化，也有受压迫者抗议的全球化。墨西哥哲学家塞亚（Leopoldo Zea Aguilar，1912—2004）曾在20世纪末指出：“一个新的、强大的幽灵，边缘者的幽灵，不仅在欧洲，而且在全球出现，使1989年事件开始的全球化受到遏制。”这些需要发出自己声音的边缘者，在不公正的全球化中是经济的“累赘”、社会的“问题”；在公正的全球化中，则是一个充满活力的世界不可或缺的组成部分。

应当有一个尊重所有人、尊重所有文化的全球化。吸取政治史的经验，不应当为获得自由而牺牲公正，也不应当为达到公正而牺牲自由。印第安人不再是剥削的对象，文化多样性不再被看成异端和落后无知的象征，大自然不再是发展的障碍，也不是人类“征服”的对象，也不是我们“保护”的对象：大自然并不独立于我们之外，就像安第斯山的印第安人认为的那样，一切生长、成熟、疲倦、死亡又重生的，都和我们是一家人。

于是，在本书的最后，加莱亚诺邀请大家来行使梦想的权利，让我们精神错乱一会会儿，来想象另一个可能的世界。在这个世界中，“公正和自由这对被罚分开生活的连体姐妹，重新背靠背连在了一起”。这个世界并非完美无缺，“完美依旧是众神专享的乏味的特权；在这个糟糕透顶的世界上，我们会把每一晚当最后一晚来过，把每一天当第一天来过。”加莱亚诺描绘了一个令人沮丧的世界，却又鼓励我们保留梦想、希望和激情。他告诉我们这个世界不会太完美，却也不至于濒临绝境，仿佛是在横眉冷对、嬉笑怒骂过后，露出了一丝温情的微笑。

张伟劼

本文原题《黑白颠倒的世界还能持续多久？》，发表于2012年1月15日《东方早报·上海书评》，有删改。在此谨向付出辛勤劳动的本书编辑赵芳女士致以诚挚的谢意。也在此缅怀于2015年4月13日与世长辞的拉丁美洲语言大师爱德华多·加莱亚诺先生。

谨以此书献给埃伦娜

《颠倒看世界》的作案同谋有好多位。很高兴能在此检举他们。

何塞·瓜达卢佩·波萨达，伟大的墨西哥艺术家，卒于1913年，是这些人里面唯一的无罪者。陪伴这本书的数十张版画，以及本书讲述的故事，是在这位艺术家不知情的情况下出版的。

而其他人则是明知故犯，热情地提供了合作，这样的热情完全可以拿来去做更好的事情。

本书作者首先坦白，如果没有埃伦娜·比利亚格拉、卡尔·胡博纳、豪尔赫·马奇尼及其提供的电子鼠标的帮助，写下这本书的罪行就无法实现。

参与这一罪行的还有瓦尔特·阿楚加、卡洛斯·阿尔瓦雷斯·因苏阿、尼洛·巴蒂斯塔、罗伯托·贝尔加利、戴维·坎波拉、安东尼奥·多纳特、贡萨洛·费尔南德斯、马克·弗里德、胡安·赫尔曼、苏莎娜·伊格莱西亚斯、卡洛斯·马查多、玛丽安娜·马克塔斯、路易斯·尼尼奥、拉克尔·比利亚格拉和丹尼尔·温伯格，他们对第一次犯罪企图做了阅读和评论。

还有些人，问起罪来或多或少也有份儿，他们是拉斐尔·巴尔维、何塞·巴里恩托斯、毛里西奥·贝尔特兰、苏珊·伯格霍尔兹、罗莎·德尔奥尔莫、米尔顿·德里蒂斯、克劳迪奥·杜兰、胡安·加斯帕里尼、克劳迪奥·休斯、彼尔·保罗·马尔切蒂、斯泰拉·马里斯·马丁内斯、多拉·米龙·坎波斯、诺韦尔托·佩雷斯、鲁文·普列托、皮拉尔·罗约、安赫尔·罗科、希拉里·桑迪森、佩德罗·斯卡龙、奥拉西奥·图维奥、皮尼奥·温赫尔费尔德、亚历杭德罗·巴列·巴埃萨、豪尔赫·文托西亚、吉列尔莫·瓦克斯曼、加比·韦伯、温弗里德·沃尔夫和让·齐格勒。

还有圣丽塔，让不可能之事发生的守护神，她也应承担很大罪责。

1998年于蒙得维的亚

致父亲们

现在的人把什么都不放在眼里。从前，我们还把美德、荣誉、真理、法律什么的供起来。今天的美国，腐败就是标杆就是样板。腐败是无法无天之地唯一的法律。它正在掏空这个国家的地基。在我们今天的生活中，美德、荣誉、真理和法律，这些都一夜清零了。

——阿尔·卡彭对记者科尼利厄斯·小范德比尔特说。该访谈刊登于1931年10月17日出版的《自由》周刊，几天后，阿尔·卡彭入狱。①

---

① 阿尔·卡彭（1899—1947），本名阿方斯·加布里埃尔·卡波内（Alphonse Gabriel Capone），别号疤面煞星（Scarface），美国黑帮教父。少年时入纽约曼哈顿五点帮（Five Points Gang），1925年成为芝加哥犯罪集团首脑，设赌营妓、贩运私酒、枪击对手，无所不为。1927年时敛财达一亿美元。1931年6月被控偷漏联邦所得税，判十一年监禁后入狱。1939年因病获释，于佛罗里达乡间度过余生。——译者注

又，本书所有注释均为译者注，后不再一一注明。

假如爱丽丝回来

一百三十年前，游历仙境之国后，爱丽丝钻到一面镜子里，发现了一个颠倒的世界[①]。假如爱丽丝今天重生，她将不再需要任何一面镜子：只消把头探出窗外，颠倒的世界，尽收眼底。

---

① 指《爱丽丝漫游奇境》续作《爱丽丝镜中奇遇》（*Through the Looking-Glass, and What Alice Found There*，1871）。

女士们，先生们，一个个都进来吧！

一个个都进来吧！
来到颠倒世界的学校！
幻灯架起来呵！
放片子，音乐响起！人生的梦幻啊！
我们为平民百姓带来了一份大礼！
让在场的观众们增长智慧，
做下一代人的好榜样！
快来看喷火的河流！
太阳老爷把黑夜照亮！
月亮夫人在大白天现身！
星星小姐从天上掉下来啦！
小丑坐到了国王的宝座上！

晨星呼出的气晦暗了整个宇宙！
死人拿着镜子四处游荡！
巫师！杂技演员！
恶龙还有吸血鬼！
魔杖一点，孩子变成了金币！
骰子一抛，世界变没啦！
不要把这当成是拙劣的模仿！
谁看见了，上帝保佑！
谁看不见，上帝宽恕！
多愁善感之人和小孩儿谢绝入内！

据十八世纪幻灯表演吆喝词改编

课程计划

如果您决定训练您的狗，那得祝贺您，您做了一个正确的决定。您很快就会发现，主人的角色和狗的角色是极为分明的。

——宠优国际中心

颠倒世界的学校

▪ 示范教育 ▪

▪ 学生 ▪

▪ 不公正基础教程 ▪

▪ 种族主义和大男子主义基础教程 ▪

示范教育

颠倒世界的学校是最民主的教育机构。这所学校不设入学考试，不收注册费，免费授课，招收所有学生，在所有地方开班，不论地下、天上。它是有点来头的。它来源于一个在人类历史上首次夺得世界霸权的体制。

在颠倒世界的学校里，铅块学会漂浮，软木塞学会潜水。蝮蛇学会飞翔，云朵学会在地上爬行。

成功的楷模

颠倒过来的世界，在奖惩方面也是颠倒过来的：鄙视诚实、惩罚勤劳、奖励无耻、鼓励吃人。这里的教师给大自然罗织罪名：据他们说，不公正乃自然法则。米尔顿·弗里德曼，该校教学团队中名气最大的成员之一，就常说“**自然**失业率”。[①] 理查德·赫恩斯坦和查尔斯·默里得出结论，说根据**自然**法则，黑人位于社会阶层最底端。[②] 约翰·D.洛克菲勒在讲到他在生意上的成功时常说，**大自然**奖励那些最有能力的人，惩罚没用的人；一个多世纪以后，这个世界的好多主人仍然相信，查尔斯·达尔文撰写那些著作是在提前宣告他们的无限荣光。

---

① 米尔顿·弗里德曼（1912—2006），美国经济学家，第二代芝加哥学派领军人物，1976年诺贝尔经济学奖获得者。第二次世界大战后自由放任主义主要的倡导者之一，其理论对20世纪七八十年代以来美国及其他许多国家的经济和货币政策影响巨大。他主张以低收入补助取代“集中管理的、官僚主义的社会福利”，因为后者“是同个人主义和有益劳动的传统价值观念相抵触的”（《不列颠百科全书》）。所谓自然失业率是指技能不匹配造成的结构性失业和供需特征不匹配造成的摩擦性失业人口之和占劳动人口总数的百分比。弗里德曼这一派经济学家认为，任何一个资本主义社会都存在这样一个失业率水平，亦即视其为正常。

② 指《钟形曲线：美国生活中的智力与阶层结构》一书的结论。该书由美国心理学家理查德·赫恩斯坦（1930—1994）和政治学家查尔斯·默里（1943—　）合著。因将智力与种族挂钩，受到猛烈批判，但并未妨碍其畅销多年。该书八百多页，各种数字附录占一百多页，令非专业人士本能地退缩，但实用性强，这就是为什么1995年查尔斯·默里曾被请到参议院贡献专家证词，为削减穷人福利的政策背书。2017年，在一次采访中，当被问到探讨基于种族的智力差异目的何在，查尔斯·默里吐露了科学种族主义不足为外人道的心曲：它可用于抵制某些政策，如教育和就业方面的平权法案，这些法案是基于“人人生而平等……无论男女或种族”的前提提出的。参见https://www.theguardian.com/news/2018/mar/02/the-unwelcome-revival-of-race-science。

最有能力的人才能存活下来？迈步前行和生存最有用的能力是killing instinct即杀戮本能，每每大公司鲸吞小公司、强国吞并弱国时，这种能力就是人类的美德，而当任何一个没工作的穷光蛋拿着刀上街觅食时，这种能力就成了兽性的证明。所谓**反社会病**，是每个穷人暗含在体内的疯癫和危险，这种病症的患者努力效仿那些在社会上取得成功的**健康**楷模。小毛贼们是抬起眼睛仰视顶峰才习得他们所知道的一切的；他们学习成功者的榜样，努力奋斗，好歹模仿一下人家的过人之处。然而，正如墨西哥电视业大亨堂埃米利奥·阿斯卡拉加①常说的，"倒霉的人永远倒

① 这里的埃米利奥·阿斯卡拉加指阿斯卡拉加家族的米尔莫（Milmo，1930—1997），传媒巨头、跨国公司特莱维萨第二代掌舵人（1972—1997）。1955至2017年，该公司（包括其前身）在阿斯卡拉加家族以父传子的形式传了三代，一度是拉丁美洲第一大多媒体大众传媒公司，目前在拉丁美洲和西班牙语世界位居第二。

霉”，一位银行家将一家银行掏空然后安享其劳动成果的可能性，是与一个小偷抢劫一家银行然后入狱或下葬的可能性成正比的。

一名罪犯因为还不了债，杀了人，然后被处决，叫**清算**；一个国家还不了债，国际技术官僚集团决定对其予以清算，这样的处决叫**调整计划**。[①]金融歹徒会绑架国家，要是拿不到赎身费，就把这个国家放到餐盘里。倘若做个对比，任何一名金融暴徒都要比阳光下的吸血鬼显得更和善。世界经济是有组织犯罪的最有效说辞。操控着货币、贸易和贷款的国际组织针对穷国和所有国家的穷人实施恐

① Ajuste de cuentas即清算的字面意思为账目调整。Plan de ajuste即调整计划指结构调整计划，英文作Structural Adjustment Programs，简称SAPs，是20世纪80年代至90年代中期，作为接收新国际贷款或降低已有贷款利息的主要条件，国际金融组织要求身陷经济危机的国家或穷国在其国内推行的措施、政策的统称。通常包括货币贬值、增加税收、紧缩政府开支、取消食品补贴、提高公共服务价格、降低工资等紧急稳定措施，以及可概括为自由市场经济的长期方案——建立价格调节的自由市场、私有化部分乃至全部国有企业、向外国投资开放股票市场、提高外国投资者相对于国家法律的权利、扩大直接出口和资源开发、改进“统治方式”和遏制“腐败”（新自由主义意义上的）等。

怖主义，它们的专业、它们的冷血、它们对法律的无视，足以让最出色的袭击能手汗颜。

骗子们在街头施展的欺诈技艺，被一些成功的政客发展到最高的境界，他们以此来发挥自己的才智。在世界的边缘地带，国家元首们以季末清仓大甩卖的价格出售自己国家的零头碎肉，正如在城市郊外，犯罪者们以低贱的价格卖出他们劫掠所得。

受雇杀人的枪手与被授予勋章的将军完成的是同样的任务，只不过前者行动目标是少数几个人，后者则是大规模的，为其带来勋章的罪行被提升到军事成就的高度。躲在街角实施突然袭击的劫匪与通过计算机抢走千万人钱财的大投机客比起来，只是后者的手工业匠人版本。用最残暴的方式蹂躏大自然和人权的强奸犯，是从来不会成为囚徒的。他们掌管监狱的钥匙。在这样的世界里，这个颠倒过来的世界里，守护世界和平的国家是生产最多武器并且向其他国家兜售最多武器的国家；最有信誉的银行是毒贩的钱洗得最多、偷来的钱存得最多的银行；利润最丰厚的企业是毒害地球最严重的企业；拯救环境成了毁灭环境的公司最光彩的生意。可以逃脱法网、收获祝贺的，是那些在最短时间里消灭最多人的人，是那些以最少工作量赚到最多钱的人，以及那些以最小代价毁灭最多大自然的人。

在颠倒过来的世界，在大城市里，步行是危险的，能呼吸是值得庆贺的胜利。不沦为穷困的囚徒，就沦为恐惧的囚徒：一些人因为渴望拥有他们没有的东西睡不着觉，另一些人因为害怕失去他们拥有的东西睡不着觉。颠倒过来的世界训练我们，让我们把走近自己身边的人看做威胁而非希望，让我们陷入孤独之中，用化学毒品和网络朋友来安慰自己。我们要么死于饥饿，要么死于恐惧，要么死于无聊，如果没有一颗流弹提前结束我们的存在的话。

难道我们唯一可能获得的自由就是这种自由，就是在这些危险的厄运中间做选择的自由吗？颠倒过来的世界教会我们忍受现实而非改变现实、遗忘过去而非倾听过去、接受未来而非想象未来：它就是这样犯罪作恶的，它也建议我们这样做。在它的学校里，这所教人犯罪的学校里，懦弱、失忆和屈从是必修课。但众所周知的，是没有不带幸福的不幸，没有不带反面的正面，也没有不找寻气息的气馁。同样的，也没有找不到它的反学校的学校。

学　生

日复一日地，孩子们被剥夺成为孩子的权利。现实对这种权利加以嘲讽，在每天的生活中散布它的教义。这个世界对待富人家的孩子就好比拿他们当钱，于是富人家的孩子就习惯于像钱一样处世。这个世界对待穷人家的孩子就好比拿他们当垃圾，于是穷人家的孩子就变成了垃圾。至于中间的孩子，既不算富人家也不算穷人家的孩子，则被绑在电视机腿上，于是他们从很小的时候起就把受囚禁的生活认做了自己的命运。那些成功地成为孩子的孩子，是很有能耐的，也是非常幸运的。

上层的人，底层的人和中间的人

在无助者的海洋里，浮现出优越者的岛屿。它们是豪华的集中营，有权有势的人在这里与有权有势的人相遇，并且永不忘记，哪怕片刻：他们有权有势。在拉丁美洲一些大城市，绑架是习俗，富人的孩子们在恐惧的气泡中与世隔绝地长大成人。他们住在高墙环绕的豪宅里，住在巨大的房子里，或是住在电网和武装警卫遍布四周的建筑群

儿童世界

过马路时，要多加小心。哥伦比亚教育工作者古斯塔沃·维尔切斯正在给一群小朋友做讲解：

“哪怕是绿灯，过马路时也要注意，看看这一边，再看看那一边。”

维尔切斯还告诉孩子们说，有一回他被车子撞到，倒在马路中央。回想起那场几乎夺走他性命的灾祸，维尔切斯脸都抽搐起来。孩子们却问他：

“那车什么牌子？带空调吗？配电动天窗吗？有雾灯吗？发动机几缸的？”

橱　　窗

他们的玩具：兰博、机械战警、忍者、蝙蝠侠、怪兽、冲锋枪、手枪、坦克、汽车、摩托车、卡车、飞机、宇宙飞船。

她们的玩具：芭比、海蒂、熨衣板、厨房、搅拌机、洗衣机、电视机、小娃娃、摇篮、奶瓶、唇膏、卷发筒、胭脂、镜子。

里，他们日夜由保镖和安保闭路摄像头看护。富人的孩子乘防弹汽车出行，与钞票一个待遇。他们对自己城市的了解仅限匆匆一瞥。他们在巴黎或纽约发现地铁的乐趣，却从不在圣保罗或墨西哥城这么玩。

他们并不生活在自己生活的城市。那座对他狭小的私人天空虎视眈眈的巨大地狱，他们是不被允许涉足的。边界之外，伸展着一个恐怖地带，那里的人为数众多、丑恶、肮脏、怀有强烈嫉妒心。在全球化的时代，孩子们不再属于任何一个地方，但拥有地方最少的孩子正是拥有物质最多的孩子：他们的成长没有根基，他们被剥夺了文化身份，他们对社会仅有的认识就是：现实世界肯定是危险的。他们的祖国存在于国际知名品牌之中，这些品牌让他们的穿着和他们使用的一切都显得如此与众不同。他们的语言是国际电子代码的语言。无论在哪座城市，哪怕世界上最遥远的地方，优越者的孩子在习惯和喜好方面都彼此相似，正如全世界的购物中心和飞机场都彼此相似，都脱离于时间和空间存在着。他们在虚拟的现实中学习知识，却对真实的现实一无所知；这真实的现实存在的意义，只在于让他们怕、被他们买。

快餐、快车、快生活：打生下来起，富人的孩子就在消费和适应快节奏方面接受训练。他们在度过童年时越来越清楚地认识到，机器比人更值得信赖。成人礼的时刻到来时，他们得到的礼物是人生中第一辆铁甲四驱越野车。等待成人的岁月里，他们全速冲上互联网高速公路，大口吞食图像和商品，在网络上**火拼**也**血拼**，以此确立自己的身份。网络儿童在网络空间中漫游，来去自如，一如在城市街头漫游的被遗弃的孩童。

富人的孩子告别童年，发现吸食昂贵的毒品可以掩盖孤独、抵挡恐惧前很久，穷人的孩子已在吸食汽油或强力胶了。富人的孩子还在激光子弹的战争游戏中乐此不疲时，铅弹已在威胁流落街头的孩童的性命了。

在拉丁美洲，儿童和青少年差不多占到总人口的一半。这一半中的一半生活在穷困之中。他们是幸存者：在拉丁美洲，每过一小时，就有一百名儿童因饥饿或本可治愈的疾病死去，可就在这个制造穷人并禁止贫困的地区，在街头，在乡村，穷人的孩子越来越多。孩子大多数是穷人；穷人大多数是孩子。这个体制绑架的所有人质中，他们是过得最悲惨的。社会压榨他们、监视他们、惩罚他们，有时杀害他们，几乎从来不倾听他们，从来不了解他们。

在整个世界的巨大版图上，这些孩子，打零工的人或在这个世界上既没活儿干也没地方住的人的孩子，很小的时候就被迫屈从于任何一个可以换点糊口钱的活计，为食物或一点点微不足道的东西累得直不起腰。在学会走路后，他们懂得了什么样的奖赏是给那些表现好的穷人的：他们和她们，是车间、商店和小卖部的免费劳力，或是出口加工厂为国际大公司生产运动服装的廉价劳工。他们在田野里干农活儿，在城市里做搬运工，或在宅子里为发号施令的人干活儿。他们是家庭经济或全球化经济中**非正式部门**的小男奴或小女奴，在为世界市场服务的劳动人口中，他们占据着最低一级台阶：

他们在墨西哥城、马尼拉或拉各斯的垃圾场上捡碎玻璃、罐头盒和废纸，与兀鹫争抢食物残渣；

他们潜入爪哇的海底找珍珠；

他们在刚果的矿山里搜寻钻石；

他们是秘鲁矿井坑道里的鼹鼠，因身材短小而成为不可或缺的劳力，当他们的肺不再能支撑他们干下去，他们就在无人知晓的墓地里永歇；

他们在哥伦比亚和坦桑尼亚采咖啡豆，受杀虫剂毒害；

他们受杀虫剂毒害，在危地马拉的棉花田里和洪都拉斯的香蕉园里；

他们在马来西亚收集橡胶树流出的乳汁，星夜里开工，星夜里收工；

游离 1

墨西哥城，记者卡林娜·阿维莱斯向一群流落街头、经常偷爬公交车的孩童问起吸毒的事。

“我感觉很好哇，让我觉得什么问题都没了。”其中一个说。

“等药劲下去，”他说，“我就感觉自己成了一只给关在笼子里的小鸟。”

这些孩童往往是警察和城北巴士总站的狗群追猎的目标。巴士公司总经理向记者声明：

“我们不让这些孩子死掉，因为，不管怎么说，他们还算是人。”

他们在缅甸铺铁轨；

他们在印度北部的玻璃作坊里熔化，也熔化在印度南部的砖窑里；

在孟加拉国，他们干三百多个工种，为永无尽头的苦日子挣钱，他们的工资在零与几乎为零间摇摆；

他们为阿拉伯酋长赛骆驼①，在拉普拉塔河沿岸庄园里当牧马人；

他们在太子港、科伦坡、雅加达或累西腓②为主人端盘上菜，以换取享用从餐桌上掉落在地的饭食的权利；

他们在波哥大市场里叫卖水果，在圣保罗公交车上兜售口香糖；

他们在利马、基多或圣萨尔瓦多街角洗汽车挡风玻璃；

他们在加拉加斯或瓜纳华托③街头擦皮鞋；

他们在泰国缝衣服，在越南缝足球鞋；

他们在巴基斯坦缝足球，在洪都拉斯和海地缝棒球；

为帮父母还债，他们在斯里兰卡的种植园里采茶叶或烟草，在埃及摘用来制作法国香水的茉莉花；

他们在伊朗、尼泊尔和印度被自己的父母租出去织地

---

① 因为体重轻，儿童是骆驼骑师首选。据报告，为此每年从阿富汗、孟加拉、伊朗、巴基斯坦等国被贩卖至波斯湾阿拉伯国家的儿童多达数千名，其中年龄最小者仅两岁。他们住在赛场附近的营地中，处境恶劣，而在训练或比赛中受伤乃至终身残疾者不在少数。参见 https://en.wikipedia.org/wiki/Camel_racing。

② 累西腓为巴西东北部伯南布哥州（Pernambuco）首府和最大城市，濒大西洋。

③ 瓜纳华托为墨西哥中部同名州首府和城市。

毯，从黎明开始之前干到夜半过后，但凡有人前来搭救，他们会问:“您是我的新主人吗?”;

他们在苏丹被自己的父母以一百美元卖掉，从事性工作及其他一切工作。

在非洲、中东和拉丁美洲一些地区，军队会强征儿童入伍。战场上，娃娃兵要杀人，而他们自己更有机会丧命：非洲最近几次战争中，娃娃兵占到伤亡人数一半。从传统和现实意义上说，战争是男人的事。战争以外，其他几乎一切劳动中，女孩的手臂与男孩的一样有用。然而，劳动力市场将通常针对妇女的歧视也应用于女孩：她们，女孩子们，总是比他们，男孩子们挣得更少，哪怕他们也仅挣一点点。

在全世界，卖淫是许多女孩提前接受的命运，少数男孩亦然。不管听上去多吓人，据联合国儿童基金会1997年的报告，美国有至少十万名童妓。然而，性贸易的幼小受害者绝大部分还是集中在世界南方的妓院里和街道上。这个产值以百万计的产业，是由人贩子、中间人、旅游掮客和皮条客组成的庞大网络，他们操纵买卖，不知羞耻，也不担心承担罪责。在拉丁美洲，这压根儿不算新鲜事：自1536年第一所**宽慰之家**在波多黎各开张以来，童妓现象一直存在。今天，有五十万巴西女童从事出卖肉体的职业，让剥削她们的成人从中获利；泰国也有这么多，但都还比

游离 2

墨西哥城街头，一个小女孩吸入甲苯、可溶性颗粒物、强力胶或是其他任何东西。浑身一阵抖之后，她开始讲述：

“我看到魔鬼啦，这么说吧，魔鬼钻到我身子里去了，然后，我就嗖的一下站到了楼顶，我就要往下跳了，那楼有八层高呢，我就要往下跳了，可这时候我的幻觉忽然一下子没有了，魔鬼从我身上跑掉了。我最喜欢的幻觉，是瓜达卢佩童贞圣母在我眼前显灵。我有两次看到圣母显灵。”

不上印度。在加勒比海一些海滩地带，性旅游产业风光无限，将尚未破身的女童提供给消费得起的人。被推往消费市场的女童数量每年都在增长：据各个国际组织的统计，每年至少有一百万女童加入到世界身体市场的供货单中。

在家里或家外，为自家人或随便什么人劳作的穷孩子多得无法计算。他们中大部分人是在法律之外和统计数字之外劳作的。其他穷孩子呢？其他穷孩子中，许多人是多余的。市场不需要他们，以后也永远不需要他们。他们不能带来产值，永远都不会。用既定秩序的眼光来看，他们一开始偷他们呼吸的空气，然后碰到什么偷什么。在摇篮和坟墓之间，饥饿或子弹常常中断他们的旅程。鄙视老人、害怕儿童的，是同一个生产体系。衰老是一种失败，年少是一种危险。用某些专家的话来说，**生来具有犯罪倾向**的边缘儿童越来越多。他们是**过剩人口**中最具威胁的部分。作为公共危险的孩童，**美洲未成年人的反社会行为**，近些年来已成为泛美儿童大会的经常性议题。自1963年起，历届大会就一再向我们发出警告：从乡村来到城市的孩童，以及普遍意义上的穷困儿童，是具有**潜在反社会倾向**的。这些病态般酷爱暴力，注定恶癖缠身、走向堕落的儿童，是各国政府和儿童问题专家极感兴趣的对象。每个男孩身上都潜藏着一股厄尔尼诺暗流①，因此，有必要对它可能造成的灾害加以预防。在1979年蒙得维的亚召开的第一届南美警察大会上，哥伦比亚警察代表发言称："十八岁以下人口数量的激增，促使我们预估出一个数量更为庞大的**潜在犯罪**人口。"（原文件"潜在犯罪"一语字母全为大写。）

在拉丁美洲国家，市场的霸权正在破坏团结互助的纽带，将公共社会组织的网络撕成碎片。在这些物权正在变

① El Niño即厄尔尼诺，字面意思为小男孩，指圣婴。19世纪时，秘鲁北部的渔民用它来称呼圣诞节前后出现的向南流动的温暖赤道水流。20世纪以来，则专指更严重的反常现象。

成唯一权利的国家里，无名之人、不拥有任何所有物之人的前路在何方？还有，那些无名之人的子女呢？饥饿将许许多多人、越来越多人推向盗窃、乞讨和卖淫的不归之路；消费社会对这些人嬉笑怒骂，把自己不要的东西扔给他们。于是，他们展开报复，上街打劫，加入绝望之人组成的团伙，对死之将至的确信将他们团结在一起：据联合国儿童基金会的说法，1995年，在拉丁美洲大城市的街头游荡着

让耳聋患者听听

世界上营养不良儿童的数量正在增长。每年都有一千两百万名五岁以下的幼童死于腹泻、贫血及其他与饥饿相关的疾病。这是联合国儿童基金会在1998年的报告中提供的数据，报告还指出，与儿童饥饿和死亡问题作斗争，“应成为全世界的当务之急”。为此，该报告援引了一个论据，在当今这个时代舍此无他，那就是效率：“缺乏维生素和矿物质的饮食导致的人身死亡、残疾和生产力低下给某些国家造成的损失，相当于其国民生产总值的百分之五以上”。

八百万被遗弃的孩童；据人权组织的报告，1993年，准警察性质的剿杀队每天在哥伦比亚杀掉六名儿童，在巴西，每天四名。

除了两端，还有中间。在被富足囚禁的孩子和被穷困囚禁的孩子中间，是那些远远不能算一无所有，也远远不能算拥有一切的孩子。中产阶级的孩子越来越不自由。“让你做还是不让你做，这是个问题。”西班牙幽默画家楚米·楚梅斯曾这么说。这个让秩序神圣化却在同时制造混乱的社会每天都在没收这些孩子的自由。中间人的恐惧：脚下地板吱嘎作响，没保障了，稳定的生活不再稳定，工作蒸发掉，钱不翼而飞，能撑到月底已是了不起的成就。**欢迎你，中产阶级**，这是布宜诺斯艾利斯最破烂的街区之一在入口处挂出的标语。中产阶级仍然生活在虚伪之中，摆出一副遵纪守法且笃信法律的样子，假装拥有比实际上更多的财富；然而，实践这一牺牲自我的传统从不像今天这般艰难。中产阶级被债务压得透不过气来，因恐惧而麻木，也在恐惧中抚养自己的子女。生活的恐惧，坠落的恐惧：恐惧失去工作、汽车、房子、家什，恐惧得不到应该得到的东西从而不能成为应该成为的人。犯罪的怪兽正在威胁着公共安全，在为公共安全发出的集体呼吁中，中产阶级的呼声是最高的。他们守卫秩序，仿佛自己是秩序的业主，尽管事实上他们只是房客，被高房租压得喘不过气来，还随时都可能接到立马搬走的通知。

中产阶级的孩子被困在恐惧的陷阱里，越发无助地经受无期徒刑的羞辱。今天的城市正慢慢向未来之城过渡。在未来的城市里，电视儿童由电子保姆看管，他们站在他们的电视之家某个窗口眺望大街：因为暴力或对暴力的恐惧而禁止他们踏足的大街，上演着永远危险，有时也算精彩的生活奇观节目的大街。

参考文献

埃娃·希贝尔蒂等，《政治与儿童》，布宜诺斯艾利斯：洛萨达出版社，1997年。

《儿童及未成年人基本权利受侵害报告》，罗马：新文化出版社，1995年。

儿童希望组织，《穷困女童及未成年人何去何从》，危地马拉、墨西哥、巴拿马、多米尼加、尼加拉瓜、哥斯达黎加、萨尔瓦多和洪都拉斯等国调查报告，1990年4月。

弗朗西斯科·皮洛蒂、伊雷妮·里齐尼，《管理孩童的艺术》，里约热内卢：珍爱出版社，1995年。

国际劳工组织，《亟待改善：今日童工》，日内瓦，1989年。

吉尔贝托·迪门斯坦，《孩子的战争：巴西的未成年人谋杀案》，圣保罗：巴西利亚人出版社，1990年。

克莱尔·布里塞，《吞噬自己孩童的世界》，巴黎：利亚娜·莱维出版社，1997年。

联合国儿童基金会，《1997年世界儿童状况》，纽约，1997年。

联合国儿童基金会，《1998年世界儿童状况》，纽约，1998年。

莫南热、埃莱尔，《巴西：儿童谋杀案调查报告》，巴黎：国际人权联合会，1992年。

墨西哥援助儿童协会，《儿童权利与状况第四次报告》，墨西哥城，1997年。

苏莎娜·伊格莱西亚斯、埃伦娜·比利亚格拉、路易斯·巴里奥斯，《泛美儿童大会镜像之旅》，见联合国儿童基金会、联合国区域间犯罪和司法研究所、联合国拉丁美洲预防犯罪和罪犯待遇研究所编《拉丁美洲儿童的司法现状》，布宜诺斯艾利斯：西北风出版社，1992年。

不公正基础教程

广告下令消费，经济却不允许。消费的命令对所有人是强制性的，对大多数人却是不可能的，于是，它转而成为邀请犯罪的请柬。关于我们这个时代的矛盾，报纸的刑事新闻版要比政治新闻版和经济新闻版展示得更多。

这个世界向所有人提供盛宴，却对那么多人关上大门。这个世界追求平均，同时也极为不均：在强制推行的思想和习惯方面**追求平均**，在提供的机会方面极为**不均**。

均质化与不均

消费社会的独裁所推行的专制主义，与其孪生姐妹世界不平等秩序的独裁所推行的专制主义，是相互对称的。

强制**均质化**的机器所挑战的人类最美妙的活力，体现在人类的各种差异之中，而人类又从这些差异出发，手把手连在一起。这个世界最美好之处在于它所包含的很多个世界，生命的各式曲调，人生的各种痛苦与各种颜色：千年万年中，我们逐渐发现了生活与言说、信仰与创造、进食、劳作、舞蹈、游戏、恋爱、受苦、欢庆的一千零一种方式。

统一我们思想、让我们变愚蠢的均质化，是无法测量的。大众文化产业每天都在对人类的彩虹和人类身份的权利犯下累累罪行，多到没有哪台计算机可以记录下来。这一产业的毁灭性进步也摧残着人的眼睛。时间被掏空了历史，空间不再能认识到它各个部分令人称奇的多样性。借由大众传媒，这个世界的主人向我们发出通告，所有人都必须在唯一一面镜子里看自己，这面镜子映射出消费文化的价值观。

谁一无所有，谁就不存在：没有私家车、不穿名牌皮鞋也不用进口香水的人，是假装存在。进口商品的经济，假冒有钱人的文化：在这愚人的王国里，我们都被迫登上消费的游轮，去经历市场的惊涛骇浪。船上大部分人注定要死于海难，那些有能力出行的人的船票则由外债来支付，记的却是所有人的账。贷款是为我们喜好炫耀外表的中产阶级和患了模仿病的上流阶级服务的，有能力消费的少数人因此可以不断地用新的无用之物填塞自己的生活；世界的北方源源不断地创造非自然的需求并把它们成功地投射给南方，电视负责在所有人面前把这些非自然需求转化成实际需求。（顺带说一下，**北方**和**南方**在本书中是指世界蛋糕分配的概念，并不总与地理上的南北重合。）

那千百万拉丁美洲儿童会怎样？他们注定要成长为没

例　　外

只一个地方，在这里，世界的南方与北方在完全平等的条件下相遇：这是巴西一座足球场，坐落在亚马孙河口。赤道线从阿马帕州[1]的大零体育场正中间穿过，因此，在比赛时，每支球队都既在南方踢半场，又在北方踢半场。

---

① 阿马帕州位于巴西东北角，濒大西洋。

工作或工资低得填不饱肚子的年轻人。广告究竟是在刺激需求，还是在倡导暴力？电视提供全套服务：不仅教会人把生活质量与物质数量相混同，还每天传授暴力视听课程，这套课程以电子游戏为补充。犯罪是荧屏上最成功的节目。**赶在别人动手前出手**，电子游戏中的电子师父告诫道，**你是一个人，你只有你自己**。飞上天的汽车，炸成碎片的人：**你也可以杀人**。与此同时，城市在生长，拉丁美洲的城市正在进入世界上最大城市的行列。与城市一起以恐怖的节奏生长壮大的，是犯罪。

世界经济需要的是不断扩张的消费市场，如此才能给它不断增加的生产打开出路，保证它的利润率不至崩溃。同时，世界经济又需要贱得不能再贱的劳动力和原材料，如此才能抵消它的生产成本。这个体系不仅要卖得更多，也要花得更少。这一悖论导致另一悖论：世界的北方向南方和东方发出越来越霸气的消费指令，本意在于迅速增加消费者数量，更大程度上却成倍增加了犯罪者数量。在占有那些令人顶礼膜拜、赋予人真实存在感的物品时，每一个抢劫犯都想拥有他的受害者所拥有的东西，成为他的受害者已经成为的人。大家互帮互助，武装起自己来吧：今天，疯人院般的街头，每个人都可能被子弹打死，不管生来注定要饿死的人，还是生来注定要死于消化不良的人。

消费社会的铸模强制推行的文化均质化是不能简约为

数字的，经济上的不均则有人测算。世界银行就能给出相关数据，经济上的不均它贡献良多。联合国各个组织可以证实这些数据。世界经济从没如此缺乏民主过，世界从没如此可耻地不公正过。1960年，人类最富的百分之二十所拥有的财富，是最穷的百分之二十的三十倍。1990年，这一差距变成六十倍。从那时起，这个剪刀口就持续张大。到2000年，这一差距或许会是九十倍。

那些顶尖中的顶尖，最最富有的人，出现在《福布斯》杂志或《财富》杂志混杂色情与金融信息的页面上。最最穷困的人出现在街头和乡野。这两种人间的鸿沟比上述差距还要深阔得多。一位非洲孕妇遭遇死亡的风险要比一位欧洲孕妇高一百倍。美国每年宠物用品的销售总额是埃塞俄比亚国内生产总值的四倍多。通用汽车和福特这两大巨头的销售额加起来，远远超过整个黑非洲的生产总值。据联合国开发计划署估算，**地球上最富有的十位富人的财富总和等于五十个国家的产值总和，而四百四十七位亿万富豪的财富总和要超过全人类之半的年收入总和**。

上述组织负责人詹姆斯·古斯塔夫·斯佩思在1997年发布报告说，近半个世纪以来，世界上富豪的数量翻了一番，穷人的数量则翻了两番，有十六亿人的生活比十五年前更糟糕。

就在不久前，在世界银行和国际货币基金组织的大会上，世界银行总裁给所有与会者泼了一桶冷水。这两大组织施行的全球管理运行良好，就当所有人为此大唱赞歌时，詹姆斯·沃尔芬森发出了警告：如果情况再这样持续下去，三十年后，世界上将会有五十亿穷人，“经济不平等会像一颗定时炸弹那样，炸在后面几代人的脸上”。此时，在布宜诺斯艾利斯一堵墙上，一只无名的手，既不收取美元，也不收取比索，甚至也不收取实物，提出了这样一条建议：**向饥饿与贫困开战！吃掉一个穷人吧！**

视 点 1

从猫头鹰、蝙蝠、浪荡子和盗贼的视点来看，黄昏是早餐时间。

下雨对观光客是倒霉事，对农夫则是佳音。

从当地人的视点来看，奇特有趣的是观光客。

从加勒比海岛上印第安人的视点来看，戴缀羽毛遮阳帽、披红天鹅绒斗篷的克里斯托弗·哥伦布是只大鹦鹉，他们可从没见过这么大块头的鹦鹉。

正如卡洛斯·蒙西瓦伊斯①所说，为给我们的乐观主义提供证明，这个世界还在继续前进：国与国之间的不平等关系在每一国内重演，拥有一切之人与一无所有之人之间的裂缝年复一年越来越深。在美洲，我们对此再熟悉不过。在北方，半个世纪前，美国最富的人拥有占国民收入百分之二十的收入，现在这一占比变成了百分之四十。南方呢？

① 卡洛斯·蒙西瓦伊斯（1938—2010），墨西哥记者、作家。作为批评家，他广泛而尖锐地探讨当代文学、社会及文化现象，是其时代最活跃也最具影响力的知识分子之一。作品包括一个几乎不间断地持续了四十二年的大型专栏《为我的母亲，波希米亚人》，该专栏的文章集中展现了政界、商界、宗教界等上层人士无知和无耻的言行。其余代表作有《大日子》（*Días de guardar*，1970）、《羞怯和放荡的场景》（*Escenas de pudor y liviandad*，1988）等。

拉丁美洲是世界上最缺乏公正的地区。没有哪个地方以如此恶劣的方式分配饼和鱼；在这里，在拥有统治之权利的少数人与负有服从之义务的多数人之间，横亘着比其他任何地方都更为遥远的距离。

拉丁美洲经济是一种假扮成后现代模样的奴隶制经济：支付的是非洲式工资，收取的是欧洲式价格，不公正和暴力乃此地出产效率最高的货品。墨西哥城，1997年，官方数据：百分之八十是穷人，百分之三是富人，中间的是其他人。九十年代，墨西哥城是产生最多亿万富豪的国都，他们都是一夜暴富。据联合国提供的数据，一个墨西哥富豪的财富相当于一千七百万墨西哥穷人财富之和。

世界上没有哪个国家像巴西这样分配不均，一些分析师已经在使用全球**巴西化**的概念，以为未来世界勾勒轮廓。当然，说到**巴西化**，他们不是在说快乐足球、狂欢节表演和热辣音乐的国际传播，巴西在这些精彩节目中可是光芒四射、无与伦比的。所谓**巴西化**，指的是一种建立在社会不公和种族歧视基础上的社会模式在全球范围内的强制性推广。在这种模式中，经济增长带来的是贫困和边缘人口倍增。**比齐度**是巴西另一个名字：经济学家埃德马尔·巴沙创造出来的名字，因为，在这个国家，少数人像比利时富人那样消费，多数人像印度穷人那样生活。

私有化和自由市场时代，金钱无须通过中间人实施统治。国家该承担什么职能呢？国家应当负责规训那些薪水处于侏儒级别的廉价劳工，镇压由找不到活儿干的劳动力组成的危险大军：国家既当法官也当宪警，足矣。在世界上许多国家，社会公正被缩减为刑法判决。国家监管着公共安全，其他事务由市场包揽；至于贫困，不管穷人还是贫困地区，警察管不到的话，就让上帝来管吧。尽管公共管理部门竭力摆出一副慈母相，它只能把越来越少的精力投入到监督和惩罚的工作中去。这样一个新自由主义的时代，公共权利成了权力的施舍，而权力只在每次选举前夕才像做慈善似的，为公共卫生和公共教育操劳一番。

在全世界，贫困每年杀掉的人要比杀人无数的第二次世界大战来得更多。然而，从权力的视角看，人口灭绝总的来说并非坏事，至少有助调整增长过快的人口。专家们以**人口过剩**的罪名控告世界的南方，那里的愚昧大众除了日夜违背十诫第六诫①外不知道干别的：女人们总是想要，男人们总是能给。每平方公里十七人的巴西，**人口过剩**？还有每平方公里二十九人的哥伦比亚，也**人口过剩**？荷兰每平方公里有四百人，却没有一个荷兰人会死于饥饿；而在巴西和哥伦比亚，一小撮贪食者将一切据为己有。海地和萨尔瓦多是美洲人口最拥挤的国家，和德国一样挤。

---

① 天主教十诫第六诫为“不可奸淫”。参见《出谷纪》20:14。
又，本书《圣经》译名和译文均从思高本，“上帝”除外，后不再一一注明。

视点2

从南方的视点出发，北方的夏天是冬天。

从蚯蚓的视点出发，一盘意大利面是一场聚众淫乱派对。

印度人眼中一头圣牛，看在其他人的眼里，是一只大汉堡。

从希波克拉底、盖伦、迈蒙尼德和帕拉塞尔斯的视点出发，有一种病叫消化不良，但并不存在一种叫饥饿的病。

从卡尔多纳村民的视点出发，托托·萨乌格是个了不起的人，他不管什么季节都穿同一件衣服。

“托托从来都不知道冷的。”他们说。

他什么都不说。他是知道冷的；他只是缺一件大衣而已。

权力施行不公也靠不公存活，它每个毛孔都散发着暴力的气息。社会被分为好人和坏人：在城市郊区的地狱中潜伏着黑皮肤的罪人，他们的贫穷是他们的过错，犯罪倾向是他们的家族遗传；广告让他们口水直流，警察却把他们赶下餐桌。体制答应给予的体制又予以否认，不管是让美梦成真的神奇物品，还是电视机许诺的奢华生活，不管是城市的夜空中宣告天国降临的霓虹灯，还是虚拟财富的灿烂光芒：正如真实财富的占有者笃定的，没哪种镇静药可以缓解这么严重的焦虑，也没哪种抗抑郁药可以平息这么剧烈的狂躁。监狱和子弹是针对穷人的诊疗手段。

二三十年前，贫穷还是不公正的产物。左派揭露这一点，中间派承认这一点，右派也很少否认这一点。这么短的时间里，时代发生了巨大变化：现在，贫穷是效率低下应得的惩罚。贫穷不管怎么说还值得同情，却再也不能激起愤懑了：穷人之所以穷，是游戏规则或厄运使然。暴力也不再是不公正的产物了。强势的话语，那些成批生产出来的图像和文字，几乎总是为一个赏罚分明的体制服务的，这个体制把人生设计成一场无情的赛跑，只有少数人能赢，大多数人注定要输。按照惯例，暴力成了失败者的卑劣表演。这些可恶的失败者是从穷国和贫困社区里冒出来的为数众多、不适应社会的危险分子。暴力存在于他们的天性之中。正如贫穷，暴力对应的是自然秩序、生物秩序，或者说是动物园秩序：他们今天这样，过去这样，将来也还会这样。不公正是保证不公正得以永存的法律的源泉。不管世界的南方还是北方，今天，不公正要比过去任何时候都更不公正，但对于在全世界制造公共舆论的强势媒体来说，不公正似乎并不存在。

千年之末的道德法则惩戒的不是不公正，而是失败。越南战争的发起人之一罗伯特·麦克纳马拉曾在他撰写的一本书中承认，这场战争错了。但这场让超过三百万越南人和五万八千名美国人丧生的战争，**错不在道行不义**，而在于美国打了一场明知不能赢的战争。罪过在失败，不在正义与否。据麦克纳马拉说，1965年已有确凿证据表明美国的军事介入不可能成功，但美国政府一意孤行，满以为胜券在握。至于美国政府为在越南强行建立一个越南人不喜欢的政府进行了十五年国际恐怖主义活动的事实，不在讨论之列。这个世界第一军事强国在如此狭小的一个国家倾倒了比整个第二次世界大战还多的炸弹，仅是一个微不足道的细节而已。

总之，绵延不断的杀戮中，美国行使强势大国的权利，想侵略谁就侵略谁，想逼迫谁怎样谁就得怎样。强势国家的军人、商人、银行家及观点和情绪的制作者，有权把军事独裁政权或听话服软的政府强加给其他国家，可以向它们强行传授经济政策及其他一切政策、命令它们接受将导

视 点 3

从统计学的视点来看，一个人得一千美元，另一人一无所获，在计算人均收入时，这两人每人都得五百美元。

从遏制通胀的视点来看，整顿措施是个好办法。从那些身受其害的人的视点来看，整顿措施让霍乱、伤寒、肺结核及其他厄运成倍增长。

致破产的经济交换和高利贷、要求它们向自己的生活方式俯首称臣、操纵它们的消费导向。这是一种**自然权利**，行使起来可以不用担心罪罚，可以很快就遗忘掉。

权力的记忆并不记事，它只会祝福。它为继承权的永久有效开具合法证明，它宽恕统治者的罪行并为他们的脱罪辩词提供不在场证明。权力的记忆经由学校和媒体传播，成了唯一可能的记忆，它只听取颂扬其伟大神圣的连续单调的祈祷声。逃脱罪责，就要销毁记忆。有成功的国家、成功的人，也有失败的国家、失败的人，因为，有效率者应得奖赏，无用之人活该受罚。为让丑行变成壮举，北方的记忆脱离了南方的记忆，积累财富与掏空资源不是一回事，今天的富足与往日的掠夺毫不相干。破碎的记忆让我们相信，富裕无须为贫困承担罪责；贫富古已有之，且将携手走向永远的未来；世界就是这样，因为，上帝，或者说习惯，就希望这样。

世界第八大奇迹、贝多芬第十交响曲、主的第十一诫：到处传唱自由市场的颂歌，自由市场是繁荣的根本，是民主的保证。贸易自由像一件新产品那样被叫卖，事实上，它的历史漫漫久长。这历史与不公正的源头密切相关，而在我们今天的时代，统治着我们的不公正仿佛是从一颗卷心菜或一只山羊的耳朵里生出的：

三四百年前，英国、荷兰和法国以贸易自由之名行海盗之实，弗朗西斯·德雷克爵士、亨利·摩根[①]、皮特·海恩、

① 弗朗西斯·德雷克（1540/1543—1596），英格兰私掠船船长兼海盗。1566年左右加入抢劫和贩奴的船队，到过美洲。数年后，开始独立率船队前往西印度群岛。1573年，携从农布雷－德迪奥斯（Nombre de Dios）等地劫掠的财物归国，成为富翁和名人。1577至1580年，奉伊丽莎白一世之命作绕麦哲伦海峡探索美洲太平洋沿岸的航行，收获极丰，包括两艘西班牙船只的大量财货，为女王“发现”新阿尔比恩（Nova Albion，即今旧金山周边）并占领该地，及幸运地成为第一个一举完成环球航行的船长。归国后，获女王亲自登船慰问并授予爵士头衔，稍后出任普利茅斯（Plymouth）市长。英西战争（1585—1604）中继续为女王效力。1585年，在袭击了西班牙本土的维戈（Vigo）、西班牙控制下的佛得角后前往美洲，洗劫了圣多明戈、卡塔赫纳－德印度阿斯等地。1587、1588年先后在加的斯港、英吉利海峡重创西班牙无敌舰队（Grande y Felicísima Armada）。亨利·摩根（约1635—1688），威尔士人，私掠船船长兼海盗。17世纪60年代早期跻身牙买加雷亚尔港（Port Royal）私掠船船员行列，很快在针对墨西哥湾沿岸、中美洲和加勒比海西属殖民地的行动中崭露头角，拥有了自己的船。60年代末，由牙买加代理总督授予私掠特许证（letter of marque）并任命为上校和民兵部队指挥官，先后劫掠了普林西比港（Santa María del Puerto del Príncipe）、波托韦洛（Portobelo）、马拉开波（Maracaibo）和直布罗陀（Gibraltar）。其事业于1671年攻占并洗劫巴拿马城达到巅峰。出于西班牙的外交压力，他被带到伦敦等待判决，却受到英雄的礼遇。他于1674年获封爵士并被任命为牙买加副总督。

“奥洛讷人”弗朗索瓦[①]等该时代的新自由主义者，出色地完成了工作；

贸易自由是欧洲在售卖人肉的贩奴活动中使用的说辞，整个欧洲因贩奴暴富；

美国脱离英国独立后，首先做的一件事就是给贸易自由下禁令，美国出产的布匹虽比英国布更贵也更劣质，但从婴儿尿布到裹尸布，都必须使用美国布；

之后，美国竖起贸易自由的大旗，向许许多多拉丁美洲国家强卖它的商品、它的贷款和它培养的军人独裁者；

英国士兵也以之为旗，用大炮压服中国消费鸦片，而海盗威廉·华尔克也以自由之名，用大炮在中美洲重建奴隶制[②]；

---

① 皮特·海恩（1577—1629），荷兰共和国（1581—1795）海军将领。早年为商船船长。1621年成为荷兰西印度公司董事后，在抢劫伊比利亚联盟（1580—1640）财产以削弱其战争供应的计划中任舰队副司令。1628年，于马坦萨斯湾（Bahía de Matanzas）俘获西班牙珍宝舰队，所得价值一千多万荷兰盾的金银及其他昂贵货物，供应荷兰海军八个月之久，并使股东当年拿到百分之五十的现金分红。不久，升任海军中将，实际上指挥该国全部舰队，直至阵亡。“奥洛讷人”弗朗索瓦（1630—1671），本名让·达维德·诺（Jean David Nau），法国私掠船船长兼海盗。17世纪60年代，受托尔蒂岛（la Tortue）法国当局委托和赞助，袭扰加勒比海域的西班牙船只，同时大肆劫掠该地区城镇，手段异常残忍。1666年，在血洗马拉开波、直布罗陀后，获得“西班牙人的灾星”的绰号。

② 威廉·华尔克（1824—1860），美国冒险家，上帝所命论（Manifest destiny）者。19世纪五六十年代组织数次私人军事远征，试图在墨西哥或中美洲建立个人掌控的殖民地。1853年，招募两百余名美国人进军墨西哥，虽未实际控制任何地区，次年先后宣布成立下加利福尼亚共和国（Republic of Lower California）、索诺拉共和国（Republic of Sonora），自任总统，遭到墨西哥军队抵抗，退回美国。1854年，尼加拉瓜保皇党与民主党爆发内战，借民主党向其寻求军事援助之机，组织雇佣军进入尼加拉瓜，一度击败保皇党军队，控制该国。1856年，自任尼加拉瓜总统，宣布恢复奴隶制，以英语为官方语言。次年败于中美洲国家联军，向美国海军投降后，被遣送回国。1860年，试图再次进军中美洲，在洪都拉斯为英国海军俘获，交洪都拉斯当局处决。

英国工业界一边赞美贸易自由，一边将印度逼入穷得不能再穷的境地，英国银行界则为消灭巴拉圭提供赞助，而巴拉圭在1870年之前还是唯一一个真正独立的拉丁美洲国家[①]；

许多年后，1954年，危地马拉想尝试一下贸易自由，要从苏联那里购买石油，于是美国发动一场闪电侵袭，让一切复归原位；

再后来，没多久，古巴也忘了它的贸易自由仅限于接受强加给它的价格，购买了严禁购买的苏联石油，于是惹下大麻烦，最终导致了猪湾入侵和无尽封锁。

所有历史先例都告诉我们，贸易自由及其他金钱方面的自由与国家的自由间之相似度，好比“开膛手”杰克与阿西西的圣方济各[②]间之相似度。自由市场把我们这些国家变成充塞舶来品的大市集，这些精致的外国货，大部分人能看不能摸。从很多年前起就一直是这样：我们没鞋穿的士兵千辛万苦得来的独立果实，被商人们和地主们联手

① 自1811年独立至1870年在三国联盟之战（1865—1870）中战败前，巴拉圭一直实行立足国内发展、对外闭关自守的政策，曾是南美洲最富裕的国家。战争不但使巴拉圭损失六分之五强人口、十四万平方公里土地，还结束了其成功的独立自主的经济模式。这段历史请参见爱德华多·加莱亚诺著、王玫等译《拉丁美洲被切开的血管》，南京大学出版社，2018年，第219—229页。

② 阿西西的圣方济各（1181—1226），意大利修士，方济各会（Orden franciscana）创始人及其会规制订者。1228年封圣。方济各与自然友爱，认为自然乃神的镜子，一切造物——日、月、地、水、火、风和动植物，都是人的兄弟姊妹，同为荣耀、赞美神之存在。传说鸟儿乖乖听他布道；凶狼顺从他的引导，与意大利古比奥镇（Gubbio）居民立约，居民定期饲狼，狼则不再吃人及牲畜。他是动物、家庭、和平的主保圣人。

话语 1

多国公司之所以叫多国公司，是因为它们在好多个国家同时开展业务，但是，它们只属于少数几个国家。这几个国家垄断了财富、政治、军事和文化的权力，科学知识和高端技术。现今最大的十家多国公司收入加起来，要超过一百个国家收入总和。

发展中国家是专家们给那些被别国的发展摧残的国家起的名字。根据联合国的说法，发展中国家通过不平等的经贸与金融关系给发达国家送去的钱，是前者接收的对外援助金额的十倍不止。

对外援助指的是国际关系中恶癖需要向美德支付的一点点税款。对外援助的发放，一般来讲，只会确认不公正，很少纠正不公正。1995年，全世界百分之七十五的艾滋病患者都集中在黑非洲，而黑非洲从各个预防艾滋病的国际组织接收到的资金，只占发放总额的百分之三。

夺走并出卖。于是，那些本可孕育出民族工业的手工业作坊纷纷倒闭。大肆欺压内地的港口和大城市不愿面对创造的挑战而选择了消费的迷狂。许多年过去，我还能在委内瑞拉的超市里看到用来配威士忌的袋装苏格兰水。在石头都热得挥汗如雨的中美洲城市里，我能看到专供贵妇的毛皮围脖。在秘鲁，我能看到德国产电动打蜡机，专供泥土地面的不通电房子使用。在巴西，我能看到从迈阿密买来的塑料棕榈树。

发达国家走的是另一条路，完全背道而驰。他们从未让黑落德王闯进他们的童年生日派对[①]。自由市场是他们生产的唯一一种不予补贴的商品，仅供出口。他们卖，我们买。他们的政府给农业生产以相当慷慨的补助，因此，他们的农产品尽管成本高昂，却仍能以极低的价格倾泻在我们这些国家头上，让世界南方的农民陷入破产。据联合国提供的数据，美国农业生产者拿到的人均政府补贴是一名菲律宾农民收入的一百倍。我们还没说到更厉害的保护主义：发达强国也看护着对它们来说最为关键的东西，它们垄断尖端技术，垄断生物科技、知识生产和信息传播，它们死死守护这些特权，北方才得以继续获取新知，南方才得以继续学舌复述，如此千年万年。

---

① 指黑落德王（即和合本希律王）抓捕“才诞生的犹太人的君王”未果，差人将白冷（伯利恒）及其周围境内所有两岁及两岁以下婴儿杀死。参见《玛窦福音》2：1—18。

话语 2

1995年，阿根廷媒体爆料，美国国际商业机器公司即IBM曾给该国国家银行几位高管送去三千七百万美元，以换取一份比正常价格高出一亿两千万美元的服务合同。

三年后，这几位高管承认，他们确实收了那笔钱并存在了瑞士，但他们都是很有品位的人，避免使用**贿赂**或**黑钱**这样的词儿：其中一个人用了**奖金**这个词儿，另一个说那是一份**馈赠**，最精致的说辞则是：**IBM乐于向我致以谢忱**。

许许多多经济屏障仍高高矗立，而拦截人的屏障竖得比以往任何时候都高。只消看看欧洲国家颁布的新移民法就够了，或者，看看美国正在与墨西哥相接的边境线上修筑的钢筋隔墙：这不是向柏林墙的殉难者致敬，这是向墨西哥劳工关上的又一扇大门，这些墨西哥劳工就是不肯相信，出国的自由是金钱才享有的特权。（据说，为让墙体看上去不那么难看，墙面会漆成浅橙色，会贴上绘有儿童画的瓷砖，还会开凿可望到另一边的窥视孔。）

话语 3

维多利亚时代，不能当一位小姐的面说“裤子”一词。今天，有些东西是最好不在公共舆论面前提及的：

资本主义有了一个金光闪闪的艺名：**市场经济**；

帝国主义被称为**全球化**；

帝国主义的受害者被称为**发展中国家**，就好比把侏儒唤做儿童；

投机主义叫做**实用主义**；

背叛叫做**现实主义**；

穷人叫做**匮乏者**，或者叫**资源稀缺者**；

穷人家的孩子被教育体制排除在外，称为**逃学**；

老板不予补偿也不做解释地把员工辞退的权利，称为**劳动力市场的弹性制度**；

官方措辞将妇女权益纳入**少数群体**的权益中，仿佛占人类一半的男性是大多数；

不说军事独裁，而说**进程**①；

① 进程指国家重组进程(Proceso de Reorganización Nacional)，阿根廷最后一个军事独裁时期(1976—1983)当局对其政策的官方措辞。

酷刑被称为**非法虐待**，或者，叫**身心压力**；

窃贼是好家庭出身，那就不叫窃贼，而叫**偷盗癖患者**；

贪官洗劫公共资金，叫**非法致富**；

汽车犯下的罪行叫做**事故**；

不说盲人，而说**视力缺失者**；

黑人是**有色人**；

凡是叫做**慢性疼痛病症**的，都应读做癌症或艾滋病；

突发慢性病意指血栓；

从来不说死亡，而说**物理性消失**；

在军事行动中被消灭的人也不叫死人：战场上死去的叫**减员**，那些不幸为战争所害的平民，被称做**附带伤害**；

1995年，法国在南太平洋引爆原子弹，当时的法国驻新西兰大使称："我不喜欢炸弹这个词儿。那不是炸弹。那是**可爆炸的人工装置**"；

在哥伦比亚，受军方暗中庇护的一些暗杀团体叫做**共生会**；

智利军事独裁政权开设的数座集中营，有一个名为**尊严**；乌拉圭军事独裁政权时期最大的监狱叫做**自由**；

1997年，在墨西哥恰帕斯州的阿科特阿尔村，四十五位几乎全是妇女和儿童的村民在教堂中做祷告时，一个准军事组织从他们背后开枪，将他们尽数杀害，这个组织的名字叫做**和平与正义**。①

---

① 恰帕斯州为墨西哥东南部一州，濒太平洋；阿科特阿尔村地处该州中部高地，居民为玛雅人的一支佐齐尔人。阿科特阿尔惨案遇难者为公民社会蜜蜂（La Sociedad Civil Las Abejas）组织成员，该组织公开支持萨帕塔民族解放军的原则和目标。萨帕塔民族解放军参见第140页注释。

美洲各国总统经常进行没有实质性内容的聚会，每次聚会都宣布同样的决议：“自由市场必将促进繁荣。”谁的繁荣？没说清楚。现实是存在的，尽管有时不易为我们发现。现实并非哑巴，尽管有时会装哑巴。现实告诉我们，资本的自由流动正在让毒贩和给贩毒赃款提供庇护的银行家越来越肥。金融和经济方面公共监管的崩溃，为他们的工作提供了便利：他们得到了不错的面具，他们可以更有效率地策划发货和洗钱的网络。现实还告诉我们，这一盏绿灯可以让北方更自如地施展它的慷慨，把它污染性最大的企业迁往南方和东方，一边支付象征性的工资，一边给我们送来核废料及其他垃圾。

参考文献

理查德·J.巴尼特、约翰·卡瓦纳,《全球梦：帝国公司与新世界秩序》，纽约：西蒙与舒斯特出版公司，1994年。

阿韦拉多·阿维拉·库列尔,《饥饿、营养不良与社会：墨西哥营养不良状况的流行病学调查》，瓜达拉哈拉：瓜达拉哈拉大学出版社，1990年。

埃里克·霍布斯鲍姆,《极端的年代：短暂的二十世纪，1914—1991》，纽约：万神殿出版社，1994年。

爱德华·戈德史密斯、杰里·曼德,《反全球经济的案例》，旧金山：山峦俱乐部，1997年。

第三世界研究所,《世界指南，1998年》，蒙得维的亚：莫斯卡出版社，1998年。

弗朗索瓦·谢奈,《资本的全球化》，巴黎：锡罗斯出版社，1997年。

国际货币基金组织,《国际金融统计年鉴》，华盛顿，1997年。

联合国开发计划署,《1995年人类发展报告》，纽约、马德里、墨西哥城，1995年。

联合国开发计划署,《1996年人类发展报告》，纽约、马德里、墨西哥城，1996年。

联合国开发计划署,《1997年人类发展报告》，纽约、马德里、墨西哥城，1997年。

联合国粮食及农业组织,《生产年鉴》，罗马，1996年。

罗伯特·麦克纳马拉,《回顾》，纽约：时报图书公司，1995年。

世界银行，《1995年世界发展报告》，牛津：牛津大学出版社，1996年。
世界银行，《世界发展指标》，华盛顿，1997年。
世界银行，《世界银行地图集》，华盛顿，1997年。
伊格纳西奥·拉莫内特，《混乱的地缘政治》，巴黎：伽利略出版社，1997年。

ABARICIA
IRA
GULA
LUJURIA
SOBERBIA
PEREZA
ENVIDIA

种族主义和大男子主义
基础教程

下级必须永远服从上级，正如女人应当服从男人。有些人生来就是管人的，另一些人生来被人管。

种族主义与大男子主义一样，有基因遗传为理论支撑：穷人之所以倒霉，不是历史的错，应当从生物学上找原因。他们的血液已携带了他们的命运，更糟糕的，是劣等人的染色体中往往也混入了犯罪的恶种。当一个黑皮肤的穷人走近时，危险系数指示器的红灯便会亮起，随即警铃大作。

神话、仪式和里程碑

在美洲，在欧洲，警察追捕具有原型特征的人，他们的罪过在于长了那样一张脸。每一个不是白人的嫌疑犯，都是这条用隐形墨水写在集体意识深处的法则的明证：罪行是黑色的，或是棕色的，或者，至少是黄色的。

这种妖魔化的说法忽略了真实的历史经验。在最近五百年中，不得不说，白人犯下的罪行可一点也不少。文艺复兴时代，白人数量只占世界人口五分之一，但那时白人就声称自己是神意天命的承载者了。以上帝之名，他们在美洲消灭了不知多少百万的印第安人，在非洲抓走了不知多少百万的黑人。君王是白人，吸食印第安人血液的是白人，贩卖黑奴的也是白人，他们在美洲和非洲建立了代代相传的奴隶制度，让奴隶的子女生而为奴，在矿井和种植园里劳作终生。之后几个世纪中，为将白人帝国的霸权扩展到这个星球的四面八方，文明犯下了不计其数的暴行，做出这些野蛮之举的也是白人。到了二十世纪，在日本人的协助下发动和进行了两次世界大战，屠杀了主要是平民的六千四百万人的国家元首和军事统领，也是白人；建立起纳粹集中营，策划并实施了针对犹太人及赤党分子、吉卜赛人和同性恋的大屠杀的刽子手，还是白人。

有些民族生来就是自由人，另一些民族生来就是奴隶。所有曾称霸世界的帝国都受过这条信念指引。然而，直到文艺复兴和征服美洲，种族主义才开始成为一种体制，为欧洲的贪食症提供堂而皇之的无罪辩护词。从那时起，种族主义统治了全世界：在被殖民的世界，种族主义将大多数人贬为低等；在对外殖民的世界，种族主义将少数人推到边缘。殖民时代既需要火药，也需要种族主义，历任罗马教皇不断诽谤上帝，把灭绝人口的命令说成上帝的旨意。国际法的诞生是为了给侵略和掠夺赋予法律意义，种族主义则给残暴的军人颁发通行证，为征服者对被征服民族和土地进行无情剥削提供借口。

身　份

我的祖先在哪里？我应该歌颂哪些人？我在哪里才能找到我的原材料？我的第一位美洲祖先……是个印第安人，一个久远年代的印第安人。你们的祖先将他活活剥了皮，我就是他留下的孤儿。

——身为白人的马克·吐温，

《纽约时报》，1881年12月26日①

① 这里的文字出自马克·吐温在费城新英格兰协会(New England Society)首次周年晚宴上的演讲。19世纪的美国，盎格鲁-撒克逊移民后代热衷建立各类新英格兰协会，每年于12月22日即清教徒移民登陆普利茅斯岩(Plymouth Rock)纪念日举办活动。他们自认美国合法继承人及文化保卫者，对非盎格鲁-撒克逊移民采取抵制态度。在名流为朝圣先辈(Pilgrim Fathers)献上颂词并干杯后，马克·吐温开始压轴演讲，以“我抗议……”起头，谈起了被摒弃在协会所谓美国之外的儿子和女儿们，那些社会边缘的遭到诋毁的人：印第安人、受迫害的教徒、奴隶、妇女、女巫……参见http://www.twainquotes.com/18811226.html。

在西班牙殖民的美洲，诞生了一套新的词汇，用来确定每一个人在社会等级中的位置，其依据是混血方式的不同造成的等级差异。Mulato即**穆拉托**过去和现在都指白种男人与黑种女人的混血后代，该词很明显与mula也即骡子有关，骡子便是公驴和母马杂交后产下的无生育能力的后代。此外，还有许许多多的词汇用以给肤色划分等级，这千百种颜色产生于新大陆上欧洲人、美洲人和非洲人间不断发生的大杂烩。有单个的名字，比如**卡斯蒂索**①、**夸尔特隆**、**金特隆**②、**摩里斯科**③、**乔洛**、**阿尔维诺**④、**罗沃**、**桑巴伊戈**、**坎布霍**、**阿尔瓦拉萨多**、**巴尔西诺**、**科约特**⑤、**查米索**、**桑博**⑥、**希瓦罗**、**特雷萨尔沃**⑦、**哈洛乔**、**卢纳雷霍**和**拉亚多**⑧，还有组合式的名字，比如**回到后面去**、**你就站那儿**、

① 西班牙白人与印第安女人所生混血儿称梅斯蒂索，西班牙白人与梅斯蒂索女人的子女则称卡斯蒂索。
② 夸尔特隆也即四分之一，通常用来称呼非西班牙白人血统——印第安人或黑人血统——占四分之一的人。夸尔特隆与西班牙白人所生子女为金特隆。
③ 摩里斯科，在西班牙美洲，用来称呼西班牙白人与穆拉托女人的子女。而在西班牙本土，它指已受洗为基督徒的穆斯林。
④ 阿尔维诺，源自西班牙语白（alba），通常用来称呼西班牙白人与摩里斯科女人的子女，其意近似于白皮肤的黑种人。
⑤ 科约特——西班牙语郊狼，源自纳瓦特尔语（náhuatl）——是对梅斯蒂索人与印第安人子女的称呼。
⑥ 桑博通常是对黑人与印第安人所生混血儿的称呼，双亲为桑博人者亦称桑博。葡萄牙语中的对等词为卡夫索（cafuzo）。但在新西班牙总督辖区（Virreinato de Nueva España），此类混血儿称罗沃，即西班牙语狼。
⑦ 特雷萨尔沃指有四分之三印第安血统、四分之一白人血统的人。
⑧ 卢纳雷霍、拉亚多字面意思分别为带斑点的、有条纹的。至此，前面没有注出的那些名称多为混血儿与印第安人、混血儿与混血儿的后代，这份色拉——借用作者的说法，其配方几乎是难以穷尽的。需要说明的是殖民时代流传至今的种姓谱录，无论档案、书籍或图谱，不限于一份且多有不同，即存在一地一名、一名多义的现象。参见https://es.wikipedia.org/wiki/Sistema_de_castas_colonial。

你要当自己不存在[①]、**我听不懂你在说什么**，用以指称这些热带风味的色拉菜，也标识着这世代遗传的侮辱的分量。

所有这些名字中，**我听不懂你在说什么**最具揭示性。从那个所谓“美洲的发现”开始，我们已经做了五百年的“我听不懂你在说什么”。克里斯托弗·哥伦布以为印第安人是印度人，以为古巴人居住的那块地方叫中国，以为海地人居住的那块地方叫日本。他的兄弟巴托洛梅在美洲建立了死刑制度，以渎神罪名把六个印第安人活活烧死：这六名罪犯把天主教的画像埋到土里，以求新的神祇保佑一个好收成。[②]当征服者们抵达墨西哥东部海岸，他们问当地人：“这地方叫什么名字？”当地人回答说：“我们听不懂。”这

---

① 回到后面去多数时候是对西班牙白人与阿尔维诺女人子女的称呼，也有说是我听不懂你在说什么与印第安女人的子女，关键的是，它特指白肤色的双亲生出的具有黑人表型特征的孩子，也即出现了隔代遗传现象；你就站那儿可指经过十或十代以上仍未见种族“改良”迹象的人（Jerome Branche, *Colonialism and Race in Luso-Hispanic Literature*, University of Missouri Press, 2006, p.95）；你要当自己不存在可指同时拥有白人、印第安人和黑人三种血统的人（William B. Taylor, Kenneth Mills, *Colonial Spanish America: A Documentary History*, Rowman & Littlefield Publishers, 1998, p.326）。

② 巴托洛梅·哥伦布（约1460—1514），航海家哥伦布的弟弟，制图师。哥伦布“印度大业”同谋。1494年前往西班牙岛（Española，伊斯帕尼奥拉岛）与哥伦布会合，被任命为先遣官并在其兄不在时暂代其职。1497至1498年，在该岛南岸今圣多明各所在地建新伊莎贝尔城（Nueva Isabela）。此后，陪同哥伦布作第四次即最后一次远航。1502年，他们登上今洪都拉斯瓜纳哈岛（Guanaja）。巴托洛梅·哥伦布洗劫了一艘来自尤卡坦的商船，强迫船长担任翻译——这是欧洲人与玛雅人“相遇”的首个记载。约在此时，尤卡坦玛雅人的羽蛇神库库尔坎（Kukulkán）发出了长胡须入侵者到来的预言，并被载入《方士秘录》（*Chilam Balam*）。《方士秘录》是用西班牙语字母拼写的尤卡坦玛雅文文集，十七八世纪流行于中美洲，今日所知玛雅人习俗大多来源于此书。这里提到的火刑发生在西班牙岛北部的马瓜国（Maguá），随哥伦布作第二次远征的加泰罗尼亚人、圣哲罗姆会（Orden de San Jerónimo）会士拉蒙·帕内（Ramón Pané，15世纪下半叶—？）记载了这一事件。参见《修士拉蒙关于古代印第安人的记述》（*Relación de Fray Ramón acerca de las antigüedades de los indios*，1498）第二十五和二十六章。

句话在当地人使用的玛雅语言里发音接近“尤卡坦”，从此这块地方就叫尤卡坦。当征服者们深入南美洲心脏地带，他们问当地人：“这湖叫什么名字？”当地人回答说：“您是指这片水吗，先生？”这句话在瓜拉尼语[①]里发音接近“伊帕卡拉伊”，从此这片位于巴拉圭亚松森近郊的湖就叫这个名字了。印第安人从来都是体表光滑的，然而在1694年，安托万·菲勒蒂埃在其《通用词典》中将他们描述为“体毛浓密、覆盖全身”，因为，欧洲图像志的传统要求野蛮人必须浑身长毛、类似猿猴。[②] 1774年，危地马拉圣安德烈斯-伊察潘村[③]负责解释教义的修士发现，印第安人顶礼膜拜

① 瓜拉尼语与图皮语组成图皮（tupí）-瓜拉尼语族，该语族是通用最广的南美印第安语族之一。16世纪也即殖民时代来临之际，瓜拉尼人居于巴拉那、米兰达（Miranda）、铁特（Tietê）、乌拉圭诸河及它们支流间的广阔森林地带，直至今巴西南部海岸，为西班牙人和葡萄牙人最早接触到的族群，瓜拉尼语也就位列欧洲人与南美印第安人交往使用的首批语言。今天，瓜拉尼人主要分布于巴拉圭和阿根廷东北、西北部，巴西南、西南部，玻利维亚东南部。瓜拉尼语乃巴拉圭事实上的国语。

② 安托万·菲勒蒂埃（1619—1688），法国教士，作家，学者和法兰西学院院士。因著作权纷争，《通用词典》于其身后才得以在尼德兰出版，时间应为1690年。

③ 圣安德烈斯-伊察潘村位于今危地马拉中部奇马尔特南戈省（Chimaltenango）东部圣安德烈斯-伊察帕（San Andrés Itzapa）自治市境内。Itzapan即伊察潘为纳瓦特尔语，意为打火石的河流。危地马拉地名多包含纳瓦特尔语词根，是佩德罗·德阿尔瓦拉多-孔特雷拉斯（Pedro de Alvarado y Contreras，1485—1541）征用墨西哥说纳瓦特尔语的印第安人加入其征服危地马拉（1524）的军队所留下的印痕。

的并非童贞玛利亚，而是那条被她踩在脚下的蛇，因为，蛇是他们的老朋友了，是玛雅人供奉的神[1]；修士还发现，印第安人崇拜十字架是因为十字架具有雨水与土地相交会的形状。[2] 也是在那时，在柯尼斯堡，从没到过美洲的哲学家伊曼纽尔·康德断定，印第安人**没有接受文明的能力**，注定要灭亡。康德道出了真理，尽管他没有亲自执行：经受了火绳枪和大炮的轰击、遭受了初到美洲的病毒和细菌的突袭、忍受了田间和矿井里无尽的强迫劳动之后，活下来的印第安人确实不多。那些因偶像崇拜罪名被判鞭刑、火刑和绞刑的印第安人则有许许多多：这些**没有接受文明的能力**的人，活着的时候是与大自然心灵相通的，他们相信，他们许许多多子孙今天也还相信，土地是神圣的，一

① 圣母踏蛇的绘画和雕塑，在天主教一般称为始胎无玷圣母（Virgo Immaculata）。教义认为，魔鬼借蛇形在伊甸的乐园里诱惑了厄娃，新厄娃玛利亚踏碎蛇头是得胜魔鬼的象征。参见《创世纪》3∶1—3∶19及注释。西班牙人征服危地马拉之时，玛雅人的一支基切人控制着西部高地。基切人称他们的羽蛇神古库玛兹（Gucumatz或Qucumatz），在其史诗《波波尔·乌》（*Popol Vuh*）中，古库玛兹是创世和造人的神之一。经历泥人和木人的失败后，众神用黄色的和白色的玉米面团捏出躯干和四肢，塞芦苇于其体内，造出了四个有理智的新人，此即人类始祖。

② 上述故事更详细的版本见于作家的三部曲《火的记忆》（*Memoria del fuego*，1982—1986）。参见路艳萍译《火的记忆II：面孔与面具》，作家出版社，2018年，第51页。

切在土地上行走的、从土地中生发出来的，都是神圣的。

错误在继续，一个世纪接着一个世纪。在十九世纪末的阿根廷，**向荒漠进军**指的是灭绝南方印第安人的数次军事行动，尽管彼时巴塔哥尼亚地区还不像今天这么荒凉。①阿根廷民政部门一直不肯登记印第安人的名字，理由是这些名字是**外国名字**，这种状况近几年才有所改观。人类学家卡塔利娜·布柳巴希奇发现，阿根廷民政部门终于把居住在该国北部萨尔塔高原地区的没有登记在册的印第安人登记在册了。他们的土著名字被改成不那么外国的名字，比如雪佛兰塔、福特、二十七、八、十三，甚至有被重新

① “向荒漠进军”由时任国防部长的将军胡利奥·阿亨蒂诺·罗加（Julio Argentino Roca，1843—1914）——此人稍后两次任阿根廷总统（1880—1886、1898—1904）——提出方案并主导实施，目的在于一方面终结印第安人袭扰，一方面将潘帕（pampeana）和巴塔哥尼亚地区纳入国家生产计划，从而加强国家主权。从1878年开始，一系列战役有步骤地展开，由近及远，最终将一万五千余名印第安人清扫出该地区。至1885年战事结束时，据统计，共有一千余名印第安人被杀。阿根廷的印第安幸存者中，一部分被迁至巴塔哥尼亚最边远、最贫瘠的地区，一部分作为收割工，出现在该国中西部库约地区（Cuyo）的葡萄园、西北部的甘蔗田里。另有三千余名被押解到布宜诺斯艾利斯，其中很多在囚禁中死去，部分妇女和儿童则被分发给上层家庭充为仆役。因涉嫌种族灭绝，向荒漠进军今天在阿根廷仍备受争议。在智利，类似军事行动发生较早，史称“占领阿劳坎尼亚”（Ocupación de la Araucanía，1861—1883）。

刑法课案例

1986年，一位墨西哥众议员到访恰帕斯州塞罗乌埃科的监狱①。他在那里看到一个佐齐尔族印第安人，因砍下了亲生父亲的脑袋，被判了三十年。然而，议员发现，那位死去的父亲每天中午都会来监狱，给儿子送玉米饼和菜豆。

对这名囚犯的审讯和判决都是用西班牙语进行的，而这个佐齐尔人几乎听不懂西班牙语。挨了一顿暴打后，他只好招认自己是一种叫“弑亲罪”的恶行的主谋。

① 塞罗乌埃科是恰帕斯州西北部一个镇，属图斯特拉-古铁雷斯（Tuxtla Gutiérrez）自治市。监狱建于1964至1970年间，在当地印第安人中素有恶名，他们会在没有正式指控的情况下被关在这里几个月，且请不到说他们语言的律师。从1994年开始，这座监狱因关押萨帕塔民族解放军成员及其支持者而出了名。1997年阿科特阿尔惨案的嫌疑犯也曾关押于此。2004年，两千三百多名囚犯全部转移他处，监狱停止运作。次年，建筑被拆除，原址上建起了恰帕斯科学技术博物馆（Museo de Ciencia y Tecnología de Chiapas）。

命名为多明戈·福斯蒂诺·萨米恩托的，全名照搬，以纪念这位对本国原住民厌恶至极的伟人[①]。

今天，在那些经济上主要依靠印第安人提供劳动力的国家，印第安人被看成国家经济的**沉重负担**，是这些国家竞相仿效的塑料文化的**累赘**。危地马拉是少数几个印第安人经历人口灭绝后重又恢复生机的国家之一。在这个国家，印第安人一直遭受虐待，是少数民族中最边缘化的群体，虽然他们占人口大多数；梅斯蒂索人和白人，以及那些自称白人的人，或是照着迈阿密方式穿衣打扮、生活起居，或是梦想着如此，**为的是看上去不像印第安人**，而成千上万的外国人却朝圣一般，蜂拥前往奇奇卡斯特南戈的市场，这是世界上最美的旅游胜地之一，印第安人的艺术在此展示充满想象力和创造力的编织品，令人惊叹不已。[②] 1954

---

① 多明戈·福斯蒂诺·萨米恩托（1811—1888），作家，教育家，阿根廷第一位平民总统（1868—1874）。作为1837一代（Generación del '37）代表人物，他是民主和欧洲自由主义的拥趸。1845至1847年以智利政府代表身份赴欧美考察教育后，这一信念进一步加强，尤其把美国视为拉丁美洲的榜样。在他看来，印第安人、高乔人及其生活方式就是野蛮、落后和无知的象征。他在1857年11月25日《民族报》上刊登的一篇文章中称："我们能灭绝印第安人吗？对美洲的这些野蛮人，我有一种无法克服的憎恶，这在我是不治之症。令人作呕的印第安人，没人比他们更配得上恶棍的称呼，我一看到就想吊死他们。"他最著名的作品是《法昆多：阿根廷潘帕斯草原上的文明与野蛮》（*Facundo o civilización y barbarie en las pampas argentinas*，1845），以为考迪罗胡安·曼努埃尔·德罗萨斯（Juan Manuel de Rosas，1793—1877）的高乔助手写传记的形式，抨击其集权统治，同时表达与高乔文化相对立的工业化和城市化要求。

② 奇奇卡斯特南戈为危地马拉中西部与墨西哥接壤的基切省（Quiché）山区城镇。组成其名称的纳瓦特尔语词根意为荨麻之墙。居民大多为基切人。建于玛雅神庙台基上的圣多默教堂（Santo Tomás，约1545）前的广场上，每周四、日举办传统集市，玛雅织物外，汇集各种手工艺制品如陶器、特产如草药等。西班牙人征服危地马拉后，幸存的基切贵族大部辗转迁居至此，《波波尔·乌》西班牙字母拼写本在这里被发现（1701—1704）并非巧合。

年，卡洛斯·卡斯蒂略·阿马斯上校篡夺了政权，梦想着把危地马拉改造成迪士尼乐园。为把印第安人从愚昧和落后中拯救出来，上校打算“唤醒他们的美学品味”，正如当时一份政府宣传册所说，“向他们传授编织、刺绣等劳动技能”。未及完成，死神扼住了他的喉咙。①

“**你真像个印第安人**”，或者，“**你身上有黑人的味道**”，在印第安人或黑人为数最多的国家，一些母亲会这样训诫不肯洗澡的孩子。然而，殖民时期的史家记载说，征服者看到印第安人洗澡次数之频，大为不解；从那时起，正是印第安人，以及后来从非洲来的奴隶，好心好意地把他们的卫生习惯传授给其他拉丁美洲人。

基督教信仰是对沐浴不予信任的，沐浴与罪孽相近，因为它带来快感。宗教裁判所鼎盛时代的西班牙，谁要是沐浴过于频繁，谁就是自认伊斯兰教信仰，犯下异教之罪，最终可能被处火刑。今天的西班牙，能去马韦利亚②避暑度假的阿拉伯人才算阿拉伯人。没钱的阿拉伯人就只能是摩尔人：用种族主义者的话说，**臭摩尔人**。然而，每一个参观过水的盛会——格拉纳达的阿尔罕布拉宫——的人都

---

① 卡洛斯·卡斯蒂略·阿马斯（1914—1957）在美国中央情报局支持下发动政变，推翻改革派民选总统哈科沃·阿文斯（Jacobo Árbenz，1913—1971，1951—1954在任），自任总统至1957年遇刺身亡。“未及完成，死神扼住了他的喉咙”系用莫扎特《安魂曲》的典故。

② 西班牙南部地中海滨城市，著名旅游胜地，属马拉加省（Málaga）。

女　神

耶曼娅之夜，整个海岸都成了欢乐的海洋。

巴伊亚、里约热内卢、蒙得维的亚等地的海滨都在欢庆这位海神的节日。人们在沙滩上点亮烛灯，往水里抛撒白花、香水、项链、糕饼、糖果……一切她钟爱的饰物和美食。

与此同时，信徒们会许下各自的心愿：

可以找到隐藏的珍宝，

可以打开紧锁的爱情之门，

失踪的人能回来，

死去的亲人能复活。

信徒们许愿的时候，他们的愿望就在实现。也许，奇迹持续的时间不会超过他们祈求奇迹的时间，但就在这征服不可能之事的短暂旅程发生的瞬间，信徒们被光照亮，在黑夜中熠熠生辉。

海潮把贡品带走后，他们面朝海平线一步步退去，唯恐背对女神。接着，他们缓缓地朝城市走回去。

知道，伊斯兰文化向来就是珍爱水的文化[①]，而基督教文化曾长期与水为敌，除了饮用之水。事实上，淋浴的习惯要到相当晚近才在欧洲普及，差不多是与电视机同时开始进入千家万户的。

印第安人是懦夫，黑人都是胆小鬼，但在拉丁美洲的土地上，数次征服战争、独立战争，抑或各国内战、边境战争，沦为炮灰的总是印第安人和黑人。征服时期，西班牙人使用印第安人士兵残杀印第安人。十九世纪，独立战争成为阿根廷黑人的灭顶之灾，因为，他们总是被放在交火最前线。巴拉圭战争[②]中，战场饱浸巴西黑人士兵鲜血。与智利交战时，秘鲁和玻利维亚联军由印第安人组成，秘鲁作家里卡多·帕尔马称他们是“卑贱堕落的种族”。[③]他

---

① 阿尔罕布拉宫为统治格拉纳达的奈斯尔王朝（dinastía nazarí，1238—1492）宫殿建筑群。其名阿拉伯语意为“红”。穆罕默德一世（Muhámmad I，1194—1273，1238—1273在位）建造了核心的宫殿，外墙及引水渠很可能也完成于这一时期。此后逐步增建夏宫花园、亭阁等。著名的桃金娘环绕水池的庭院和建有十字水渠的庭院则分别建于14世纪中期和后期。该建筑群供水系统，包括六千米长的引水渠、蓄水池和高地井，被认为是中世纪西班牙水力学最重要的代表作之一。

② 巴拉圭战争也称三国联盟之战，是阿根廷、巴西和乌拉圭围歼巴拉圭的战争。参见本书第46页脚注。

③ 这里所说交战指智利对玻利维亚-秘鲁同盟的太平洋战争（guerra del Pacífico，1879—1884）。起因为争夺太平洋沿岸三国交界处的阿塔卡马沙漠（desierto de Atacama），该地区自殖民时代以来从未明确归属，却富产其时欧美需要的鸟粪、硝石等资源，故这场战争也称鸟粪与硝石战争（guerra del Guano y del Salitre）。智利获胜，得以永久占有该地，而玻利维亚失去出海口，成为内陆国家。里卡多·帕尔马（1833—1919）于1881年参加了太平洋战争之利马保卫战。帕尔马，作家，学者和国家图书馆馆长。以创作浪漫主义诗歌和戏剧开始文学生涯，后期专注于自本国历史中发掘素材，描写乡土风尚和生活。代表作十卷本《秘鲁传说》（*Tradiciones peruanas*，1872—1910）在民间故事、传闻、长辈闲谈、文献片断基础上创作而成，共四百五十三篇“传说”，为西班牙语美洲文学最受欢迎的文集之一。

们被派往屠场奋勇冲杀，军官们则高呼“**祖国万岁！**”往后面躲。更近一些年代，厄瓜多尔与秘鲁的战争①中，贡献尸体的是印第安人；在危地马拉山区，扫荡印第安人村落的军队中，充当士兵的全是印第安人，那些梅斯蒂索军官犯下的每一次罪行都是一场暴烈的驱魔仪式，要把身上一半的血液清除干净②。

要像黑人那样干活儿，说这话的人也经常说，黑人都是懒鬼。还有个说法：**白人会奔跑，黑人只会逃跑**。奔跑的白人是失主，奔逃的黑人是小偷。就连受迫害的穷苦高乔人的化身马丁·菲耶罗也认为，做小偷的都是黑人，黑人是魔鬼造出来给地狱烧炭用的，印第安人也一样：**印第安人就是印第安人，他不愿/放弃他的本性/打生下来就是印**

---

① 这里所说战争应为秘厄战争(guerra peruano-ecuatoriana)，又称1941年之战(guerra del 41)，两国在亚马孙河上游地区自独立以来就存在的领土争议引发的战争或冲突之一。此前一次是1859至1860年，此后为帕奎沙之战(guerra de Paquisha，1981)和塞内帕战争(guerra del Cenepa，1995)。

② 这里所说的战争是危地马拉内战(1960—1996)。危地马拉的印第安人人口占比(43.43%，2018)位列拉丁美洲第三，仅次于秘鲁、玻利维亚。20世纪二三十年代，该国土地越来越集中在少数精英和外国公司手中，构成绝大部分农业人口的印第安人只有很少土地。在农村，占人口2%的富裕地主拥有近四分之三耕地，而这些土地的耕作比例仅1%。无地印第安人要么以工代税，一年为种植园工作一百五十天来交换一小块地的耕种权，要么在农场赚取日薪。住在最边远省份的印第安人则以一点土地勉强维生。即便如此，那一点土地也随时可能被国家夺走，转到种植园或外国公司手中。十年革命(1944—1954)中施行的土地改革惠及印第安人，然而在1954年被政变一夕逆转。政变不但开启了一连串军事独裁，也为内战启幕。自60年代始，左翼武装兴起，对抗右翼独裁统治，印第安人同情、支持前者，遭后者镇压。系统性地运用恐怖手段镇压印第安人始于1975年左右，80年代达到高峰，在穷人游击队(Ejército Guerrillero de los Pobres)活跃的以印地安人口为主的北部省份，更达到了种族灭绝的程度。也是在80年代，当局抓捕印第安人，把他们编成国民自卫巡逻队(Patrullas de Autodefensa Civil)，强迫他们杀害同胞。

第安小偷/死去时还是印第安小偷。[①] 黑人是小偷，印第安人是小偷：错误的传统让小偷成为被劫掠得最多的人。

自征服时代和奴役时代，印第安人和黑人就不断遭受劫掠：他们的手臂，他们的土地，他们的劳力和财富，及他们的语言和他们的记忆。在拉普拉塔河地区，quilombos即**基隆波**这个词意为妓院、混乱、无序、堕落，它事实上来自非洲，来自班图语[②]，指的是**成年训练营**。在巴西，**基隆波**指逃亡奴隶在雨林深处建立的自由空间。在这些避难所中，有一些维持了很长时间。位于阿拉戈斯州腹地的自由王国帕尔马里斯存活了整整一个世纪之久，打退了荷兰和葡萄牙军队发起的三十多次进攻。[③] 美洲征服和殖民的历史实际上是一部不曾中断的维护尊严的历史。几百年中，

---

① 马丁·菲耶罗是阿根廷作家何塞·埃尔南德斯（1834—1886）同名长诗主人公。该长诗被视为阿根廷民族史诗，有高乔人的《圣经》之谓。此处所引关于黑人的诗句，出自《高乔人马丁·菲耶罗》（*El Gaucho Martín Fierro*，1872）第七章；关于印第安人的诗句，出自《马丁·菲耶罗归来》（*La vuelta de Martín Fierro*，1879）第四章。

② 班图人分布于非洲大陆南端全境。他们使用的班图语为尼日尔-刚果语系贝努埃-刚果语族的语支。

③ 阿拉戈斯州为巴西东部沿海州。帕尔马里斯的基隆波（葡萄牙语：Quilombo dos Palmares，1605—1694）为葡萄牙殖民时期巴西最大基隆波，位于巴黑格山（Serra da Barriga），今乌尼昂-杜斯帕尔马里斯市镇（União dos Palmares）境内。该地出现基隆波可追溯至1580年。17世纪30至50年代，荷兰与葡萄牙抢夺东北部沿岸地区，大量黑奴逃亡至此，基隆波日益壮大，形成数个政治、军事中心。至70年代，人口或达两万。基隆波人从事渔猎、采集、种植和手工制造，以剩余与周边居民乃至殖民者交换或贸易。大型基隆波以筑垒城镇为中心，五十至一百人的棚屋（mocambo）环绕四周，并有铁匠铺、教堂和议事厅等。社会结构有类非洲王国，听命于一个最高领袖的寡头分别领导不同棚屋。战士以长矛、弓箭和枪作战，可能运用卡波艾拉（Capoeira）战舞技巧。荷兰人被驱逐后，葡萄牙人加强攻势，以为制糖业夺回劳动力。1677年，当局劝诱主要首领刚加·宗巴（Ganga Zumba，1630—1678）接受和平协议，引致分裂。宗比（Zumbi，1655—1695）领导了最后十余年的武装斗争，于1694年战败，次年遭出卖，斩首示众。约在1710年，帕尔马里斯的基隆波最终瓦解。

地　狱

殖民时代，隐藏在雨林深处的帕伦克成了自由的圣殿，给那些从哥伦比亚沿岸的种植园和卡塔赫纳-德印第阿斯逃出来的黑奴提供庇护。①

许多年过去了，好几个世纪过去了。帕伦克活了下来。帕伦克的居民们仍然相信，土地，他们的土地，是一个由大山、雨林、空

① 卡塔赫纳-德印第阿斯位于加勒比海岸，今哥伦比亚北部玻利瓦尔省（Bolívar）首府和城市，该国主要海港。由西班牙殖民者建于1533年，因地近马格达莱纳河（Magdalena）等连通内陆河流的河口，很快成为西班牙美洲重要的政治、经济和传教中心。这里输出秘鲁白银，输入非洲奴隶，为17世纪新世界重要的奴隶市场之一。帕伦克字面意为木栅，指作为防御工事竖立的尖头木桩，也是逃亡黑奴聚落的代称。帕伦克历史上最响亮的名字是班柯·比奥霍（Benkos Biohó），他是西非比热戈斯群岛（Os bijagós）人，于1599年领导了卡塔赫纳-德印第阿斯的一次黑奴暴动，率领约三十名西马龙（cimarrónes，造反奴隶）深入南方的密林和沼泽，建立了帕伦克，并自立为王。此后他通过联合周边的帕伦克使力量壮大，领导帕伦克抵抗西班牙人讨伐达十数年之久。1612年，与卡塔赫纳-德印第阿斯总督签订停战协定，帕伦克的自治得到确认，帕伦克人可以自由进出城及在周边活动。但到1619年，班柯·比奥霍在卡塔赫纳-德印第阿斯被西班牙人抓捕，于1621年被绞死和四马分尸。学者发现，1600至1790年间，历史文献中一直在重复绞死比奥霍或与之名字相近的人，说明他已经成为逃亡黑奴领袖的象征。今日仅存的帕伦克在马阿特斯市（Mahates），称帕伦克-德圣巴西勒（Palenque de San Basilio），1691年由西班牙国王给予自由，成为殖民地美洲第一座自由黑人城镇。它将帕伦克混成语及特有的文化保留至今。

气和人组成的躯体，通过树林呼吸，通过溪流哭泣。他们也还相信，在天堂里得到好报的，是享受了生活的人，在地狱里受罚的，则是违背了神命的人：在地狱里永远受炙烤的，是冷漠的女人、冷漠的男人，他们违背了神的旨意——活着时必须享受欢乐和激情。

年复一年，没有哪一天没有起义，官方历史却略去几乎所有反抗事件，只把它们当成奴隶劳动中的恶劣表现。总之，当黑人和印第安人拒绝接受为奴和强制劳动的命运，他们就是在实施反抗宇宙秩序的暴乱之罪了。从寄生虫到上帝，宇宙秩序建立在一根长长的由低到高的链条之上。就像行星围绕太阳转动，仆从也应当围着主人转。从殖民时期开始，社会不均和种族歧视就一同参与构成和谐的宇宙秩序。今天依然如此，且不仅仅是在美洲。1995年，彼得罗·因格劳在意大利证实了这一点："我家有个菲律宾女佣。真奇怪：很难想象在一个菲律宾人家里有个白人女佣。"①

从来不乏睿智的思想家把统治阶级的偏见提升到科学的高度上去，十九世纪的欧洲就盛产这些理论。现代社会学创始人之一、哲学家奥古斯特·孔德就认为白人是优等人种，女人永远处在童年状态。与他几乎所有同行一样，孔德对这一基本原则毫不怀疑：白人就是有能力统治那些注定做下等人的人。

切萨雷·龙勃罗梭把种族主义变为刑事专题。这位犹太裔意大利教授证明，**原始野蛮人**是危险的，他的论证方法与半个世纪以后希特勒用来给反犹主义正名的方法非常

---

① 彼得罗·因格劳（1915—2015），第二次世界大战时期意大利抵抗运动成员，记者，意大利共产党（1921—1991）领导人之一。一贯关注社会运动，包括女权主义、环境保护等。

类似。据龙勃罗梭的说法，罪犯生来就是罪犯，他们身上的动物性体征与非洲黑人及作为蒙古人种后代的美洲印第安人的体征是一样的。杀人犯颧骨较宽、头发卷曲而偏黑、胡须较少、犬齿较大；窃贼长有扁平的鼻子；强奸犯嘴唇和眼皮鼓胀。罪犯与野蛮人一样都不会脸红，这种特性方便他们从容不迫地撒谎。女性确实会脸红，不过，龙勃罗梭发现，“就连被认为是正常的女性也带有含犯罪倾向的体征”。革命分子也是一样：“我从没见过一个脸型对称的无政府主义者。”

赫伯特·斯宾塞在理性的帝国里打下不平等的基础，今天，它成了市场的法则。尽管已过去一个多世纪，他的一些理论听来仍不过时，富于我们这个新自由主义时代的气息。

英雄与坏蛋

有些运动员，个人背后是一大群人。二十世纪四十年代，美国黑人连与白人分享同一个墓园的权利都没有，杰克·鲁滨逊却在棒球运动中力压群雄，在这项仅属于白人的运动中成为最耀眼的明星①。成千上万没有尊严的黑人在这位运动员身上找到了尊严。观众们辱骂他，朝他扔花生米，对手往他身上吐口水；他在家里也能收到死亡威胁。

1996年，全世界都在为纳尔逊·曼德拉和他与种族主义所做漫长斗争欢呼喝彩时，乔赛亚·图格瓦内成为第一个获得奥运会金牌的南非黑人②。近些年来，奥运奖牌为来自肯尼亚、埃塞俄比亚、索马里、布隆迪或南非的选手所摘取已成常态。被称为“高尔夫球界的莫扎特”的“老虎”伍兹屡屡在这项属于富有白人的运动中获胜；已经有好

① 杰克·鲁滨逊（1919—1972），美国职业棒球大联盟（Major League Baseball）首位非裔美国人运动员。1947年4月15日代表布鲁克林道奇队（Brooklyn Dodgers）上场参赛，这之前，非裔球员仅限于在黑人联盟参赛。此为美国民权运动标志性事件之一。

② 乔赛亚·图格瓦内（1971— ），第二十六届夏季奥林匹克运动会（亚特兰大）马拉松金牌获得者。

多年，篮球和拳击赛事中升起的明星是黑人。给足球带来最多欢乐和美丽的运动员，也是黑人或穆拉托。

根据种族主义的双重话语，我们完全可以一边为取得成功的黑人鼓掌，一边又诅咒其他黑人。在1998年法国夺冠的那届世界杯中，身披蓝色队衣、在《马赛曲》的鼓舞下开始每一场比赛的球员几乎全是移民。当时的一项民意调查表明，每十个法国人中有四个人持种族偏见，但所有的法国人都欢庆胜利，仿佛黑人和阿拉伯人也是圣女贞德的子孙。

据斯宾塞说，国家政府应退避三舍，不应介入为最强壮的、最有天赋的人赋予权力的**自然抉择**进程。社会保障只会滋生更多懒汉，公立学校教育出一大批愤愤不平的人。政府应只限于引导**低劣种族**从事体力劳动并让他们远离酒精。

就像警察搜家，种族主义找到什么就是什么。直到二十世纪初，还流行以称量大脑重量来测算智商的方法。这种科学方法催生一种下流的脑髓裸露癖，证明印第安人、黑人和女人的脑子都是轻飘飘的。加夫列尔·雷内·莫雷诺，十九世纪玻利维亚的伟大知识分子，曾举着秤证明印第安人和印欧混血人的大脑要比白种人轻，差距在五盎司、七盎司到十盎司之间。[①] 其实，大脑重量之于智力的重要性，相当于生殖器尺寸之于性能力的重要性，也就是说：屁关系没有。但那些从事科学研究的人还是热衷于追逐名人的头盖骨，实验结果令人茫然，他们也从不气馁。阿纳托尔·法朗士大脑重量只及伊万·屠格涅夫一半，尽管这两人文学成就被认为不相上下。

---

① 加夫列尔·雷内·莫雷诺（1834—1908），玻利维亚文献学家、历史学家和文学批评家。1856年赴智利求学后长居该国。1864年起任教于智利国立中学（Instituto Nacional），后任该校图书馆馆长。对祖国历史及文化始终怀有热情。19世纪70年代起致力于玻利维亚历史文献的搜求、编目和评注。助国家图书馆归集文件，参与国家档案馆创建，对玻利维亚国家历史研究起步起到推动作用。文献学代表著作有《玻利维亚图书馆》（*Biblioteca boliviana*）和《秘鲁图书馆》（*Biblioteca peruana*）等。另有史学专著《上秘鲁殖民的终章》（*Últimos días coloniales en el Alto Perú*，1896—1901）等。受实证主义和社会再生思潮（regeneración social）影响，有种族偏见。此处提及的“实证”结论，系与之过从甚密的尼科梅德斯·安特洛（Nicomedes Antelo，1829—1883）的言论。安特洛与莫雷诺同乡，在布宜诺斯艾利斯师范学校（Escuela Normal）任教，是教育家和思想界先锋人物。莫雷诺曾为之作传（*Nicomedes Antelo*，1885）。

一百年前，阿尔弗雷德·比奈在巴黎首创了智商**测试**，他本意是好的，旨在确认哪些孩子需要得到学校老师更多帮助。他也第一次向人们发出告诫：这种方法不是用来衡量智力的，智力不可测量；这种方法不应被用来剥夺任何人的准入资格。然而，美国政府1913年就开始在纽约口岸强制推行比奈的**测试**方法了，就在离自由女神像不远的地方，刚刚抵达美国的犹太人、匈牙利人、意大利人和俄罗斯人移民接受智力检测，美国政府由此得出的结论，是每十个移民中就有八个智力水平相当于儿童。[①]三年后，玻利维亚政府在波托西市[②]的公立学校进行智力测试：每十个儿童中就有八人非正常。从那时起直到今天，种族和社会歧视就不断利用智商测试获取科学价值，在这种测试中，人不再是人，成了数字。1994年，一本题为《钟形曲线》的书在美国取得惊人销售业绩。这部由两位大学教授合著的著作把许多人敢想不敢说或只会压低了声音说的话赤裸

---

① 这里说的地方是埃利斯岛（Ellis Island），19世纪末20世纪初美国最繁忙的移民检查站，现已辟为国家移民博物馆。在此推行智力检测的是亨利·赫伯特·戈达德（Henry Herbert Goddard，1866—1957），新泽西州瓦恩兰（Vineland）低能儿童培训学校（Training School for Feebleminded Girls and Boys）主管，属于在美国采用和推广比奈测试的第一批人士。坚信智商与生俱来且不可改变。他将比奈测试修改得近乎严苛，将智力年龄相当八至十二岁水平者定为傻瓜（moron）。移民们因此得到令人吃惊的低分："……我们现在得到的是每个种族中最差的人。""'三等舱'的移民平均智力很低，大概就是傻瓜的水平。"智力检测影响移民政策，1913、1914两年驱逐出境的智力缺陷者分别较此前五年平均数增加350%、570%。顺理成章，他也是优生论者，主张对智商劣等者实行性隔离以防再繁殖。参见斯蒂芬·杰伊·古尔德著、柳文文译《人类的误测：智商歧视的科学史》，重庆大学出版社，2017年，第179—196页。

② 玻利维亚西南部同名省首府和城市。

裸地讲出来了：因为遗传作用，黑人和穷人的智商不可避免地低于白人和富人，因此，给黑人和穷人的教育及社会保障投资就等于是把钱扔到水里。穷人，特别是黑皮肤的穷人都是蠢驴，不是穷所以蠢，而是蠢所以穷。

种族主义只承认它自己的偏见具有说服力。今天众所周知的是非洲艺术是二十世纪最著名的那些画家和雕塑家灵感的主要来源，甚至常常成为他们无耻抄袭的对象；同样没人怀疑的是来自非洲的节奏正在拯救这个即将因悲伤和困顿死去的世界。来自非洲的音乐在巴西、美国和加勒比海沿岸催生了新的美妙旋律，没有这样的音乐，我们今

名　　字

马拉松健将多罗特奥·瓜穆克，基切族印第安人，是危地马拉历史上最重要的运动员。为了国家的荣誉，他不得不把自己的玛雅名字换掉，改叫马特奥·弗洛雷斯。

为纪念他的功勋，这个国家最大的足球场被命名为“马特奥·弗洛雷斯”，他本人则在“玛雅人”高尔夫俱乐部的场地上当球童，运送球杆，四处捡球，换一口饭吃。

天的生活会是什么样？然而，对豪尔赫·路易斯·博尔赫斯、阿诺德·汤因比等一众当代杰出知识分子来说，黑人的文化不育症显而易见。

在美洲，真正的文化是好几位母亲的产儿。我们的多元身份能发挥创造的活力，是因为组成它的各部分互相作用而产生出旺盛的生殖力。然而，我们接受的教育却让我们看不见自己。种族主义善于切割人体，不让人的本性尽情放射出所有光芒。美洲依然遭受着种族主义的病患；从北到南，美洲仍然害着眼病，看不见自己。我们这一代拉丁美洲人是受好莱坞教育长大的。印第安人总是那么一群苦瓜脸、头插羽毛、身绘图案的家伙，因为老围着马车转而头脑发晕。我们对非洲的了解仅仅来自人猿泰山老师，他却是由一个从没去过非洲的小说家编造出来的。

起源于欧洲以外的文化不是文化，而是无知，顶多能用来证明低等种族的无能，或用来吸引观光客，或在开年终联欢会和过国庆节之时提供奇装异服。然而，在现实中，在混血文化的花园里，印第安根脉和非洲根脉是与欧洲根脉一样顽强地绽放花朵的。它们结出的美妙果实随处可见，不论在久负盛名的艺术中，还是在被蔑称为“手工艺”的艺术中；不论在被贬损为“民间习俗”的文化中，还是在被定性为“迷信”的宗教中。这些根脉不为人知，却并非愚昧无知，它们丰富有血有肉之人的日常生活，尽管很多时候人们并不知道或者不愿意知道。在每天以说或不说的方式向我们揭示我们是谁的语言中，在我们进食和烹饪的方式中，在令我们翩翩起舞的旋律中，在让我们开怀的游戏中，在与我们生活相伴的一千零一种私密的或集体的仪式中，这些根脉都依然是富有生气的。

几百年间，来自美洲先古和非洲海岸的神被禁止膜拜。今天，这些神可以公开露面了；尽管他们仍遭受歧视，他们经常能受到为数众多的白人和梅斯蒂索人信徒的崇拜，或者，至少得到他们的问候、收到他们发来的祈求。在安第斯高原的国家，除印第安人外，还有更多人会把酒杯倾斜，恭请土地之神帕查妈妈先喝一口。在加勒比海岛和南美洲的大西洋沿岸，在黑人以外，还有更多人向大海之神耶曼娅供奉鲜花和甜食。印第安人和黑人的诸神不得不装扮成基督教圣徒才得以存在的时代已经过去。他们不再遭受追捕和刑罚，但官方文化仍对他们投去轻蔑的目光。我们生活在遭到异化的社会里，几百年中人们都受训朝镜子吐口水，很难接受源自美洲的宗教及由运奴船从非洲舶来的宗教得到与主流基督教一样的尊重。宗教吗？这些装神弄鬼的把戏也叫宗教？这些歌颂大自然的异教赞歌，这些欢庆人类激情的危险仪式，也能叫宗教吗？在形式上，它们可以是多姿多彩的，甚至是可亲可爱的，但在本质上，不过是无知和落后的表现而已。

把黑皮肤的人及他们的身份标志与无知和落后相等同，是一个历史悠久的传统。1937年，在多米尼加共和国，为开辟进步之路，莱昂尼达斯·特鲁希略大元帅下令砍杀两万五千名海地黑人。大元帅本人是穆拉托，祖辈就有海地人，他喜欢用米粉把脸抹白，还想把整个国家漂白。作为

司　法

1997年，一辆政府牌照的小汽车正在圣保罗一条街道上以正常速度行驶。在这辆崭新的、造价不菲的车上坐着三个人。到了一个交叉路口，一名警察让汽车停下。他让他们下车，在将近一个小时的时间里，他一直让他们高举双手面朝墙壁，盘问他们这辆车是从哪儿偷来的。

车上三个人都是黑人。其中一位叫埃迪瓦尔多·布里托，是圣保罗市政府的司法局长。其他两人也是局里的公务员。对布里托来说，这天的遭遇没什么新鲜的。不到一年时间里，这样的事他已遇到过五次了。

逼停他们的警察，也是黑人。

赔偿，多米尼加共和国为每一位死难者向海地政府支付二十九美元。经过漫长谈判，特鲁希略最后只承认有一万八千人遇害，赔款总计五十二万两千美元。

与此同时，地球另一边，阿道夫·希特勒正给吉卜赛人及穆拉托——数年前穿着法军制服开进德国的塞内加尔黑人士兵的后代——施行绝育手术。纳粹的种族清洗计划最先是从遗传病患者和罪犯的绝育手术开始的，到后来，就轮到犹太人。

历史上第一部优生法是1901年在美国印第安纳州获准通过的。三十年后，美国已有三十个州立法，允许给智力

视 点 4

从世界东方的视点来看，西方的白天是黑夜。

在印度，穿丧服的人一身白。

在古代欧洲，黑色是沃土的颜色，代表生命；白色是骸骨的颜色，代表死亡。

据哥伦比亚乔科地区[①]长老们的说法，亚当和厄娃是黑人，他们的两个儿子加音和亚伯尔也是黑人。当加音棒杀他的兄弟，上帝震怒，发出了阵阵雷鸣。在狂怒的上帝面前，加音因愧疚和恐惧脸色发白，他从此浑身发白，一直到死。我们白种人都是加音的子孙。[②]

---

① 乔科地区位于哥伦比亚西部，毗邻巴拿马和厄瓜多尔。

② 厄娃、加音和亚伯尔即和合本之夏娃、该隐和亚伯。参见《创世纪》4:1—5:16。

发育不健全者、危害公共安全的杀人犯和强奸犯实施绝育，此外，还包括一些界定模糊的人群，诸如反社会分子、酒精依赖者或毒品依赖者、病态堕落者。当然，这些被绝育者大部分是黑人。德国并非唯一一个颁布以社会清洁和种族纯洁为依据的法律的欧洲国家。前不久，瑞典官方正式承认，据一部制订于三十年代，直至1976年才撤销的法律，有六万人被强制绝育。

二三十年代，美洲各国常有大名鼎鼎的教育家强调**更新种族**、**改良人种**、**改善儿童生理质量**的必要。1930年第六届泛美儿童大会召开时，秘鲁独裁者奥古斯托·莱吉亚重提秘鲁全国儿童大会会议精神，针对“发育迟钝、堕落和具犯罪倾向的儿童”发出预警呼声，鼓吹**族性改良**。前此六年，泛美儿童大会在智利召开，众多声音呼吁“精挑细选播下的种子，防止不洁儿童出现”，与此同时，阿根廷《民族报》发表社论，强调“关注种族的明天”，智利《水星报》则发出警告，说印第安人的遗传“因其积习与愚昧，有碍某些现代习俗和概念的接纳”。

智利这场大会主角之一、“社会主义”医学家何塞·因赫涅罗斯在1905年写道，黑人，这些“卑贱的渣滓”，出于“纯粹生物学现实”的原因，理应做奴隶。人类的权利不应属于“这些猴子似的生物，他们更接近于人猿而非文明化的白人”。因赫涅罗斯这位青年导师还说，“这些人肉废料”

十六七世纪的征服者是这样证明印第安人是劣等人的

加勒比海岛上的印第安人在成批自杀吗？**因为他们都是懒鬼，不肯干活儿**。

他们一丝不挂走来走去，好比整个身体都能当脸面？**因为野蛮人是不知羞耻的**。

他们对财产权一无所知，一切都共享，缺乏致富的进取心？**因为他们在更大程度上是猴子的亲戚**。

他们好像经常洗澡？**因为他们要仿效伊斯兰教的异教徒，这些人正在宗教裁判所火堆上熊熊燃烧呢**。

他们相信梦境，听从梦的召唤？**这要么是中了撒旦的邪，要么就是愚蠢至极**。

同性恋是自由的？贞洁是无关紧要的？**因为他们就喜欢乱搞男女关系，他们离地狱不远了**。

他们从不打孩子，还让他们随处乱跑？**因为他们没有惩戒和规训的能力**。

他们饿了就吃而不是到饭点儿才吃？**因为他们没有控制自己本能的能力**。

他们崇拜自然，把自然当成母亲，相信自然是神圣的？**因为他们没有信仰宗教的能力，只能盲目崇拜偶像。**

十八九世纪的思想家是这样证明黑人是劣等人的

伏尔泰，反对教会的作家，宽容和理性的辩护律师：黑人比欧洲人低等，不过，要比猴子更高等些。

卡尔·冯·林奈，植物和动物分类学家：黑人居无定所，懒惰成性，心神不定，难改恶习。

大卫·休谟，对人类的理解力甚为理解的人：黑人经训练还是能掌握一些人类技能的，就像鹦鹉也能学说几个单词。

艾蒂安·塞利，解剖学学者：黑人注定只能做原始人，因为，他们肚脐与阳具间的距离非常短。[①]

---

① 艾蒂安·塞利（1786—1868），法国国家自然历史博物馆（Muséum national d'histoire naturelle）人类解剖学和自然史、比较解剖学教授（1839—1855、1855—1868），国家医学科学院（Académie nationale de médecine）和科学院（Académie des sciences）院士。提出平行说（théorie du parallélisme），认为高等动物成长阶段是对低等动物成年时期的重复，该说后为重演说（théorie de la récapitulation）借鉴。他认为，黑人肚脐到阴茎的距离是最短的；肚脐在成长过程中逐渐上移，白种人比黄种人移得高，黑人则变化很小，因而黑人停留于白人小孩水平，也即在种族中处于劣等。参见《人类的误测：智商歧视的科学史》，第59页。

弗朗西斯·高尔顿，优生学之父，曾发明能遏止低能儿大量繁衍的科学方法：一条鳄鱼永远不可能成为羚羊，一个黑人永远不可能成为中产阶级一员。

路易·阿加西，著名动物学家：一个成年黑人的大脑相当于一个七个月大的白人胎儿的大脑；黑人头盖骨的闭合时间比白人大大提前，所以，黑人的大脑发育在很早阶段就停止了。[①]

① 路易·阿加西（1807—1873），瑞士裔，第一批享誉世界的美国科学家之一。在瑞士学习医学，在德国学习动物学并获哲学和医学博士学位。后移居巴黎，在亚历山大·冯·洪堡、乔治·居维叶（Georges Cuvier，1769—1832）指导下学习地质学、动物学。在欧洲以对鱼龙化石的研究和分类出名。19世纪40年代移民美国。1847年成为哈佛大学动物学和地质学教授。支持多元发生说（théorie du polygénisme），认为人类种族是相互分离的物种，换言之，黑人或其他无论什么有色人种与白人是"具有原始差异的不同种族"；在社会层面上，"我们在与他们交往时，无须秉持平等观念，而是完全自觉地意识到我们和他们之间存在的真正差异，并抱着培育他们的显著天性的愿望。"通过《论分类》（*Essay on Classification*，1851）、《人类类型》（*Types of Mankind*，1854，与他人合著）和《地球上的土著种族》（*Indigenous Races of the Earth*，1857）等著作，他为种族主义提供了当时被认为是科学的支撑。参见《人类的误测：智商歧视的科学史》，第61—69页。

更不应渴求公民权，“因为，他们不应被视为法律意义上的人”。前此几年，另一位医生雷蒙多·尼娜·罗德里格斯发表过与前者相比不那么激烈的言论。这位巴西人类学先驱证实说，“对劣等种族的研究为科学提供了观察细致的例证，这些种族在机体和头脑方面确实是无能的。”

美洲各国大部分知识分子都曾确信，**劣等种族**阻碍了进步道路。几乎所有政府也作如是观：以往在美国南方，跨种族婚姻是遭到禁止的，黑人不得进入专属白人的学校、卫生间和墓园。从前，哥斯达黎加的黑人没通行证不能进入圣何塞城；没哪个黑人可以穿越萨尔瓦多的边境线；墨西哥圣克里斯托瓦尔－德拉斯卡萨斯城的印第安人不能走人行道①。

然而，拉丁美洲不曾有过优生法，也许是因为饥饿和警察早已担负起解决这一问题的责任。时至今日，危地马

① 圣克里斯托瓦尔－德拉斯卡萨斯由西班牙征服者建于1528年，今为恰帕斯州城市，中央高地地区最大城市。为该城贡献一半名字（始于1848年）的是“印第安人保护者”巴托洛梅·德拉斯卡萨斯（Bartolomé de las Casas，1474/1484—1566）。拉斯卡萨斯，多明我会神父，恰帕斯教区第一任主教，《西印度毁灭述略》（*Brevísima relación de la destrucción de las Indias*，1542）的作者。他出于虔诚的信仰和朴素的人道精神，在上述小册子里谴责殖民者暴行，为印第安人伸张正义。他否认印第安人是畜牲、天然奴隶、智利低下如儿童者，说他们淳朴憨厚，心地善良，不飞扬跋扈，不淫荡放浪，也不动辄发怒，且思维敏捷，天资聪颖，而“西班牙人像穷凶极恶的豺狼闯进了这群驯服的羔羊中来，尽管他们明明知道这群羔羊有着造物主赋予的上述种种美德”。书中既有对征服方式的描述，也有印第安人的死亡数字。除这本震动西班牙宫廷和整个美洲大陆的小册子，他还写过很多同一主旨的文章、著作。他为印第安人能成为自由的基督徒呼告、申诉、争辩，奔走一生，即便他在国王和教皇那里为他们争取到的微末福祉未能转变为现实，后人为他所作《生平》里这句话依然值得记住：“在卡洛斯五世和费利佩二世统治欧洲期间，哪怕仅听一听这真理的声音，也需具备足够的勇气”。参见：孙家堃译《西印度毁灭述略》，商务印书馆，2018年，第4—5、151页。

拉、玻利维亚和秘鲁的印第安孩童仍在因饥饿或本可治愈的疾病苍蝇一般成批死去；巴西的城市里，为剿杀队[1]残杀的街头流浪儿中，每十名就有八名是黑人儿童。美国最后一部优生法是1972年在弗吉尼亚州被废止的，然而，美国黑人婴儿的死亡率是白人婴儿的两倍；在以电椅、注射、服药、枪决或绞刑的方式处死的成年人中，每十名就有四名是黑人。

第二次世界大战期间，许多美国黑人士兵战死欧洲战场。然而，当时美国红十字会禁止在血库中出现黑人血液，以免通过输血实现不得在床上实现的种族混血。对这种污染的恐惧表现在威廉·福克纳的几部文学杰作中，表现在戴尖头帽的三K党党徒制造的数起惨案中，它仍是一个在美国的噩梦中挥之不去的幽灵。谁也不能否认近几十年来，这个国家的民权运动一直在与种族主义积习作顽强抗争，取得了令人瞩目的战果。黑人境遇已大为改善。然而，时至今日，他们的失业率是白人的两倍，他们去得更多的地方是监狱而非大学。每四名美国黑人就有一名曾蹲过或正在蹲监狱。在首都华盛顿，每四名黑人就有三名至少做过一次囚犯。在洛杉矶，驾驶豪车的黑人必定遭警察逼停，

---

① 或译行刑队、处决队，替政府、警察、军队、党派或团体干暗杀、绑架等脏活儿的准军事组织或个人，以便前者逃脱罪责或谴责。成员有现役军人、退伍军人、职业杀手等。七十至九十年代，活跃于拉丁美洲实行军事独裁或处于内战中的各国。

后者通常会将他们羞辱一番，有时还会动手，比如在1991年那次事件中，罗德尼·金遭毒打，由此引发了一场愤怒的群体骚乱，令整座城市为之震颤。1995年，美国驻阿根廷大使詹姆斯·奇克对阿根廷专利权法直摇头，把这一争取独立自主的小小努力说成是“只配得上像布隆迪这样的国家”。这番话并没让任何人竖起一根汗毛，无论在阿根廷还是在美国，抑或在布隆迪。顺便说一句，当时布隆迪正经历战争，南斯拉夫也在经历战争。据那些国际新闻社的说法，在布隆迪是**部落**在交战，在南斯拉夫是各民族、国家或宗教群体在交战。

两百年前，德国科学家亚历山大·冯·洪堡看清了西班牙殖民地美洲的现实，写下“皮肤白皙程度决定了一个人所属社会阶层”这句话。[1]今天，这句话仍可以相当准确地描绘不仅是西语美洲，而且是从北到南所有美洲国家的现实，尽管已有了不容置疑的变化，尽管玻利维亚最近出了个印第安人副总统[2]，美国则可以把一位挂满勋章的黑

① 这句话出自亚历山大·冯·洪堡《关于新西班牙王国的政治随笔》(*Ensayo político sobre el reino de la Nueva España*)。1799至1804年，他取得西班牙皇家许可证，获准前往中、南美洲的西班牙殖民地考察，到过今委内瑞拉、古巴、哥伦比亚、秘鲁、厄瓜多尔、特立尼达和多巴哥及墨西哥等地。

② 指维克托·乌戈·卡德纳斯·孔德(Víctor Hugo Cárdenas Conde，1951—　)，1993至1997年在任。后于2020年任该国教育部长。

人将军拿出来展示，或几位杰出的黑人政治家，或几名在商界取得成功的黑人。

十八世纪末，少数发了财的拉丁美洲穆拉托可以向西班牙王室或葡萄牙王室购买**白皮肤证明**，肤色的遽然变换能给他们带来与这种社会地位的变换相应的权利。[①] 后来的年代里，金钱仍能在某些场合起到类似的炼金术的作用。才智方面也如此：巴西的马沙多·德阿西斯，十九世纪最好的拉丁美洲作家，是个穆拉托[②]，据其同胞若阿金·纳布科说，他因精湛的文学创作脱胎换骨为白人。[③] 不过，总的来说，在美洲，所谓**种族民主**更像一座社会阶层的金字

---

① 西班牙皇家《1795年2月10日关于豁免恩典的敕令》(*Real Cédula de Gracias al Sacar de 10 de febrero de 1795*)中出现了赎买种族身份的条款，规定巴尔多(pardo)可以五百雷亚尔、金特隆可以八百雷亚尔的固定价格购买白人身份或取消种族原因造成的社会、经济等方面的限制。《1801年8月3日关于豁免恩典的敕令》(*Real Cédula de Gracias al Sacar de 3 de agosto de 1801*)将价格分别提至七百和一千一百雷亚尔。新增这些条款与应对财政困难和军费开支有关。

② 马沙多·德阿西斯(1839—1908)，巴西现实主义文学开创者，与葡萄牙的埃萨·德凯罗斯(Eça de Queiroz,1845—1900)并为19世纪葡萄牙语文学两大巨擘。解放奴隶、穆拉托粉刷匠与葡萄牙白人洗衣妇之子，只读过小学，靠自学成为博学的作家，并任巴西帝国(1822—1889)公务员。作品几乎涵盖全部文学体裁，在后期以长、短篇小说为主的创作中，创造出一种具有高度现代主义面貌的现实主义，对后世拉丁美洲文学形成深刻启示，因而被称做“比他的时代快一百年”的作家。这样的现实主义杰构有长篇三部曲《布拉斯·库巴斯死后的回忆》(*Memórias Póstumas de Brás Cubas*, 1881)、《金卡斯·博尔巴》(*Quincas Borba*, 1891)和《唐·卡斯穆罗》(*Dom Casmurro*, 1899)，短篇《精神病医生》(*O Alienista*, 1882)等。

③ 若阿金·纳布科(1849—1910)，巴西作家和政治家，该国废奴运动领袖之一，葡萄牙语最重要的废奴著作《废奴主义》(*O Abolicionismo*, 1883)作者。与马沙多·德阿西斯同为巴西文学院创立者和院士。两人年轻时为笔友，晚年更是密友。马沙多·德阿西斯去世后，巴西文学批评家若泽·韦里西莫(José Veríssimo, 1857—1916)发表纪念长文，中有“这位穆拉托，事实上是黄金时代的一位希腊人……”云云，若阿金·纳布科写信抗议：“马沙多，对我而言，是一个白人，我相信他变成了白人；即便有异质的血存在，也无碍其完美的高加索本色。至少在他身上我只看见了希腊人。”与其时巴西许多知识分子一样，若阿金·纳布科深受赫伯特·斯宾塞种族观念影响。

塔，居于塔尖的富人总是白人，或者，是自认白人的人。①

在加拿大，印第安人的遭遇与美国黑人类似：他们在总人口中占比不超百分之五，但每十名囚犯就有三名是印第安人；印第安人婴儿死亡率是白人婴儿两倍。在墨西哥，印第安人工资水平勉强够得上全国平均工资一半，营养不良者比例则是全国平均水平两倍。在大学校园里，在电视剧和商业广告中，黑皮肤的巴西人是很少见的。在巴西官方统计数据里，黑人数量要比现实中少很多，非洲宗教的信徒们显示为天主教徒。在多米尼加共和国，每个人不管怎么说都有个把黑人祖先，身份证上是有肤色记录的，但**黑**这个字却从不出现：

“**我不会给人标上‘黑’字，我可不想害人一辈子**。”一位公务员曾这样跟我解释。

多米尼加共和国与黑人国家海地相接的边境线被叫做**厄运关**。在整个拉丁美洲，报章广告但凡**诚聘相貌端正者**，事实上要的是肤色较浅的人。在利马，有位黑人律师，法

---

① 种族民主一词曾主要被巴西和美国的学者用来描述废除奴隶制（1888）后巴西的种族关系，大意是说直接过渡到参与式的多种族民主政体的巴西，与其时实行制度性种族隔离的国家如美国相比，没有或很少种族主义。种族民主的概念滥觞于巴西人类学家吉尔贝托·弗雷雷（Gilberto Freyre，1900—1987）的著作《华屋与棚户》（*Casa-Grande e Senzala*，1933），该书将巴西甘蔗种植园中以种植园主为中心的家长式统治作为巴西社会构造的主要模式，认为这种模式为种族和谐共存及多元文化发展提供了空间。种族民主概念受到寻找巴西新身份的政治家、知识分子等欢迎，后普遍为民众接受，作为民族优越感的源泉之一根植于意识之中。今天，种族民主被认为是一个意识形态神话，使民众意识不到或拒绝承认事实上普遍存在的种族不平等，乃至严重弱化了平权运动的动机。

官们常常搞错，把他当成犯人。1996年，圣保罗市长颁布法令，所有人均可使用私人楼栋的电梯，抗法者重罚。这些电梯原本是不对穷人，也就是说黑人和深肤色的穆拉托开放的。那一年末，圣诞前夕，阿根廷北部的萨尔塔大教堂里没了耶稣诞生情景模型。原先放置的模型圣像们都是印第安人模样，穿印第安人衣服：牧民、东方三贤士、童贞圣母、圣若瑟，乃至刚刚出生的小耶稣都成了印第安人。这样的渎神行为不可容忍。当地上层社会震怒，有人威胁烧掉教堂，那座模型只好被撤走。

在征服时代，所有人都明确地知道，印第安人生来只配做奴仆，死后只能下地狱。太多证据表明，美洲原是撒旦辖下地盘。无可辩驳的证据之一就是在加勒比海沿岸地带及其他地区，印第安人可以无所顾忌地搞同性恋。1446年起，葡萄牙的同性恋一批批走向火堆，那一年，阿方索国王下令："一切犯此罪孽者，无论贵贱，一律火刑处死，灭为灰烬，不得保存尸首，不得葬之墓穴，后世无得追抚。"1497年，西班牙天主教双王伊莎贝尔和费尔南多也下令将犯有**鸡奸不赦之罪**的人活活烧死，之前这些犯人的待遇是乱石砸死或上绞架。征服美洲的武士们也做出了一些值得在杀人技术方面载入经典记录的贡献。1513年，就在所谓"发现太平洋"两天之前，巴斯科·努涅斯·德巴尔沃亚上尉将五十名有辱上帝、犯了**反自然罪**的印第安人以**犬**

刑处死。他没把他们送上火堆，而是扔给一群专吃人肉的狗。这惨剧发生在巴拿马，在火光照耀下进行。巴尔沃亚的爱犬展示了精湛的开膛破肚技艺，它绰号“小狮子”，食陆军少尉俸禄。①

差不多五个世纪后，1997年5月，在巴西一座名为圣贡萨洛-杜阿马兰蒂的小城②，一名男子枪杀了十五人后朝自己胸口开枪自决，因为，当地传言他是同性恋。自美洲征服时代起就统摄这个世界的秩序，从没把上帝赐予人类并为其守护的财富公平分配的打算，反倒狂热地将《圣经》传统中最可恶的恐惧症广为传播。

在我们今天的时代，同性恋运动已经争取到相当宽松的自由空间和人们的尊重，特别是在这个世界北方的国家，但仍存在着许多玷污视野的蜘蛛网。仍有好多人将同性恋视为一种不可救赎的罪行，一个无法去除、携带病毒的污点，或一个引诱纯洁之人堕落的邀约：这些罪孽之人，看上去就一副病人、罪犯模样，不论走到哪里都是对公共安全的威胁。为数众多的同性恋成了哥伦比亚**社会清洁队**或巴西剿杀队的攻击目标，那些身着警察制服或平民服装的

---

① 西班牙探险家和殖民者巴斯科·努涅斯·德巴尔沃亚（约1475—1519）是第一个自太平洋东岸——在1513年9月25或27日——悬崖望见这片大洋的欧洲人。此外，巴托洛梅·德拉斯卡萨斯《西印度毁灭述略》一书中，有很多西班牙人纵狗撕咬印第安人的记载。

② 圣贡萨洛-杜阿马兰蒂位于巴西东北沿海塞阿拉州（Ceará）近海。

驱魔人对同胞施以棒击、刀砍或枪杀。据巴伊亚同性恋小组的人类学家路易斯·莫特，近十五年来，巴西有不少于一千八百名同性恋遭杀害。“他们是自己人杀自己人，”警方公布的消息这么说，“这是基佬之间的事情。”这样的话与我们常听到的对非洲战事的解释如出一辙：**这是黑鬼们的事情**，或与在美洲发生的针对印第安人的屠杀如出一辙：**这是印第安人的事情**。

这是女人们的事情，也常听人这么说。种族主义和大男子主义自同一源泉汲取养料，吐出来的是相似的话语。据欧亨尼奥·劳尔·萨法罗尼的说法，为刑法奠定基础的文本是《女巫之槌》，这本由宗教裁判所编写，于1546年出版的手册向人类的一半发难。整本书从头至尾都在为惩罚女性列举正当理由，企图在生物学层面上证明女人劣等。[①]此

---

① 《女巫之槌》拉丁名*Malleus Maleficarum*，由两位多明我会士、日耳曼宗教裁判所审判官海因里希·克拉默（Heinrich Kramer，1430—1505）和雅各布·施普伦格（Jakob Sprenger，1435—1495）编写，现公认1487年前后初版于施派尔（Speyer）。该书是以肃清巫术为目的的神学和法律专著，主张以异端检控巫术、用酷刑获取口供和对罪犯处以火刑。在猎巫复兴的背景下，借助古登堡对印刷术的革新，该书迅速传播到全欧，主要在世俗法庭作为手册使用，直至18世纪，对长达三百年的猎巫尤其是迫害所谓女巫及其惨酷负有难以推卸的责任。厌女癖为该书一个显著特征。它从《圣经》、古典著作里，从中世纪天主教作家和教父的言论中搜罗相关内容，并基于对世界等级制度的和二元对立的看法，发展出关于巫术的特定性别理论，撮其大要，即因其性别固有的多重缺陷，主要是对信仰不忠且肉欲旺盛，女人更易屈从于魔鬼的诱惑，故巫师绝大部分是女人；每样事物都与其负面成对存在，完美并非融合或共存，而是消灭其对立面，如男人（童贞）–女人，女人通过巫术破坏男人–完美，故她们必须被消灭；除非在宗教隐居所拥抱虔敬的守贞生活，女人注定要成为女巫，得不到拯救，等等。阿根廷著名法学家欧亨尼奥·劳尔·萨法罗尼（1940—　）认为，该书乃西方历史上第一部集犯罪病因学、刑法、刑罚程序和司法科学于一体的典范之作；也正是在该书中，对后世影响深远的“紧急状态”话语结构得到总结并第一次被理论化。

视 点 5

假使福音书的各位作者不是男人，是女人，她们会怎样讲述基督时代的第一个夜晚呢？

这些女圣徒会说，那个晚上，圣若瑟心情不好。在那间马厩里，当刚刚降临人间的小耶稣在他的草编摇篮里闪闪发光时，圣若瑟是众人中唯一一个拉长了脸的。大家都在欢笑：童贞女玛利亚、小天使们、牧民们、羊群、牛儿、驴子、从东方来的三贤士及指引他们来到白冷的星子。大家都在欢笑，只除了一个人。圣若瑟阴着脸，喃喃说：

“我本想要个女儿的。”

前，女人们已为《圣经》和古希腊神话诋毁多年，是厄娃那蠢娘们儿惹怒上帝，令我们被逐出天堂乐土，是潘多拉那冒失鬼打开魔盒，让世界充满灾祸。“女人的头是男人”，圣保禄这么对格林多人说[①]，一千九百年后，社会心理学

① 参见《格林多前书》11:3。格林多即希腊名城科林斯（Kórinthos，Corinto），圣保禄公元51年前往传教并建立教会。

创始人之一的古斯塔夫·勒庞又得出结论，说聪明女人就像长了两个脑袋的大猩猩那般罕见。查尔斯·达尔文承认女性确实有些优点，比如直觉，不过，这是“低等种族所特有的优点”。

从美洲征服时代之初，同性恋就被说成对男人本性的背叛。上帝理所当然是男的，对上帝最不可饶恕的侮辱就是某些印第安人表现出来的女人气，“只要再多一对乳头，能生孩子，他们就是女人了。”今天，女同性恋被说成对女人本性的背叛，因为，这些堕落的女子不能生产劳动力。女人生来就该生产后代，给醉鬼脱衣，给圣徒穿衣。女人与印第安人、黑人一样，一直被说成天生愚钝。与他们一样，女人也一直被划定在历史的边缘地带。美洲各国官方历史只给英雄豪杰的忠诚伴侣、无私奉献的母亲和强忍痛苦的寡妇留下一点点地位：她们只配装点国旗、做针线活儿和张罗丧事。在美洲的征服中扮演重要角色的欧洲女性或在独立战争中拿起刀剑的白人女性，是绝少被提及的，尽管大男子主义历史学家们至少可以为她们的英勇善战褒赞几句。更少被提起的，是在殖民时代数次起义中担任领导者的印第安女性和黑人女性。她们是隐形人；她们时不时奇迹般出现，给敌人以重创。前不久，我读一本关于苏里南的书，发现了卡阿拉，自由人的女领袖，她挥舞她的圣杖指挥逃亡奴隶，她因丈夫的爱疲软无力而果断休夫并痛下杀手。

视点 6

假使《创世纪》由厄娃来写，人类的第一个爱之夜会是什么样呢？

厄娃会在开卷声明，她不是从哪条肋骨生出来的，她不认识哪条蛇，她也没请哪个人吃苹果，上帝也从没跟她说过你会带着剧痛生下孩子或你的丈夫会管束你之类的话。这些故事都是亚当胡编了，说给媒体听的。

女人与印第安人和黑人一样，在低等的情况下又具有威胁性。“男人的邪恶，胜于施惠的妇女”，《德训篇》已做了告诫。[①] 俄底修斯清楚地知道，要提防女妖塞壬的歌声，这歌声能俘获男人，使其迷失方向。所有文化传统都确认男人对武器和话语的垄断，所有民间传统都为女人保持恶名，将女人当成一种危险。世代相传的谚语告诉人们的，是女人与谎言同一天诞生，女人的话不值一个别针的钱；在拉丁美洲乡村流传的神话中，那些夜间潜伏路边专门偷袭路人的可怕幽灵，所谓火妖，几乎总是伺机复仇的

① 参见《德训篇》42∶14。

女性幽灵。不管醒着还是做梦，男人的恐惧都表露无遗，他们害怕女人有可能侵入快感和权力的禁地；这样的状况已持续了千年万年。

女人成为猎巫行动受害者总归是有一些缘由的，而且，不止宗教裁判所时代如此。她们着了魔：抽搐、叫喊，也许还有高潮，尤其可耻的是多次高潮，都是中邪的表现。唯一可能的解释，是只有被撒旦附体之人才会喷射出如此大逆不道的火焰，这种罪孽也必须用烈火来惩罚。上帝曾下令说，那些激情如火的女罪人应当活活烧死。对女性的快感抱有的嫉妒和恐惧不是什么新鲜事。最古老、最广为流传的神话之一，为许多种不同时代、不同地域的文化共有的一个神话，就是关于长牙齿的阴部的，女人的性器官被描述成遍布利齿的嘴巴，食人鲳的贪得无厌的嘴巴，专吃男人的肉。在今天这个世界，在这个世纪的尽头，还有一亿两千万女性被割去了阴蒂。

没哪个女人不被怀疑有不轨行为。波莱罗的唱词中，她们都是忘恩负义的；探戈的唱词中，她们都是婊子（除了母亲）。在这个世界的南方国家，每三名已婚妇女就有一名常遭毒打，这是夫妻生活日常惯例的一部分，是对她做过的或可能会做的坏事的惩罚：

"我们还是好好睡着的好，"在蒙得维的亚，一名居住在卡萨瓦耶区的女工说，"一个王子过来吻你，把你哄睡着。

等你醒了，王子就给你一顿闷棍子。”

另一位女工：

“我怕我妈，我妈又怕我外婆。”

对所有权的确认：男人用拳头证明他对女人的所有权，正如男人和女人用拳头证明他们对子女的所有权。

还有强奸，这难道不算以暴力庆祝这种所有权的仪式吗？施暴者寻求的并非快感，他也找不到快感：他要的是臣服。他在受害者下身烙下一道宣示所有权的印记，这是权力的阴茎崇拜性质最为粗鲁的表达。无论箭头、刀剑，还是步枪、大炮、导弹或其他勃起形式，无不在表现权力的阴茎崇拜。在美国，每六分钟有一名女性遭到强奸。在墨西哥，每九分钟一起。一位墨西哥妇女说：

“被强奸和被车撞没什么不同，唯一的不同，是完事后男人会不会问你爽不爽。”

统计数据只会记下报过案的强奸行为，在拉丁美洲，实际发生的强奸案件要远远多于统计数字所示。大多数情况下，遭到强奸的女性会因害怕保持沉默。许多小女孩在自己家里遭到性侵，最终流落街头：站街，这些廉价的身体，有些女孩会与街头男童一样在柏油马路上过夜。莱利娅今年十四岁，她在里约热内卢的街头随波逐流长大：

“所有人都是贼。我摸别人的东西，别人也摸我。”

莱利娅也有活儿干，就是出卖自己的身体，收入微薄，有时仅有的收入就是一顿打。她也偷东西，警察把她偷来的东西又偷了去，还偷她的身体。

安赫利卡今年十六岁，她被抛弃在墨西哥城的街头：

“那天我告诉我妈妈，哥哥非礼我了，她就把我赶出了家门。现在我与一个男孩一起过，我已经怀上了。他说，我要是生个儿子，他会供我养我。要是生个女孩呢，他没说会怎样。”

“在今天这个世界，身为女童，有许多风险。”联合国儿童基金会主席承认说。她还谴责女性自幼年起就遭受的暴力和歧视，尽管女权运动已在全世界取得不小成果。1995年在北京召开的国际妇女权益大会披露，在当今世界，尽管与男人干一样的活儿，她们的收入只有他们的三分之一。

每十个穷人有七个是女性；每一百名女性才勉强有一名拥有一点东西。人类像一只挥舞一扇翅膀的鸟，飞得歪歪扭扭。在议会成员中，平均一名女性对应十名男性；在一些国家的议会中，一名女性也没有。女人在家里、在工厂里或办公室里多少有点用，这已得到承认；她们在床上和厨房里不可或缺，这也得到承认，但公共空间仍几乎全为男性垄断，他们生来就是追逐权力、展开争战的。领导联合国儿童基金会的是一名女性，卡罗尔·贝拉米，这不算常例。联合国四处宣扬平等权，却并不以身作则：在这个最高国际机构的决策层，每十个席位有八个为男人占据。

被鄙视的母亲

黑非洲的艺术作品是集体创作的结晶，是无名者的作品，也是所有人的作品。它们很难得与自认为配得上艺术家称号的人的作品平等地同台展出。这些殖民掠夺的战利品，有少数几个例外被安放在欧洲和美国的一些艺术博物馆里，或者，落在私人藏家手中，它们的**自然**空间还是在人类学博物馆里。非洲艺术只有被降格到手工艺或民俗表现的范畴，才值得与其他异域风情一道引起关注。

所谓**西方**世界已经习惯于充当世界其他地区的债主，是没兴趣去承认它自己欠下的债的。但是，任何一个双眼健全，懂得看和欣赏的人都完全可以提出这样一个问题：没有黑非洲艺术的贡献，二十世纪的艺术会是什么样？没有黑妈妈的哺育，我们这个时代最负盛名的绘画和雕塑作品还有存在的可能吗？

在一本由纽约现代艺术博物馆出版的著作中，威廉·鲁宾和其他几位学者尝试了一次富有揭示性的图片比对。这本书逐页记录我们称为艺术的艺术在所谓**原始**部族的艺术那里欠下的债。后者常常成为前者的灵感来源，或者，抄袭对象。

当代绘画和雕塑中好些显赫人物是受到非洲艺术滋养的，其中，有些人直接动手抄袭，连声谢谢也不说。二十世纪最杰出的天才艺术家巴勃罗·毕加索总是在一堆非洲面具和挂毯的包围中进行创作，在他留下的好多神作中都能找到这些非洲制品的影子。要举例的话，开启立体主义的画作《阿维尼奥少女》（画的是巴塞罗那花柳巷中几名年轻女子）便是一例。① 画中最著名的那张脸，最大程度上破坏了传统对称法则的那张脸，是对一件来自刚果的面具的精确复制。这件面具在比利时皇家中非博物馆展出，表现的是一张因梅毒而变形的脸。

阿梅代奥·莫迪利亚尼刻出来的几个人头与马里和尼日利亚的面具就像双胞胎那么相似。马里传统挂毯上的条纹饰成了保罗·克利创作的模板。来自刚果和肯尼亚的几个婀娜多姿的木雕，在阿尔贝托·贾科梅蒂降生前就已制作完成，把它们放在任何一个博物馆里都会被人理所当然地当成阿尔贝托·贾科梅蒂的作品。马克斯·恩斯特有一幅油画叫《人头》，纽约一个私人藏家拥有一件名为《骑士头》的来自科特迪瓦的木雕，要是把它们放在一起，在二者之间找找有哪些不

① 巴塞罗那老城阿维尼奥街（Carrer d'Avinyó或Aviñó，加泰罗尼亚语）有一家妓院（今44号），毕加索正是在那里得到该作的灵感，这点几乎不存争议。至于《阿维尼翁少女》（*Les Demoiselles d'Avignon*，法语）这个为人熟知的标题从何而来，剔除诸说细节上的出入，大致轮廓为：画家几乎从不立即给作品命名，该作于1907年完成后，某个私下看过的密友称其为《阿维尼奥少女》。因发音十分接近，密友圈外，阿维尼奥很快与法国东南部城市阿维尼翁（Avignon）混淆起来。

同，绝非易事。在亚历山大·考尔德的作品《狂风中的月光》中有一张人脸，简直就是一件来自刚果、现藏西雅图艺术博物馆的卢巴人[1]面具的克隆。

① 卢巴人又称巴卢巴人（Baluba），是居住于刚果（金）东南部的操班图语诸民族。从事狩猎、采集和农耕。5世纪已经发展出组织良好的社会，称巴卢巴同盟。至迟于16世纪初，卢巴帝国诞生，18至19世纪达到顶峰。卢巴人很早就掌握了采矿、冶炼、制陶等技艺。文学发达，尤擅传奇组诗。在艺术方面，以木雕见长。

参考文献

R. C.鲁阿廷等,《并非基因所致：种族主义、遗传学与意识形态》，巴塞罗那：批判出版社，1987年。

尼娜·S.德弗里德曼,《哥伦比亚加勒比海岸黑人的生与死：天空、大地、歌咏和鼓乐》，见《黑美洲》杂志，总第8期，波哥大，1994年。

戴维·K.希普勒,《陌生人的国家：美国的黑人与白人》，纽约：克诺夫出版社，1997年。

保拉·塔贝特,《白皮肤》，都灵：伊诺第出版社，1997年。

彼得罗·因格劳,《谁是入侵者》，见《宣言》日报，罗马，1995年11月17日。

丹尼尔·比达特,《美洲的意识形态与现实》，波哥大：新美洲出版社，1985年。

蒂西奥·埃斯科瓦尔,《别人的美丽》，亚松森：视觉艺术中心－陶土博物馆流行艺术和土著艺术文献及调查中心，1993年。

弗朗西斯·高尔顿,《遗传与优生学》，马德里：联盟出版社，1988年。

何塞·因赫涅罗斯,《游记》，布宜诺斯艾利斯：埃尔默出版社，1957年。

赫伯特·斯宾塞,《个人对抗国家》，塞维利亚，1885年。

赫拉尔多·吉内亚,《打赢下一场战斗的武器》，危地马拉政府，1957年。

亨利·斯蒂尔·康马杰,《理性的帝国：欧洲想象与美洲实现的启蒙》，纽约：道布尔迪出版社，1978年。

杰克·韦瑟福德，《印第安给予者：美洲印第安人如何改变世界》，纽约：福西特出版公司，1988年。
雷蒙多·尼娜·罗德里格斯，《巴西的种族与刑事责任》，巴伊亚萨尔瓦多：进步书店，1957年。
理查德·格雷厄姆等，《拉丁美洲种族观念，1870—1940》，奥斯汀：得克萨斯大学出版社，1990年。
理查德·赫恩斯坦、查尔斯·默里，《钟形曲线：美国社会中的智力与阶层结构》，纽约：自由出版社，1994年。
理查德·普赖斯，《第一次：非裔美国人的历史视角》，巴尔的摩：约翰斯·霍普金斯大学出版社，1983年。
理查德·特雷克斯勒，《性与征服》，剑桥：政体出版社，1995年。
联合国（拉丁美洲和加勒比经济委员会、拉丁美洲和加勒比人口中心），《人口、社会公正和生产模式变革》，智利圣地亚哥，1995年。
联合国儿童基金会，前述报告。
联合国人口基金，《世界人口状况报告》，纽约，1997年。
玛丽·弗朗西丝·贝里、约翰·W.布拉辛盖姆，《漫长的记忆：美国黑人生活史》，纽约/牛津：牛津大学出版社，1982年。
迈克尔·陶西希，《萨满信仰、殖民主义与野蛮人》，芝加哥：芝加哥大学出版社，1987年。
芒努斯·默纳，《拉丁美洲历史中的种族融合》，布宜诺斯艾利斯：引导出版社，1969年。
米格尔·罗哈斯-米克斯，《想象的美洲》，巴塞罗那：光明出版社，

1993年。
米拉格罗斯·帕尔马,《女人是传说》，波哥大：第三世界出版社，1986年。
欧亨尼奥·劳尔·萨法罗尼,《犯罪学：一种边缘视角》，波哥大：忒弥斯出版社，1988年。
欧亨尼奥·劳尔·萨法罗尼，为尼尔斯·克里斯蒂《监控罪行的产业》所作序言，布宜诺斯艾利斯：港口出版社，1993年。
切萨雷·龙勃罗梭,《犯罪人论》，巴黎：阿尔康书店，1887年。
切萨雷·龙勃罗梭,《无政府主义者》，马德里：胡卡尔出版社，1977年。
斯蒂芬·杰伊·古尔德,《人类的误测》，纽约：诺顿出版社，1981年。
斯蒂芬·杰伊·古尔德,《自达尔文以来》，纽约：诺顿出版社，1977年。
斯泰拉·马里斯·马丁内斯,《基因操纵与刑法》，布宜诺斯艾利斯：大学出版社，1994年。
苏莎娜·伊格莱西亚斯等，前述著作。
威廉·鲁宾等,《二十世纪艺术中的"原始主义"》，纽约：现代艺术博物馆，1984年。
温迪·卡米纳,《罪行与文化》，纽约：艾迪生-韦斯利出版公司，1995年。
希拉·罗博瑟姆,《被历史忽略的女人》，马德里：论争出版社，1980年。

伊雷妮·洛萨诺·多明戈,《女性话语，男性话语》，马德里：弥涅耳瓦出版社，1995年。

公正就像毒蛇：它只咬没鞋穿的人。

——于1980年死于暗杀的

圣萨尔瓦多大主教

奥斯卡·阿努尔福·罗梅罗阁下[1]

① 奥斯卡·阿努尔福·罗梅罗（1917—1980），萨尔瓦多人，1977年起任圣萨尔瓦多总教区（Arquidiócesis de San Salvador）总主教。任总主教之初，立场尚偏于保守，同年3月密友、耶稣会神甫鲁蒂略·格兰德（Rutilio Grande，1928年生）被行刑队暗杀后转为激进，与军方、教会保守势力乃至罗马教皇大使冲突日趋激烈，并向解放神学派、左派靠拢。他开始公开谴责军方暴行，并致信美国总统吉米·卡特，要求不要给予萨尔瓦多政权军事援助。他将教义与现实结合起来，将布道转变为对暴行的控诉和对社会公正的呼吁。他的布道常常吸引数千人参加，数十万人通过教堂广播收听。1980年3月，被与军方有联系的准军事组织暗杀。2015年，教皇方济各宣布他为殉道者。

恐惧讲座

▪ 恐惧课程 ▪

▪ 恐惧产业 ▪

▪ 裁剪与缝纫课：怎样量身定制你的敌人 ▪

恐惧课程

在这个宁要安全不要公正的世界，越来越多人为把公正送上安全的祭坛做牺牲鼓掌叫好。城市街头，献祭仪式正在进行中。每有一个罪犯中弹倒地，承受着顽疾的社会就感到一丝宽慰。每一个活得差的人，他一旦死去，就相当于为活得好的人提供了医药之效。Farmacia即药物一词源于phármakos——希腊人用以称呼那些每到危难关头就被作为牺牲送去献给诸神的人。

世纪末的重大威胁

1982年某天，里约热内卢发生一起司空见惯的事件：警察枪杀了一个盗窃嫌疑犯。子弹从死者背部射入，这是警察自卫时惯用的手法，案子归了档。警长在报告中声明，该嫌疑犯是“一个不折不扣的**社会细菌**”，他已“在这个世界上以死去的方式得到宽恕”。巴西的报纸、广播和电视常用源于医学和动物学的词汇来定义罪犯：**病毒**、**癌**、**社会传染病**、**动物**、**害兽**、**虫豸**、**野兽**，如果是儿童，就是**小野兽**。被这样称呼的人向来是穷人。要不是穷人，那样的新闻能上头条:“中产阶级青年男子行窃时身亡”,这是1995年10月25日《圣保罗页报》头版新闻。

1992年,如果不把准警察组织杀死的众多人计算在内,圣保罗州警察日均**正式**处决四人,一年下来,总数就是曾统治巴西达十五年之久的军事独裁政权制造的死难者总数的四倍。1995年末,在里约热内卢,那些工作“有勇气、有拼劲”的警察获得加薪奖励。警察工资的增长迅即变成另一种增长:被乱枪打死的**嫌疑犯**人数成倍增长。“他们不是公民,是匪徒。”尼尔通·塞凯拉将军这样辩解说。此人在军事独裁时期镇压有功而声名赫赫,现在负责里约公共治安。他一直坚持认为,一名好士兵和一名好警察总是先开枪,然后才问为什么。

从1959年古巴革命引发的地震开始,拉丁美洲的武装部队就调整了方向。他们抛下传统的守卫国境线的任务,转而去对付**内部的敌人**、游击队叛乱,以及为数众多的煽动分子,因为,这是保卫自由世界和民主秩序的要求。在这些目标引导下,在好多个国家,军人终结了自由和民主。1962到1966年,仅四年时间,拉丁美洲就发生了四起军事政变;接下来的年代里,这些穿制服的人认真听从国家安全戒律的指令,继续掀翻民选政府,继续杀戮。那样的时代已经过去了,民主秩序已得重建。敌人仍来自**内部**,但已不再是原来那些人。武装部队正开始加入到与所谓**公共**

罪犯展开的战斗中。过去是为国家安全制定清规戒律，现在是为公共治安神经发作。一般说来，军人一点都不喜欢被贬低到警察的级别，然而，他们只能听从现实的要求。

直到三十年前，秩序面对的敌人还是各种颜色的，从粉红到火红。偷鸡贼和郊区持刀匪徒的活动只会吸引爱看刑事新闻的读者、爱听恐怖故事的人和犯罪学专家。现在，所谓**公共犯罪**成了全球性热门话题。罪行民主化了，可以波及任何一个人：好多人在犯罪，所有人都在受罪。对政客和记者来说，这样的巨大威胁不啻丰富灵感之源，他们扯着嗓子呼唤铁腕手段和实施死刑；一些军队将领也因此受益，他们可以在国内政治中建功立业了。集体性恐慌将民主等同于混乱和安全的缺失，这可以部分地解释为什么一些拉丁美洲的军事将领能在政治选举中屡获好运。区区几年前，这些军人还在实施血腥独裁，或作为主要角色加入到第一线的行动中，之后他们就投身民主选举的战役并收获了令人吃惊的人气。里奥斯·蒙特将军曾是大肆杀害危地马拉印第安人的灭绝天使，当他被禁止参选总统，他竟然在民调中领先于其他所有参选人；在巴拉圭，奥维多将军也经历了同样的情况。布西将军一边不停杀嫌疑犯，一边在瑞士的银行里存放他用额头上的汗水换来的劳动果实，他两度当选阿根廷图库曼省长；另一穿制服的杀人犯班塞尔将军则得到出任玻利维亚总统的奖励。

全球性恐惧

正在工作的人，怕失去工作。

不在工作的人，怕永远找不着工作。

不怕饥饿的人，怕食物。

开车的人怕走路，走路的人怕被车撞。

民主害怕回忆，语言害怕言说。

平民害怕军人，军人害怕没有武器，武器害怕没有战争。

这是恐惧的年代。

女人的恐惧：害怕男人施暴；男人的恐惧：害怕女人不再害怕。

害怕窃贼，害怕警察。

怕没上锁的门，怕没钟表的时间，怕没电视看的小孩，怕没安眠药的夜晚，怕没清醒药的白天。

害怕人群，害怕孤独，害怕往事和可能之事，害怕死去，害怕活着。

拉丁美洲，特色景观

国家政府不再经营企业，改行去当警察。

总统都成了外国公司的经理。

经济部长都是出色的译员。

实业家都成了进口商。

多数人越来越依赖于少数人吃剩的东西。

劳动者失去了他们的工作。

农民失去了他们的田地。

孩子们失去了他们的童年。

青年们失去了相信的意愿。

老人们失去了他们的退休待遇。

“生活是一张彩票”，成功人士是这么说的。

美洲开发银行的专家们是有本事把生命与死亡换算成钱的，据他们估算，拉丁美洲因犯罪高发每年损失一千六百八十亿美元。我们在世界犯罪锦标赛上频频夺冠。拉丁美洲凶杀案数量是世界平均水平的六倍。要是我们的经济能以犯罪增长的节奏增长，我们就成全球最富有的国民了。萨尔瓦多实现和平了吗？什么样的和平？平均每一小时就发生一起凶杀案，以这样的速率，萨尔瓦多的暴力水平正在接近内战最惨烈年代水平的两倍。在哥伦比亚、巴西和墨西哥，绑架是最赚钱的行业。在我们的大城市里，没哪个自认正常的人不曾遭受过至少一次抢劫的威胁。里约热内卢的凶杀案发生频率是纽约的五倍。波哥大是暴力之都，麦德林①是寡妇之城。在一些拉丁美洲城市，警察中的精英、**特种作战小组**的成员们开始在街道上巡逻，从头到脚都是第三次世界大战的装备。他们头戴红外夜视仪，佩耳机和麦克风，穿防弹背心；腰间挂手雷和子弹；手握冲锋枪，大腿上再别一把手枪。

在哥伦比亚，每一百起案件有九十七起案犯未得到惩罚。在布宜诺斯艾利斯郊区，有罪不惩的比例与之相近。就在不久前，布宜诺斯艾利斯的警察还在把他们最好的精力用于犯罪和枪杀青年：从1983年恢复民主制到1997年，

① 哥伦比亚西北部省份安蒂奥基亚（Antioquia）首府，位于该省中南部。该国第二大城市。

警方清除了三百一十四名面目可疑的青少年。1997年末，在警方整顿行动中，媒体报道说，拿工资的警察有五千名，但谁也不知道他们在做什么，谁也不知道他们在哪里。另一方面，民调表明，在拉普拉塔流域国家这些秩序的维护者是多么不受信任：只极少数阿根廷人和乌拉圭人会在面对任何一个严重问题时想到向警察求助。十分之六乌拉圭人对凭借自己的力量来维护公正表示赞成，有些人甚至还加入了持枪者俱乐部。

在美国，十分之四公民在舆论调查中承认自己因犯罪活动改变了生活规律，而在布拉沃河以南[①]，盗窃和抢劫乃司空见惯之事，人们谈起这些，就像在谈论足球赛或天气。制造舆论的工业在往火上添柴，在其促进下，公共治安变成了公共躁狂；但还是得承认，最有效的推动力来自现实。现实告诉我们，暴力的增长要比统计数据所显示的更为迅猛。在许多国家，人们是不报案的，因为，他们不相信警察，或者，害怕警察。乌拉圭媒体把干出惊天动地抢劫案的团伙叫**超级匪帮**，把成员中混有警察的团伙叫**警匪帮**。每十个委内瑞拉人有九人认定警察亦偷亦抢。1996年，里约热内卢大部分警察都承认收到过行贿的表示，有一位警长声称："警察机关就是为贪腐才设的。"他还把罪

① 布拉沃河是美国和墨西哥的分界线，布拉沃河以南即指拉丁美洲。

责推给社会:“社会需要的就是既腐败又残暴的警察。”

人权组织曾收到过一份报告，所引数据就来自警方统计。这份报告揭露，在墨西哥首都，十分之六案件都是警察犯下的。在一年之内，每抓一百名罪犯，在华盛顿需要十四名警察，巴黎需要十五名，伦敦需要十八名，墨西哥城需要一千两百九十五名。1997年，墨西哥城市长承认:

“我们监管不力，让警察过度腐败了。”

“过度腐败?”好问的卡洛斯·蒙西瓦伊斯发问,“他们是怎么回事?他们本就该腐败，还是该把他们当正人君子?让他们胃口再大点吧。”

这个世纪之末，一切都全球化，一切都变得相似:衣服、食物、食物匮乏、思想、思想匮乏，以及罪行和对罪行的恐惧。在整个世界，犯罪增长都要高过数字的高调显示:从1970年开始，报案数量的增长要比世界总人口数的增长快三倍。在东欧国家，当消费主义把共产主义埋进坟墓，日常暴力案件也呈递增之势，速率与工资下降速率齐平:九十年代中，在保加利亚，在捷克，在匈牙利，在拉脱维亚，在立陶宛，在爱沙尼亚，暴力案件增长了三倍。有组织犯罪和无组织犯罪在整个俄罗斯横行，而儿童犯罪也在这个国家呈现出前所未有的繁荣。在俄罗斯城市街头流浪的儿童被叫做**被遗忘者**:“在我们国家有成千上万无家可归的儿童。”该国总统鲍里斯·叶利钦在这个世纪末承认说。

在美国，对抢劫的恐惧以最具说服力的方式演化成路易斯安那州1997年末颁布的一项法律。这项法律授权任一汽车驾驶人可击毙对自己有抢劫企图的人，无论抢劫者是否持有武器。路易斯安那州选美皇后在电视上咧嘴露出最灿烂的笑容，推广这一免除骚扰的强力手段。与此同时，纽约市长鲁道夫·朱利亚尼推出他的**零容忍**政策，用以打击犯罪，人气飙升。纽约犯罪率得以回落，对警察滥用暴力的指控随之猛增。暴力镇压是媒体热烈赞美的神奇药方，它被加诸黑人和其他**少数族裔**，而他们构成纽约人口大多数。**零容忍**旋即变成拉丁美洲城市竞相效仿的典范。

1997年，洪都拉斯大选：犯罪是所有总统竞选人演说的中心议题，所有竞选人都向被种种暴行吓坏了的民众许诺安全。同年，阿根廷议会选举：竞选人诺尔玛·米拉莱斯宣布自己支持死刑，并主张行刑前应增加犯人的痛苦："仅结果性命对一个囚犯算不得什么，反正又不受苦。"此前不久，里约热内卢市长路易斯·保罗·孔德声称，他更喜欢无期徒刑或强制劳动，因为，死刑有一点挺不好，就是"结束得太快了"。

对逾越法律之人的入侵，没哪部法律是有效的：受惊吓之人成倍增长，受惊吓之人会比让他们受惊吓的危险更为危险。感受到威胁的不仅仅是拥有大量财富的人。还有许许多多在匮乏中求生的人，这些穷人遭到比他们更穷、

全民公敌1

1997年4月，巴西电视观众受邀参与投票：一起暴力抢劫案的年轻主犯，该得什么样的下场？大多数人都赞成让他消失：支持死刑的票数是支持监禁的票数的两倍。

据韦拉·马拉古蒂研究员的观点，这位头号公敌是按照奴隶后代的原型来塑造的，这样的男孩住贫民窟，不识字，痴迷疯克音乐，吸食毒品或是干买卖毒品的营生，高傲自负，肆无忌惮，没一点点服输的表示。

更绝望之人的侵袭。**暴怒群众将小孩子活活烧死，只因其偷了一只橙子**，这是报纸的头版新闻：1979至1988年，巴西媒体报道了两百七十二起私刑，这是穷人对穷人喷射的盲目的怒火，实施这些残忍报复的人是没钱购买警察服务的人。1997年在危地马拉发生的五十二起私刑，同样是穷人所为，1986至1991年在牙买加发生的一百六十六起私刑，也都是穷人干的。也是在这五年里，牙买加警察那易于松动的扳机杀死了一千多名嫌疑犯；后来一项民调表明，三分之一国民都认为罪犯应当被绞死，不论群众的复仇还是

全民公敌2

1998年初，记者萨穆埃尔·布利克森做出了一个令人信服的比对。由乌拉圭最出色的那几帮案犯所实施的五十起打劫，所得战利品总价为五百万美元。由一家银行和一个金融家不带枪支地实施的两起打劫，收获了共计七千万美元。

警察的暴力，都不足以伸张正义。1997年，里约热内卢和圣保罗的民调表明，超半数的人认为对做坏事的人动用私刑是**正常**的。

民众中相当一部分人明里暗里为剿杀队鼓掌叫好。这些人滥开杀戒，尽管法律不予允许。他们的行动经常能得到警察和军人的援助或配合。在巴西，他们起先是屠戮游击队员，然后专杀犯罪的成年人，然后专杀同性恋和乞丐，再后来，他们把枪口对准青少年和儿童了。西尔维奥·库尼亚是里约热内卢一家商会的会长，他在1991年发话说：

“杀掉一个贫民窟青年，就等于是在为社会做贡献。”

博塔弗戈区一位女店主两个月中四次遭打劫。一名警察对她这样解释：把这些孩子送上法庭一点用也没有，因为，法官会把他们放了，然后他们会重操旧业。

“您看着办。”警察说。

他表示可以提供额外服务，价格合理：

“把他们结果掉。”他说。

“结果掉？”

“是的，结果掉。”

在巴西，有受雇于商人的杀手集团，他们喜欢自称**自卫团**，专门负责城市清洁，还有枪手专门负责农村清洁，枪杀无地农民和其他爱惹麻烦的人，他们的工资由庄园主支付。据1998年5月20日出版的《伊斯托埃》杂志报道，在马拉尼昂州，一位法官的性命值五百美元，一位神甫四百。杀一位律师要付三百美元。杀手团伙在网上挂出服务价目表，还发优惠券。

在哥伦比亚，自称**社会清洁队**的剿杀队同样是从杀游击队员开始的，现在则什么人都杀。他们为商人、地主和

一切愿意付钱的人服务。他们中有不少成员都是脱下制服的警察和军人，他们还把年纪轻轻的新手训练成老手。在麦德林，有好几家杀手培训学校，十五岁的孩子可以在那里拿到快钱、享受刺激。这些在犯罪技艺方面受了训练的孩童有时被指派去杀与他们一样饥饿的孩童。穷人对付穷人，向来如此：贫穷是块短得可怜的毛毯，每个人都把毯子尽量往自己这边扯。受害者同样可以是杰出的政治家或有名的记者。被选中的目标叫**狗**或**大包**。年轻杀手拿多少薪酬，要看他瞄准的**狗**有多重要、行动风险有多大。这些杀戮者的工作经常得到安保公司的合法外衣的保护。1997年末，哥伦比亚政府承认，他们仅指定了三十名巡查官员监管三千家私营安保公司。之前那一年，在一项为期一周的行动中，一名巡查员检查了四百家**自卫团**。没发现任何不寻常之处。

剿杀队是不留痕迹的。有罪不惩的铁律很少被打破；沉默也很少被打破。只一次例外，在哥伦比亚：1991年，在佩雷拉[①]，六十名乞丐被乱枪打死。凶手没被抓去坐牢，不过，至少有十三名警方人员和两名官员因“纪律处分”被勒令退休。在巴西，也有一次例外：1993年，在里约热内卢，五十名睡在坎德拉里亚教堂门廊的孩童遭乱枪扫射，

① 哥伦比亚西北部省份里萨拉尔达（Risaralda）城市和首府。

八名孩子命丧枪下。这起屠杀事件令世界舆论哗然。后来，有两名在当天身着平民服装执行任务的警察进了监狱。这简直就是个奇迹。

阿法纳西奥·扎萨基当选为圣保罗州众议员时，收获了该州历史上最多票数。他是在电台广播中积攒起人气的。他把话筒抓在手里，日复一日地宣讲：这么多问题，我们受够了，现在是解决问题的时候了。怎样解决监狱超员的问题："我们应该把所有无可救药的囚犯挑出来，让他们靠墙上，用火焰喷射器通通烧死。或者呢，往他们中间扔一颗炸弹，轰隆隆，事就了啦。为养活这些闲人，我们是几百万几千万地花钱哪。" 1987年，在贝尔·舍维尼对其所做专访中，扎萨基声称，刑讯是一样好东西，因为，警察只会对有罪的人用刑。有时候他说，警察并不知道犯人犯了什么罪，要狠狠打一顿才能知道，就像男人给他老婆来一顿暴揍。刑讯，他总结说，是了解真相的唯一方式。

1252年，教皇英诺森四世批准对有异教徒嫌疑的人用刑。宗教裁判所发展了疼痛的制造方法，二十世纪的技术则将其工艺水平提升到完美之境。人权组织记录在案的，就有五十个国家采用包括电击在内的系统性刑讯。十三世纪的权力可以口无遮拦发号施令；今天，刑讯可以照做，却不能说出来。权力竭力避免不好听的话。1996年末，以色列最高法院核准对巴勒斯坦囚犯动用刑讯，称之为**节制**

性身体压迫。在拉丁美洲，刑讯被叫做**非法压迫**。一直以来，在我们这些国家的警察局里，普通案犯或长得像犯人的人都受到**压迫**。警察把军事独裁时期对付政治犯的那一套刑讯手段拿来逼迫犯人招供是常有的事，没人觉得这不正常。过去与今天的区别在于政治犯中很大一部分来自中产阶级，有些还出自上流阶级；有时候，社会等级的边界成了那些无视法律之人唯一承认的界限。在那个恐怖年代里，人权组织主导的控诉活动总还能在独裁统治国家的封闭环境里和国际舆论中激起或大或小的回音。然而，今天的普通案犯，谁能听到他们的声音？他们在社会上受歧视，在法律中隐而不见。他们中要是有人头脑发狂，要为自己曾遭受拷打提出申诉，警察就会给他再来一次虐待，伴以加倍的热情。

肮脏的监狱，沙丁鱼罐头般塞满犯人：他们大多数都是没被判刑的囚犯。许多人甚至没经审讯就莫名其妙进去了。如果要做比较，但丁笔下的炼狱就是迪士尼乐园。在这些人多得沸腾起来的监狱里经常爆发骚乱。此时，维护秩序的力量就会给那些不守秩序的人喂食枪子儿，顺便把他们能杀的人通通杀掉，这样可以稍许缓解一下空间不足的问题。1992年，拉丁美洲发生了五十多起囚犯暴动，都是在那些人满为患的监狱。这些暴动留下了总共九百具尸体，几乎都是被残忍枪决的。

多亏让哑巴也开口唱歌的刑讯，许多囚犯是为他们从没犯过的罪成为罪犯的，因为，做个铁窗下的无辜者总好过做个无拘无束的有罪者。还有些囚犯，他们所供认的杀人罪比起某些将军的丰功伟绩，就像小孩子游戏，他们的盗窃罪跟我们的商人和银行家的欺诈行为比，跟我们的政客出卖国家利益收取佣金的行为比，简直就是小小玩笑。军事独裁已不存在了，但拉丁美洲民主国家的监狱里还是塞满了犯人。犯人都是穷人，这是理所当然，因为，在这些新建桥梁倒塌无人获刑、银行亏空无人问责、没地基的楼房轰然委地而无人受罚的国家里，只穷人才进监狱。

权力体制一面制造贫困，一面又向它生产出来的绝望者宣战。一百年前，乔治·瓦谢·德拉普热就呼吁设立更多断头台以净化种族。这位法国思想家认为所有天才都是日

耳曼人；他深信，只有断头台才能纠正**自然选择**的错误，遏制住低能儿和罪犯的惊人繁殖。“好盗贼就是死了的盗贼。”现在，那些要求使用强硬手段治疗社会顽疾的人都这么说。如今的城市郊区充斥着流浪汉和瘾君子，面对这样的威胁，社会有权痛下杀手，这是对公共健康的合法保护。社会问题已降格为刑事问题，要求恢复死刑的呼声也越来越高。有人说，死刑是正当的刑罚手段，动用死刑可以节约监狱开销，可以起到良性的恐吓效果，可以消灭所有潜在惯犯从而解决重犯问题。要死些人，才能明事理。在大部分拉丁美洲国家，法律是不批准死刑的，然而，每当一位警察的警告性射击洞穿一名嫌疑犯的后颈时，每当剿杀队无惧法纪大开杀戒时，国家恐怖主义就实践了死刑。国家要置个人于死地，可以罔顾法律，可以预谋在先，可以背信弃义，可以占尽优势，然而，任凭杀再多的人，它还是无法避免已成无人之地的街头发起的挑战。

权力一遍又一遍清除杂草，然而，它若是向杂草之根发起进攻，则不可能不伤及自己的生命。它惩罚罪犯，却不惩罚制造罪犯的机器，正如受惩戒的是毒品吸食者而非有问题的生活方式，这种生活方式催生了以化学物质来求得安慰，满足超脱现实的幻想的需要。将越来越多人扔向街头、投入监狱、制造越来越多失望和绝望的社会秩序就这样免除了自己的责任。丹尼尔·德鲁说过，法律就像一张蜘蛛网，是织给苍蝇及其他小虫的，不是用来对付大虫子的[①]；一百多年前，诗人何塞·埃尔南德斯也曾把法律比做刀子，它从不会伤害将它握在手中的人[②]。然而，官方话语喋喋于法律，就好像法律对所有人有效力，不是仅适用于那些无法躲过它的倒霉蛋似的。没钱的罪犯是电影里的恶棍；有钱的罪犯则是编剧和导演。

在过去的时代，警察服务于一个亟需大量听话劳动力的生产体系。法律会惩罚那些游手好闲的懒汉，这些人在刺刀威逼下被送入工厂。就这样，欧洲工业社会将农民变成无产者，可以在城市里强制推行劳动纪律。现在呢，怎

---

① 丹尼尔·德鲁（1797—1879），美国金融家，典型的强盗资本家。

② 《马丁·菲耶罗归来》第三十章黑人歌手唱词：“法律像匕首一样，持刀人哪能伤己。”参见赵振江译《马丁·菲耶罗》，译林出版社，1999年，第295页。

样来强制推行失业纪律？对那些现在没工作、将来也找不着工作的越发庞大的人群，能采取什么样的强制服从手段？那些拼命拍打筏子，快要把筏子击沉的一众落水者，该拿他们怎么办？

今天，**为国家利益计**就是为金融市场计。金融市场领导这个世界。金融市场生产的只是投机泡沫。恰帕斯州印第安人的发言人马科斯曾用准确的词句描绘今天的现实，他说，我们正在观看国家的**脱衣舞**表演；国家脱去了身上的一切，除了它不能不穿的那块遮羞布，就是镇压。[①] 真理显现的时刻到了：做鞋的只合做鞋[②]，国家只合为偿还外债和保障社会安定而存在。

国家既会蓄意杀人，也会过失杀人。1995年末，来自巴西和阿根廷的新闻：

---

① 马科斯即副司令马科斯，萨帕塔民族解放军创建者、领导者之一，萨帕塔运动发言人和最著名符号。2014年5月起，改称副司令加莱亚诺（Galeano）。马科斯和加莱亚诺均系化名，分别承自牺牲的战友和运动成员。1993年12月31日午夜，恰帕斯州玛雅原住民举行武装起义，反对墨西哥政府推行的新自由主义政策，主张原住民的土地、生活方式及文化传统等权利。起义者自称萨帕塔人，取自墨西哥革命英雄埃米利亚诺·萨帕塔（Emiliano Zapata Salazar，1879—1919），他于20世纪10年代率领一支底层农民武装，为将大地主的土地归还给印第安人和穷苦农民而战。与政府军短暂交火后，萨帕塔人返回山区根据地，在政府军围困下建设自治社区，二十七年来，卓有成效，成为样板。运动前十二年情况参见戴锦华、刘健芝编译《蒙面骑士：墨西哥副司令马科斯文集》，上海人民出版社，2006年；后十五年参见刘健芝、薛翠撰《纪念萨帕塔运动27周年：探访墨西哥萨帕塔海螺自治区》，澎湃网，2021年1月1日。这里引用的段落出自《第四次世界大战已经打响》（“La quatrième guerre mondiale a commencé”），载法国《外交世界》（*Le Monde diplomatique*）月刊，1997年8月。

② 西方古谚“做鞋的只合做鞋”出自老普林尼《自然史》所记古希腊画家阿佩莱斯（Apelles，活动时间公元前4世纪）的故事：鞋匠指出阿佩莱斯画中凉鞋一个错误，画家改正后鞋匠深受鼓舞，开始批评画中人的腿，画家则说：“请不要超出鞋。”

说明白点

第一届南美警察大会于1979年在乌拉圭召开，当时的乌拉圭正在经历军事独裁。大会决定在当时同为军事独裁的智利举办下一届活动，“为了闪耀在美洲各国人民前进道路上的最高利益”，最后的决议是这么说的。

在1979年的这届大会上，同样来自军事独裁政权的阿根廷警察代表为警察在应对青少年犯罪的斗争中所起的作用发表高见。阿根廷警察提供的报告把面包叫做面包，把酒叫做酒：“尽管似有过于简化之嫌，我们还是要强调，最小的公共单位是家庭现实，这一现实与社会-经济-文化方面之间存在着很少的关联，我们要从其根源出发，从它的动态发展的生命本质和实质出发……物质匮乏的青少年试图在其他的亚文化（嬉皮文化、犯罪文化等）中寻找认同性榜样，以此方式介入社会化进程……对公共秩序的维护是超越人际的，在深入个人内心的同时，重新将个人存在与社会存在连接为唯一的、不可分割的现实……如果一些未成年人已经显露出可能会堕落为不合宜行为从而危及个人和社会的举动，他们已经被我们轻易地发现，得到了正确的引导，其问题已经得到解决。”

蓄意杀人罪：相比去年同期，里约热内卢武装警察杀害平民的速率增长八倍，布宜诺斯艾利斯郊区警察射杀年轻人就好比在打鸟。

过失杀人罪：与此同时，巴西东北部小镇卡鲁阿鲁①，四十位肾病患者撒手人寰，因为，公共卫生部门用污染了的水给他们做透析；阿根廷东北部米西奥内斯省，因饮用水遭杀虫剂污染，诞下一批长兔唇、脊椎骨畸形的婴儿。

里约热内卢贫民窟，女人们把贮水罐顶在头上，权当桂冠；孩子们一旦发现警察来，就拉起风筝报信。狂欢节到来，会有黑皮肤的国王和王后从这些小山头上走下来：他们身披丝袍，戴堆满白色发卷的假发和闪闪发亮的项链。圣灰星期三，狂欢节结束，观光客纷纷离去，谁要是还没撤了那身盛装，就会被警察带走。一年中其他日子里，国家负责以铁腕管束这些片刻国王王后的贱民。二十世纪初，里约只一座贫民窟。四十年代，已经有好几座了，作家斯蒂芬·茨威格前去走访：在那里，他没看到暴力和哀伤。②现在，里约贫民窟已经有五百多座了。贫民窟里住着好多

① 位于伯南布哥州东部。

② 指斯蒂芬·茨威格最后的作品《巴西：未来之国》（*Brasil, País do Futuro*, 1941），其中写到里约热内卢的贫民窟，认为它代表了文明社会人类的最初形态，居民善良亲切、乐观向上，比欧洲的无产者更加幸福。参见樊星译《巴西：未来之国》，四川文艺出版社，2018年，第152—154页。作家也赞美巴西的种族民主，认为该国与被民族主义、种族主义撕裂的欧洲截然相反，是一种全新的充满希望的文明。与其对欧洲的失望有关，他把巴西视为人类世界的未来。

劳动者，这些廉价手臂在城中富裕社区端菜倒酒、擦洗汽车、清洗衣物、打扫厕所。贫民窟里也住着好多从劳动力市场和消费市场被挤出来的人，他们有时从毒品中收获钱财或慰藉。在那个催生了贫民窟的社会看来，贫民窟不过是犯罪团伙的避难所、毒品交易的避风港而已。武装警察经常以打越南战争的阵势向贫民窟发起进攻，此外，数十个杀戮组织也会采取行动。在冲突中死去的大多是认不全字母表，父母也是文盲的黑人青少年。

一百年前，伊利诺伊州少年管教所主管断言，在他们那里，三分之一少年犯是没的救的。这些孩子是明天的罪犯，"他们喜欢混世，沉迷酒色，拥抱魔鬼。"怎样对付这三分之一，他没给出明确意见；不过，当时已有一些科学家开药方，如英国的西里尔·伯特就提议，必须铲除犯罪之源，消灭最穷的穷人，"阻止这个物种的繁衍"。一百年后，南方国家把最穷的穷人当做有毒垃圾来处理。北方国家向南方出口有害的工业垃圾以永绝后患，南方却不能向北方出口它有害的"人类垃圾"。怎样对付那些没的救的最穷的穷人？子弹履行其使命，以"阻止这个物种的繁衍"，而作为世界军事先锋的五角大楼宣布其军械的更新换代：二十一世纪的战争需要更多专门应对城市暴乱的武器。在诸如华盛顿和智利圣地亚哥这样一些美洲城市里，在英国不少城市里，已装上监视街头动向的摄像头了。

在消费社会，被拿来消费的都是转瞬即逝的，无论东西或人：生产出来的东西注定命不久长，出生不久即死去；越来越多人刚开始生命旅程就遭惩罚。波哥大街头被遗弃的孩童，过去被叫做**流浪儿**，现在被称为**垃圾**，注定要早早死去。那些为数众多的无名之人，那些局外之人，用技术话语来说，是“经济上不可用的”。市场法则把他们排挤在外，因为，廉价劳动力多得过剩。这些剩余之人面临什么样的命运？世界邀请他们消失，对他们说：“你们是不存在的，因为你们不值得存在。”官方营造的现实世界竭力掩藏他们或遗弃他们：在布宜诺斯艾利斯，增速最快的边缘人群被称为**隐藏的城市**；在墨西哥城，山坡上和垃圾堆里冒出来的用废铜烂铁搭建的住宅区被叫做**失落的城市**。

家园联盟基金会对露宿在危地马拉街头的孩童做过调查，一百四十多个孩子接受了采访，他们要么父母双亡，要么被父母主动抛弃；所有人都曾出卖身体，所有人都患有性病，所有人都在呼吸有毒的空气。1990年某个清晨，就是这样一群孩子正在公园里聊着天，一群持武器的人把他们强行拖上一辆卡车带走。只一个小女孩躲到垃圾桶里幸免于难。几天后，出现了四个孩子的尸体：都被割去了双耳和舌头，剜去了双眼。警察给他们好好上了一课。

1997年4月，一个叫加尔迪诺·热苏斯·多斯桑托斯的印第安首领来巴西利亚办事。他在一个公交站台上熟睡时被人活活烧死。五个来自富裕家庭的少年拿他寻开心，往他身上泼酒精，然后点火。他们事后辩解说：

“我们当他是个叫花子。”

一年后，巴西司法对他们处以较轻刑罚，因为，这算不上够格的杀人罪。联邦区法院书记官解释说，这些少年只用掉了手中一半燃料，这表明他们的行动是“出于娱乐而非杀人的动机”。活烧叫花子，是巴西上等阶层的年轻人经常进行的体育运动项目，但一般说来，报纸上是看不到这类新闻的。

所谓**垃圾**：街头孩童、流浪汉、乞丐、妓女、易装癖、同性恋、扒手，以及其他小偷小摸的贼、吸毒者、醉汉。1993年，哥伦比亚的**垃圾**们从石缝里冒出来，携起手来发出怒吼：游行爆发的原因是**社会清洁队**杀害乞丐，然后把尸体卖给巴兰基亚自由大学医学系学习解剖的学生，这一事实终于被曝光。游行中，善于讲故事的尼古拉斯·布埃纳文图拉给大家讲关于人类起源的真实历史。面对这些被体制抛弃的人，尼古拉斯说，上帝完成创造世界的任务后剩了好多材料。在太阳、月亮、时间、土地、海洋和森林从上帝手中接连涌现的同时，上帝不断把边角料扔入深渊。一不留神，上帝忘了创造男人和女人，男人和女人不得已，只好自己创造自己。就这样，在深渊底部，在废料堆中，男人和女人用上帝创世的边角料创造了自己。我们人类就是在垃圾堆中诞生的，正因如此，我们都既有白天的一面，也有黑夜的一面，我们都是时间、尘土、水和风。①

① 尼古拉斯·布埃纳文图拉（1962— ），哥伦比亚人，电影导演、编剧，讲故事的人（cuentero）。长居巴黎。独立剧团和木偶剧团自20世纪70年代，业余爱好者自90年代，在西班牙很多城市复兴了讲故事这一传统节目，而在拉丁美洲，90年代以来，讲故事运动蓬勃发展，涌现了包括儿童故事节在内的约一百个故事节，吸引世界各地讲故事的人参与，以墨西哥、古巴、哥斯达黎加、委内瑞拉、智利、阿根廷和哥伦比亚最为活跃，哥伦比亚又以麦德林、布卡拉曼加（Bucaramanga）、巴兰基亚、波哥大、里奥阿查（Riohacha）、圣玛尔塔（Santa Marta）、卡利（Cali）和帕斯托（Pasto）等地为中心。讲故事在剧院或街头举行，结合城市口述传统、戏剧表演如独角喜剧（Stand Up Comedy）等，演绎故事、传说、神话、诗歌和史诗，将保存口述文学、拯救历史记忆和表达政治观点融为一体，发挥着大众教育的作用，近年来也被视为对全球化的一种抵抗。尼古拉斯·布埃纳文图拉是故乡卡利的故事联合会（Unicuento，1997— ）核心成员，世界级讲故事人，常与团队在各国巡回演出。其表演文本结集为故事集。这里引述的故事题为《人的起源》（“La creación del hombre”），收于《人是他的词语时》（*Cuando el Hombre es su Palabra*，1996）。

参考文献

安东尼·M.普拉特,《儿童拯救者：未成年犯罪的发明》，芝加哥：芝加哥大学出版社，1977年。

安东尼·M.普拉特,《街头犯罪：来自左翼的观察》，见《犯罪与社会公正》季刊，总第9期，伯克利，1978年。

扬·J. M.范戴克,《国际犯罪受害者调查报告》，莱顿大学-荷兰司法部，1996年。

保罗·舍维尼,《刀锋：美洲国家的警察暴力》，纽约：新新出版社，1995年。

哥伦比亚人权与政治暴力数据库，见《夜与雾》季刊，波哥大：调查与民众教育中心/跨教会正义与和平委员会，1997和1998年。

卡洛斯·蒙西瓦伊斯,《为我的母亲，波西米亚人》，见《每日报》，墨西哥城，1997年9月29日。

拉斐尔·鲁伊斯·哈雷尔,《有罪不惩与警察的效率》，见《每日报》，墨西哥城，1997年1月22日。

勒内·吉拉尔,《替罪羊》，巴黎：格拉塞出版社，1978年。

联合国拉丁美洲（和加勒比）经济委员会,《乌拉圭的边缘性与社会整合》，蒙得维的亚，1997年。

马西莫·帕瓦里尼,《控制与统治：资产阶级犯罪学理论与独霸计划》，罗伯托·贝尔加利撰“尾声”，墨西哥城：二十一世纪出版社，1983年。

尼洛·巴蒂斯塔,《一次煽动性演讲的片段》，见《煽动性演讲》杂志，总第1期，里约热内卢：里约热内卢犯罪学研究所，1996年。

萨穆埃尔·布利克森，《大掠夺》，见《突破口》周报，蒙得维的亚，1998年2月13日。

韦拉·马拉古蒂·巴蒂斯塔，《里约热内卢贫困青年毒品和犯罪问题》（论文），尼泰罗伊：弗卢米嫩塞联邦大学当代历史系，1997年。

翁贝托·瓜斯帕里·苏德布拉克，《杀戮小组：司法与政治之罪》，见《煽动性演讲》杂志，总第2期，里约热内卢，里约热内卢犯罪学研究所，1996年。

亚历山德罗·巴拉塔，《批判犯罪学与刑法批判》，墨西哥城：二十一世纪出版社，1986年。

约翰·奥蒂斯，《法律与秩序》，见《拉丁贸易》月刊，迈阿密，1997年6月。

祖恩尼尔·文图拉，《分裂的城市》，圣保罗：文学出版公司，1994年。

恐惧产业

恐惧是方兴未艾的私人安保和社会监控产业的原材料。支撑这桩生意的是稳定的需求。需求的增速不亚于催生这些需求的犯罪的增速，而专家们很肯定地认为，这种状况会持续下去。私家警察和私营监狱的市场蓬勃兴旺，所有人都正或多或少地转变成监视他人的狱卒和被恐惧监禁的囚犯。

狱卒被囚的时代

“我们最好的广告就是电视新闻。”一位销售安保的专家是这么说的，他很明白自己在说什么。在危地马拉，从事这一产业的公司有一百八十家，在墨西哥，有六百家；在秘鲁，是一千五百家，在哥伦比亚，三千家。在加拿大和美国，私人安保方面的花费是公共安全耗资的双倍；到二十世纪末，美国将会有两百万名私家警察。在阿根廷，安保生意推动着年均十亿美元资金的流转。在乌拉圭，将三把门锁升格到四把门锁的家庭逐日递增，有些人家的房门乍看就像十字军武士。

希科·布阿尔克一首歌是从警笛的嚎叫开始的：“叫小偷！叫小偷！”这位巴西歌手呼喊着。[①] 在拉丁美洲，控制犯罪的产业不仅得益于汹涌而来、永不止歇的抢劫、绑架、凶杀和强奸案件的新闻，也受惠于公家警察名声之差，这些警察犯起法来同样热情高涨，办案效率则低下得令人生

① 希科·布阿尔克（1944— ），本名为弗朗西斯科·布阿尔克·德奥兰达（Francisco Buarque de Hollanda），巴西流行音乐教父及剧作家、小说家。20世纪60年代中期崛起歌坛。军事独裁时期为民主斗争的最活跃的艺术家之一，为此作品一度遭禁。直至80年代，政治都是其音乐的重要主题。90年代以来作为作家地位日益凸显，2013年美洲之家奖（Premio Literario Casa de las Américas）和2019年卡蒙斯奖（Prémio Camões）得主。这里提到的歌曲为《亲爱的醒醒》（*Acorda amor*，1970），反映军事独裁时期秘密警察之横行。经典歌曲专辑有《建造》（*Construção*，1971）、《我亲爱的朋友们》（*Meus Caros Amigos*，1976）等；小说代表作则有《布达佩斯》（*Budapeste*，2003）、《无可挽回》（*Leite Derramado*，2009）和《日耳曼兄弟》（*O Irmão Alemão*，2014）等。

疑。所有那些拥有哪怕是一点点可能成为盗贼下手目标的人都给房子安上了栅栏或铁丝网；就连我们这些无神论者也宁愿把自己托付给上帝而非警方。

即便是在公家警察更有效率的国家，对犯罪威胁的警惕也转化成恐惧的私有化。在美国，数量猛增的不仅是私家警察，还有那些在床头柜和汽车工具箱里静待指令的枪械。由演员查尔顿·赫斯顿担任主席的美国全国步枪协会拥有约三百万名会员，他们从《圣经》中找到证据，说持枪是合法的。他们有足够理由挺起骄傲的胸脯：由美国公民持有的枪支总计有两亿三千万。这就意味着除婴儿和幼儿园学童外，平均每个美国人都拥有一支枪。事实上，这

让孩子们都来找我玩吧

在美国，向未成年人出售枪支是被明令禁止的，广告却还瞄准这一顾客群体。全国步枪协会一则通告声称，射击运动的未来“在我们孙辈手中”；全国射击运动基金会一份宣传册告诫说，任何一个十岁以下的儿童单独在家或独自出门购物时，都应持有一把枪。新英格兰枪械制造厂产品目录明言，儿童是“这项人人热爱的运动的未来”。

据暴力应对策略研究中心发布的数据，在美国，**每天**有十四位十九岁以下的少年儿童因犯罪、自杀或事故中枪身亡。孩子们射出的弹雨，时时让整个国家的人震惊或暴怒。隔三岔五就会出现一个孩子，几乎总是脸上长着雀斑的白人小孩，端起枪向他的同班同学或老师疯狂扫射。

批庞大的军火集中在三分之一美国人手里：对这三分之一美国人来说，枪就是心爱的女人，没她就无法入睡；枪就是信用卡，没它就出不了门。

在全世界，可以享受仅做宠物的命运的狗正越来越少，越来越多的狗为挣一口骨头，不得不去干吓唬陌生闯入者的工作。车用警报装置和个人用小型警报器正在热销，在女士坤包中，在男士衣装口袋中，这些小小的报警器会像疯子一样突然尖叫。同样热销的还有便携式电棒，这玩意儿可以把嫌疑犯击晕，还有防身用喷雾，可以让几米开外的人失去知觉。最近，Security Passions公司——这家公司的名字很好地应和了世纪末的激情[1]——推出了一款高档皮夹克，既能吸引眼球，又能抵挡子弹。“保护自己，保护家人。”这款看上去极富运动感的皮制甲衣在网上打出这样的广告。（在哥伦比亚，一直生意兴隆的防弹背心生产厂家正售出越来越多儿童防弹背心。）

许多地方都安装了闭路电视和警报探头，用来在显示屏上监控人和公司。电子化的监视，有时就是由这些人和这些公司埋单，有时则是国家出资。在阿根廷，国家情报部门一万名公务员每天花费两百万美元来窥探人群：他们窃听电话，录音也录像。

---

① 英语passion意为激情。

没哪个国家不拿公共安全做解释的依据或借口。隐蔽摄像头和微型麦克风被放置在银行、超市、办公室乃至体育场里；有时，它们也会穿越私人生活的边界，跟踪任何一位公民直至他的卧室。电视机按键里会不会藏着一只眼睛？烟灰缸里会不会有一只耳朵在偷听？在电视上宣讲教义、讲述耶稣贫苦人生的百万富翁比利·格雷厄姆承认，他每次打电话都很小心，就连在床上与妻子说话也心存戒备。“我们的生意不会助长老大哥的存在。”美国安保产业协会的发言人辩解说。半个世纪前，乔治·奥威尔在他预言般的小说中想象了一座城市的噩梦，代表权力的老大哥在那里通过电视屏幕监视着所有居民。他为这部小说取名《一九八四》。也许，他搞错时间了。

哪些人是狱卒，哪些人是囚徒？似乎完全可以说，在某种程度上，我们都是囚徒。不论监狱里头的人，还是我们这些监狱外头的人。那些为贫穷所困的囚徒，他们不能享受为生活而工作的命运，不得不为工作而生活，他们自由吗？那些为绝望所困的囚徒，他们没工作，将来也找不到工作，靠偷抢和运气过活，他们自由吗？还有我们这些为恐惧所困的囚徒，我们自由吗？不论上面的、下面的还是中间的，我们不都为恐惧俘虏了吗？在人人只求自保的社会里，不论监视者或被监视者，不论精英或贱民，所有人都是囚徒。阿根廷漫画家尼克曾勾勒了这样一组对话。

一位记者采访一位居民，这位居民紧贴在铁栅栏上说话：

“您看……我们都给窗户装了铁栅栏，还安上电视摄像头、大灯、双插销、防弹玻璃……”

“您不接待病人了吗？”

“还接待的。我搞了一个来访安排计划。”

“警察怎么跟您说的？”

“说我要是表现好，可以在星期天早上出门，能一直走到面包店。”

我曾在一些城市郊区看到，用罐头盒和木板搭起来的棚屋也装上了铁栅栏，穷人防范穷人，都是像教堂里老鼠一样穷的穷人。城市发展不过是不平等病灶的转移而已：郊区也在生长，在郊区，既有贫民窟也有花园洋房。郊区富人区一般不会距向他们提供用人、园艺工人和看门人的生活区太远。没有安全保障的地带，抢劫的危险时时会降临。在享有特权的地带，富人们生活在软禁之中。布宜诺斯艾利斯圣伊西德罗区一个私家小区里，送报人这么说：

“住这儿吗？我就不妄想了。反正我没什么要藏起来的东西，干吗要跟坐牢似的过活呢？”

直升机划过圣保罗市上空，在一座座豪华监狱和城市中心的楼房晒台间来回穿梭。街道已为恶棍劫持，已为污染毒害，成了人人避之不及的陷阱。富人们竭力躲避暴力和雾霾，不得不隐藏起来。这是困扰喜好炫富之人的矛盾：

财富越来越有必要被收编在高墙后不露真容的大宅里，不为其他人嫉妒和贪婪的目光所见。大城市郊外建起了微型城市。豪宅在那里扎堆，由复杂的电子安保系统和持枪保安护卫。正如今天的购物中心好比古时的大教堂，这些豪宅是我们这个时代的城堡，有塔楼、城垛和窥视孔，可以远远观察敌情，让敌人不至靠得太近。然而，论庄严，论美丽，这些城堡远不如那些古老的石头堡垒。

恐惧的俘虏并不知道自己成了囚徒。而刑法制度的囚犯们，这些胸口标着号码的人，不仅失去了自由，也失去了忘记自己身在牢中的权利。今天引领时尚的最现代化监狱都致力于成为安全程度最高的监狱。这些监狱并不打算如过去所说那样，治疗迷途之人、帮助有罪之人重返社会，

家庭故事

尼古拉斯·埃斯科瓦尔最喜欢的那位姑妈死了。她是在巴拉圭亚松森家中，在睡梦里，非常平静地离去的。得知姑妈离去时，尼古拉斯在这个世界上已生活了六年，在电视机前已度过了几千个钟头。他问：

“她是谁杀的啊？”

它们只打算把罪犯隔离起来，没人肯花心思给罪犯吹嘘人生道理了。公正已蒙起了自己的眼睛，不想知道犯罪之人来自哪里，也不想知道犯罪之人为何犯罪，而这或许能成为他迈向悔过自新的第一步。世纪末模范监狱毫无拯救罪人的意图，更不用说助人悔过了。社会把公共威胁关进笼子里，然后，扔掉钥匙。

在美国新造的几座监狱里，囚室墙壁都是钢的，没窗户，房门开关由电力驱动。美国监狱系统只在发放电视机上是慷慨的，他们认为电视机有毒品效用；然而，与其他囚犯接触极少或没接触的囚犯正越来越多。被隔离的囚犯只能间或看到一名狱警，连狱警数量也越来越少了。今天的科技可以让单单一名公务人员坐在控制室里监视上百名囚犯。机器可以包办一切。

在家服刑的犯人也可以受电子设备监控，一位叫杰克·爱[1]的法官满怀爱意地设想了一种可以远程遥控的手环。这种手环可以绑在手腕上或脚踝上，用于监视犯人一举一动，犯人有否取下这一装备的企图、有否饮用含酒精饮料、有否从家中出逃，尽在掌控。犯罪学专家尼尔斯·克里斯蒂则发出预言，说在不久的将来，刑事诉讼程序会以视频直播的方式来进行，不论提起公诉的检察官还是辩护

---

① 此人姓Love。

律师，抑或做判决的法官，都不会亲眼见到被告本人。

1997年，美国监狱关了一百八十万名犯人，超过十年前犯人总数的双倍。要是把在家服刑的、被担保暂离监狱的和获假释的算上，这个数字就是十年前的三倍，相当于丹麦全部人口，这其中黑人的总数是南部非洲最黑暗的**种族隔离**时代黑人囚犯总数的五倍。庞大的客户群对任何一个投资客来说，都是极富诱惑力的，这成了监狱产业私有化的一大因素。美国私营监狱与日俱增，尽管短期却具有说服力的经验表明，私营监狱供应的伙食极差，存在虐囚行为；私营监狱并不比公家监狱更便宜，其高额利润将低廉成本一笔勾销。

早在十七世纪，英国狱吏就向法官行贿以求后者输送囚犯了。待到自由的那一刻来临，囚犯们就背上了一身债，只得终生沿街乞讨或为狱吏干苦活儿。二十世纪末，一家名为“矫正”的专营监狱业务的美国公司成为纽约证券交易所市值最高的五家公司之一。矫正公司成立于1983年，资金源于肯德基售卖的炸鸡块。这家公司一开始就宣称要像卖炸鸡块那样卖监狱。1997年末，这家公司股价已涨了七十倍，业务扩展至英国、澳大利亚和波多黎各，而美国国内市场为其业务的根基。美国囚犯越来越多；监狱是永远人满为患的旅馆。1992年，有一百多家公司从事监狱的设计、建造或管理业务。

广　　告

这是美国《今日矫正》杂志于1998年4月刊出的几则广告。

贝尔大西洋公司能提供“最安全的电话系统”，可以监听并录下通话内容：“犯人在什么时间给谁打电话、说了什么，尽在掌控。”

在美国西部监狱电话服务公司的广告中，一个囚犯正暗暗窥伺目标，嘴里衔着烟头：“他有可能将你开肠破肚。在监狱某一个地方，可能有一个怀揣锐器的重案犯。”

另一页上，也是一个暗中潜伏的囚犯，一道杀气重重的黑影：“别给他一丁点得寸进尺的机会。”LCN即诺顿公司警告说。他们提供最好的高级安全锁：每一扇没关严的门都是“向麻烦事发出的公开约请”。[①]

“犯人比任何时候都更顽固。幸运的是我们的产品也是如此。”墨度公司生产砸不

① 诺顿公司是美国一家老牌闭门器公司，由刘易斯·C.诺顿（Lewis C. Norton，1851—？）创始于19世纪70年代，LCN为其姓名缩写。

烂的家具。客车产业公司推出最新款轮上监狱：就像是分隔成一只只钢制狗笼的运狗车。“节省时间，节省美元，”专造监狱的马克公司打出广告，“经济！优质！快捷！耐用！安全！”

1996年，世界研究团公司组织一次专家会议，意在使这一充满动力的产业利润**最大化**。会议公告称："监禁和判决在增长，利润也在增长：罪行的利润。"事实上，美国近几年来犯罪率已有所下降，市场则供给越来越多的囚犯。囚犯数量增长不仅发生在犯罪率增长之际，也发生在犯罪率下降之时：要么为已行之罪入狱，要么为可能犯罪入狱。罪行数据统计没理由阻挡监狱生意高歌猛进。此外，1997年10月，这一产业的一位执行官黛安娜·麦克卢尔宣布一条好消息，以平息各位股东的焦虑："我们的市场分析报告显示，**青少年**犯罪还在增长。"

1998年初一次访谈中，小说家托妮·莫里森坦言："私营监狱待囚犯之粗暴恶劣，已到了令人发指的程度，得克萨斯州人都为此吃惊。得州虽非一个以好心肠闻名的地方，不过，现在正在解除与这些监狱的合同。"然而，囚犯们，这些失去自由的人，还是服务于自由市场，其待遇并不比其他任何货品来得好。私营监狱专注于高度安全和低廉成本，一切都表明，疼痛和惩罚的生意将持续繁荣。美国犯罪司法委员会预估，照现在这样的囚犯增长速度，到2020年，每十个黑人将有六个被押狱中。最近二十年来，监狱方面的公共花销增长了百分之九百：这丝毫无助于缓解民众的恐惧，他们生活在巨大的不安的气氛中，对监狱产业的繁荣来说，这个数字振奋人心。

“总而言之，监狱就意味着钱。”尼尔斯·克里斯蒂总结说。一位英国议员的经历很能说明问题。爱德华·加德纳爵士曾在八十年代率一个欧洲代表团横跨大西洋访问美国，研究监狱问题。爱德华爵士本是坚决反对私营监狱的。他改变了想法，回到伦敦后，成为合同监狱股份有限公司总裁。

参考文献

埃里克·贝茨,《私营监狱》,见《民族》周刊,纽约,1998年1月5日。

埃利亚斯·纽曼,《以罪行为生的人和其他人:作为产业的犯罪》,布宜诺斯艾利斯:二十一世纪出版社,1997年。

戴维·莱昂,《电子眼》,马德里:联盟出版社,1995年。

丹尼尔·伯顿-罗斯、丹·彭斯、保罗·赖特,《美式监禁:美国监狱产业内幕》,缅因州(门罗):共同勇气出版社,1998年。

格奥尔格·鲁舍、奥托·基希海默尔,《刑罚与社会结构》,波哥大:忒弥斯出版社,1984年。

《纪事》周刊报道,危地马拉,1996年7月19日。

凯文·马伦,《苦狱:加拿大监狱体制的危机》,多伦多:道布尔迪出版社,1996年。

《美国监狱状况》:纽约,1992年。

《美国新闻与世界报道》周刊报道,1995年5月。

米歇尔·福柯,《规训与惩罚:监狱的诞生》,墨西哥城:二十一世纪出版社,1976年。

《魔术师》周刊报道,布宜诺斯艾利斯,1997年8月13日。

尼尔斯·克里斯蒂,《监控罪行的产业:新的集中营制度》,布宜诺斯艾利斯:港口出版社,1993年。

尼尔斯·克里斯蒂,《新国际主义者》杂志访谈,牛津,1996年8月。

托妮·莫里森,《时代》周报访谈,1998年2月12日。

《新国际主义者》杂志报道,牛津,1996年8月。

裁剪与缝纫课：
怎样量身定制你的敌人

许多大宗生意既推动犯罪，也依赖犯罪。经济资源和科技知识从未如此集中地被投入到死亡的生产中。世界上武器卖得最多的国家也是肩负世界和平的国家。幸运的是对它们来说，和平面临的威胁正在慢慢减弱，大片乌云已经散去，与此同时，战争市场正在恢复生气，显现出大杀戮带来高利润的美好前景。生产武器的工厂与按照自己的需要制造敌人的工厂，一同加速运转。

魔鬼的宽敞衣帽间

军工经济有好消息，这就等于说：经济有重大利好。军工产业也就是死亡买卖，也就是暴力出口，开足马力呈现出繁荣局面。世界提供了稳定的、需求渐旺的市场，而不公正的世界性传播继续带来好收成，犯罪、毒瘾、社会动荡，以及国家间、地区间乃至个人间的仇恨正与日俱增。

经过冷战结束后几年的低迷，军火买卖再一次活跃起来。世界军火市场在1996年增长了百分之八，交易总额达四百亿美元。石油君主制国家以九十亿美元雄踞军火进口国榜首。君主石油制国家多年来一直是美国军工产业和英国战斗机的最佳客户，这些国家对在人权组织报告中，该国多年来也一直雄踞侵犯人权国家榜首充耳不闻。1996年，人权组织发布消息说：“我们不断接到对被捕者用刑和施以

视点 7

旧金山一堵墙上，一只手写道："如果选举真能改变些什么，那就是非法选举。"

里约热内卢一堵墙上，另一只手写道："如果男人能生育，那堕胎就是合法的。"

在丛林里，强者吞噬弱者的习惯是不是叫做**城市法则**？

对一个患病民族来说，健康货币是什么意思？

武器出口对经济来说，是一则好消息。对武器造成的亡灵来说，这也算一则好消息吗？

视 点 8

直到不久前，研究雅典民主制的历史学家们在讲起奴隶和妇女时，都还不过是顺带提及。奴隶们占据了古希腊人口大多数，女人们则是半数。奴隶们和女人们眼中的雅典民主什么样？

1776年，美国《独立宣言》宣布“一切人生来平等”。在《宣言》发表后仍然为奴的五十万黑奴看来，这话什么意思？还有在《宣言》发表后仍享受不到一点权利的妇女，她们生来与谁平等？

在美国看来，把在越南战争中身亡的所有美国人的名字刻在华盛顿一座巨大的大理石墙上，是合乎道义的。在那些被来自美国的入侵者杀害的越南人看来，那里还须另建六十堵墙。

虐待的报告，有至少二十七人被法庭强行施以一百二十至二百记的鞭刑。这些受刑者中，有二十四名菲律宾人是因同性恋行为而遭受刑罚的。有至少六十九人被判处死刑并付诸执行。”报告还说：“当局长期禁止政党和工会的存在，并实行严苛的新闻审查。”

石油换武器的良性交易，让独裁政府得以扼杀内部抗议，也让美利坚和大不列颠得以滋润它们的战争经济，稳住它们抵挡一切威胁的能量之源：武器和石油，国家繁荣的两大关键因素。也许会有脑子爱往坏处想的人认为，成百万地花钱买武器，顺便也买来了免罪权。出于鬼才知道的原因，我们从没在媒体上看到、听到或者读到任何一起对这个国家发生的暴虐行为的指控。这些媒体反而习惯于关心其他阿拉伯国家的人权。所谓“原教旨主义”只有在有碍生意时才是十恶不赦的，最好的朋友就是武器买得最

谜

骷髅们在笑什么？

那些没有作者的笑话究竟是谁创作的？那个发明了笑话、把笑话播撒到世间的老头儿是什么人？他在哪个洞穴里藏身？

为什么诺厄要把蚊子也放进方舟里？

阿西西的圣方济各也爱蚊子吗？

应有而未有的人物雕像，是不是有多余的人物雕像那么多？

既然通信技术越来越发达，为什么人越来越不喜欢沟通了？

为什么通信专家的话上帝也听不懂？

为什么性教育读本会让你一连几年都没有做爱的欲望？

在战争中，谁是卖武器的？

多的朋友。美国军工产业一面抗击恐怖主义，一面把武器卖给恐怖主义的政府，那些政府与人权的唯一干系，就是它们竭尽全力要把人权消灭干净。

在所谓"和平年代"即1946年至今的历史时期，战争夺去不少于两千两百万人性命，将超过四千万人逐出他们的土地、他们的家园和他们的祖国。对电视机前的新闻消费者来说，总有一场大战或一场小战可供享用。然而，无论报道者还是评论员都不曾讲出过一丁点有助了解真相的话。真要如此，他们必须首先回答那个最基本的问题：**是谁在拿人类的痛苦做交易？这样的悲剧让谁赚了大钱？**“刽子手总是藏起他的面孔。”鲍勃·迪伦有一回这样唱道。

1968年，被一颗子弹击穿面孔两个月前，马丁·路德·金牧师宣称，他的国家是“世界上最大的暴力出口国”。三十年后，数据会说话：全世界每为军火花上十美元，就有4.5美元最终会流入美国。据国际战略研究所报告，最大的武器卖家是美国、英国、法国和俄罗斯。它们正巧也是在联合国安全理事会拥有否决权的国家。说明白点，否决权就是**决定权**。所有国家都参加的联合国大会只能提建议，最终做决定的是安全理事会。联合国大会要么开口说，要么保持沉默；安全理事会要么做，要么不让做。也就是说：**世界和平被掌握在不断开发大宗战争生意的大国手里**。

结果一点不让人感到意外。安全理事会的常任理事国享有想干就干的权利。比如说，最近十年间，美国可以无所顾忌地轰炸巴拿马城最穷困的社区，然后再摧毁伊拉克；法国可以用它的核爆试验污染南太平洋。一如马岛战争，入侵巴拿马的行动也可以让空军检验最新款战机的实力；电视将攻入伊拉克的行动变成了一场面向全世界的橱窗秀，向市场展出的是新式武器：快来巴格达大集市看最新款的杀人工具吧。

世界战争与和平的不幸的统计数据对比也没理由让任何人吃惊。相对联合国花费在维和行动中的每一美元，全世界在战争中的投入是两千美元，这些钱用于屠杀人类，在这些屠杀中，猎人和猎物是同一物种，杀掉最多同类的人就是业绩最出色的人。堂西奥多·罗斯福说得好："没哪个和平的胜利能有战争的胜利来得伟大。"1906年，他荣获诺贝尔和平奖。

今天，世界上有三万五千件核武器。美国拥有其中一半，另一半属于俄罗斯及其他大国。当印度或巴基斯坦，抑或其他国家实现自行研制核弹的梦想，核垄断的主人们呼声震天，叫嚷这个世界正面临威胁：这些核弹每一颗都可以杀死好几百万人，只消引爆几颗就足以毁灭这个星球上所有人类，连同星球本身。然而，超级大国从来不说上帝是何时决定把垄断权交给它们的，也不说为什么它们还在继续制造核武器。冷战年代里，核武器是一种用来互相恫吓的极其危险的工具。但是，现在，既然美国与俄罗斯已携起手来，这些超级武器还有什么用？用来吓唬谁？吓唬全人类？

所有战争都有一个不便，那就是需要一个敌人，若有可能，不止一个敌人。如果没有来自一个或数个敌人的挑衅、威胁或进犯，不管这敌人是自发的还是被制造出来的，战争就会变得缺乏说服力了，军火供应商就会面临需求方面的紧迫问题。1989年，市面上出现了一个新的芭比娃娃，穿军装，能行军礼。芭比选择了一个不利的时间点来开启她的从军生涯。这一年年底，柏林墙倒了，接下来，其他一切也都崩溃了。邪恶帝国土崩瓦解了，上帝一下子失去了魔鬼的陪伴。五角大楼的预算和军火贩卖生意忽然就陷入了困境。

需要寻找新的敌人。德国人和日本人早已改邪归正，现在，俄罗斯人也已吐掉长长的獠牙，洗却身上的硫黄味儿了。坏蛋匮乏导致一种综合征，这种病在好莱坞那里找

视 点 9

用经济的眼光来看，贩卖武器跟贩卖食品没什么区别。

倒一座楼房，摔一架飞机，对于楼内和飞机内的人来说，总归是不利的，但对于国民生产总值的增长来说，却是有利的。国民生产总值，有时也可以叫做犯罪生产总值。

到了速效疗法。睿智的先知罗纳德·里根早就说过，要打赢外太空战争。好莱坞所有能人和资金都奔着去生产银河系敌人了。外星人入侵过去也曾成为电影主题，不过波澜不惊，可就在一瞬间，电影屏幕开始争相展示外星人的恐怖威胁，票房收入猛涨。这些外星人要么来自火星，要么来自其他星球。他们大多面目可憎，长得像爬行动物或蟑螂，有时也长成地球人模样，这样可以欺骗无防备心之人，顺便，节省拍摄成本。

而在地球上，形势已大为改善。坏蛋供应量确已跌落，但世界的南方仍继续出产顽劣的坏蛋。五角大楼真该为菲

一个明星诞生了？

1998年，白宫在全世界的海报栏上又推出了一个大反派：此人的艺名叫奥萨马·本·拉登，是所谓“原教旨主义者”，蓄着大胡子，戴头巾，怀抱一把步枪。这位新星将创造辉煌的事业吗？会有不俗的票房吗？他能成功地摧毁西方文明的根基吗？或者，他只不过是个配角？在恐怖电影中，你永远猜不到下一幕。

德尔·卡斯特罗立一块碑，以表彰他四十年来的忘我工作。穆阿迈尔·卡扎菲曾是身价不菲的坏蛋，现在甚少活动了，而萨达姆·侯赛因在八十年代还是个好人，到了九十年代，就成了坏得不能再坏的恶人，今天他仍然有用。1998年初，美国第二次威胁攻打伊拉克，为的是人们不再谈论比尔·克林顿总统的风流韵事。1991年初，另一位美国总统乔治·布什提出，无须在遥远的外太空寻找敌人了。入侵巴拿马后，就在入侵伊拉克的同时，布什断言：

“**这个世界已成危险地带**。”

这些年来，这一论断一直在为兴旺发达的军工产业和军费预算提供不容辩驳的合法证明。美国军费预算全球最高，却神奇地被称为**国防预算**。这称呼本身就是一个谜。自1812年英国人火烧华盛顿城后，美国还从没遭过侵略，其间，只潘乔·比利亚在墨西哥革命期间跨越边境线进行过一次短暂骚扰。美国却总喜欢入侵别国，这实在不是个好习惯。

美国相当一部分公众舆论对发生在本国外的事情了解之少令人震惊，而且，他们对不知道的事情既害怕又轻视。在这个信息技术最为发达的国家，电视是很少播报世界新闻的，除非为证明外国人有恐怖主义倾向和忘恩负义恶习。每一场叛乱，每一起暴力事件，不管发生在哪里，都成为国际阴谋分子在仇恨和嫉妒的驱使下继续进军的新证据。

愿　　望

有个人捡到了阿拉丁神灯。此人博览群书，一眼就认出了神灯。他抬手擦了擦神灯，一个精灵冒出来，对他鞠了一躬，说：

“为您效劳，主人。您跟我提一个愿望，一定满足您。但只能是一个愿望。”

这个人是个好儿子，他说：

“我希望你能让我死去的母亲复活。”

精灵苦着脸说：

“抱歉了，主人，这个愿望是不可能实现的。您再提一个吧。”

这个人是个好心人，他说：

“我希望这个世界不要继续在杀人方面耗费资金了。”

精灵吞了口唾沫说：

“这个嘛……您刚说令堂大人叫什么来着？”

冷战已结束，但这不算难事，因为，魔鬼有个宽敞的衣帽间，不会只穿红。民调表明，现在俄罗斯在众多敌人中排末位，许许多多民众都担心一场由某个恐怖主义团伙发起的核攻击。尚不清楚拥有核武器的恐怖主义团伙究竟是哪一个，但正如社会学家伍迪·艾伦所言，“眼下，任何一个人开口咬汉堡包前都担心它会不会爆炸。”事实上，美国历史上最惨烈的一次恐怖主义袭击发生在1995年，在俄克拉何马城，凶手并非哪个配备了核武器的外国人，而是一位美国公民，白种人，曾在攻打伊拉克的战争中立下战功。

国际恐怖主义的所有幽灵中，**毒品恐怖主义**最吓人。一说起**毒品**，就相当于在久远的年代里提起**黑死病**：同样的恐惧，同样的无能为力。这是个神秘的诅咒，诱惑并置人死地的魔鬼的化身：如同所有灾祸，它也来自国外。现在很少谈起大麻了，过去它叫killer weed即夺命草，这可能跟以下事实有点关系：大麻已成功进入美国农业体系，十一个州都有种植。在国外制造的海洛因和可卡因则被提升到破坏国家根基的敌人的等级。

官方统计指出，美国公民每年在毒品上花掉一千一百亿美元，相当于该国工业总产值十分之一。当局从没抓获过一名有点分量的美国毒贩，缉毒战争则使毒品吸食者成倍增加。正如当年**禁酒令**对酒起的作用，禁令能刺激需求，从而催生暴利。据曾任加利福尼亚州圣何塞警长的乔·麦克纳马拉说，毒品利润高达百分之一万七。

毒品就像苹果馅饼，成了美国的标志，它也是美国的悲剧、美国的生意，罪责却由哥伦比亚、玻利维亚、秘鲁、墨西哥等忘恩负义的国家承担。就像打越南战争一样，在拉丁美洲，直升机和轰炸机用陶氏化学、雪佛龙、孟山都等公司生产的化学毒剂摧毁有罪的或有嫌疑的农田。这样的扫荡不仅毁坏土地，也有损人体健康，到头来还是于事无补，那些种植园只消挪个窝就成，不能被彻底根除。种植古柯或罂粟的农民一直是军事行动紧盯的目标，事实上，在利润丰厚的毒品生意中，他们是最贫弱的一环。在最终价格中，原材料是不占多少分量的。从采摘古柯叶的农田到贩卖可卡因的纽约街头，价格能翻一百到五百倍，这取决于地下市场中白粉估价的起伏波动。

对银行界、兵工厂和军事将领们来说，再没比毒品贸易更好的盟友了：毒品为银行提供财富，为战争机器提供借口。致人死亡的非法产业就这样服务于致人死亡的合法产业；与此同时，词汇和现实都军事化了。1964年，军事独裁开始扫荡巴西，军政府一位发言人声称，毒品和自由恋爱是**革命分子**拿来破坏基督教文明的**战术**。1985年，在智利圣地亚哥召开的一场麻醉剂与精神类药物大会上，美国代表声称，抗击毒品斗争已成**一场世界大战**。1990年，洛杉矶警长达瑞尔·盖茨提议，那些毒品吸食者也应当吃枪子儿，**因为，我们是在打仗**。不久前，乔治·布什总统呼吁**打赢**缉毒**战争**，他解释说，这是**一场国际战争**，因为，对国家构成最严重威胁的毒品都源于国外。向毒品开战仍旧是所有领导人演说中不可或缺的话题，无论社区俱乐部主席在一座新建游泳池揭幕仪式上的讲话，还是美国总统的演讲，美国总统一有机会就重申美国向其他国家颁发或拒绝颁发良好表现证明的权利。

就这样，一个公共卫生问题渐渐变成一个公共安全问题，这个问题超越了国界。五角大楼有义务涉足**毒品骚乱**和**毒品恐怖主义**的战场，这两个新词儿把叛乱和犯罪放在了同一个口袋里。国家禁毒战略不是由一位医生而是由一位军人来引导。

在纽约警察局缉毒部门担任过主管的弗兰克·霍尔曾宣称："假如进口可卡因没了，两个月后就会由合成毒品来取代。"这番话像是出于共识，但事实上，打击拉丁美洲罪恶之源的战争，为在整个拉丁美洲地区保持最严密的军事控制并在更大程度上实现政治控制提供了最好口实。五角大楼计划在巴拿马设立一个反毒多边合作中心，用以协调美洲诸国军方打击贩毒的斗争。整个二十世纪，巴拿马一直是美国一大军事基地。耻辱的条约一直要到本世纪最后一天才失效，打击毒品的斗争完全可以让这个国家的租用期限无限延长下去。

从某个时间节点开始，缉毒就渐渐成为美国军事介入布拉沃河以南国家的合法理由。巴拿马正是这种军事介入的第一个受害者。1989年，两万六千名美军士兵攻入巴拿马，凭借武力，在宝座上安放了一个叫吉列尔莫·恩达拉的不能胜任的总统。这位总统以打击贩毒为名，让贩毒活动迅猛增长。也正是以缉毒战争为名，五角大楼在哥伦比亚、秘鲁和玻利维亚无所忌惮地干涉内政。这项斩妖除魔的神圣事业，也为拉丁美洲军人提供了新的存在理由，鼓动他们重新插手民众事务，在他们面对社会抗议的爆发时，为他们提供必需资源。

曾领导墨西哥禁毒战争的赫苏斯·古铁雷斯·雷沃略将军不能继续躲在家里睡大觉了。1997年2月，他因染指可卡因交易坐了牢。然而，事实证明，美国向墨西哥输送的用以打击毒贩的直升机和精良武器，在对付恰帕斯州和其他地区的起义农民时，才是最有效的。在哥伦比亚，美国提供的缉毒军事援助一大部分被用于在与毒品没半点关系的地区杀害农民。最系统化地侵犯人权的武装部队，正是接受美国武器和美国军事技术、战术指导最多的部队，哥伦比亚就是一例。这些武装部队多年来一直在打击那些与秩序为敌的穷人，守卫与穷人为敌的秩序。

总之，这就是事实：抗击毒品的战争是社会战争的一张面具。抗击公共犯罪的战争同样如此。毒品吸食者，特别是穷困的毒品吸食者被妖魔化，正如或偷或抢的穷人被妖魔化，产生穷人的社会却免于罪罚。法律是针对什么人的？在阿根廷，四分之一没有判刑的囚犯仅因携带五克以下的大麻或可卡因就被投入铁窗之内。在美国，针对毒品发起的圣战集中火力猛攻crack即快克，这是黑人、拉丁裔和其他监狱常客吸食的第四等可卡因。美国公共卫生局的数据显示，每十个毒品吸食者有八个是白人，而每十个因毒品入狱的犯人只有一个是白人。美国联邦监狱发生的数起暴动被媒体报道成**种族骚乱**：囚犯们的抗议针对的是判决不公，因为，快克吸食者所获罪刑要比可卡因吸食者严厉一百倍。确实是一百倍：据联邦法律，一克快克等同于一百克可卡因。因快克被捕的囚犯几乎全是黑人。

在拉丁美洲，穷困的犯罪者成了国家安全新的**内部敌人**。在巴西，尼洛·巴蒂斯塔这样描述缉毒战争瞄准的目标："贫民窟黑人少年，他们把毒品卖给富足人家的少年。"

我很好奇

为什么要把古柯等同于可卡因?

如果古柯真有那么危险,为什么西方文明的标志之一就叫可口可乐?[①]

如果是为杜绝对古柯的不良使用禁止种植古柯,那么,为什么不禁止收看电视?

既然毒品产业是杀人产业,应当禁止,为什么不禁止军火生产?这可是杀人最多的产业。

美国凭什么在世界上充当缉毒警察,既然世界上一半以上毒品都卖入这个国家?

为什么贩运毒品的飞机能明目张胆进出美国领空而不受法律制裁?最先进的科技可以拍下地平线上一只跳蚤的影像,为什么不能侦测到一架掠过窗口的贩毒飞机?

为什么从没哪个毒品大亨在美国落网,哪怕仅仅是一个从未跨出过美国国境的白

---

① Cocaína即可卡因一词最初指从古柯叶中提取的具麻醉功效的成分,后用为毒品的名字;Coca-Cola即可口可乐一词由古柯和可乐果组合而成,提示着这种饮料最初含有的两种令人兴奋的成分:古柯碱和咖啡因。

粉大王?

为什么大众传媒大谈特谈毒品,却很少谈毒品问题的起因?为什么只责怪吸毒成瘾的人,而不责怪那种催生了越来越多焦虑、烦躁、孤独和恐惧的生活方式,也不责怪那种引导人去化学品中寻找慰藉的消费文化?

如果一种疾病变成罪行,这种罪行又变成生意,让病人接受惩罚是公正的吗?

为什么美国不针对本国几家银行发动一场攻势?毒品贸易产生的美元有很大一部分是在这几家银行里洗干净的。或者,抓几个瑞士银行家?他们洗得还要干净。

为什么贩毒的人是支持禁毒最狂热的人?

非法交易不是有利于商品和资本的自由流通吗?毒品生意不正是新自由主义学说最完美的体现吗?毒品贩子们不正在实践"有需求就有供给"的市场黄金律吗?

为什么今天最受欢迎的毒品是有助于提高生产力的毒品?这些毒品遮蔽了劳累和恐惧,让人产生自己无所不能的幻觉,使人效率更高、收益更多。在这一点上,能否辨认出一个时代的标志?麦角酸引发的幻觉是不利于生产效率的,那是六十年代的毒品,今天看来像是史前文物了,那个年代的绝望者是另一批人吗?那个年代的绝望是另一种绝望吗?

这仅是药品交易，还是对社会和种族权力的确认？在巴西，在所有地方，缉毒战争制造的死者要远远多于毒品吸食过量导致的死者。

参考文献

彼得·罗伊特,《非法市场组织的经济学分析》, 华盛顿: 美国司法部, 1985年。

《哥伦比亚的杀手网络: 军事-准军事组织与美国》, 纽约, 1996年。

国际战略研究所,《军力平衡, 1997—1998年》, 牛津大学出版社, 1997年。

杰尔姆·米勒,《搜索并歼灭: 司法体系中的非洲裔美国男性》, 剑桥大学出版社, 1996年。

科莱塔·扬格斯,《拉丁美洲的缉毒攻势》, 见《北美洲拉美协会会刊》, 纽约, 1997年9/10月合刊。

路易斯·费尔南多·尼尼奥,《当我们谈论毒品时在说什么》, 见《关于毒品的某些话题》, 多人合著, 布宜诺斯艾利斯: 布宜诺斯艾利斯大学法学与社会科学学院, 1997年。

罗伯托·贝尔加利,《阿根廷毒品问题简介》, 见《权力与控制》杂志, 第2卷, 巴塞罗那, 1987年。

罗莎·德尔奥尔莫,《毒品的阴暗面》, 见《权力与控制》杂志, 第2卷, 巴塞罗那, 1987年。

罗莎·德尔奥尔莫,《禁止还是规劝: 拉丁美洲的毒品政策》, 加拉加斯: 新社会出版社, 1992年。

罗莎·德尔奥尔莫等,《毒品: 世纪末的冲突》, 见《新社会纪事》杂志, 第1期, 加拉加斯, 1997年。

迈克尔·莱文,《巨大的白色谎言: 中央情报局和可卡因-快克流行病》，纽约：雷霆之口出版社，1993年。
美国国家药物滥用研究所，《全国家庭药物滥用调查，1990》，华盛顿：美国政府，1991年。
尼洛·巴蒂斯塔，《流血的犯罪政治》，见《巴西犯罪学杂志》，总第20期，圣保罗，1997年。
乔纳森·谢尔，《时代的礼物：销毁核武器的时机》，见《民族》周刊，纽约，1998年2月2日、9日。
斯蒂芬·约翰·雷，《墨西哥的毒品战争和信息战》（毕业论文），奥斯汀：得克萨斯大学，1997年8月。

不哭的孩子没奶吃，不拿不偷是笨蛋。

——恩里克·桑托斯·迪塞波洛

探戈舞曲《买卖》①

---

① 恩里克·桑托斯·迪塞波洛（1901—1951），阿根廷探戈词曲作家，剧作家，电影编剧、导演和演员。《买卖》（1934）系为影片《手风琴之魂》（*El alma del bandoneón*，1935）而作，是其最著名的作品。《买卖》的创作背景是经济萧条、政治腐败，对内镇压、对外屈从的臭名昭著的十年（Década Infame，1930—1943），歌词对罪恶和堕落加以讽刺、谴责，高度的批判性使它超越自身时代，在后世广为人引用。其他探戈代表作有《伊拉，伊拉》（*Yira, yira*，1929）、《一》（*Uno*，1943，作词）和《布宜诺斯艾利斯的小咖啡馆》（*Cafetín de Buenos Aires*，1948，作词）等。

道德讲习班

▪ 实习作业：如何获得人生成功并赢得友谊 ▪

▪ 矫正恶习课程 ▪

实习作业：
如何获得人生成功并赢得友谊

犯罪是秩序的一面镜子。挤满监狱的罪犯都是穷苦人，几乎都是带着小刀短枪，用土办法行事的。要不是因为贫穷和手工劳动的劣势，这些出没街巷的小贼也可以戴上国王的冠冕、绅士的大礼帽、主教的法冠、将军的大檐帽，威风凛凛地提笔签署政府令，而不是在口供记录的页脚压指纹。

帝国的权力

英国维多利亚女王为一个时代冠上她的名字：维多利亚时代，这一时代正是胜利的时代[①]：帝国全盛时代，它统领着世界上所有海域以及大片陆地。《不列颠百科全书》V字部告诉我们，女王生活简朴、恪守道德、保持良好习惯，以身作则教导臣民。作为维多利亚时代社会标志的好些观念，诸如尊严、权威、尊重家人，在很大程度上是拜女王所赐深入人心的。肖像画上的她几乎总苦着一张脸，也许是在表明，她必须面对大大小小的困难，忍受长久不变的道德生活的无味。

不过，《不列颠百科全书》并没透露这样一个细节：维多利亚女王还是十九世纪头号毒枭。她在位的漫长时期，鸦片成了帝国贸易最具价值的货物。由不列颠帝国发起并在其管控下，印度发展起大规模的罂粟种植和鸦片生产。这些鸦片大部分以走私方式流入中国。由此，毒品产业在中国开辟出一个迅猛增长的消费市场。1839年，基于鸦片对国民的毁灭性毒害，中国皇帝下诏禁止贩运和吸食鸦片[②]，并下令没收几条英国商船的货物，此时，中国的瘾

① Victoria即维多利亚也有胜利之意。
② 应为1838年。

君子据估计已达一千两百万之众。女王在她一生中从未提到过**毒品**一词。她强烈抨击这一侵犯贸易自由的不可饶恕恶行，把她的舰队派到了中国海岸边。1839年开始的鸦片战争[①]打了二十年，其间偶有间歇，在这二十年中，女王同样从未提到过**战争**一词。

尾随战船开来的是满载鸦片的货船。每一次军事行动结束后，商贸活动就开始。首先打响的几次战役中，1841年的定海之战[②]让三名英国人和两千多名中国人殒命。之后的那些年里，双方兵力损失对比差不多就维持在这个水平。第一次休战在1856年被打破，当时的广州城遭到猛烈的炮击，下令开炮的是约翰·包令爵士，他是个虔诚的基督徒，总是说："耶稣就是自由贸易，自由贸易就是耶稣。"第二次休战结束于1860年，当时的维多利亚女王失去了耐心。该是给中国人的顽固抵抗打上句号的时候了。密集的

① 应为1840年。
② 应指第二次定海之战。

炮火中，北京城沦陷，侵略军在中国皇帝的夏宫中大肆抢掠，并将宫殿付之一炬。如此，中国才接受了鸦片，瘾君子数量倍增，英国商人这才高高兴兴吃起大餐。

保密的权力

世界上最富裕的两个国家是瑞士和卢森堡。这两个小国是两大金融中心。关于极为微小的卢森堡，外界几乎一无所知。瑞士则因威廉·退尔[①]的好箭法、精准的钟表和谨慎的银行家而闻名于世。

瑞士银行业盛名由来已久；七百年的传统是其严谨和安全的保证。但事实上，瑞士是在第二次世界大战期间才成为金融强国的。恪守着它同样悠久的保持中立的传统，瑞士没有参战。不过，瑞士却参与到战争的生意中，以非常优惠的价格向纳粹德国提供服务。这实在是一桩漂亮的生意：希特勒从被占领的国家和被抓捕的犹太人那里抢来的黄金，甚至包括集中营毒气室遇害者嘴里的金牙，都在瑞士的银行里变成了外汇。黄金进入瑞士畅行无阻，遭纳粹迫害的难民则被挡在其国界之外。

贝托尔特·布莱希特说过，抢银行是罪，而建起一家

① 威廉·退尔是瑞士民间传说中的英雄，席勒和罗西尼都曾以其故事为创作素材。

银行是更大的罪。二战结束后，瑞士成了阿里巴巴的国际藏宝洞，向独裁者、贪腐政客、逃税高手、毒枭和军火贩子敞开大门。在苏黎世车站大街和日内瓦库哈特里大街金光闪耀的人行道底下，在幽暗中沉睡着的是一堆堆金块和垒叠成山的纸钞，它们是抢劫和贪污的果实。

银行的秘密已经不同于往昔，不断涌出的丑闻和司法调查让它的威风大不如前，但不管怎么说，这台保证国家繁荣的发动机仍在积极运转。金钱仍然拥有戴上假面具化假装的权利，狂欢节持续整年；全民投票的结果显示，在大部分瑞士人看来，这没有一点不当之处。

不管流来的钱有多脏，也不管漂洗过程有多复杂，瑞士这家洗衣店能做到不留一丝污迹。八十年代罗纳德·里根担任美国总统时，苏黎世成了由奥利弗·诺思上校负责指挥的多项密谋行动的中心。瑞士作家让·齐格勒曾撰文揭露，美国武器流入与美国敌对的伊朗，而伊朗则用吗啡和海洛因来支付一部分的武器费用；之后毒品在苏黎世售出，赃款存放在苏黎世，接着再用于资助在尼加拉瓜轰击合作社和学校的雇佣军。当时，里根常把这些雇佣军与美利坚合众国国父们相提并论。

瑞士的这些神庙圣殿建有高大的大理石立柱和私密单间，拒绝一切提问，仅示人以神秘面目。菲律宾暴君费迪南德·马科斯在瑞士的四十家银行存有总计十亿到十五亿美元巨款。菲律宾驻苏黎世总领事是瑞士信贷集团的一位高管。1998年初，马科斯倒台十二年后，经过多起诉讼和反诉讼，联邦法院做出判决，按照其要求，五亿七千万的赃款应被退还给菲律宾政府。这不是全部，但好歹是一点。这还算是个例外：通常情况下，赃款会消失得无影无踪。瑞士外科医生会给它换一张脸，重起一个名字，还会给伪造的新身份赋予合法的生命。尼加拉瓜的吸血鬼家族——索摩查家族在其统治期间积攒的战利品就由此蒸发一空。杜瓦利埃王朝从海地人手里抢来的财富最后了无踪迹，无从偿付。将刚果榨干的蒙博托·塞塞·塞科在日内瓦与他的银行家们见面时，总是有奔驰防弹轿车保护他的安全。蒙博托拥有四十亿到五十亿美元存款；他的独裁政权倒台时，只有六百万美元被追回。马里独裁者穆萨·特拉奥雷拥有十亿多美元，瑞士银行家最后只归还了四百万美元。

1976年起献身祖国施行恐怖统治的阿根廷军人都把钱存在瑞士。二十二年后，一次司法调查揭露了冰山一角。在笼罩着这些幽灵账户的迷雾中，有多少百万的钱款消失了？九十年代，萨利纳斯家族把墨西哥抢得身无分文。总统的亲哥哥劳尔·萨利纳斯，人们赠予他“百分之十先生”的雅号，因为，他通过将公共服务私有化和为毒贩提供保护来赚大钱，每次都拿百分之十回扣。据新闻报道，这条美元汇成的大河最终流向花旗银行、瑞士联合银行、瑞士银行和其他金钱红十字会的分支。有多少钱可以追讨回来？日内瓦湖具有魔力的湖水里，金钱潜入水底，消失不见了。

有些人盛赞乌拉圭是**美洲瑞士**。我们乌拉圭人对这样的赞誉并不十分有信心。如此美誉是出于我国公民的民主素养，还是来自银行界的严守秘密？这些年以来，乌拉圭正因为高度保密的银行而成为南美洲南锥体国家的财富保险箱：一座面朝大海的巨大银行。

神圣的权力

1970年最后一个夜晚，三位为上帝服务的银行家在巴哈马群岛拿骚城一座酒店里碰头。吹拂着热带地区的清风，在一派明信片般的景色中，罗伯托·卡尔维、米凯莱·辛多纳和鲍尔·马尔钦库斯举杯共庆新年到来，为最终消灭马克思主义干杯。十二年后，他们终于消灭了安保信银行。

安保信银行并非马克思主义者的银行。人们都知道它是神甫的银行，未受洗之人是不能成为安保信银行股东的。而它并非唯一一家与教会挂钩的金融机构。1605年教皇保罗五世创立的圣神[①]银行不再蒙天父圣恩行金融圣迹了，因为，它已为意大利政府接管，但罗马教廷还一直保留着

① 圣神即和合本之圣灵。

它的官方银行，他们满怀虔诚地给它起了个名字：宗教事务银行。不管怎么说，安保信银行是非常重要的，它是意大利第二大私人银行，它的崩溃被《金融时报》称为西方银行史上最严重的灾难。这起巨额诈骗留下一个超过十亿美元的无底洞，教皇也被卷入其中，而他是安保信银行最主要的股东之一，也是该银行贷款业务最大受益者之一。

好多只骆驼从这根针的针孔穿过。安保信银行编织了一张遍布全球的洗钱网络，这些钱来自毒品交易和武器买卖。它与西西里和美国的黑手党携手合作，还跟土耳其和哥伦比亚的贩毒网络勾结。它致力于转移美国黑手党走私和绑票的成果，向波兰工会提供大把美元用于反对共产主义政权的斗争。它还慷慨援助尼加拉瓜的反对派及意大利的P-2即宣传分会第二：这些共济会成员与其宿敌——教会结成同盟，共同面对现在的敌人——红色威胁。安保信银行给P-2的大佬们派发了一亿美元的馈赠，不仅促进了他们家族兴旺，也帮助他们组建起一个平行于现政权的政

宗教讲席

我第一次去罗马时已不信上帝了，只把大地看成唯一的天堂和唯一的地狱。不过，在我儿时的记忆里，圣父的印象并不坏，圣子也仍然在我内心占据一个亲切的位置，这位加里肋亚的反叛者，挑战过当时我乘意大利航空公司航班抵达的帝国都城。至于圣神，说实话，没在我记忆里留下点什么：我只模模糊糊记得，有一只张开翅膀的白鸽子从空中直坠下来，让处女怀孕。

我刚进罗马机场就被一块字牌冲击了眼球：

圣神银行。

当时我还很年轻，得知那只鸽子是干这个的，很是吃惊。

府，开展惩戒意大利左派、吓唬平民的恐怖主义活动。①

这家银行通过在瑞士、巴哈马群岛、巴拿马等避税天堂张开的金融巨口，多年来一直在干洗钱的勾当。政府首脑、部长高官、红衣主教、银行家和企业主都成为卡尔维、辛多纳和马尔钦库斯的同谋，他们合伙掠夺财富。卡尔维

① 宣传分会第二意大利语作Propaganda due，简称P-2。共济会意大利大东方总会(Grande Oriente d'Italia)下属组织。20世纪60年代后期开始逐渐为商人、老牌法西斯分子利奇奥·杰利(Licio Gelli，1919—2015)把持，发展为工商、新闻、政军界精英聚集，反共、反苏的秘密右翼组织，并与乌拉圭、巴西、阿根廷等拉丁美洲国家军政高层勾连。1981年3月，在对安保信银行案——米凯莱·辛多纳、罗伯托·卡尔维都是P-2成员——的调查中发现P-2包括近千名成员的不完全名单，众多政要赫然在列，故P-2后来也常被称为国中之国或影子政府。1982年7月，P-2纲领性文件《民主重生计划》("Piano di rinascita democratica")等曝光，表明其政治目标是改变政治体制乃至重写宪法。P-2广泛卷入七八十年代的政变、恐怖袭击、暗杀、腐败等，至今被猜测与一些悬案有关。总的说来，P-2视意大利共产党为主要敌人，试图遏制之、驱逐之，或破坏执政党与之的合作，必要时不惮武力夺权；希冀瓦解工会及其运动；以政治腐败为实现路径，即对政党、媒体和工会等实行经济-金融操纵，以使拣选之人占据关键职位进而掌控全局。1982年1月，共和国颁布特别法，明确解散P-2，并以类似秘密组织为非法。P-2丑闻是共和国历史上最大丑闻之一，导致阿纳尔多·福拉尼(Arnaldo Forlani，1925—　，1980—1981任总理)政府倒台。

负责管理圣座的基金，是安保信银行总裁，以冷笑和做假账的精湛技巧闻名。辛多纳是意大利股市之王，为教皇打理不动产和金融投资，深得教皇信赖，另外，还为美国大使馆对意大利右翼党派的援助行动引线搭桥。他在好几个国家都拥有银行、工厂和宾馆，甚至还是水门大厦所有者，这座位于华盛顿的大楼曾因尼克松总统的好奇心声名远扬。马尔钦库斯大主教是宗教事务银行总裁，他出生在芝加哥，和阿尔·卡彭同一区。此人体壮如牛，嘴里总是叼根古巴雪茄，先是给教皇当保镖，后来就为教皇打理生意。

这三个人为上帝的无上荣耀和他们自己的钱袋辛勤工作。完全可以说，他们的事业取得了辉煌成就。但他们仨无一摆脱了福音书向信仰的使徒宣告的受苦受难的命运。在安保信银行倒闭前不久，罗伯托·卡尔维被人发现吊死在伦敦一座桥下。四年后，在一座高度安全的监狱内服刑的米凯莱·辛多纳要了一杯加糖咖啡，不过他们听错了，给他送去了一杯加了氰化物的咖啡。又过了几个月，马尔钦库斯大主教被通缉，罪名是破产欺诈。

政治权力

六十年前，作家罗伯托·阿尔特曾这样建议那些想走仕途的人：

“您得宣称：‘我偷过东西，这回我想玩大的。’您要保证自己会把阿根廷最后一寸土地也拍卖掉，会把议会通盘出售，会在司法大楼里开一家妓院。您要在演说中这么讲：‘先生们，偷东西可不是件容易事。要做一个厚脸皮的人，像我就是。要当一个叛徒，像我就是。’”

这位阿根廷作家认为，这才是确保成功的秘诀，因为，所有无耻之徒都大谈诚实正直，人们已经听厌了这些谎言。有一位叫阿德马尔·德巴罗斯的巴西政客，靠着一句“偷一点，也做点实事”的口号赢得了圣保罗州的选民，圣保罗州可是巴西最富裕的州。然而，在阿根廷，阿尔特的建议并没在竞选人中获得认可，直到今天，还是找不到一个有勇气宣布自己将会偷多少或大声承认自己已贪了多少的政客，没哪个公共资金的劫掠者能承认：“我贪污是为我自己，为自己能享受豪华生活。”这些贼要是能有点良心，而且能忍受折磨，不管怎样都会说：“我这么做是为了党，为了人民，为了祖国。”这是出于对祖国的爱，有的政客爱国爱到把祖国搬进了自己家里。

罗伯托·阿尔特的秘诀并不能真正起作用。没一个巴西政客复制了阿德马尔·德巴罗斯的成功秘方。一般来说，已得证实的，是能带来更多选票的还是表演的艺术、精湛的演出和选得恰到好处的面具。正如另一位阿根廷作家何塞·巴勃罗·芬曼所说，选举中的成功往往是对政客双重话语和双重人格的奖励。跟超人和蝙蝠侠这样的超级英雄一样，许多职业政客都着力培养自己的人格分裂，这种分

价　格

1993年，巴西社会民主党凑不够角逐总统竞选所需的众议员人数。于是，这个小党以三万至五万美元的单价，从其他几个政党拉来数位众议员凑数。其中一人承认了这一事实，他辩解说：

“足球运动员转会不就这么干的吗。”

四年后，在巴西利亚，这方面价格又涨了。有两位众议员以二十万美元的价格卖掉了手中选票，这些宪法修正案的选票可以让卡多佐总统连任成为可能。

裂赋予他们超能力，就像文弱的克拉克·肯特眼镜一摘成了超人，无趣的布鲁斯·韦恩蝙蝠披风一罩成了蝙蝠侠。

无须成为政治学家也能明白，一般说来，政客讲话只有倒过来读才能获得它们的真实含义。这条规律鲜有例外：在野时政客承诺会做出改变，当政时他们当真改变了……改变了想法。有些人不断绕圈子，直至自己变成一个滚圆的球；看着他们以如此快的速度从左边滚到右边，又从右

国际关系讲席

特伦斯·托德曼和詹姆斯·奇克是近年来美国先后派驻阿根廷的两位大使。他们走同样的路：出于对探戈的热爱，他们在离任后又回来了。外交工作刚刚结束，他们就带着游说的使命回到布宜诺斯艾利斯。

这两个人极力对阿根廷政府施加影响，以方便那些盯上这个国家大小机场的私营公司。不久之后，奇克把一个布娃娃捧在腿间的形象遍布电视和报纸。游说活动圆满结束后，奇克成了芭比的员工，芭比，就是那个引诱人犯下塑料肉体之罪的小美女。

慷慨之人

在美国，政治人情买卖合法，可以公开进行，无须掩饰，也没有造成丑闻的风险。

在华盛顿，有超过一万名职业贿客在活动，他们的工作就是对立法者和白宫房客施加影响。据政治调查中心保守统计，1997年全年，由多家公司和行业组织以合法方式支付的贿赂总额达十二亿美元：平均每月一亿。长长的**捐助者**名单上，打头的是与个人健康产业紧密相关的美国医药协会，以及美国商会、菲利普·莫里斯公司、通用汽车公司和爱迪生电力研究所。

这一每年都在攀升的数据还不包括桌子底下的交易。商人约翰尼·钟曾承认自己非法捐赠，他在1998年坦言："白宫就像地铁：要进去，先投币。"

边滚到左边，你简直要把脖子拗断。**教育和医疗优先！**他们大声疾呼，正如船长大声疾呼：**妇女和儿童优先！**教育和医疗是最先沉下去的。他们所发之言赞美劳动，他们所干之事却诅咒劳动。那些手按胸口，信誓旦旦地宣称国家主权无价的政客，往往接下来就把主权拱手相让；那些宣称会把小偷赶走的政客，往往接下来就马不停蹄把一切偷光，连一块马蹄铁也不肯放过。

1996年，阿夫达拉·布卡拉姆赢得厄瓜多尔总统宝座，自称将成为惩腐长鞭。布卡拉姆，这位嗓音洪亮，自认有着胡利奥·伊格莱西亚斯的歌喉且把那视为自己一大优势的政客，并没在权力宝座上坐多久。数月后，他就被愤怒的群众赶下台。使民众终于失去积蓄已久耐心的，是他十八岁儿子小哈科沃举办的一场派对，小哈科沃以这场派对来庆祝自己在海关玩弄魔法赚来的第一笔一百万美元。

1990年，费尔南多·科洛尔当选巴西总统。在一场电视实况转播的简短而激烈的选战中，科洛尔展开了一番道德水准甚高的演说，严厉斥责那些被称为**土邦主**的将国库掏空的高官。两年半后，深陷幽灵账户和高调炫富丑闻的科洛尔被解除职务。1993年，委内瑞拉总统卡洛斯·安德烈斯·佩雷斯也被从职位上请下来，因挪用公款被软禁家中。在拉丁美洲历史上，还从没哪个人在任何一种情况下被迫退还赃款的：不管是被推翻的总统，还是因腐败曝光

而离职的众多部长，抑或政府部门主管，抑或议员，抑或在桌下伸手接钱的公务员。从没一个人退还过一分钱。不是说他们不愿意还：他们压根儿没这样的念头。

被偷的不止是钱。有时候，选票也会被偷，1988年墨西哥就发生过这样的事。当时，左派在野党总统竞选人夸特莫克·卡德纳斯已在票数上获得了绝对优势，却被褫夺总统席位。几年后，到了1997年，来自执政党墨西哥革命制度党的几个议员对右派在野党党魁迭戈·费尔南德斯·德塞瓦略斯发起指控，罪名是后者在当年选举舞弊案中与革命制度党同谋，收取了一千四百万美元好处费。他们动口也动了手，议会那次例会演变成一场拳击混战，各路媒

模范人生1

1994年9月，全球电视网巴西利亚直播间里，工作人员正在调试灯光和麦克风设备，准备财政部长鲁本斯·里库佩罗的访谈。等待的间隙，部长用轻松的口气与记者聊了几句。部长坦言，他只发布对政府有利的经济数据，对政府不利的一律隐瞒：

"我没有顾虑。"他说。

然后，他对记者说，也等于是在告诉我们：

"选举时，我们就把警察调出来对付那些闹罢工的。"

不过，现场电子设备出了点问题。直播间这起秘密谈话上了卫星，抵达整个巴西千家万户的电视天线。部长的话在巴西人尽皆知了。在这一历史性时刻，巴西人民听到了真相：只是这一次，出于一次失误，他们听到了真相。

之后，部长并没双膝跪地爬过圣雅各伯之路，没拿鞭子抽自己脊背，也没在自己头上撒圣灰。他也没跑到喜马拉雅之巅去寻找隐居之所。鲁本斯·里库佩罗摇身一变，成了联合国贸易和发展会议秘书长。

模范人生2

1980年代末，所有西班牙年轻人都想成为他那样的人。民意调查一致认定：这位西班牙金融界明星，银行业点石成金之王，让英雄熙德和堂吉诃德也相形见绌，是新一代的偶像。升迁道路上，他是善于腾跃的杂技演员，从加利西亚一座小村庄一路登上权力和成功的巅峰。八卦杂志女读者们一致认定：他是最有魅力的西班牙男人，是最理想的夫君。不管在读报表，还是在跳塞维利亚舞，还是在地中海上航行，他脸上总挂着微笑，他头发总上着发蜡，一身行头好似刚从洗染店取出来。我想成为马里奥·孔德，这是当时一首流行歌曲的标题。十年后的1997年，检察官提请给马里奥·孔德判四十四年监禁，对西班牙历史上最严重金融舞弊案的案犯来说，这一判决真不算重。①

---

① 马里奥·孔德（1948— ），寒门才俊，曾是西班牙历史上最年轻的国家律师（Abogados del Estado），1987年成为西班牙信贷银行（Banco Español de Crédito，简称Banesto）主要股东并任行长，为该国最年轻的银行行长之一，直至1993年该行舞弊案发。最终因欺诈等罪被判入狱二十年，服刑十一年后获得假释。

体纷纷把这条新闻列为头条，贿赂成了热议话题，但似乎所有人都忽略了一桩更为严重的事情：这起指控意味着墨西哥革命制度党自己的议员亲口承认，该党在当年的总统选举中欺骗了选民。

最恶劣的偷窃都属于人们习以为常的恶癖之列。当民主信誉一再受损，“怎么干都成”的信条也就广为流传：没人会靠着行善积德发达。有多少美国人相信他们的参议员**拥有较高的道德水准**？百分之二。1996年底，在布宜诺斯艾利斯，《十二页》日报公布了一项盖洛普民意测验结果：每十个阿根廷青年有七个认为，通向成功的道路只有一条，那就是不诚实。来自所有年龄层的受访者每十个就有九个承认，偷税漏税、贿赂官员和警察是惯常行为。

一样是偷，在上面偷有重赏，在下面偷受重罚。小偷小摸是侵犯物权罪，大偷大抢就是物主们的权利了。无所顾忌的政客不过是按体制的游戏规则行事，在这个体制里，成功为获取成功的手段开具合法证明，不管这些手段有多龌龊：挖陷阱吞噬国库，抑或坑害他人、做假账、抽逃资金、倒卖资产、注册假公司、开假发票、吃回扣……

绑匪的权力

据字典释义，**绑架**一词指“将人非法扣留以索取赎金”。这一罪行无论在哪一部刑法中都应受重罚；不过，可能没人会想到把庞大的金融资本也送进监狱。它把世界上很多国家都扣为人质，每天向这些国家索要数额巨大的赎金，恣意妄为而不受法律制裁。

在过去的时代，美国海军陆战队经常会占领中美洲国家和加勒比海诸岛国的海关追讨债款。美国对海地的占领从1915至1934年，前后持续了十九年。直到花旗银行追回了它的贷款附带几经翻番的高额利息，侵略者才班师回朝。美国海军陆战队留下替代他们的一支专为施行独裁统治和偿还外债打造的国民军。在今天的民主时代，国际技术官僚比远征军更有效率。海地人民没有为国际货币基金组织和世界银行投一张选票，但正是这两家机构决定着投入海地公共财箱的每一个比索往何处去。在所有贫困国家都是这样，否决权比选票更有权力：体现民主的选票只提提意见，做主的还是金融独裁权力。

国际货币基金组织冠名“国际”，世界银行以“世界”为名，但这对双胞胎兄弟居住、收钱和做决策的地方是华盛顿；庞大的技术官僚集团不会把嘴里的食物再吐出来的。美国是世界上债务最多的国家，但谁也不会站在美国国境之外发号施令，要求给白宫挂上抵押拍卖的牌子，没哪个国际公务员会有如此疯狂放肆的想法。然而，世界南方的国家是被俘获的国家，它们**每分钟**须偿付二十五万美元债款，债权国可以将它们的主权四马分尸，就像在古罗马帝

国时代，贵族债主可以在广场上对贫困的欠债人施以四马分尸之刑。这些国家拼命还钱，但还是没办法填上外债这个无底洞的贪婪大口。还得越多，欠得越多；欠得越多，越得听从指令去解散国家政府、抵押政治独立、转让国民经济。**还了一辈子债，留下一屁股债**，墓志铭可以这样写。

欠债人守护神、圣雅德维加是巴西被许愿最多的圣徒。成千上万欠债人一路苦行前往圣雅德维加的祭坛，在绝望中祈求，不要让债主把他们的电视机、汽车或房子夺走。[①]有时圣雅德维加会行神迹。但对那些被债主夺走了政府的国家，圣女该怎么做才能帮上忙呢？这些国家只能做别人命令它们做的事。那些发号施令的人没有面孔，他们住在遥远的地方，以远程操作的方式实现金融勒索。他们以这些国家在所谓**正确的经济道路**前所表现的姿态高低来决定开放还是关闭股市。他们强推唯一的真理，狂热堪比宗教裁判所僧侣、独裁国家的警察头子和宗教激进派；对各个不同国家，玻利维亚或俄罗斯，蒙古或尼日利亚，韩国或墨西哥，发出的是一模一样的指令。

1997年底，国际货币基金组织总裁米歇尔·康德苏宣称："国家不应当对银行发号施令。"这句话翻译过来就是："应

---

① 圣雅德维加(1174—1243)，出身巴伐利亚安德希斯家族(Andechs)，波兰克拉科夫(Korona Królestwa Polskiego)大公亨里克一世(Henryk I，1165—1238，1228—1229、1232—1238在任)之妻。虔信并热心慈善。1267年封圣。波兰和西里西亚主保圣人，负债者、穷人及家庭的守护神。

当是银行向国家发号施令。”1996年初，德国中央银行行长汉斯·蒂特迈尔就已说过：“金融市场将越来越多地承担宪警的角色。为政者应当明白，从现在开始，他们就处于金融市场的控制之下。”巴西社会学家埃尔贝尔特·德索萨，人们叫他贝廷奥，他曾提议，总统们不如都去游轮上享受生活好了。政府为政越来越少，用选票选出政府的民众越发觉得自己不被这些政府代表。民意调查揭示了他们是多么没信心：不到一半巴西人和一半多一点智利人、墨西哥人、巴拉圭人和秘鲁人相信民主。1997年智利立法议员选举中，空白票和无效票总量创下这个国家的历史记录，而且，从没那么多年轻人拒绝在选民簿上登记过。

全球统治的权力

从1979年起持续了十二年的执政生涯中，玛格丽特·撒切尔在英伦三岛实行了金融资本的独裁统治。铁娘子因种种男性化特质广受赞誉。她结束了政府做好人的时代，将罢工团体各个击破，以惊人的速度重建起一个固化的阶级社会。就这样，大不列颠成为欧洲的模范。与此同时，在皮诺切特将军的军事独裁下，智利成为拉丁美洲的模范。现如今，这两个模范国家跻身世界最不平等国家之列。据世界银行公布的收入分配和消费数据，一道深深的鸿沟将

润 滑 油

德国公司是被禁止向德国人行贿的。可直到不久前，德国财政还在奖励那些收买外国政客、军人或公务员的公司。贿款从税款中抽取。据记者马丁·施皮瓦克调查，西门子通信公司和克勒克纳冶金公司就这样给印度尼西亚独裁者苏哈托身边诸位将领送去了三千两百万美元。

1997年，社会民主党一位发言人英戈马尔·豪赫勒指出，德国公司每年要掏三十亿美元给他们的海外交易上上润滑油。德国官方以保障就业和维持良好经贸关系的名义肯定这种行为，还扯上“尊重文化身份”：通过收买人情，我们表达了对那些国家文化的尊重，在那些国家，腐败是一种习俗。

两类人群分隔开来，鸿沟一边是富得流油的英国人和智利人，另一边是以富人流出的油为食的英国人和智利人。这两个国家社会不平等的程度要高于孟加拉国、印度、尼泊尔和斯里兰卡，尽管这看上去很不可思议。而自从罗纳德·

里根在1980年掌舵以来，美国的不平等程度高过了卢旺达，尽管这看上去也很不可思议。

市场的逻辑，在全世界范围内强力推行它的专制教义，伊格纳西奥·拉莫内特称之为**全球统治**的教义[①]。这种逻辑变成了宗教，继而强迫教徒们执行它的戒律：给我在椅子上坐正了，不要喧哗，好好做作业，不要问为什么。几点钟了？您说几点就几点，先生。

穷困潦倒的南方国家，上层人士起草的漂亮律令，由底层人士埋单，而后果直入眼帘：缺少药品的医院，教室不装天花板的学校，没有补助的粮食生产。没哪个法官有能耐把一个以饥饿来杀人的世界性体制送入监狱，但这毕竟是一宗罪，尽管这宗罪的发生被当成世界上再平常不过的事情。“贫乏人的粮食，是穷人的生命；夺取他们食粮的，就是流人血的罪犯。”《德训篇》是这么说的[②]，而神学家莱昂纳多·博夫证实说，在我们今天的时代，被市场拿去献祭的活人要多于当年阿兹特克人在大神庙为祭神宰杀的

① 伊格纳西奥·拉莫内特（1943— ），西班牙记者，传播学教授。早年居摩洛哥，1972年起长期在巴黎工作。1990至2008年任《外交世界》月刊主编，现任该刊西班牙语版主编。世界多家重要媒体国际政治专栏撰稿人。反全球化运动（movimiento altermundista）主要代表。他在《外交世界》1997年12月题为《驯服市场》（“Désarmer les marchés”）的社论中指出，以金融、市场自由化为核心的经济全球化正在展现其负面后果，亚洲金融危机即其一；金融全球化本身已成一种法律，以孤立的超民族国家的姿态威胁着民族国家主权，削弱这些国家实施民主、保证人民财富和繁荣的能力。2001年巴西阿雷格里港第一届世界社会论坛（Fórum Social Mundial）发起人之一，论坛及反全球化运动著名口号“另一个世界是可能的”（“Um outro mundo é possível”）提出者，该会议探讨非财团主导的全球经济秩序和社会模式。

② 参见《德训篇》34:25。

活人，也多于客纳罕人在摩肋客神偶像下宰杀的活人①。

全球统治秩序伸出金融之手来放债，又伸出贸易之手来打劫。告诉我你卖多少钱，我就告诉你你值多少钱：拉丁美洲出口份额只占世界总出口份额百分之五，而非洲出口份额仅占百分之二。南方所买越来越贵，所卖越来越贱。为购买外国货，政府欠债越来越多，为还高利贷，得把老祖母的首饰连同老祖母一起卖掉。

在市场的命令下，国家私有化了。既然国家已在国际银行界和本国政客手里，难道不应当进行**去私有化**吗？这些政客先是辱没国家的美名，然后以清仓甩卖价把国家抛售掉，丝毫不用担心法律制裁。人情的交易、选票的买卖，已让拉丁美洲国家爬满了寄生虫。一帮蠢笨无能、令人无法忍受的官僚扮演着中间人的角色：两千年前，proxeneta即中间人这个词指的正是收取小费受理公务的人。有如此低效和腐败的政府，对私有化的展开，大多数公共舆论或点头赞许，或不闻不问。

拉丁美洲国家以令人晕眩的速度进行着去国家化，只古巴和乌拉圭例外。乌拉圭1992年底的一场全民公决中，百分之七十二的人对转让国有公司投了反对票。拉丁美洲

---

① 客纳罕人即和合本之迦南人；摩肋客神即和合本之摩洛神。古代中东地区崇奉摩肋客神，以儿童火祭。参见《肋未纪》20:4—5及注释、《列王纪》下23:10和《耶肋米亚》32:35。

国家的总统们成了游走世界的流动摊贩：他们把不属于自己的东西拿出来卖，这种犯罪活动完全可由警方提出指控，如果警方还算靠谱。“我的国家就是一个产品，我向大家推出一个产品，它的名字叫秘鲁。”阿尔韦托·藤森总统曾不止一次这样叫卖。

利润私有化，损失社会化。1990年，阿根廷总统卡洛斯·梅内姆给阿根廷航空公司判了死刑。这家创造产值的国有公司被出售，或者说，被赠送给另一家国有公司——西班牙的伊比利亚航空公司，后者在管理混乱方面乃全球业界楷模。阿根廷航空公司国际和国内航线以低于原价十六分之一的价格被转让给伊比利亚；阿根廷航空公司两架波音707客机，本来正常运转，翱翔蓝天，经过漫长等待后，最终以每架1.54美元的低价售出。

1998年1月31日发行的乌拉圭《观察家》日报为巴西政府决定出售国有电信公司巴西电信向其致贺。那期报纸第二版为巴西总统费尔南多·恩里克·卡多佐击节叫好，因为，他“成功地甩掉了已对国家财政和消费者构成负担的公司和服务”。然而，第十六版，同一天同一张报纸，登出的却是：巴西电信，“巴西产值最高的公司，去年净利润三十九亿美元，创该国历史记录”。

面对抗议巴西电信私有化的连番轰炸，巴西政府动员了一支由六百七十名律师组成的部队；巴西政府辩解说，将这家公司去国有化的计划是出于这样的需要："向全世界证明我们是一个开放的国家"。作家卢伊斯·费尔南多·韦里西莫说，这么做，就好比"在中世纪，村里的愚人戴顶尖顶遮阳帽作为身份标识"。

赌场的权力

有人说占星术的发明是为给人造成这样一种印象：经济学还算是一门比较精准的科学。经济学家从不会在明天知道为什么他们昨日的预言没在今天兑现。他们没过错。自从实体经济消失，让位于虚拟经济以来，他们已无事可干。真理已经道出了。现在掌管大权的是金融，而金融投机的疯狂应当是精神病医生关心的事情。

银行家罗斯柴尔德是通过飞鸽传书得到拿破仑兵败滑铁卢的消息的，现在的新闻信息则跑得比光还快，金钱与它们一道在计算机屏幕上穿梭往来。一股疯狂巨流在绕着地球打转，堪比土星环：每天激荡着世界金融市场的，是2000000000000美元的洪流。这么多零让人看了着实发晕，其中，只很小一部分属于商贸交易和生产性投资。1997年，在全球外汇市场流动的每一百美元中只2.5美元还算与实物和服务交易有点联系。就在这一年，那场横扫亚洲股市乃至全球股市的风暴来临前夕，马来西亚政府宣布了一项基于共识的措施：禁止一切非贸易外汇交易。没人听到政府的呼声。股市中咆哮音太高了，股市获益者们让所有人都成了失聪者。1995年，日本头十名富豪中只有三位从事实体经济，另外那七位超级富豪都是投机大师。

今日危机十年前，金融市场曾爆发过另一场雪崩。白宫、美国国会、纽约和芝加哥两地股市的杰出经济学家们试图解释那次事件。没一份分析报告提到**投机**这个词儿。全民运动理应获尊重：每十个美国人就有四个不同程度地参与到证券市场的交易中。所谓smart bombs即灵巧炸弹，是在海湾战争中用来摧毁伊拉克军队的炸弹，杀人而不为人知，除了致死者；而smart money即巧钱，则指能神不知鬼不觉带来百分之四十收益的投资。Wall Street即华尔街意为“墙街”，起这个名字是因为几个世纪前在这块地方立着一堵防止黑奴逃跑的墙。现在，华尔街是这个巨大的世界电子赌场的中心，在这里做出的决策控制着全人类。虚拟经济可以转移资本，可以让价格崩盘，可以让没有戒心的人输个精光，可以让一个国家破产，可以在一瞬间制造出富豪和乞丐。

当全世界都在为资金不安全揪心，现实告诉我们，金融资本犯罪要比报纸刑事新闻版面登出的罪行恐怖得多。1998年初，为数千名投资者做投机生意的马克·默比乌斯这样对《明镜周刊》说：“我的客户们一说起伦理道德标准

话 语 4

商业世界的话语是全世界通用的话语。这种话语为旧的语词赋予新的意义，并借此丰富人类的沟通，也丰富莎士比亚的英语。

Options即选项，不再意味着选择的自由，而是意味着购买的权利；futures即未来，不再是未知之谜，而是商业合同。Markets即市场，不再是喧嚣的广场，而是电脑屏幕。Lobby即大厅，不再是等待朋友的地方，而是收买政客的地方。Offshore即往大海深处去的，不仅仅是船只了：金钱也离岸远去，为的是躲避税务和质疑。Laundries即洗衣店，过去洗衣物，现在洗钱。

还有lifting，这个词不再是举起重物或振奋情绪的意思了；lifting现在是面部去皱手术，让以上所有行动的始作俑者们都不会变老。

就笑。他们只希望我们多多增加他们的收益。”1987年的危机中，他因另一句话名声大噪：“街头鲜血流淌时，就该出手，哪怕流的是我的血。”乔治·索罗斯是世界上最成功的投机者。相继攻陷英镑、里拉和卢布，赚了一大笔钱的他声称：“开放社会最大的敌人，我想，已不是共产主义了，而是资本主义的威胁。”他知道自己在说什么。

资本主义的弗兰肯斯坦博士已造出一个无人可控、无人能挡的怪物。这是一个超越国家的国家，一个无人可见的权力；并非哪个人用选票选出来的，它却统治着所有人。这个世界上有太多贫困，也有太多金钱，财富不知该拿自己干吗了。以往的年代，金融资本是通过信贷来开拓消费市场的。它原是为生产体系服务的，生产体系需要不断增长才能存在；现在，规矩已经没了，金融资本让生产体系放下身段为自己服务，就像猫捉老鼠一样将其玩弄于股掌之间。

对那些对金融彩票的故事信以为真的小投资者来说，每次股市崩盘都是一场灾难；对全球村最贫困社区的居民来说，同样是灾难，这些人没尝到一点股市的甜头，却要承受它崩溃带来的恶果，每一场危机都可以在一巴掌工夫里让他们的餐盘粒米不留，让他们的工作蒸发干净。但股市危机是不大可能给那些巨富造成致命伤害的。这些将自己献祭给工作的人日复一日伏在电脑前，佝偻着后背，双手在键盘上磨出老茧，将世界上的财富进行重新分配。他们决定着钱流的走向，利率的水平，劳动力、物品及货币的价格。劳动者当中，只他们不适用这样一句话：**劳作的人是忙得没时间收钱的**。这句话是一只无名之手在蒙得维的亚一面墙上留下的。

参考文献

奥拉西奥·韦尔比茨基,《腐败树上的禁果》，布宜诺斯艾利斯：行星出版社，1991年。

保罗·霍肯,《商业生态学：可持续发展的宣言》，纽约：哈珀商业出版社，1993年。

贝尔纳德·利塔尔,《从实体经济到投机经济》，见《南方杂志》/《第三世界复兴》月刊，蒙得维的亚，1998年1/2月合刊。

道格·亨伍德,《华尔街》，纽约/伦敦，左手页出版社，1997年。

恩卡纳·佩雷斯、米格尔·安赫尔·涅托,《马里奥·孔德的同谋们：解密西班牙信贷银行，其行长及工业公司》，马德里：今日主题出版社，1993年。

何塞·巴勃罗·芬曼,《双重生活，双重人格》，见《三十页》杂志，布宜诺斯艾利斯，1997年9月。

莱奥纳尔多·博夫,《新时代：全球文明》，圣保罗：阿提卡出版社，1994年。

罗伯托·阿尔特,《布宜诺斯艾利斯蚀刻画》，布宜诺斯艾利斯：洛萨达出版社，1985年。

马丁·施皮瓦克,《不能再简单了》，见《星期日报》，汉堡，1995年2月24日。

玛丽亚·安东涅塔·卡拉布罗,《黑手党之手：从安保信银行历史看二十年间金融与政治》，罗马：联合出版社，1991年。

迈克尔·格林伯格,《不列颠的贸易与中国的开埠》，纽约：每月评论出版社，1951年。
毛里齐奥·迪贾科莫、乔迪·明格利，《天主教会的财政》，巴塞罗那：索引出版社，1996年。
佩德罗·萨阿德·埃雷里亚，《阿夫达拉倒台记》，基多：兔出版社，1997年。
乔治·索罗斯，《资本主义的威胁》，见《大西洋月刊》，波士顿，1997年2月。
让·齐格勒，《瑞士洗白术》，巴黎：门槛出版社，1990年。
让·齐格勒，《瑞士，黄金与死亡》，巴黎：门槛出版社，1997年。
世界银行，前述文献。
亚历山德罗·西尔伊，《坏国家》，米兰：唐泽利出版社，1996年。
伊格纳西奥·拉莫内特，前述著作。
约翰·纽辛格，《不列颠的鸦片之战》，见《每月评论》月刊，纽约，1997年10月。

矫正恶习课程

失业让罪案成倍增加，低得可怜的工资也刺激犯罪。**能人靠蠢人过活，蠢人靠劳动过活**。这句老话在今天比在以往任何时候都更具现实意义。另一方面，现在没人会说什么**努力工作就会致富**了，因为没人信了。

劳动权利正在降格为不论给多少钱、不论什么样的工作条件有活儿就干的权利。劳动是最无用的恶习。世界上没有比劳动力更廉价的商品了。工资下跌、工时延长的同时，成群的人被劳动力市场大口大口地吐出来。爱干不干，后面排队的多着呢！

恐惧时代的就业与失业

当这个世界跌跌撞撞迈向世界之末，恐惧的阴影咬噬着它的脚跟。人们恐惧失去：失去工作、失去钱财、失去食物、失去房子，也害怕失败。没有什么驱魔符咒可让人免受厄运突袭。就连最成功的人也可在瞬间变为失败者，变为不值得宽恕也不值得同情的人生输家。

谁能免于对失业的恐惧？今日世界的汪洋大海中，有谁不担心自己会被新技术或全球化，或任何一个暴怒的浪头打入水中呢？一浪接一浪的凶猛进攻：本地厂企或倒或逃，来自其他纬度的更廉价劳动力参与竞争，或势不可当的机器大军参与竞争，这些机器不要工资不要休假不要奖金不要退休金不要失业赔偿，什么都不要，只要给它们通上电维持运转就行了。

技术发展非但没让休闲时间和自由空间成倍增长，反倒让失业者成倍增长，且还散播恐惧。所有人都有可能收到一封辞退信，所有人都为此战栗不已。这封信会说，很抱歉地通知您，出于新的财政政策，抑或公司迫在眉睫的重组计划，抑或其他什么理由，我们不得不中止您的服务。没有哪一种委婉措辞可以让枪决变得更好受一些。每一个人在任何时候、任何地方都有可能坠入深渊；每一个人都有可能在一夜之间变成一个四十岁的老人。

OIT也即国际劳工组织发布的1996至1997年报告称，“世界就业的发展状况仍不容乐观”。在已实现工业化的国家，失业率仍然很高，社会不公还在增长；在所谓发展中国家，失业率的进展令人瞩目，与之相伴的是贫困率的增长和生活水平的下降。“因此，恐惧四处扩散。”报告这样总结道。恐惧的确四处扩散：没有工作，就一无所有。纳粹的奥斯维辛集中营门口曾悬挂这样一条标语：**劳动使人自由**。半个多世纪后，有活儿可干的职员或工人要感谢他

名　言

1990年11月28日，阿根廷各大报纸将一位登上权力宝座的工会领袖的思想广为传扬。路易斯·巴里奥努埃沃这样解释他是如何一夜暴富的：

“钱不是靠辛勤劳动生出来的。”

面对雨点般袭来的对其徇私舞弊的指控，他的朋友们为他安排了一场谢罪晚宴。之后，他当选为一家足球甲级联赛俱乐部的总裁，并继续担任烹饪行会主席。

们的公司给予他们的恩惠，能让他们日复一日在办公室或厂房里机械地折磨自己的身心。能找到工作或保住一份工作是值得庆幸的奇迹，哪怕没假期，没退休金，没任何保障，哪怕是为一份狗屎一样的工资。

在阿根廷，圣卡耶塔诺是最具号召力的圣徒。人们成群结队而来，向这位失业者的保护神祈求工作。[①]没哪位圣徒拥有像他那么多的客户。1997年5至10月间，突然冒出了大量新工作岗位。不知是圣卡耶塔诺的功劳还是民主的功劳：立法议员选举期间，阿根廷政府在全国范围内派发了五十万个就业岗位，让圣卡耶塔诺瞠目结舌。然而，这些月薪两百美元的工作仅持续到选举结束。之后不久，梅内姆总统就建议阿根廷人都去打高尔夫球了，因为，这项运动有助减轻压力、舒缓神经。

世界上失业者越来越多。这个世界越发显得人口过剩。世界的主宰者们面对这么多无用的人类该怎么办？把他们送到月球上去吗？ 1998年初，在法国、德国、意大利等欧洲国家发生的大规模游行占据世界各大媒体头条。一些失业者头套黑色垃圾袋列队行进：这是世界就业现状的形象说明。在欧洲，尚有为遭遇厄运的失业者带来安慰的补贴；

① 圣卡耶塔诺（1480—1547），或译圣卡耶坦，意大利人，天主教神学家、宗教改革家，蒂埃蒂修会（Ordo Theatinorum）创始人之一。1671年封圣。阿根廷的主保圣人，失业者外，也是求职者和行政管理人员的保护神。

但事实是每四个年轻人就有一个没有稳定的工作。在欧洲，近二十五年来，打黑工的人数增长了三倍。在大不列颠，越来越多劳动者得长时间待在家里，一分钱拿不到，随时做好就业准备，等着电话铃声响起。接到电话，他们一般会为某家外包服务商打一段时间的工。之后，他们回到家里，坐等电话铃声再次响起。

全球化就像一顶魔术师大礼帽。这顶帽子里，工厂会神奇消失，然后出现在贫穷国家；科技让生产每一样产品的必要劳动时间急剧缩短，也让工人更贫穷、更卑微，而非让他们获得解放；劳动不再是产生钱财的必由之路。大量资本都掉转方向，流入投机市场。无须转化物质，甚至都不用接触实物，钱可以自个儿跟自个儿做爱，从而更有效地生殖繁衍。西门子是世界上实力最雄厚的企业之一，现在，西门子在金融投资中的收益超过它的生产收益。

美国失业率比欧洲低很多，但那些新创造出来的就业岗位都是脆弱的，给很少工资，还没有社会保障。“我注意到我的学生，”诺姆·乔姆斯基说，“他们担心要是自己行为举止不合规范，就永远找不着工作，这有一种惩戒效用。”①

---

① 诺姆·乔姆斯基（1928— ），犹太裔美国人，当代影响巨大的语言学家之一，也是仍然健在的全球最重要公共知识分子之一。自20世纪60年代后期发表反对越南战争的文章并组织反战团体以来，一直是活跃的政治评论家、活动家，在迄今一百五十余部著作中，政治著作数量远超语言学著作，涉及战争、难民、恐怖主义、核武器、气候和主流新闻媒体等广泛议题。尤其是美国外交政策、新自由主义、资本主义和帝国主义的主要批评者之一。

美国规模最大的五百家公司中，只十分之一员工享有职位稳定、全职工作的特权。在大不列颠，每增加十个工作岗位，其中就有九个是不稳定的；在法国，这个比例是十分之八。历史来了个两百年的大跳跃，但却是向后跳跃：今天的世界上，大部分劳动者都不能保证工作稳定，也享受不到失业赔偿；工作的不安全感摧毁了工资能带来的安全感。百分之六十的美国人拿到的工资要比二十五年前更低，尽管在这二十五年中美国经济增长了百分之四十。

尽管如此，还是有成千上万被称为**湿背**[①]的墨西哥短工继续穿越美墨间的界河，冒死寻找新生活。近二十年里，墨西哥与美国工资差距进一步拉大。过去美国是墨西哥五倍，现在九倍。迁往南方寻找廉价劳动力的资本和那些想要迁往北方的廉价劳动力都清楚地知道，在墨西哥，劳动成了唯一一种每个月都掉价的商品。这二十年来，相当一部分中产阶级沦为贫困人口，贫困人口沦为一无所有的更贫困人口，一无所有的更贫困人口则从统计数据表上彻底消失。那些拥有工作的人，由法律来保障他们的工作稳定，但事实上，他们工作的稳定要靠瓜达卢佩童贞圣母。

职位不稳定，作为与失业并列的薪资危机主要因素之一，像流感那样散布全球。所有地方、所有等级的人都为

① 早期从墨西哥进入美国的非法移民多是在游过美墨边境的布拉沃河后上岸抵达美国领土的，故名湿背。

此担惊受怕，无人可以幸免。就连世界经济最高端、最富活力部门的专业技术员工都不能平心静气过活。这些部门里，同样是计件支付式的用工方式正迅速取代稳固职位。在通信与电子领域已经出现了**虚拟公司**，无须几个人就能运作起来。工作任务在计算机间完成，员工们无须互相认识，甚至也不用认识他们的雇主，那些人是飘来荡去的幽灵，无须服从哪一条国家法律。高学历专业技术人员与任何一个普通人一样，饱受工作不确定和不稳定之苦，尽管他们收入更高，尽管他们是时代宠儿，总是以抽象形式出现在为全球幸福时代科技创造的奇迹大唱赞歌的杂志上。

失去工作的恐惧和找不到工作的焦虑，与统计数据所记录到的一件荒唐事并非全然无关。这样的荒唐事只在一

资本主义现实主义

李·亚科卡曾是克莱斯勒公司的明星高管。他在1993年末造访布宜诺斯艾利斯。在演讲中，他谈到失业和教育问题，其真诚令人敬佩：

“失业问题是一个沉重的话题。今天我们可以雇同等数量的人生产出两倍于以往的汽车。每当有人谈起提升民众的教育水平以解决失业问题时，我都会告诉他们，一想到德国发生的事情我就忧心不已：德国曾大力宣传‘教育是抵御失业的良方’，结果呢，成千上万专业人士陷入失望，他们只好转而去拥抱社会主义或者发起暴动。我不好意思讲出来，但我还是要问，如果失业者们能有清醒的认识，赶紧去就近的麦当劳找份活儿干起来，是不是更好些呢？”

个发了疯的世界才正常。近三十年来，在美国、加拿大和日本，一般低于实际工时的公示工时出现了显著增长，只在某些欧洲国家公示工时才稍有减少。这一事实无疑是对共识的挑战，这样的罪行是这个颠倒过来的世界犯下的：技术革命带来的生产率惊人提升非但没转化为工资相应增长，甚至也没在科技最发达的国家创造工时减少的福利。在美国，长期问卷调查的结果表明，在美国人心理压力的来源中，工作远超离婚和对死亡的恐惧而位居榜首；在日本，**过劳死**每年夺去一万人的生命。

1998年5月，法国政府审慎地决定将每周工时从三十九小时减至三十五小时后，企业主、高官和政客们群情激昂地表示反对。我曾在不受失业问题困扰的瑞士亲历一个令我错愕的事件。有一项等待全民公决的提案，建议在不减少工资的条件下减少工时，瑞士人却都投了反对票。我记得我当时不明白他们为什么反对，我得承认到现在我还是不明白。劳动是全世界的人都必须履行的义务，从上帝惩罚亚当用他额头上的汗水换取面包起，人类就在不停劳动，但没理由把神的意志这么当回事。我想，这种对劳动的狂热与对失业的恐惧很有关系，尽管在瑞士，失业只是一个遥远的、模糊的威胁。这种狂热还与对自由时间的恐惧有关。做人就是要做有用的人，成为人就是要成为可以售出自己的人。不能转化为金钱的时间，自由的时间，也就是为享受生活的愉悦而非为履行生产的义务度过的人生时间，令人恐惧。不管怎么说，这不算新鲜事。在那个原来叫做资本主义的体制里，恐惧和贪欲一直是它最活跃的两台发动机。

对失业的恐惧使劳动权利变成可被无视的东西。每日最高八小时的工作制度已不再属于法学世界而属于文学世界了，它成了耀眼的超现实主义诗歌；至于医疗救助金、工伤保险、带薪休假、过节费、雇主向退休工人发放的慰问金和家庭困难员工补助这些，成了可放到考古博物馆里展出的圣物。劳动权利本是写进法律，在所有国家都有效力的。以往的时代，劳动权利因另一些恐惧而生：他们害怕罢工，害怕随时可能爆发的社会革命。但是，昨天那个惊恐万状的权力到了今天，反过来令人惊恐万状、乖乖就范。一眨眼工夫，两百年来工人运动的成果灰飞烟灭。

恐惧是一位子女众多的父亲，它还生育仇恨。世界北方的国家，恐惧会转化成针对那些廉价出卖自己劳动力的外国人的仇恨。这是受侵略者的侵略。他们原先生活的土地曾被殖民征服的军队千百次光顾。现在，他们走上一条方向相反的旅途。他们不是被逼去杀人的侵略军士兵，他们是被逼去欧洲或美国，以自己不能决定的价格出售体力的劳工。他们来自非洲、亚洲、拉丁美洲，最近这些年来，也有从本国政治灾难中逃脱的东欧人加入。

统 计 学

在英伦三岛，每四份工作就有一份是非全职工作。很多情况下，这样的工作工时之少，让人弄不懂为什么这也叫工作。为**给数字做做按摩**，就像英国人说的那样，从1979到1997年，英国政府修改统计标准多达三十二次，直至取得今天正在使用的完美公式：平均每周工作超过一小时者，不算失业。不是我吹嘘，打我记事起，乌拉圭就是拿这样的标准来裁定失业的。

欧洲和美国经济大规模扩张的年代里，持续增长的繁荣需要越来越多劳动力，劳动力来自外国并不打紧，只要这些人干得多挣得少就行。一旦经济停滞，或增长受阻、危机来临，不可或缺的外来者就成了不受欢迎的侵入者：他们身上有味道，他们总在制造噪音，他们抢走本地人的饭碗。这些劳工是失业及其他一切不幸的替罪羊，他们也受恐惧惩罚。他们头顶上悬着好几把利剑：在他们逃离故土的痛苦生活抵达的新国家，他们随时可能被驱逐出境，而种族主义随时可能爆发，伴随着血淋淋的恐吓和袭击。

土耳其人被焚、阿拉伯人身中数刀、黑人遭枪击、墨西哥人遭棍棒暴打。在田间，在街头，贫穷的移民干的是最重的活儿，薪酬却最低。下班路上，他们还要面对遇袭危险。没有哪种神奇药剂可以让他们成为隐形人。

当许许多多劳工从世界南方拥入北方，或不辞千难万险尝试这一遭到禁止的苦旅，许许多多工厂却从北方迁往南方。钱与人在旅途中交会。在一美元日薪和无限制工时诱惑下，富国的钱奔往穷国；在广告给出的幸福图景或幻想中的美好生活诱惑下，穷国的劳动者奔往富国或尝试奔往富国。钱的旅行无须通过海关，不会遇到麻烦，只待热吻、鲜花和小号曲来迎接。打工移民一旦上路，就开始一段《奥德赛》式旅程，这段旅程终点有时会在地中海底，抑或加勒比海底，抑或布拉沃河乱石滩。

很久前，罗马统治整个地中海地区乃至更广阔区域时，罗马军团总拉着一车车战俘凯旋。战俘沦为奴隶，奴隶大量增加让自由劳动者陷入贫困。罗马奴隶越多，薪水跌得越厉害，工作也越难找。两千年后，阿根廷企业主恩里克·佩斯卡莫纳发表了这样一曲坦诚到露骨的全球化赞歌：

“亚洲人可以一天工作二十个小时，”他说，“领一个月八十美元的薪水。我要想加入竞争，就得去找他们。现在是全球化的世界。我们位于香港的办公室里，那些菲律宾女孩总是随时准备着好干活儿。没有星期六、星期天。要

法律与现实

热拉尔·菲洛什是巴黎的职业调查员。据他的研究结论，一个偷了一台车载收音机的小贼所受的惩罚，要比一个应为一场可避免的工伤死亡事故负责的企业主所受的惩罚为重。

基于自己的经验，菲洛什知道许多法国公司谎报员工收入、劳动时间和工龄，并且故意规避法定的安全和卫生措施。“拿工资的人不得不保持沉默，”他说，“因为，他们脖子上架着失业这把刀子。”

在法国，职业调查员记录在案的每一百万起违反劳动法的案件，只一万三千起最终获得判决。几乎所有案例，判罚的仅是一笔数额低得荒唐的罚款。

是让她们连续几天不睡光干活儿，她们也会干，不会要求加班工资，不会有任何额外要求。”

这曲赞歌发出前几个月，曼谷一家生产玩具娃娃的工厂发生了火灾。那些每天工资不到一美元、吃住都在工厂里的女工被活活烧死。厂房大门自外反锁，一如奴隶时代关奴隶的棚屋。

为数众多的工厂迁往贫穷国家，这些国家拥有大量极便宜的劳动力。穷国政府向新增劳动岗位表示欢迎，仿佛这些工厂是带来进步福音的天使，用银餐盘送上了珍馐美味。然而，在这些穷国，新的工业无产阶级面对的劳动环境令人想起劳动在文艺复兴时代的另一个称呼：tripalium，该词兼指一种刑具①。迪士尼出售的一件印有波卡洪塔斯公主形象的汗衫，价格相当于一个以每小时三百七十五件的速度生产这款汗衫的海地工人一星期的收入。海地是世界上第一个废除了奴隶制的国家；许许多多人为那场胜利献出了自己的生命，然而，两百年后，这个国家出现了新的拿工资的奴隶。麦当劳连锁餐厅喜欢向前来就餐的小朋友赠送玩具。这些玩具是在越南生产的，在那里，女工们被关在简陋的厂房里，每天连续工作十个钟头，挣0.8美元的日薪。越南曾挫败美国军队入侵；许许多多人为那场胜利献出了自己的生命，然而，二十多年后，这个国家又遭到全球化的蹂躏。

---

① Tripalium为拉丁语，字面意为三根木桩。这种刑具被描绘为一根木桩垂直于地面，两根于中央作斜向交叉，使用时将受刑人双手双足分别绑于斜桩两端，成四肢张开状。古罗马文献中，它似乎是用来固定牛马等牲畜以方便检查或护理的装置，也有说被用来惩罚奴隶。该词通常被认为是法语、西班牙语、葡萄牙语、加利西亚语、加泰罗尼亚语等工作或劳动一词的来源。

追猎劳动力的行动不再像殖民时代那样，需要动用军队。现在，只一个角色负责就够了，那就是全球大部分地区正在遭受的贫困。地理学已死亡：新的通信和运输技术让时间和距离都消失了，资本穿越国际边界的速度直抵光速。地球上一个地方经济受风寒，地球另一端某些地方的经济就要打喷嚏。1997年底，马来西亚货币贬值，巴西南部制鞋工业为此牺牲了几千个工作岗位。

世界上的穷国都全身心投入一场国际竞赛，比拼谁表现好，看看谁能提出最低工资，谁能在毒害环境方面给出最大自由。这些国家争先恐后吸引超级跨国公司光临。给这些公司提供的**最优厚**条件，对工资水平、劳动安全和土地及人口健康来说，就是**最恶劣**条件。全世界所有地方，劳动者权益正在被削平且每下愈况，与此同时，可用劳动力在迅速增长，增势空前。

“全球化中有赢家，也有输家，”联合国一份报告指出，“人们本以为新一波财富浪潮会让所有船都升高。但事实是一些船可以走得比其他船更好。在新机会刺激下，游艇和远洋客轮确实是水涨船高，竹筏和小木船却在进水，有一些正在迅速下沉。”钱要么不来，要么溜走，这两种可能都让各国恐惧得发抖。落水之灾要么已成事实，要么将成事实，而这样的可能性变成全民恐慌。你们要是表现不好，那些公司说，我们就搬去菲律宾，或者去泰国，或者去印

模范人生3

1998年，在印度尼西亚，愤怒的民众掀起了一场反对苏哈托将军独裁统治的风暴。于是，国际货币基金组织向将军提供的服务表示感谢，将军辞职退休。

他的职业生涯开始于1965年。当时，他杀了五十万共产党员和共产党嫌疑分子，攫取了政权。到了1998年，苏哈托无计可施，只得松开权力，不过，他还保有三十多年辛勤工作攒下的积蓄：一百六十亿美元，这一数字得自1997年7月28日发行的《福布斯》杂志。

苏哈托下台两个月后，他的继任者哈比比总统发表电视讲话：他劝国民绝食守斋。总统说，如果印度尼西亚人民能在每周有两天不吃东西，比如礼拜一和礼拜四，那么，就一定可以度过经济危机。

度尼西亚，要么去中国，要么去火星。表现不好的意思是：保卫大自然，哪怕只剩一点点大自然；承认组建工会的权利；要求尊重国际惯例和当地法规；提高最低工资标准。

1995年，GAP即盖璞连锁店在美国售卖的是**萨尔瓦多制造**的衬衫。每有一件衬衫以二十美元售出，萨尔瓦多工人只能拿到0.18美元报酬。这些工人大部分是妇女和女童，每天要佝偻着身子，在地狱一般的车间里工作十四个小时以上。工人们自发组建了一个工会，于是，雇主公司开除了三百五十名工人。接下来是罢工。接着是警察打人事件、绑架、坐牢。1995年底，盖璞连锁店宣布将工厂迁往亚洲。

在拉丁美洲，世界的新现实导致了所谓**非正式经济**的垂直性增长。**非正式经济**，翻译过来就是**法律边缘经济**，提供了新增就业百分之八十五的岗位。游离于法律之外的劳动者干得更多，挣得更少，享受不到社会福利，也得不到经年累月通过艰苦卓绝的工会斗争所争取来的劳动保障。合法劳动者境况也好不到哪儿去：**非常规化**和**弹性化**

让上帝来安排吧

1993年底，在智利圣地亚哥，我出席了一所技工学校的葬礼。这所漂亮的学校运转了三年。学生都来自这座城市最贫困的郊区。这些孩子本是注定要成为罪犯、乞丐或娼妓的。他们在学校里学手艺，学打铁、木工活儿、园艺，但最重要的是学会爱自己也爱别人，学会爱上自己从事的工作。他们人生中第一次听人说他们有用，说他们正在努力学会做的事情是有用的。这所学校是外国人资助的。钱终于花完了，老师们便去求国家帮忙。他们去了教育部，无果。他们去找市长，市长建议他们：

“那你们就把学校改制成公司嘛。”

只是他们窘境的委婉措辞，事实上，他们每个人都得自求生路。有一位巴拉圭老工人的说法可以很好地说明这种情况，她曾跟我谈起她那喂不饱肚子的退休金：

“如果这算是奖励，惩罚会是什么样子！”

豪尔赫·贝穆德斯做三份工来养活三个子女。每天一大早，他做的哥，开辆老款雪佛兰在基多城满大街跑。从下午第一个钟点开始，他教英语。他已在一所公立学校当了十六年老师，拿每月一百五十美元的薪水。公立学校工作结束后，他继续在一家私立学校干活儿，直到半夜。豪尔赫·贝穆德斯从没一天可以作为休息日。好长一段时间以来，他都在忍受胃痛折磨，脾气很不好，没有耐心。心理医生告诉他说，这些是过度操劳造成的身心疲惫和行为失调症状，建议他三份工作舍掉两个，以恢复身心健康。心理医生没告诉他怎么做才能把家庭经济维持到月底。

这个颠倒过来的世界里，教育是不贴钱的。在拉丁美洲新的劳动格局里，公共教育是受破坏最严重的部门之一。中小学老师和大学老师饱受称赞，演说者们满口美言，颂扬教育界的圣徒们奉献爱心塑造新人的忘我工作；老师们拿的工资却要用放大镜才能看清。世界银行将教育称为“人力资本投资”，用他们的眼光来看，这是一种赞美；然而，他们在最近一次报告中提出，可以考虑在**师资供给**足以保证教育水平的国家**削减**教师工资。

有益之处

1997年底，莱昂纳多·莫莱多发表一篇文章，为阿根廷教师的低工资做辩护。这位大学老师指出，微薄的薪水有助扩充文化常识、促进多元化和知识流通，避免冰冷的专业分科造成的异化。正因领着一份微不足道的薪水，一位教授可以上午教脑外科手术，下午干复印的活儿，晚上去马戏场当杂技演员炫一炫好身手，这样既能丰富他自身的文化，也能丰富别人的文化。一位日耳曼文学研究专家可以在他的主业外，也关心一下比萨的做法，然后，跑到科隆剧院去当引座员。刑法学教授可以每周一到五开送货车，周末去当市场管理员；分子生物学助教则完全可以运用他的专业知识打打零工，接一些管道维修或汽车喷漆之类的活儿。

削减工资？什么样的工资？乌拉圭人常讲“穷教书的”，以及“我比小学老师还要穷”。大学老师也一样。1995年，我在报纸上看到蒙得维的亚的心理学院登出的一则招聘启事。需要一名伦理学教师，一个月一百美元。我想，谁要拿这样一份工资还不腐败，那一定得是个伦理道德圣人了。

参考文献

J.维里蒂,《百分百虚拟公司》,见《商业周刊》,1994年11月21日。

埃克托尔·菲格罗亚,《以时尚之名:服装工业剥削状况调查》;女工胡迪特·亚尼拉·比埃拉证词,《盖璞和萨尔瓦多血汗工厂》,见《北美洲拉美协会会刊》,纽约,1996年1/2月合刊。

安德烈·高兹,《超越工薪制社会》,巴黎:伽利略出版社,1997年。

贝尔纳·蒙特尔等,《工作是什么》,巴黎:异致出版社,1997年。

彼得·斯托克,《陌生人的工作:国际劳动移民调查》,日内瓦:国际劳工组织,1994年。

多米尼克·梅达,《工作:一个濒危物种》,巴黎:奥比耶出版社,1995年。

弗兰克·施特罗纳赫,《纽约新闻日报》引谈话,1992年8月7日。

国际劳工组织,《1996年劳工状况概览》,日内瓦,1996年。

国际劳工组织,《1996至1997年世界就业:全球化时代国家政策考察》,日内瓦,1997年。

国际劳工组织,《1997年劳工状况概览》,日内瓦,1997年。

海斯贝特·范利姆特,《移动的工业》,日内瓦:国际劳工组织,1992年。

加芙列拉·塞鲁蒂,恩里克·佩斯卡莫纳老板专访,见《十二页》日报,布宜诺斯艾利斯,1997年2月18日。

杰里米·里夫金,《工作的终结》,纽约:帕特南氏出版社,1995年。

莱昂纳多·莫莱多,《为大学教师低工资一辩》,见《十二页》日报,布宜诺斯艾利斯，1997年12月2日。
李·亚科卡，布宜诺斯艾利斯演讲，见《纪事者》日报，1993年11月12日。
美国经济政策研究所，《美国劳工状况，1996—1997》，华盛顿：夏普出版社，1997年。
诺姆·乔姆斯基，《每日报》专访，墨西哥城，1998年2月1日。
热拉尔·菲洛什，《一次性工作》，巴黎：朗赛出版社，1997年。
世界银行，《教育发展优先权与战略》，华盛顿，1996年。
维维亚娜·福里斯特，《经济恐惧》，墨西哥城：经济文化基金出版社，1997年。

盗窃罪不会因为是以法律或皇帝的名义犯下的，就不叫盗窃罪。

——加利福尼亚州参议员

约翰·麦克杜格尔

一次讲话，1861年[1]

[1] 这里的约翰·麦克杜格尔为詹姆斯·亚历山大·麦克杜格尔（James Alexander McDougall，1817—1867）之误。詹姆斯·亚历山大·麦克杜格尔为美国律师、政治家。民主党人，亚伯拉罕·林肯之友。他于1860年当选为加利福尼亚州参议员。

脱罪示范课

▪ 学习好榜样 ▪

▪ 捕猎人口的人如何脱罪 ▪

▪ 地球的毁灭者如何脱罪 ▪

▪ 神圣发动机如何脱罪 ▪

学习好榜样

这些范例具有毋庸置疑的教学价值。下面，我会谈一谈石油工业值得学习的经验，这种工业热爱大自然的狂热程度远超印象派画家；接着，我会讲几则彰显军事工业和化学工业博爱理想的趣事；我还会揭示犯罪工业几条成功秘诀，现如今，犯罪工业是世界经济的排头兵。

被绞死的作家

壳牌和雪佛龙，这两家石油公司毁掉了尼日尔河三角洲。尼日利亚奥戈尼作家肯·萨罗-维瓦发出控诉："壳牌和雪佛龙对奥戈尼人，对他们的土地、他们的大河小溪和他们的空气所做的，已达到种族屠杀的程度。奥戈尼人的灵魂正在慢慢地死去，而我就是见证人。"①

① 尼日利亚少数民族奥戈尼人是尼日尔河三角洲东部最古老的居民之一。20世纪90年代初，有约五十万奥戈尼人生活在三角洲东部河流州（Rivers）近海一片一千多平方千米的土地上，那里称奥戈尼或奥戈尼兰德（Ogoniland）。壳牌于50年代末、雪佛龙于80年代初开始在当地采掘石油、天然气等，主要以种植、捕鱼为生的奥戈尼人被迫接受微不足道的补偿，将土地让与石油公司。在尼日利亚，据估计，包括奥戈尼人在内的产油区民众仅享有石油利润的百分之一，而产油区居民还要独自承受污染的恶果。2011年8月联合国环境规划署向尼日利亚总统递交的《奥戈尼环境评估报告》（*Environmental assessment of Ogoniland report*）指出，全面恢复奥戈尼的环境，在污染停止后需二十五到三十年，是世界上修复范围最大、费时最长的清污治污项目。

1995年初，壳牌石油驻尼日利亚总干事奈梅卡·阿切贝这样解释该公司支持军政府的理由："对一家想要投资做生意的商业公司来说，稳定的环境是必要的……独裁政权正可以提供稳定。"几个月后，尼日利亚军政府绞死了肯·萨罗-维瓦。与作家一同遭处决的还有另外八名奥戈尼人，他们同样因反抗那两家毁灭了他们的村庄，把他们的土地变为荒漠的公司获罪。[①] 出于同样原因，此前已有为数众多的奥戈尼人惨遭杀害。

肯·萨罗-维瓦的名声给这桩案子带来某种程度的国际反响。美国总统宣布，美国将中断对尼日利亚的武器供应，全世界鼓掌欢迎。没人把这则声明看成一个非自愿的忏悔行为，尽管事实上就是如此：美国总统等于是在承认，美国一直卖武器给萨尼·阿巴查将军的军事政权[②]，这一政权以每年一百人的速率处决犯人，或枪毙，或绞刑，每

---

① 肯·萨罗-维瓦（1941年生），或译卡山伟华，诗人、剧作家。曾短暂任教于拉各斯大学（University of Lagos）。尼日利亚内战（1967—1970）后任行政官员至1973年，此后投身文学。作品讽刺与石油伴生的贪腐，他编剧的一百五十集电视剧《巴西与公司》（*Basi and Company*）80年代名噪一时，是非洲收视率最高的喜剧节目之一。1990年起加入奥戈尼自治运动，致力于环境保护。1992年参与创立奥戈尼人生存运动（Movement for the Survival of the Ogoni People），该组织以非暴力方式争取奥戈尼人的环境和经济等权益。1993年，向政府和尼日利亚壳牌公司请愿未果后，领导了三十万奥戈尼人参加的游行。1994年5月，被军政府以煽动谋杀运动最初四名领导人的罪名抓捕并关押，与入狱的其他八名领导人并称奥戈尼九人（Ogoni Nine）。次年11月，在重兵把守的情况下，军政府在哈科特港（Port Harcourt）处决了奥戈尼九人。

② 萨尼·阿巴查（1943—1998），卡努里人（Kanuri），历任陆军总参谋长、国防总参谋长、国防部长。1993年11月发动政变接管政权，自任国家元首。1998年初宣布于当年8月举行大选，然而到了4月，压制全国五个党派支持他为唯一候选人。6月，暴亡，死因有心脏病、投毒等说法。他掌权时期，尼日利亚石油经济与贪腐同时增长。

一次处决都吸引来众多看客。

之后，国际上发起一轮针对尼日利亚的经济制裁，所有向该国出售武器的**新合同**都不得签署，但那里的军火库仍在持续扩充中，因为，之前订立的合同并未失效，非但如此，这些合同还被奇迹般地补上了附加条款，这些附加条款好似返老还童神药，赋予旧合同永久生命。

美国卖出的武器约占世界武器出口总量一半，美国买进的石油约占世界石油消耗总量一半。美国的经济和美国的生活方式在很大程度上仰赖武器和石油。尼日利亚是军费开支最多的非洲独裁国家，该国盛产石油。英荷壳牌石油公司拿走尼日利亚石油的一半，美国雪佛龙公司拿走剩下的大部。雪佛龙公司不仅从尼日利亚带走超过其总量四分之一的石油，也带走天然气。这家公司在二十二个国家同时开采天然气。

毒药的价格

肯·萨罗-维瓦遇害一年后，1996年，他的同胞、密友兼战友尼莫·巴锡来到美洲。在旅行日记中，他记述了不少关于大型石油公司如何对公众幸福做出贡献的富有教育意义的故事。

库拉索，加勒比海上一座小岛。据说，它之所以叫这个名字，是因为岛上的空气能治病。[1] 壳牌公司于1918年在该岛建起一座巨大的炼油厂，这家工厂从此不停地向这座健康之岛喷吐毒烟。1983年，当地政府下令关停这家工厂。据专家们估算，壳牌公司应为库拉索岛自然环境遭受

---

① 库拉索名字出自葡萄牙语curação，意治愈。

的重创支付起码四亿美元的赔偿金，这还不包括当地居民所受的毒害，要真算进去，那可是无价的。

壳牌公司没做出任何赔偿，反倒以儿童寓言式的价格买到有罪不惩的权利：经由一纸与库拉索政府签订的合约，它以一美元把炼油厂卖给后者，对当地环境造成前所未有的破坏，它应承担的所有责任，由此一笔勾销。

蓝 蝴 蝶

1994年，曾用名为加利福尼亚标准石油公司的雪佛龙石油公司，将数百万美元投入一场广告宣传战，力图向世人强调，他们为美国的环境保护操碎了心。广告中心主题是该公司为一种濒临灭绝的蓝蝴蝶提供保护。提供给这些小虫子安身的庇护所，每年花掉雪佛龙公司五千美元；这家公司花在制作为他们的生态主义觉悟唱颂歌的宣传片上的钱，则是这个数额的八十倍；为让这些蓝蝴蝶狂轰滥炸般在美国千家万户的电视荧屏上扑扇翅膀，雪佛龙公司又支付了数额更为巨大的电视广告费。

这些小虫子享受休闲水疗的地方设在埃尔塞贡多炼油厂内。这家炼油厂就建在洛杉矶城南沙滩上，至今仍是毒害整个加利福尼亚州水、空气和土地的最大污染源之一。

蓝 石 头

巴西，戈亚尼亚市[①]，1987年9月：两名拾荒者在一片荒地上发现了一根被人遗弃的金属管子。他们将管子砸开，

① 巴西中部戈亚斯州首府和最大城市。

里面有一块发蓝光的石头。这块神奇的石头发出的光亮能把空气也变蓝，令所被之物也熠熠生辉。

两名拾荒者把这块亮晶晶的石头一分为二，各自带走一半。他们把石头碎块送给各自的邻居。谁要是拿这玩意儿蹭蹭皮肤，到夜晚，人也会发亮。整座贫民窟成了一盏大夜灯。穷人们一瞬间成了拥有光亮的富人，欢喜得像在过节。

第二天，那两名拾荒者开始呕吐。他们吃了杧果拌椰肉——是因为这个吗？可整座贫民窟的人都在呕吐，所有人都浑身肿胀、发高烧。那幽幽蓝光能灼人，吞噬人，夺人性命，并且随着风、雨水、苍蝇和鸟儿的活动四处扩散。

这是历史上最严重的核灾难之一。许多人因此丧生，更多人从此终身受病痛折磨。戈亚尼亚市郊的那座贫民窟里，没人知道辐射这个词儿是什么意思，更没人听说过铯-137。切尔诺贝利的余音还在世界的耳朵里回响，戈亚尼亚后来发生了什么则无从知晓了。1992年，古巴收治了戈亚尼亚的病患儿童，免费为他们进行治疗。这一事实也没激起半点反响，虽然大家都知道，全世界的舆论工厂总是对古巴保持着深切关怀。

悲剧发生一个月后，戈亚斯州联邦警察总长声称：

“这件事相当诡异。我们找不到一个可以为这一医用辐射物的管理漏洞负责的人。”

没有脚的楼房

1985年9月，墨西哥城：大地震颤起来，不到三分钟时间里，千百座楼宇房舍轰然倒塌。

谁也不知道，将来也无从知道，这一恐怖时刻，这座世界上最大也最脆弱的城市究竟死了多少人。一开始，在清理废墟时，墨西哥政府统计的死亡人数是五千，之后，政府就缄默不语了。光是头一批运出来的尸体就铺满了一整座棒球场。

古旧建筑经受住了地震考验，新建楼房一震就塌，好比没有地基，**因为，许多楼房根本就没有地基**，或者，仅仅在建筑设计平面图上才有。时间一年一年过去，应当为此负责的人继续逍遥法外：不管是那些在沙地上建起现代化城堡且卖出好价钱的地产商，还是那些批准在该城沉降最严重地段建起摩天大楼的官员，抑或那些在建筑承重计算上造假害人的工程师，抑或那些故意做睁眼瞎来发财致富的工程质量监督员。

废墟已经没有了，原址上立起了新大楼，城市仍在节节增高。

绿啊，我多么爱你这绿色①

地球上最成功的公司不仅在地狱里设有分公司，也在天堂里设有分公司。这边卖得越多，那边业绩就越好。就

① 西班牙诗人费德里科·加西亚·洛尔卡（Federico García Lorca，1898—1936）名篇《梦游人谣》（“Romance sonámbulo”）首句，该诗收于诗集《吉卜赛谣曲集》（*Romancero gitano*，1924—1927，1928年出版）。参见戴望舒译、施蛰存编《洛尔伽诗钞》，作家出版社，1956年，第45—49页。

这样，魔鬼付钱，上帝原谅。

据世界银行预估，在不久的将来，生态工业将搅动比化学工业更多的财富，而现在生态工业已经在制造高额利润了。毁灭环境的公司把拯救环境的事业做成了它们最赚钱的业务。

在新近出版的《公司星球》一书中，乔舒亚·卡莱纳给出了三个极富教育意义的范例：

通用电气集团拥有四家对地球大气毒害最严重的公司，同时，也是美国最大的空气污染监控设备生产商；

杜邦化工公司是全世界最大的工业剧毒废料制造者之一，这家公司发展了一个专门提供工业剧毒废料焚烧和填埋服务的部门，获利颇丰；

另一家跨国巨头西屋公司，本是靠着售卖核武器发家的，现在兼售价值数百万美元的清理设备，这种设备专门清除该公司制造的放射性垃圾。

罪过与美德

全世界的土地上散布着超过一亿枚地雷。这些炸弹战争结束很多年后还会爆炸。有些地雷是专为引诱儿童设计的，做成布娃娃、蝴蝶或花花绿绿的盒子、罐子模样，吸引稚嫩眼睛的注意。地雷致死、致伤者中，儿童占了一半。

保罗·多诺万是全球禁用地雷运动的推动者之一。他指出，就在那些曾销售地雷的军火工厂里，新的金蛋正在孵育：这些公司提供清理雷场的**技术诀窍**，任谁都明白，哪有什么公司能比制雷公司更精此道。这是一桩大生意：扫雷要比布雷贵一百倍。

1991年前，常规武器系统公司一直为美国军队生产地雷。海湾战争过后，公司改换业务领域，通过清扫地雷，每年赚取一亿六千万美元。常规武器系统公司隶属于德国戴姆勒-奔驰财团。戴姆勒-奔驰以同样的激情生产导弹和汽车，至今还在通过它的另一家子公司——梅塞施米特-伯尔科-布洛姆公司继续生产地雷。

同样走在这条救赎之路上的，还有英国宇航集团：它旗下公司之一皇家兵工厂签订了一份九千万美元的合同，为科威特清扫原野中的地雷，这些地雷碰巧也是皇家兵工厂公司埋下的。在科威特，还有法国索夫雷米公司在这桩舍身忘我的任务中与英国人展开竞争，他们也跑来清理雷场，要价是一亿一千一百万美元，同时，他们出口武器，供应世界各地的战争。

在人间执行这项人道主义使命的各位天使，最投入的要数一位叫做韦尔农·茹安的南非专家。他一辈子都在设计地雷和其他致命装置。此人负责莫桑比克和安哥拉的雷场清理工作，那里埋设了数千枚他为南部非洲种族主义军

队研制的地雷。他的这项工作可是受联合国资助的。

罪行与奖赏

奥古斯托·皮诺切特将军践踏法律，折磨和杀害同胞，偷窃公款，还不惮撒谎。

他践踏他曾宣誓遵守的宪法；他掌控的独裁政权折磨和杀害了数千名智利人；他把坦克派到街头去恐吓民众，谁想调查他偷了多少钱，只能按捺下好奇心；每回他开口提起以上这些事情，都会说谎。

独裁结束后，皮诺切特仍然担任军队统帅。1998年，到了退休的时候，他融入该国的民政领域：他自命为共和国终身参议员。街头爆发抗议，将军若无其事，继续霸占着他的参议院席位，听不到歌颂他战功的军乐外任何声音。

他的耳聋症并不缺乏理由：无论如何，1973年9月11日，他发动军事政变，摧毁了智利的民主，“九一一”这个日子，不但被作为国家纪念日庆祝了二十五年，还被用来为圣地亚哥市中心一条主干道命名。

罪行与惩戒

1978年，当阿根廷国家足球队一路杀向世界足球锦标赛冠军领奖台时，阿根廷军事独裁政权把囚犯们一个个**活生生**扔进大洋深处。执行任务的飞机起飞的机场旁边，就是阿根廷队高奏凯歌的足球场。

人身上有个不那么让人舒服的器官叫做良心，它会让人无法在夏夜里叉着腿，除了蚊子别无他虑地睡好觉。这个叫做良心的器官，生而有之的人并不多，不过，有时也会有人良心发现。当阿方索·西林戈上尉向他的上级反映，说他必须服用安眠药或喝醉酒才能入睡，上级建议他去接受心理治疗。1995年初，西林戈上尉决定公开忏悔：他说，他曾把三十个人扔进大海。他还揭露说，持续两年时间里，阿根廷海军把一千五百至两千名政治犯送去喂了鲨鱼。

忏悔后，西林戈被捕入狱。他入狱不是因为杀了三十个人，而是因为在一张空头支票上签了字。

罪行与沉默

1996年9月20日，美国国防部也做了一次公开忏悔。没有一家媒体对这件事给予了重视，这条新闻并未在国际舆论中流传开来。那一天，美国最高军事当局承认，他们犯了一个“错误”：1982至1991年，他们训练了多名拉丁美洲军官，训练课目包括恐吓、刑讯、绑架和暗杀技术，所用教材均曾在位于佐治亚州本宁堡的美洲学校和巴拿马南方司令部使用过。这个**错误**延续了十年，但他们没透露究竟有多少名拉丁美洲军官接受了这错误的教育，也没说明他们的错误造成了哪些后果。①

事实上，早有人千百遍地揭露过，五角大楼自半个世纪前就一直通过这些课程制造独裁者、刑讯专家和罪犯，总共收录了约六万名拉丁美洲军人学员。这些学员后来成为集大权于一身的统治者或众所周知的刽子手，许多人在布拉沃河以南留下了无法抹去的血迹。要给这些人开列一份名单，那会是无穷无尽的，仅举萨尔瓦多一国，1980年罗梅罗阁下和四名美国修女遭暗杀，1989年六位耶稣会神

---

① 指五角大楼解密1987至1991年间在拉丁美洲情报训练及在美洲学校使用的七部西班牙语军事训练手册，媒体将它们与次年解密的两部中央情报局训练手册并称为酷刑手册（torture manuals）。内容参见https://en.wikipedia.org/wiki/U.S._Army_and_CIA_interrogation_manuals、https://www.lawg.org/declassified-army-and-cia-manuals/。美洲学校源于美国在巴拿马运河区的防御部队。1946年在运河区基地阿马多尔堡（Fort Amador）正式成立，其时称拉丁美洲训练中心地面师（The Latin American Training Center-Ground Division），由南方司令部指挥。1949年迁至运河区另一基地古立克堡（Fort Gulick）。1984年迁本土本宁堡，指挥权移交美国陆军训练和理论司令部（United States Army Training and Doctrine Command）。名称数次变更，至1990年才简称美洲学校。在舆论压力下于2000年底正式关闭。美洲学校是美国冷战政策、西半球战略的组成部分，以及拉丁美洲外交、对外军事援助的重要内容，不仅在打击拉丁美洲游击运动、防止共产主义势力渗透方面起到作用，更支持、培养了众多亲美独裁政权。约翰·肯尼迪至冷战结束是其辉煌期。美洲学校关闭转年，根据比尔·克林顿签署的一项国防法案，本宁堡推出了一个新版本，称西半球安全合作研究所（Western Hemisphere Institute for Security Cooperation）。据说，新版本主要为缉毒和反恐怖主义服务，只接受没有继续侵犯人权记录的国家学员并加重了人权教育课程的比重。

甫被子弹打成马蜂窝，犯下这些罪行的军官，他们几乎全是美洲学校的校友①。

五角大楼原本总是否认拥有那些教材的著作权，现在终于承认了。他们的忏悔是一条重磅新闻，然而，知晓这条新闻的人很少，为此义愤填膺的人就更少了：这个世界的头号强国，各个国家效法的榜样，最受羡慕也被模仿得最多的民主国家，承认自己一直在培养践踏人权的专家。

1996年，五角大楼承诺纠正这一**错误**，其庄重语气与犯下这一错误时所用语气如出一辙。1998年初，二十二名罪犯被判处六个月监禁外加罚款：这二十二人都是美国公民，他们不听劝阻，强行闯入本宁堡，进行一场纪念为美洲学校所害之人的抬棺游行。

---

① 1980年12月，在萨尔瓦多工作的四名美国修女在国际机场外被该国国民警卫队(Guardia Nacional)成员带走，遭殴打、强奸后被射杀。1989年11月，圣萨尔瓦多的中美洲大学(Universidad Centroamericana José Simeón Cañas)校园里，包括校长伊格纳西奥·埃利亚库里亚·贝阿斯科埃切阿(Ignacio Ellacuría Beascoechea，1930年生)在内的六位耶稣会士在其住处附近被枪杀。此前不久，反政府游击队法拉本多·马蒂民族解放阵线(Frente Farabundo Martí para la Liberación Nacional)发起了一场规模和威胁都出乎军方意料的总攻，军方遂决定在不留任何证据的情况下清除所有已知颠覆因素，其中就包括埃利亚库里亚神甫。埃利亚库里亚神甫等持解放神学立场，一贯谴责针对民众的镇压和暴行，此外，他们自内战爆发以来就呼吁通过谈判达成停火并积极在国内外斡旋，早被军方视为绊脚石。罗梅罗阁下遇刺六周后，有迹象表明萨尔瓦多极右翼政客、前少校罗伯托·德奥比松·阿列塔(Roberto D'Aubuisson Arrieta，1944—1992)是策划者，但军队庇护其脱身。此人美洲学校1972年毕业，曾是国家安全局(Agencia Nacional de Seguridad Salvadoreña)第三号人物，70年代中期与该国第二大行刑队白武士联盟(Unión de Guerreros Blancos)关系密切，1979年政变后因此被迫退役，后秘密为军队上层服务，也即利用“泄露”给他的情报，按照右翼势力的心意，策划、组织暗杀等行动。参与修女案的五名成员有四名是美洲学校校友；耶稣会神甫案是快速反应平暴部队阿特拉卡特尔营(Batallón Atlácatl，1981—1992)受命干的，其中二十一人曾在美洲学校受训。

罪行与回音

1995年，危地马拉和智利这两个拉美国家忽然引发美国各大报纸关注，这可是非同寻常的。

新闻界揭露，有一位被控犯有两宗罪案的危地马拉上校，多年来一直领取CIA即美国中央情报局的工资。上校被控杀害**一位美国男性公民**和**一位美国女性公民的丈夫**。[1]

① 美国男性公民是迈克尔·迪瓦恩（Michael DeVine，约1941年生），与妻子在危地马拉北部佩滕省（Petén）东南部市镇波普通（Poptún）经营牧场和客栈，1990年6月遇害。美国女性公民是律师珍妮弗·哈柏（Jennifer Harbury，1951—　），她的丈夫是危地马拉印第安人、游击队人民武装组织（Organización del Pueblo en Armas，1971—1996）领导人埃弗拉因·巴马卡·贝拉斯克斯（Efraín Bámaca Velásquez，1957年生），1992年3月在危地马拉西南雷塔卢莱乌（Retalhuleu）附近与军队的遭遇战中失踪。珍妮弗·哈柏不懈地追查丈夫下落。就在她于白宫门前绝食之际，一名议员致信总统并通知媒体：危地马拉情报官员、上校胡利奥·罗伯托·阿尔皮雷斯（Julio Roberto Alpírez，约1949—　）与这两起案件都有关联，相关信息就在中央情报局收到的报告中，而此人竟还曾从该局拿取薪水，国会却自始至终都不知情。这一丑闻促使比尔·克林顿发起调查和1998年美国与危地马拉等中美洲国家秘密合作文件解密。

新闻界绝少或根本没提到的，是1954年经艾森豪威尔总统批准，美国中央情报局推翻了危地马拉哈科沃·阿本斯的民主政府，由此开始，由美国或扶植或罢免的数名军事独裁者在这个国家犯下了成千上万宗命案。漫长的恐怖年代在八十年代的大屠杀中达到全盛：当时，每一位向上级上交一对人耳的士兵都会得到奖赏，在颈间绕上一根镶有一片金质栎树叶的链子。四十多年灾难造成的死难者全都是危地马拉人，二十世纪下半叶，美洲没哪个国家死过这么多人。另外，更鲜为人知的，是这些危地马拉死难者大多数是印第安人。

报道危地马拉上校新闻的同时，美国报纸还披露，有两位在皮诺切特独裁时期担任高级军官的人在智利被判入狱。就拉丁美洲有罪不惩的惯例来说，奥兰多·莱特列尔遇害案是个例外，而这一细节并未引起记者关注：智利独裁政权是在**华盛顿**暗杀了莱特列尔和他的美国秘书的。倘若他们是在智利圣地亚哥或其他任何一个拉丁美洲城市遇害，他们还会报道吗？二十多年前，智利将军卡洛斯·普拉茨和他同为智利籍的夫人在布宜诺斯艾利斯双双遇害，凶手作案手法与莱特列尔案一模一样，后来怎样？直到1998年才出现了关于此案的报道，此前，凶手一直逍遥法外。①

① 奥兰多·莱特列尔（1932年生），智利政治家、经济学家。1971年起在萨尔瓦多·阿连德政府任驻美大使及外交、内政、国防部长等职。政变中被捕，被投入集中营，后因国际压力获释。1975年赴美国工作。致力于劝阻欧美政府对智利军政府的援助，因此被褫夺智利国籍。卡洛斯·普拉茨（1915年生），1970年起任智利陆军总司令，并在萨尔瓦多·阿连德政府任内政、国防部长及副总统等职。拥护宪政主义，主张军队使命在于保卫国家主权而非干预政治，因而被右翼视为推翻萨尔瓦多·阿连德的主要障碍。右翼发起诋毁运动，迫使他于1973年8月辞职。他于政变数日后赴阿根廷以躲避暗杀。卡洛斯·普拉茨与妻子索菲娅·卡思伯特（Sofía Cuthbert，1918年生）在1974年9月，奥兰多·莱特列尔与其政策研究所（Institute for Policy Studies）的助理龙尼·莫菲特（Ronni Moffitt，1951年生）在1976年9月死于汽车炸弹暗杀。这两起案件都由智利国家情报指挥部（Dirección de Inteligencia Nacional，1973—1977）策划，得到同一爆破技术人员——美国人迈克尔·汤利（Michael Townley，1942—　）协助。迈克尔·汤利1978年即被引渡至美国就莱特列尔案受审，后一直受联邦证人保护项目（United States Federal Witness Protection Program）保护，以致智利和阿根廷都未能就普拉茨案成功引渡他，尽管他已吐露案情。智利民主化进程缓慢也使普拉茨案长期拖延，直至2010年方最终宣判，前国家情报指挥部一、二把手入狱服刑。

参考文献

豪尔赫·A.巴尼亚莱斯,《缓慢的确认》,见《突破口》周报,蒙得维的亚,1996年9月27日。

埃莱娜·波尼亚托夫斯卡,《地动之声》,墨西哥城:时代出版社,1988年。

奥拉西奥·韦尔比茨基,《飞行》,布宜诺斯艾利斯:行星出版社,1995年。

保罗·多诺万,《制造凶杀案》,见《新国际主义者》杂志,牛津,1997年9月。

道诺·托托罗,《装甲兄弟会》,智利圣地亚哥:行星出版社,1998年。

国际金融公司(世界银行),《投资环境:发展中国家的商机》,华盛顿,1992年。

国际绿色和平组织,《绿色和平组织"漂绿"报告》,华盛顿,1992年。

吉诺·斯特拉达,《恐怖地雷》,见《科学美国人》月刊,华盛顿,1996年5月。

卡洛斯·马丁·贝里斯塔因,《通往记忆之旅:沿玉米田间路前行》,巴塞罗那:病毒出版社,1997年。

卡洛斯·蒙西瓦伊斯,《免费入场》,墨西哥城:时代出版社,1987年。

肯·萨罗-维瓦,《尼日利亚的种族屠杀:奥戈尼人的悲剧》,伦敦:萨罗出版社,1992年。

尼莫·巴锡,《生意至上:穿越拉丁美洲的污染之旅》,见《连接》旬刊,第80期,地球之友组织,阿姆斯特丹,1997年9/10月合刊。

乔舒亚·卡莱纳，《公司星球：全球化时代的生态和政治》，旧金山：山峦俱乐部，1997年。
斯蒂芬·施莱辛格、斯蒂芬·金策，《苦果：美国干预危地马拉的未曾道出的真相》，纽约：锚出版社，1983年。
苏扎娜·埃洛、塞巴斯蒂昂·贝尼西奥·达科斯塔·内图，《铯-137：戈亚尼亚事件的社会心理后果》，戈亚斯市：戈亚斯联邦大学出版社，1995年。
《一加一》日报报道，墨西哥城，1985年9月。

捕猎人口的人如何脱罪

在此，我想告诫那些刚刚上道的犯罪者：要杀人，胆小难成大业。行凶作恶能带来回报，但就像做生意，规模做大了才有回报。拉丁美洲那些曾发号施令杀人无数的高级军官就可以免受牢狱之苦，尽管他们的工作履历会让街头恶棍脸红羞愧，令犯罪学专家吃惊不已。

法律面前人人平等。什么样的法律？天法吗？在地上的法律面前，不管什么时代，不管什么地方，平等都会变成不平等，因为，权力就喜欢坐在法律天平一边的托盘上，不在这一边，就在那一边。

强制性失忆

正是法律面前的不平等在塑造历史，过去如此，现在亦然。书写官方历史的不是记忆，而是遗忘。我们拉丁美洲人深知这一点。在我们这里，城市广场上矗立着屠戮印第安人的凶手和运奴贩子的雕像，长街大道往往以窃取土地之人和掏空国库之人的名字来命名。

就像墨西哥城1985年地震中轰然倒塌的那些楼房，拉丁美洲的民主也被偷偷抽掉了地基。只有司法能给这些脆弱的民主提供坚实支撑，让它们或立或行，但我们没了司法，取而代之的是强制性失忆。在许多拉丁美洲国家，面对与民主为敌的经济和社会结构，政治民主不断碰壁，民选政府只能对不公正的现状稍加管控，让一切变革的希望落空。

六七十年代，军人们攫取了政权。为消灭政治腐败，他们比政客抢掠得还要多，这是因为绝对权力让他们畅通无阻，另外，还因为他们保持极高的工作效率，每天起床号一响，早早就开始干活儿。那是充斥着血污和恐惧的时代：为消灭本国游击队和全世界无处不在的红色幽灵，武装部队展开一场规模浩大的围猎行动，逮着什么人就严刑拷打什么人，或强奸，或杀害，任何从人性出发，追求公

魔鬼饿了

埃尔法米利亚尔是一只能从尖牙间和耳朵里喷出火焰的黑狗。每当夜幕降临，这些火焰就在阿根廷北方的甘蔗地里游荡。埃尔法米利亚尔为魔鬼做事，它专门监视和惩戒蔗糖厂里的短工，会把反叛者的肉献给主子吃。谁要是被这黑狗害了，来不及道一声别，就去往另一个世界了。

1976年冬，正值军事独裁时期，魔鬼饿了。7月的第三个星期四的夜晚，军队开进胡胡伊省莱德斯马蔗糖厂。士兵们带走了一百四十名工人，其中三十三人不知所终，后来也再没有关于他们的任何消息。

正的意愿表达，哪怕再温和，也会遭到凶残打击。

乌拉圭独裁政权喜欢用刑，杀的人倒不多。阿根廷独裁政权则相反，频开杀戒。然而，尽管各有特色，在那个年代，拉丁美洲各个独裁政权是合力运作的，它们彼此相似，仿佛同一把剪刀裁出来的。什么样的剪刀？1998年，曾任乌拉圭军政府情报部门主管的埃拉迪奥·莫利中将透

军事独裁的不朽思想

刚刚过去不久的那个沉重的年代里，尽管机枪扫射、炸弹爆炸、军号和战鼓齐鸣的声音不绝于耳，拉丁美洲的将军们还是有办法让人们听到他们的思想意识。

在一阵好战神经发作中，阿根廷将军伊韦里科·圣让高呼：

“我们正在赢得第三次世界大战的胜利！”

在一阵历史神经发作中，他的同胞克里斯蒂诺·尼古拉德斯将军呼喊：

“马克思主义威胁西方基督教文明已长达两千年了！”

在一阵宗教神经发作中，危地马拉将军埃弗拉因·里奥斯·蒙特高喊：

“是圣神在指挥我们的情报工作！”

在一阵科学神经发作中，乌拉圭海军少将乌戈·马克斯咆哮：

“我们给国家历史来了个三百六十度大转弯！”

英雄史诗唱完，乌拉圭政客阿道托·普

尼亚莱斯接下来又歌颂共产主义的溃败。在一阵解剖学神经发作中，他大吼：

“共产主义就是一只大章鱼，头在莫斯科，睾丸①伸得到处都是！”

① 阿道托·普尼亚莱斯大约是想说tentáculos（触手）而非testículos（睾丸）。

露，美国顾问曾多次向他们建议，对待那些破坏分子，就该先逼出口供，再把他们清除掉。莫尔中将随即被捕，他犯了讲真话罪。

几个月前，曾是阿根廷独裁政权著名屠夫之一的阿尔弗雷多·阿斯蒂斯上尉因为说出真相被撤职：他声明，他的所作所为是阿根廷海军教的，他还不无炫耀地宣称，在这个国家，在杀掉一位政治人物或是记者的技术方面，他是“最为训练有素之人”。就在阿斯蒂斯上尉发表这些声明之际，他和另外一些阿根廷军官正被好几个欧洲国家或通缉或审讯，因为，他们也曾杀害西班牙、意大利、法国和瑞典等国的公民，他们杀害数千名阿根廷人的罪行则得到宽恕，法律就这样抹掉过去，另起一行。

这些有罪不惩的法律，也像是同一把剪刀裁出来的。拉丁美洲民主在苏醒过来、重获新生时，背负了偿还债务和忘记罪行的命运。民选政府仿佛是要对那些穿制服的人的工作感激涕零：令人恐惧的军人统治为外国投资创造了有利氛围，以致后续的岁月里，以卖香蕉的价格整个出售国家而不受惩戒的行为可以畅行无阻。全面恢复民主的同时，国家主权被放弃了，劳工权利遭到背叛，公共服务解体了。一切都在被迅速地创造出来，或者说，一切都在被

广　告

阿根廷军事独裁当局喜欢杀了人然后把尸体抛到海底。1998年4月，迪赛制衣厂在《人物》杂志上刊登了一则广告，用以证明他们制造的裤子是极为耐洗的。照片上是八个年轻人，都被捆在水泥墩子上，沉在水底，下面的文字："这不是你人生中第一条牛仔裤，但也许是最后一条。至少留下一具好看的尸体吧。"

被禁止的记忆

胡安·赫拉尔迪主教主持了一项团队工作，该工作组旨在拯救危地马拉晚近历史的恐怖记忆。从全国各地采集来的千万个声音作为证据，渐渐拼合成四十年的苦痛记忆：十五万人丧生，五万人失踪，一百万人沦为难民，留下二十万孤儿、四万寡妇。每十名遇害者九名是手无寸铁的平民，大多数是印第安人；每十起死亡案例有八起出自军队或附属于军队的准军事组织之手。

1998年4月一个星期四，教会发布了这份报告。两天后，赫拉尔迪主教遇害，他的头盖骨被石头砸碎。①

① 天主教主教胡安·赫拉尔迪(1922—1998)，危地马拉人。20世纪六七十年代主要在印第安人聚居的地区工作。内战中，公开谴责军队对印第安人犯下的暴行。1988年，由危地马拉主教会议(Conferencia Episcopal de Guatemala)任命为民族和解委员会(Comisión Nacional de Reconciliación)成员，发起跨教区项目“恢复历史记忆”(“Recuperación de la Memoria Histórica”)并亲自编纂报告，该报告在证词和文件基础上写成，揭露了军事独裁时期五万四千多起侵犯人权事件，为联合国组织的历史真相委员会(Comisión para el Esclarecimiento Histórico)的调查奠定了基础。他之遇害是危地马拉军队成员所为。

迅速地拆毁。八十年代得以恢复公民权利的社会，如今失去了它最有活力的部分，只能麻木地存活于谎言和恐惧之中。它在病痛中难以振作，缺乏创造的活力，而这正是民主曾许诺给予却不曾兑现的。

民众投票选出来的政府将司法公正等同借机复仇，把铭记历史当做扰乱秩序，而那些执行过国家恐怖主义活动的人，却得到政府给予的在额头上淋圣水的礼遇。在稳定民主秩序和达成全国和解的名义下，新的不追究罪责的法律被制订出来，在悬置正义、埋葬过去的同时，高调赞颂失忆症。这些法律，有些已超越了它们最为恐怖的先例，达到了新的历史高度。1987年，阿根廷出台了**服从命令**法，这部法律十年后又被撤销，因为已无存在必要。**服从命令**法致力于赦免罪行，将那些曾执行命令的军人应承担的责任一笔勾销。没哪个军人不执行命令，要么是士官的命令，要么是上尉的命令，要么是将军的命令，要么是上帝的命令，那么，刑事责任就要到天国去追究了。[①]顺便提一句，1940年经希特勒补充修订以服务于他的疯狂行动的德国军法与之相比，还要更谨慎一些：该法第四十七条规定，如

① 俗称服从命令法的第23521号法令于1987年6月颁行，规定上校军衔以下军人免于追究军事独裁时期所犯强迫失踪等罪行，侵占失踪者子女、不动产等者除外。该法令是对上一年12月颁行的俗称句号法（ley de Punto Final）的第23492号法令的补充，句号法规定对军事独裁时期犯下强迫失踪（涉及非法拘禁、强奸、酷刑、谋杀等）罪行者的起诉时限为该法颁行起六十天内，侵占失踪者子女等除外。句号法激起极大民愤，布宜诺斯艾利斯爆发了五六万人参与的抗议游行。2005年，最高法院最终裁定这两部法令无效。

果下级“明知上级的命令涉及一项可能导致普通罪或军事犯罪的行为”，其本人应对自己的行动负责。

其他拉丁美洲国家的法律不似**服从命令**法这般疯狂，但无一例外，都贬低民众，抬高军人权威：是恐惧在发号施令，让曾经的屠杀惨案逃离司法公正的范围，把晚近历史的所有脏东西都藏匿到地毯下。1989年全民公投中，大部分乌拉圭人选择了不追究军人罪责，而在此之前，有大量宣传向他们指出暴力回归的危险，于是乎，恐惧获得了胜利，它成了立法的基础。在整个拉丁美洲，恐惧有时沉在水面下，有时又浮出水面，它滋养权力，为权力提供合法证明。与那些随民主选举的节奏或上或下的政府相比，权力拥有更深的根基和更为长久的结构。

权力是什么？1998年，阿根廷企业主阿尔弗雷多·萨瓦兰非常准确地定义了这一词语：

“权力就是有罪不惩。”

他很清楚自己在讲什么。他曾因担任一个无所不能的黑手党团伙的头目被起诉。萨瓦兰一开始是在街头卖冰激凌的，后来在自己名下或通过不知是谁的账户，积累起一大笔财富。他讲完这句话后没多久，一位法官下达了对他的逮捕令，罪名是谋杀摄影师何塞·路易斯·卡韦萨斯。这条逮捕令宣告他逍遥法外生涯的终结，也宣告他权力的终结：萨瓦兰往自己嘴里开了一枪。

被损毁的记忆

十八世纪末的时候，拿破仑的士兵们发现好多埃及小孩都相信，金字塔要么是法国人，要么是英国人造的。

二十世纪末的时候，好多日本小朋友都相信，摧毁了广岛和长崎的原子弹是俄国人扔的。

1965年，圣多明各城居民与入侵的四万两千名美国**海军陆战队**士兵斗争了一百三十二个日夜。战火延烧至每家每户，圣多明各人与美军士兵贴身肉搏，棍棒、菜刀、卡宾枪、石块和破酒瓶全派上用场。多年后，多米尼加共和国的小朋友们会相信什么呢？政府没有设一个"尊严日"来缅怀那次全国性抵抗运动，而是为此设了个"友爱日"，于是，当年向侵略者行吻手礼的人与挺起胸膛迎向坦克的人，得到的是同等对待。[①]

① 1965年4月，多米尼加共和国爆发多米尼加革命党（Partido Revolucionario Dominicano）领导的反对亲美军事独裁、要求恢复宪政的起义，美国总统林登-约翰逊恐该国成为第二个古巴，派兵并组织泛美和平部队（Fuerza Interamericana de Paz）干预。1966年7月将华金·巴拉格尔（Joaquín Balaguer，1906—2002）扶上总统（1966—1978、1986—1996在任）宝座，于9月撤军。

有罪不惩是对罪行的奖励，它导致再一次犯罪，并为犯罪打广告：它激励罪犯，传播犯罪的榜样。当罪犯是不分青红皂白地强奸、偷抢、折磨人和杀人的国家时，就好比在上头打开了一盏绿灯，准许整个社会去干强奸、偷抢、折磨人和杀人的勾当。在上面和下面运作的是同一个秩序：在下面，用稻草人式的刑罚来吓唬人，在上面，把有罪不惩当奖品来犒赏作恶者。

如此已成惯例，其后果由民主来承担。每一个杀人犯都可以举着还在冒烟的手枪，理直气壮地说：

“我就杀了一个人，该判什么罪？那些将军把半个国家都杀光了，不还照样挺着肚子在大街上散步，继续在军营里做英雄人物，还每个星期天去教堂望弥撒吗？”

全面恢复民主后，阿根廷独裁者豪尔赫·拉斐尔·魏地拉常去圣路易斯省一座教堂领圣餐，那教堂向来禁止裸露手臂或穿迷你裙的女性进入。1998年，他终于咽不下圣饼了：这位虔诚的信徒进了监狱。之后，因为年事已高这项特权，他得以在家中服刑。擦擦眼睛吧：当年那些受害者的母亲们、祖母们、外祖母们和儿女们坚持不懈的努力终于换来了奇迹，这是一个特例，对拉丁美洲有罪不惩的规则来说，这实在是一个罕见的特例。杀害了数千人的魏地拉最终没因杀人受惩罚，但至少要为集中营里发生的偷盗婴儿案负责。当年，那些军人在杀害这些孩子的母亲后，把这些孩子当做战利品分发一空。①

在拉丁美洲国家，正义和记忆是外国奢侈品。当年残酷枪杀了立法议员泽尔马·米凯利尼和埃克托尔·古铁雷斯·鲁伊斯的乌拉圭军人，如今可以安然无忧地行走在以这两位受害者命名的大街上。权力一边告诉我们：遗忘是和平的代价，一边把和平强加在我们头上，这种和平是建立在接受不公正，以之为日常准则的基础上的。他们让我们习惯于鄙视生命，习惯于不许回忆的生活。媒体和学校往往不会为现实和记忆的整合贡献多大力量。每一事件都与其他事件脱离开，脱离它自己的历史，也脱离其他事件的历史。消费文化是斩断联系的文化，它训练我们，让我们相信事情发生就发生了，没有原因。时间失去了认识自己本源的能力，从现在出发的未来不外乎现在的重复，明天是今天的别名：令人性蒙羞的世界不平等结构属于永恒的秩序，不公正是一种宿命，我们除接受它外别无选择。

历史总会重复吗？或者说，历史的重复只是为惩戒那些对历史不闻不问的人？没有沉默不语的历史。尽管被千

① 母亲们，祖母们和外祖母们，儿女们分别指五月广场母亲（Madres de Plaza de Mayo，1977— ），五月广场祖母（Abuelas de Plaza de Mayo，1977— ），抵抗遗忘和沉默、争取身份和正义儿女（Hijos e Hijas por la Identidad y la Justicia contra el Olvido y el Silencio，1995— ）。祖母们致力于找回被绑架的儿童、被偷走的婴儿，他们或与父母一起失踪，或由母亲生于狱中，被军事独裁当局送给所谓好家庭（军人或上层家庭）或干脆遗弃在某个地方。儿女们主体是强迫失踪者的子女，阿根廷各地同类组织联合而成的全国性社团，其他受迫害者的子女乃至政治观点接近的年轻人也在其中，他们要求永久监禁在军事独裁时期犯下人权罪的军人及其帮凶。上述社团是将人权罪犯带上法庭的几支重要的抗议力量。五月广场母亲参见本书第478页注释。

遍万遍地焚毁，被千遍万遍地撕碎，被千遍万遍地注入谎言，人类历史是不会闭上嘴巴的。已逝的时间还在现在的时间中继续脉动，保持鲜活，哪怕现在的时间不喜欢它或不了解它。回忆的权利不在联合国公布的人类权利之列，但今天要比以往任何时候都更需要重申和落实这项权利：不是为重复过去，而是为避免过去被重复；不是为我们这些活人能代替死人发几声怪叫，而是为我们能与那些没沦为愚蠢和不幸的永恒回音的声音对上话。当记忆真正获得生命时，它就不再旁观历史，而是发出一起来创造历史的约请。记忆不仅存在于博物馆里，它在那里面感到无聊至极；记忆就在我们呼吸的空气里，它也经由空气把我们吸进它的身体里。

让我们忘却遗忘：堂拉蒙·戈麦斯·德拉塞尔纳讲过，有个人记性很差，差到有一天他忘了自己记性很差，于是一下子什么都想起来了。[①]让我们记住过去，由此摆脱它的诅咒：不是为困住现在的双脚，而是为让现在不惧陷阱，阔步前行。几百年前，**回忆**一词还被用来指**醒来**，拉丁美洲一些农村地区至今仍保留这一用法。清醒的记忆是矛盾的，一如我们；它从不会安静，与我们一道变动不居。它生来就不带锚具。它拥有的是弓弩的禀赋。它要成为始发之港，而非终到之港。它不拒绝怀恋过去，但它更喜欢希望，喜欢经受危险，喜欢多变的命运。古希腊人认为，记忆是时间和大海的姐妹，他们没搞错。

有罪不惩的习惯是坏记性的女儿。所有曾在我们的土地上横行肆虐的军事独裁政权都深知这一点。在拉丁美洲，过去所有被焚毁的书堆积起来，可以成为绵延的山脉，不仅包括因讲述被禁止的真相而获罪的书，也包括仅仅因为是书而获罪的书，还有数不清的档案资料。军人、总统、教士都点过火，焚书烧资料的历史漫长，其肇端可回溯至1562年，在尤卡坦半岛的马尼，迭戈·德兰达修士把玛雅

① 拉蒙·戈麦斯·德拉塞尔纳（1888—1963），西班牙著名先锋作家。主张艺术的自主性和语言的自由，进行了与传统割裂的碎片化的写作实验。作品被认为是其时西班牙文学中最具原创性和创造性的。独创类似格言的短小体裁，称greguería，仅一两句话，富于隐喻且幽默，曾对一九二七一代诗人产生很大影响，为西班牙和拉丁美洲文学常用。这里这句话即是转述他的一篇greguería。

人的书扔进火堆，意在焚毁印第安人的记忆。[1]稍微再多举几个例子吧：1870年，当阿根廷、巴西和乌拉圭三国联军扫荡巴拉圭，巴拉圭存有的历史文献通通被烧成灰烬。二十年后，巴西政府把可证明黑奴制度在该国存在三个半世纪之久的所有文件付之一炬。1983年，阿根廷军人把他们针对本国同胞发动的肮脏战争的相关文件全部焚毁；1995年，危地马拉军人做了同样的事。

---

① 迭戈·德兰达（1524—1579），圣方济各会会士。1549年至被征服不久的尤卡坦传教。1561年成为尤卡坦教区圣方济各会领导者。次年5月，马尼镇（今墨西哥尤卡坦州西南部，羽蛇神库库尔坎崇拜中心之一）附近村庄发现偶像崇拜及人祭迹象。7月，在马尼镇主持了大规模的信仰审判（Auto de fe），在此过程中，将数量不详的大量前殖民时期玛雅文献——他自认二十七部手抄本——及文物如神像、象形文字石刻等焚毁。他还对涉事印第安人施以严刑，致一百七十二人丧生。讽刺的是玛雅文献存世极少，其所著《尤卡坦纪事》（*Relación de las cosas de Yucatán*，约1566）等因而成为后世了解玛雅文化、破译其文字必经的路径。1572至1579年，迭戈·德兰达任尤卡坦大主教区（Archidiócesis de Yucatán）主教。

参考文献

迈克尔·T.克拉雷、南希·斯坦,《武器与权力在拉丁美洲》,墨西哥城城:时代出版社,1978年。

阿根廷全国失踪人士委员会,《到此为止》,布宜诺斯艾利斯:布宜诺斯艾利斯大学出版社,1984年。

阿兰·鲁基耶,《拉丁美洲的军事独裁政府》,墨西哥城:二十一世纪出版社,1984年。

奥拉西奥·韦尔比茨基,前述作品。

达西·里贝罗,《跨越与障碍:巴西发展纪实》,里约热内卢:瓜纳巴拉出版社,1985年。

泛美人权委员会、美洲国家组织,《玻利维亚共和国人权现状报告》,华盛顿哥伦比亚特区,1981年。

和平与正义服务组织,《到此为止:乌拉圭人权受侵害报告,1972—1985年》,蒙得维的亚,1989年。

赫尔曼·马林,《一段经过精心计算的虚幻历史》,墨西哥城:二十一世纪出版社,1976年。

加芙列拉·塞鲁蒂,阿尔弗雷多·阿斯蒂斯上尉专访,见《三点》周刊,布宜诺斯艾利斯,1998年1月28日。

玛尔西亚·盖纳,《恐怖档案馆:巴拉圭独裁政权文献》,圣保罗:拉丁美洲纪念馆基金会,1996年。

美洲观察组织,《深入泥沼:秘鲁的人权与美国的政策》,纽约,1991年。

美洲观察组织，《中美洲人权：来自萨尔瓦多、危地马拉、洪都拉斯和尼加拉瓜的报告》，纽约，1984年。

萨尔瓦多真相调查委员会，《从疯狂到希望》，圣萨尔瓦多：彩虹出版社，1993年。

苏珊·乔纳斯，《危地马拉争夺战：暴动者、暗杀小组与美国权力》，博尔德：西景出版社，1991年。

《危地马拉人权受侵害报告》，伦敦、马德里，1987年。

智利全国真相与和解委员会，《雷蒂格报告》，智利圣地亚哥，《民族报》，1991年。

智利问题教会间委员会，《拉丁美洲南锥体国家：一座巨型监狱。智利、阿根廷和乌拉圭调查报告》，蒙特利尔，1976年。

地球的毁灭者如何脱罪

反人类的罪行，反自然的罪行：正如操纵战争的老爷们可以不受惩罚，在大地上吞噬自然、在天空中撕咬臭氧层的老爷们，也可以不受惩罚。

世界上最成功的公司，是在毁坏世界方面最卖力的公司；决定地球命运的国家，是在毁灭地球方面战绩最显赫的国家。

一次性使用的星球

洪水，污流：污染的洪流侵袭着世界，也侵袭着这个世界所呼吸的空气。洪流般侵袭这个世界的，还有话语：专家报告、讲话、政府声明、性质庄重却无人履行的国际条约，以及其他对生态表关心的官方话语。权力的语言为消费社会开脱罪责，为那些以发展名义在全球强制推广消费社会的人洗刷罪名，对那些以自由名义伤害地球，然后借机出售解药和安慰剂的大公司给予免罪待遇。兔子般大量繁衍出来的环境专家们忙着给生态学缠上一道道暧昧的胶带。世界的身体状况已触目惊心，官方话语为赦免某些人的罪行，就把罪行普及化：**我们所有人都有责任**，技术专家说假话，政客则加以重复，这句话的意思是如果我们所有人都有责任，那么就没一个人有责任；那些向来倒霉的人让他们倒霉去，官方话语要**让所有人都牺牲**。

土地被毁坏，空气被毒化，水源被污染，气候被逼疯，大自然赠予人类的宝贵财产被大肆挥霍，这一切的后果要全人类来承担。然而，统计道出了现实，数字会造反——数据被语言的矫饰层层遮掩，可还是揭露了这样的事实：百分之二十五的人类犯下了百分之七十五的反自然罪行。如果拿北方和南方的平均数做个对比，每一位北方国家的居民要比每一位南方国家的居民多消耗十倍的能源、十九倍的铝、十四倍的纸张和十三倍的钢铁。美国人人均碳排放量是印度人的二十二倍、巴西人的十三倍。人类当中最富有的成员，要么生活在富裕国家，要么生活在贫穷国家却仿效前者的生活方式。他们以炫富和挥霍来界定自己的身份，每天都在犯凶杀罪，这种罪叫**全球性自杀**。如此消费模式在尽其所能大规模传播，不过，存在一个小小的不便之处：**要让穷国也能像富国这般消耗挥霍，还需要十个**

国际专家的言语

“在对现行项目的重组工作进行评估的框架内，我们的分析将重点考察三个基本问题：第一、第二和第三。我们重点探讨的某些措施，已在发展中国家得到了实施，从我们在这些国家获得的经验来看，第一个问题与第三个问题在很多方面是相关的，而这两个问题与第二个问题又存在着深层的内部联系，所以，我们可以说，这三个问题是互相联系的。

“第一，……”

地球，这是1987年在世界环境与发展委员会大会上发布的布伦特兰报告的结论。

世界上最成功的公司也是在毁灭世界方面效率最高的公司。石油界各大巨头，原子能和生物技术魔法师的学徒们，以及制造武器、钢铁、铝、汽车、杀虫剂、塑料等各种产品的大公司，都喜欢时不时为大自然所遭受的深重灾难洒一把鳄鱼的眼泪。

这些对地球伤害最多的公司，是赚钱最多的公司，也是花钱最多的公司：它们把钱花在广告上，借由广告的魔力，污染成了博爱；它们还把钱花在那些决定国家和世界命运的政客身上，无私地向他们提供各种小恩小惠。1992年，里约热内卢的世界峰会上，乔治·布什总统这样解释美国拒绝签署《生物多样性公约》的原因：

“维护我们的权益，维护我们商业的权益，是相当重要的。”

事实上，签不签无关紧要，因为无论如何，国际公约的价值还不及空头支票。1992年里约峰会的召开是为防止地球走向灭亡。但是，没一个大国履行了自己签署的公约，因为，公司害怕失去竞争力，政府害怕失去选票，只德国例外，不过，德国也只在某种程度上履行了公约。这方面做得最少的那个大国，正是实力最强的大国，布什总统那句坦白非常准确地说出了这个大国的真实目的。

化学工业、石油工业和汽车工业的巨头公司为里约峰会支付了相当大一部分费用，而这些公司与会议的议题实在是紧密相关。我们可以说阿尔·卡彭的百般不好，不过，人家还算是个君子：被他害死的人，总还能在葬礼上收到他派人送来的鲜花。

里约峰会结束五年后，联合国召开了另一场大会来评估这次拯救世界的会议的影响。在过去五年里，地球植被遭到严重损毁，速率之高，以至于被毁掉的热带雨林面积相当于两个半意大利，化良田沃土为不毛之地的面积相当于一个德国。二十五万种动植物就此绝迹，大气遭到了前所未有的毒化，十三亿人无家可归并食物匮乏，每天有两万五千人因饮用遭化学毒剂或工业废料污染的水死亡。这次大会召开前不久，联合国还召集来自各国的两千五百名科学家一起开会，科学家们一致警告：不久的将来，将发生近一万年来最为剧烈的气候变化。

一如既往，最受害的还是穷人、穷国，他们注定要充当替罪羊。经济学家、哈佛大学博士、世界银行高管劳伦斯·萨默斯可为此做证。1991年末，世界银行一份内部文件因有人一时疏忽被公之于众。在这份文件中，萨默斯建议，基于经济逻辑的考虑，世界银行应当鼓励重污染和剧毒工业“迁往较不发达国家”，这些国家拥有**比较优势**。简单说，坦率说，所谓优势无非这三个：低得不能再低的工资，尚有巨大空间可供污染的广袤国土，以及较低的穷人癌症发生率，因为穷人往往早死，死于其他原因。

文件广为流传，引起不小震动：这些事情他们一直在做，却从来不说。萨默斯不谨慎，竟在纸面上提出了这个世界长久以来一直在干的事情。南方已为北方充当了多年垃圾箱。对环境毒害最大的工厂都将在南方落脚，北方排放出的工业垃圾和核废料绝大部分都倾倒进了南方世界。

十六个世纪前，基督教会的神甫、圣师圣安布罗斯立下规矩，禁止基督徒放高利贷而允许野蛮人放高利贷。今天，剧毒污染问题上发生的是同样的事情。在北方行不通的，在南方就行得通；在北方遭禁止的，在南方却大受欢迎。免罪的王国向南方扩张：没有管控，没有法律限制，要是有的话，也不难看出其中的交易价格。当地政府做起同谋来可是难得分文不取；那些对大自然和人类尊严的捍卫者进行谩骂的人也并非是在白干，在他们的宣传口径里，

当代摩根

生物学海盗穿行在亚马孙雨林和其他地带，尽管他们没装木头假肢，也没戴眼罩。他们会强行登岸，抢走种子，然后注册专利，把它们变成销售业绩上佳的产品。

最近，有四百个生活在亚马孙地区的印第安人部族发出控诉，指责国际植物医药集团将阿亚瓦斯卡据为己有，这是该地区一种神圣植物，“相当于你们基督徒的圣饼”。[①]被诉公司在美国专利及商标局为阿亚瓦斯卡注册了专利，打算拿这种植物来生产治疗精神疾病和心血管疾病的药物。从这时起，阿亚瓦斯卡就成私人所有的了。

① 阿亚瓦斯卡是亚马孙盆地土著居民在宗教仪式中使用的药饮或酒，由植物制成，有致幻作用。在盖丘亚语（quechua）中，意为灵魂之绳，可使灵魂离开身体而不死的绳索。在南美其他地区，另有很多种不同称呼。

前者成了专事吓跑外资、阻碍经济发展的律师，只会给国家拖后腿。

1984年底，印度城市博帕尔。联合碳化物公司一家农药工厂发生事故，泄漏了四十吨致命毒气。毒气在城市郊区扩散蔓延，导致六千六百人丧生、七万人中毒受伤，这七万人中的许多人不久也就撒手人寰，或者，终生受病痛折磨。[①]联合碳化物公司没有在印度执行任何一条在美国是强制执行的安全标准。

联合碳化物和陶氏化学在拉丁美洲出售为数众多在它们本国严禁销售的产品，另几家世界化工业巨头也是这么干的。比如在危地马拉，喷洒杀虫剂的飞机毁掉了大片棉

① 博帕尔为印度中部中央邦（Madhya Pradesh）城市和首府。因拥有众多天然、人工湖泊，素有湖泊之城之谓，是该国最绿色的城市之一。博帕尔事件位列世界历史上最严重的工业灾难。有毒气体主要成分为异氰酸甲酯（Methyl isocyanate），第二次世界大战中，德国纳粹也曾用来屠戮犹太人。

地　　图

在美国，生态地图也是种族地图。污染最重的工厂和危害最大的垃圾场，就设在贫民窟地带，那里居住着黑人、印第安人和拉丁美洲裔群体。

得克萨斯州的休斯敦。肯尼迪高地黑人聚居区所在土地已被海湾石油公司的工业废料完全摧毁了。美国排污量最大的工厂有四家集中在路易斯安那州的康文特镇，那里的居民，几乎全是黑人。1993年，通用化工在加利福尼亚湾北里士满市泻下一场酸雨后，蜂拥至医院急诊室的大多是黑人。联合基督教会于1987年发布的一份报告揭露，居住在剧毒废料填埋场附近的居民，大多是黑人和拉丁裔。

印第安人的保留地则慷慨接收核废料，换取金钱和就业岗位的承诺。

花田，这些杀虫剂在美国和欧洲都是严禁销售的；毒素渗入了食物，从蜂蜜到鱼肉，无一幸免，然后，毒素就流入了婴儿嘴里。1974年，中美洲营养研究所开展的一项调查指出，大多数情况下，在危地马拉，母乳含有的有害物质是正常水平的两百倍。

拜耳公司逍遥法外的历史，可以追溯到它还隶属于财团染料工业利益集团的时代，当时，这家公司使用来自奥斯维辛集中营战俘的免费劳动力。多年后，1994年初，乌拉圭一名生态保护人士做了一天的拜耳股东。多亏德国同事们的团结合作精神，他得以在这家世界第二大农药制造企业的股东大会上放开嗓子说两句。在那场无限量供应啤酒、香肠、芥末酱和阿司匹林的大会上，豪尔赫·巴雷罗提出这样一个问题：为什么这家公司在乌拉圭可以销售二十种在德国是明令禁止使用的农药？按照世界卫生组织的定义，其中三种是“极危险”的，另五种是“高危”剧毒农药。在股东大会上总是发生这样的事。每当有人问起同样的毒药在北方明令禁止，在南方畅销无阻的事情，拜耳公司和其他化工巨头的高管们回答永远一样：他们并没触犯公司业务所在国家的法律，从技术层面上来讲，无可厚非，而他们的产品是无害的。至于为什么这些天赐良剂不能为他们的同胞享用，这一神秘事实，他们从不解释。

产量要最大化，成本要最小化，市场要够开放，利润要节节高，其他一切无足轻重。美国与墨西哥签署自由贸易协定前，许多美国企业早已在美墨边境墨西哥一侧投资建厂了。这些公司把边境地带变成一个巨大的工业繁殖区，自由贸易协定不过是帮它们更方便地利用墨西哥的低工资，以及墨西哥给予的可以无所忌惮毒害水体、土地和空气的自由。用资本主义现实主义诗人们的话语来说，**自由贸易协定最大限度地扩展了利用比较优势所提供的资源的可能**。然而，该协议签署前四年，位于新拉雷多的福特工厂和位于马塔莫罗斯的通用汽车工厂附近，水体已被严重污染，毒素含量是边境另一边水体含毒最高限的**几千倍**。[①]也是在马塔莫罗斯，杜邦工厂周边地区的严重污染已导致当地居民被紧急疏散。

这是文明进步的国际性传播。日本牌子的铝已不在日本生产了，而是在澳大利亚、俄罗斯和巴西生产。在巴西，能源和劳动力都是廉价的，自然环境则默默承受这肮脏工业造成的凶猛冲击。为给制铝工业提供电力，巴西不惜让大片热带雨林地区没入水底。没有一项统计数据记录下这一牺牲损耗的生态成本。说到底，这已成惯例：亚马孙雨林遭受的牺牲远不止于此，应木材公司、农牧公司和矿业公司业务需要，它日复一日、年复一年地遭受肢解。有计

---

① 墨西哥新拉雷多和马塔莫罗斯均为美墨边境城市，属塔毛利帕斯州（Tamaulipas）。

发　展

桥梁下没有河水流淌。

高耸入云的大楼立面，后面什么也没有。

园丁浇灌着塑料草坪。

自动扶梯不通往任何一个去处。

高速公路带我们认识被高速公路摧毁的地方。

电视机荧屏上出现一台电视机，这台电视机荧屏上是另一台电视机，另一台电视机展示一台更小的电视机……

划、有组织的毁坏，使所谓**地球之肺**越发脆弱不堪。1998年摧毁了扬诺马米人居住的森林地带的罗赖马大火灾，并不仅是厄尔尼诺肆虐的恶果。①

有罪者不受惩罚，要感谢命运，是命运迫使那些不幸之人接受国际分工制订的律法，正如从十层楼上纵身跃出

① 罗赖马是巴西最北端的州，与委内瑞拉和圭亚那接壤，大部分扬诺马米印第安人生活在这里的亚马孙雨林中。大火摧毁了约22%的耕地，当地有近三万名扬诺马米人生计受到严重影响。有新闻称，不排除大地主纵火以逃避还贷。

的人，必须遵守重力定律。

哥伦比亚为荷兰栽种郁金香，为德国培育玫瑰花。荷兰公司向波哥大的原野寄去郁金香球茎，德国公司则寄去玫瑰花苗。当鲜花在面积巨大的种植园里长成时，荷兰收获郁金香，德国收获玫瑰花，留给哥伦比亚的则是低工资、被损坏的土地和流量大减、满含毒素的河水。这种工业时代的鲜花赛诗会，正在让哥伦比亚的大草原干涸、下沉，这块土地上多为妇女和儿童的劳作者们则忍受着杀虫剂和化学肥料的轮番轰炸。

作为经济合作与发展组织成员的发达国家与南方国家合作发展经济，向后者输入含有放射性垃圾和其他毒素的有害废料。这些发达国家严禁进口会产生污染的物质，却慷慨大方地将污染物倾泻到穷国头上。他们处理危险垃圾的做法，与他们处理在本国严禁使用的杀虫剂和除草剂的做法如出一辙：改换名头出口给南方。1992年的巴塞尔公约给这些运输行为画上了句号。此后，废料出口有增无减：据绿色和平组织数次揭露，有毒废料被挂上**人道主义援助**或**助力发展计划**的名头流入进口国，或以走私方式藏匿在合法进口的一堆堆工业废料中。阿根廷法律是禁止危险垃圾进口的，不过，这个小问题自有解决妙法，急于摆脱这些垃圾的国家出具一份无毒证明即可。1996年底，巴西生态保护人士终于成功遏止了美国汽车废旧电池的进口，这些电池多年来一直打着**可回收材料**的幌子进入巴西。美国输出废旧电池，巴西还要为接受它们**付费**。

他们的土地被摧毁，他们的江河湖泊被污染，两千五百万人流离失所，满世界寻找他们的安身之地。据最可信的预测，接下来几年里，环境恶化将成为南方国家人口大规模迁徙的主因。那些在照片里笑得最灿烂的国家，经济奇迹的幸福主角们，它们能幸免于难吗？这些成为赢家的国家，自以为一大步跃入了现代化，如今正在为那一跃埋单。一个智利儿童在信中这样描绘他的国家："装满树木的船开走了，装满汽车的船开来了。"今天的智利就是一条漫

教　育

斯坦福大学附近，我发现另有一所大学，它规模更小，教授的是如何听话的课程。学校里的学生是各个品种、各个颜色、各种大小的狗，它们学习如何不做狗。它们叫的时候，老师会用拳头砸它们鼻子，扯它们脖子上带有钢钉的项圈。只要它们肯安静，老师就用点心奖励它们的沉默。忘记吼叫的本领，就是这么教出来的。

长的高速公路，公路两旁是购物中心、干涸的土地和工业林。这些工业林里，听不到鸟儿唱歌：树木大军排成整齐队列，齐步向世界市场迈进。

二十世纪是一位筋疲力尽的艺术家，最后画的都是死

世纪末的黄昏景观

埋葬我们或驱逐我们的土地，已中了毒。

没有空气了，只有目空一切的傲气。

没有雨水了，只有酸雨。

没有公园了，只有停车场。

没有社会了，只有公司。

企业取代了国家。

消费者取代了公民。

都市群取代了城市。

个人没有了，有的是公众。

真实没有了，有的是广告。

眼界没有了，有的是电视。

要赞赏一朵花，得这么说："真像塑料做的呀。"

蓝色原野

这片天空永不会为乌云遮蔽，这里从不会下雨。这片海域里，没人会面临溺水的危险。这片海滩上，不用担心被偷东西。这里没有蜇人的水母，没有扎人的海胆，也没有恼人的蚊虫。这里的空气和水都保持恒温，杜绝感冒、肺炎发病的可能。港口的脏水嫉妒这片透明的海水；这里的纯净空气嘲笑城市里的人呼吸的毒气。

门票不算贵，三十美元一张，躺椅、阳伞另算钱。网上这么写着："您要是不带您的孩子们来玩，他们会恨您的……""狂野之蓝"，这片四周围着玻璃墙的海滩位于横滨，是日本工业的一项杰作。海浪高度取决于马达功率。公司控制着电子太阳升起和落下，给顾客提供光芒耀眼的热带早晨和棕榈树后的赤色晚霞。

"全是人工的，"一位游客这么说，"所以我们喜欢这里。"

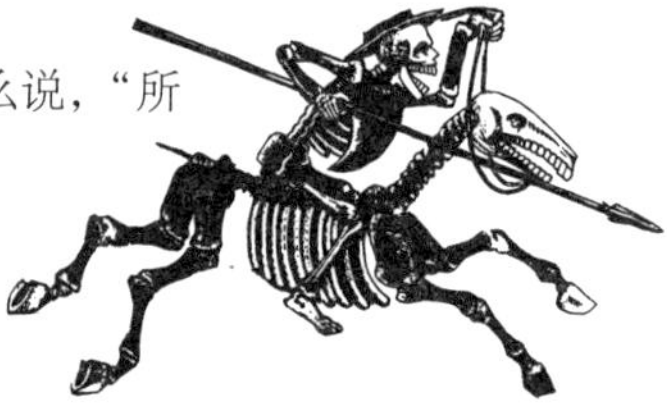

新　　闻

1994年，加利福尼亚州南部拉古纳比奇，一只雄鹿从森林里蹿了出来。这只鹿在街道上撒腿狂奔，被好几辆汽车撞到，跳过一段围栏，穿过一间厨房的窗户，冲破另一扇窗户后从二楼落到地面上，闯进一家旅馆，其时它已浑身是血，然后，旋风般地掠过海滨餐馆里那些惊恐万状的食客面前。接着，它一头扎进了海里。一众警察冲入海水中逮住了它，五花大绑后把它拖回地面。它不住流血，死在了沙滩上。

“**它发了疯**。”警方解释。

一年后，也是加利福尼亚州南部，圣迭戈，一名上过战场的老兵从军火库里偷了一辆坦克。他驾驶坦克轧过四十辆汽车，撞毁几座桥，所过之处，皆成平地，后面则有成群警车穷追不舍。坦克爬一个陡坡时熄了火，警察们一拥而上，掀开舱盖，一阵乱枪猛射，把老兵打成烂泥。电视观众们通过同步直播观看了这场大戏全程。

“**他发了疯**。”警方解释说。

亡的自然风景。地球正在走向彻底的毁灭，无人可以幸免。连高唱凯歌的北方也逃脱不掉。北方对造成这场灭顶之灾居功最伟，到了该讲真话的时候，却吹起口哨，扭头看另一边。照这样的速度恶化下去，用不了多久，美国医院妇产科产房里就要贴上这样的宣传语：**警告！新生婴儿患癌概率是他们祖父母的两倍**。日本大同北三公司已在售卖罐装空气，花上十美元可以吸两分钟氧气。罐体上印着：**我是人体充电站哦！**

参考文献

艾伦·塞恩·德宁,《多少才够》,伦敦:地球瞭望出版社,1992年。

查尔斯·鲍登,《华雷斯,我们未来的实验室》,纽约:光圈出版社,1997年。

豪尔赫·巴雷罗,《做一天拜耳股东》,见《友邻》杂志,蒙得维的亚,1994年6月。

肯尼·布鲁诺,《地球峰会上的公司逮捕令》,见《多国观察》,华盛顿,1992年7/8月合刊。

雷切尔·卡森,《寂静的春天》,巴塞罗那:格里哈尔沃出版社,1986年。

马里奥·帕耶拉斯,《鲜花与冰雹的纬度》,图斯特拉-古铁雷斯:恰帕斯文化研究所,1993年。

玛丽亚·克丽丝蒂娜·萨拉萨尔等,《波哥大草原的花卉文化》,波哥大:国立大学出版社、社会研究中心,1996年。

玛丽珍妮·利斯博阿,《病患之船》,见《新国际主义者》,牛津,1997年10月。

乔尔·西蒙,《陷入险境的墨西哥》,旧金山:山峦俱乐部,1997年。

全国反毒害运动组织,《边界窘境:危险的河流》,波士顿,1991年5月。

若泽·卢岑贝格尔,《进步的再思考》,见《新国际主义者》,牛津,1996年4月。

世界观察研究所,《1996年世界状况》,纽约:诺顿出版社,1996年。

瓦妮莎·贝尔德，《垃圾》，见《新国际主义者》，牛津，1997年10月。
西奥·科尔伯恩、黛安娜·杜马诺斯基、约翰·彼得森·迈耶斯，《我们被劫掠一空的未来》，马德里：生态西班牙协会，1997年。

EL AUTOMOVIL
NUEVA COLECCION DE CANCIONES
PARA EL PRESENTE AÑO.
RECOPILADAS POR
A. VANEGAS ARROYO.
MEXICO.

神圣发动机如何脱罪

在机器的权利面前，人类的权利屈尊受辱。人的通行遭到禁止的城市越来越多，特别是在世界的南方。汽车攫取了人的空间，毒害空气，还经常将闯入它领地的人置于死地，无须承担任何罪责。用发动机杀人的暴行，与用刀或子弹杀人的暴行有什么不同呢？

梵蒂冈及其礼拜仪式

这个世纪末的年代鄙视公共交通。当二十世纪行进到一半时，欧洲人出行四分之三还是乘火车、公共汽车、地铁和有轨电车。今天的欧洲，这一比例下降到了四分之一。要是与美国比，四分之一还算是多的。在美国大部分城市，公共交通只占交通总量百分之五，基本上已绝迹。

二十世纪二十年代，亨利·福特和哈维·费尔斯通是非常要好的朋友，他们也与洛克菲勒家族交情甚笃。私人间的情谊演化为势力的同盟，这一同盟与铁路的衰落和公路网的创建密切相关。在美国境内，铺开了一张巨大的公路网，随后升级为高速公路网。时光荏苒，在美国，在整个世界，汽车制造商、轮胎生产商和石油工业巨头联手掌握的权力越发势不可当。世界上实力最雄厚的六十家公司有一半要么从属于这一神圣联盟，要么为它服务。

这是二十世纪末的天国：美国集中了世界上最多的汽车和最多的武器。六、六、六：平均每位美国公民每花掉六美元就有一美元是奉献给汽车的；其生命每六个小时就有一个小时用于驾驶汽车或辛勤干活儿赚钱养车；美国每六个就业岗位就有一个直接或间接与汽车行业相关，还有一个与暴力或制造暴力的产业相关。大自然被摧残得越惨，国民生产总值就上升得越快。

是抵御失业的法宝，还是唆使犯罪的邀约？汽车销售与武器销售同步，甚至可以说，前者是后者的一部分：造成年轻人死亡的主因，汽车紧随枪支之后。**每年**因交通事故丧生或受伤的美国人，超过了越南战争中死伤的美国人的总和；在美国许多个州，只须出示驾驶执照，任何人就都可以购买一把自动步枪然后把周围所有人打成马蜂窝。驾驶执照的作用不限于此，用支票付款或收取支票、办手续或签合同都要求出示驾驶执照。驾驶执照成了身份证明：

天　堂

只要我们表现够好，我们就被保证可以看同样的图片，听同样的声音，穿同样的衣服，吃同样的汉堡包，经受同样的孤独，住一模一样的房子、一模一样的小区，生活在一模一样的城市里，呼吸同样肮脏的空气，怀着同样的热忱为我们的汽车服务，回答同样的机器发出的指令。对所有没腿、没脚、没翅膀也没根的东西来说，这个世界将更加美好。

汽车向个人授予身份。

多亏那些戴墨镜的部落长老、爱看轻歌剧的国王及其他致力于贱卖石油、践踏人权、购买美制武器的民主盟友，美国人使用的汽油位于世界上最便宜的油品之列。据世界观察研究所估算，如果把生态破坏和其他**隐形成本**考虑在内，美国汽油的价格起码应该提高一倍。意大利机动车保有量在全世界排第二位，美国汽油价格仅有意大利的四分之一，美国人均消耗燃料则是意大利人均消耗燃料的四倍，事实就是如此。

美国社会已患上汽车依赖症，对大气污染最严重的废气有四分之一来自美国。尽管那些汽油永远喝不够的汽车应对这种灾害负主要责任，政客们却一手收取金钱和选票，一手向汽车行业保证它免于责罚。每回只要哪个脑子坏掉的人建议增加汽油税，底特律三巨头通用汽车、福特和克莱斯勒就大吵大闹，呼声震天，发动花费百万美金、引起广泛反响的宣传攻势，控诉这一严重威胁公共自由的暴行。倘哪位政客突发奇想想要质疑一下，公司就会给他奉上专治这种心结且屡试不爽的疗法，正如《新闻周刊》披露过的，“金钱与政治的关系已达亲密无间的程度，改变这种关系，就好比求一位外科医生自己切开自己胸膛做手术。”

无论民主党或共和党，很少有哪位政客胆敢亵渎这个国家的国民生活方式。这种生活方式建立在对机器的崇拜和对自然资源的挥霍之上，已被强制推行为普世性的生活方式。它把人的发展与经济增长等同，将那些由广告吹捧和传播的，人人觉得自己值得拥有的奇迹变为现实。在美国，任何一个人都可以实现拥有私家车的梦想，许多人可以时不时就换一辆新车。手头的钱不足以支付最新款的车，由此产生的身份危机可借由市场提供的喷漆来解决，只要喷涂一遍，一辆买了三四年的车就新得以假乱真了。

对衰老的恐惧：衰老，死亡，都是失败的同义词。汽车是永远年轻的保证，是唯一一种可以购买的躯体。这种活动不歇的躯体，在它的专属餐馆里享用汽油和润滑油，拥有专属药房，有专门给它做体检、诊断病情和治愈病痛的医院，有休息睡觉的卧室，死后还有专属墓地。

它向人们许诺自由，跑汽车的高速路为什么叫freeways即自由之路，不无道理。但事实上，汽车就是个可移动的牢笼。尽管科技在进步，人类的劳动时间却在不断增加，上下班花在路上的必要时间年复一年也在增加，这都是交通堵塞造成的。堵车让人寸步难行，摧毁人的神经：人住在汽车里，汽车把人困住。Drive-by shooting：指在飞驰的汽车里扣下扳机漫无目的地射击，有人就喜欢在洛杉矶的夜晚玩这个游戏。Drive-thru teller，drive-in restaurant：指坐在汽车里从银行取钱，坐在汽车里享用汉堡包。坐在汽车里还能结婚，drive-in marriage：在内华达州的里诺，只

游离 3

在阿根廷的科尔多瓦[1]，沥青路面下的水沟里，住着被遗弃的儿童。他们时不时就蹿到街上，一把抢走路人的钱包或是零钱袋。不被警察逮到然后挨一阵痛打算是幸运，他们会用抢劫来的战利品换比萨和啤酒，一同分享。他们也会买来一管一管强力胶，举到鼻子前吸个痛快。

记者玛尔塔·普拉蒂亚问他们，吸这种毒品时，感觉如何。

一个男孩说，他感觉能用自己的手指搅起呼呼的旋风，只要拿指头对准一棵树，那棵树就会被他发出的大风吹得摇晃不止。

另一个说，他感觉地上布满了星星，到处都是天空，他就在天空中飞行，上头是天空，下头也是天空，四面八方全是天空。

还有一个孩子说，他感觉自己一下子坐在了一辆摩托车跟前，这是全城最贵、造型最酷的摩托车，他就这么盯着摩托车看，然

---

① 阿根廷中北部同名省首府，该国最大城市，人口则仅次于布宜诺斯艾利斯。

后就成它的主人了，他盯着摩托车看呀看呀，他就骑在车上全速前进了，摩托车一边狂奔，一边不断变换颜色。

权利与义务

尽管大部分拉丁美洲人享受不到买车的权利，所有拉丁美洲人却都有为这一只少数人享有的权利埋单的义务。每一千个海地人只五个拥有机动车，但海地要拿出外汇的三分之一来进口汽车、汽车配件和汽油。萨尔瓦多同样要拿出三分之一的外汇来换取这些东西，而这个国家的公共交通却是险象环生，人们都把公共汽车称为**活动棺材**。对这些问题深有研究的里卡多·纳瓦罗指出，哥伦比亚**每年**补贴汽油的钱，完全可以拿来购买两百五十万辆自行车发给国民。

须驾驶汽车穿过几道缀满塑料花儿的拱门，先是证婚人从一个窗口探出头来，然后牧师从另一个窗口探出头来，手持《圣经》宣布你们结为夫妻，到了出口，则有一位背插翅膀、头顶光环的女公务员一手奉上结婚登记书，一手接小费，这种小费叫做love donation即爱情捐助。

汽车这种可以购买的躯体代替人体来运动，人可以坐在车里不动，从而增肥发胖；机器之躯反倒比血肉之躯拥有更多权利。众所周知，近年来，美国发起了一场针对尼古丁恶魔的圣战。我在一本杂志上看到一则香烟广告，广告上印着提醒吸烟有害公众健康的规定性文告，这么说的：**烟草产生的烟雾中含有一氧化碳**。还是同一本杂志，插有好几页的汽车广告，但没哪个广告提醒读者，汽车排放的一氧化碳要比香烟多得多，而汽车尾气几乎永远是不为人所见的。人不能抽烟，汽车倒是可以。

就像人创造神一样，机器是为服务于人诞生的，是抵御恐惧和孤独的魔咒，到头来却是人为机器服务。汽车宗教的梵蒂冈在美国，全世界都面向这一圣地屈膝下跪。这一宗教的传播造成数不清的灾害，原版的缺陷被疯狂复制版本放大了好多好多倍。

在拉丁美洲街头行驶的汽车，仅占全世界汽车总量很小一部分，但全世界污染最严重的城市好几个都在拉丁美洲。在世界的南方，代代相传的不公正结构和激烈的社会矛盾制造出怪兽一般的大城市，这些凶猛怪兽日渐庞大，无所忌惮，超出了一切可能的控制。从国外舶来的对四轮神的信仰以及将民主与消费等同的观念造成的破坏，效果比任何规模的轰炸都更大。

从没这么多人为那么少人受苦过。灾难一般的公共交通和自行车专用道的缺失，逼迫人们选择私家车出行，但有多少人能享受这种奢侈呢？没有自己的汽车也永远买不起汽车的拉丁美洲人被繁忙交通逼至边缘，在毒霾中喘不过气来。人行道要么变窄，要么消失，从路一边到另一边，距离越变越远，汽车与汽车的相遇越来越频繁，人与人的相遇越来越少见。公共汽车不仅是数量不足的问题——更严重的是在我们拉丁美洲大多数城市，公共交通的任务是由一些快散架的破车来承担的，它们从排气管里吐出致命的废气，不仅无助缓解反倒大大加重污染。

在公司自由、流通自由和消费自由的名义下，世界的空气正变得越来越让人难以呼吸。日日屠戮空气的杀手很多，汽车并非唯一，但对被迫成为城市人的人类来说，汽车确实是最坏的敌人。全球大小城市，汽车贡献了大部分有害气体。这鸡尾酒一般五味杂陈的毒气，让人的支气管、眼睛等器官罹患疾病。汽车也贡献了大部分噪音，造成紧张的状态，不仅扰乱人的听觉，也让人头皮发麻。世界的北方，汽车一般都须使用可以降低**每辆汽车**毒害的燃油和技术，如果汽车繁殖速度不至快过苍蝇，这么做还是很有助于改善空气的。到了南方，情况就糟得多。很少有国家出台法律规定汽车必须使用无铅汽油和催化转换器，即使有这样的法律规定，法律也只受尊重而不被实行，一切听从殖民时代传下来的规矩。由此，从排气管汹涌而出的毒铅杀入人的血液，向肺脏、肝脏、骨骼乃至灵魂发起猛攻。

一些拉丁美洲大城市就全指望大雨和大风带来些好日

子了，降雨和刮风可以清洁空气，或把毒素带到另一个地方去。作为世界上人口最多的城市，墨西哥城一直处于环境急诊状态。五个世纪前，阿兹特克人一首歌谣唱道：

“谁人能围困特诺奇蒂特兰？

“谁人能撼动天国的基石？”

今天，这座曾经叫特诺奇蒂特兰的城市被污染包围，这座城市里出生的婴儿血中含铅，每三个市民就有一人经常受头疼的折磨。面对那些机动化蝗虫的侵袭，市政府向市民们提供的建议就好像专为应对火星人入侵发出的指导

意见。1995年，首都环境污染防控委员会向该城居民发出忠告，在所谓“环境状况紧急日”，应当——

“尽可能避免户外活动，

“关闭门窗和通风口，

“上午十点至下午四点间不要进行体育锻炼。”

这样的日子越来越常见，在这座曾被称为“空气最明净的地区”[①]的城市，超过五十万人因呼吸困难不得不求医。1996年底，格雷罗州[②]十五位农民前往墨西哥城游行，控诉他们遭遇的不公——结果他们全都进了公立医院。

1996年另一天，在与墨西哥城相距甚远的圣保罗，一场大雨将城市变成汪洋，交通陷入瘫痪，由此出现了巴西历史上为时最漫长的一次交通拥堵。市长保罗·马卢夫为此击节叫好：

“堵车是发展的标志。”

圣保罗街头，每天都有上千辆新车涌现。然而，圣保罗只能在星期天呼吸，其他时间处于窒息状态；只在星期天，才能在郊外看清这座平日为废气毒云笼罩的城市的轮廓。里约热内卢市长路易斯·保罗·孔德也盛赞堵车：拜这一都市文明象征所赐，驾车人可以美美地打一通移动电话了，可以观看车载电视，还能打开音响让耳朵愉悦一番。

---

① 语出亚历山大·冯·洪堡。
② 墨西哥西南部濒太平洋一州。

这是个笑话1

在某个拉美大城市的某条大街上，有人正准备过马路。他站在人行道边上，等着飞驰的无尽车流通过，他等了十分钟、二十分钟、一个钟头。于是，他转过头来，看到有个人斜倚在墙上抽烟。他便问那个人：

“请问，我怎么才能过到那一边去？”

“不知道。我就生在这一边。”

“**到了将来，**”该市长宣称，“**一座不堵车的城市必定是无聊乏味的城市**。”

就在里约热内卢市长发表这一预言的同时，智利圣地亚哥发生了一场生态灾难。学校停课，急诊中心挤满亟待救助的孩童。生态保护者指出，在智利圣地亚哥，每一新生儿一天等于要抽七根烟，每四个儿童就有一人患支气管炎。污染形成一顶巨伞，将城市与天空分隔开。近十五年来，圣地亚哥汽车数量增加一倍，空气污染浓度也增加一倍。

在那座名为好空气的城市[①]，空气年复一年遭受毒害，

① 指布宜诺斯艾利斯，Buenos Aires字面意为好空气。

这不是个笑话1

1996年，马那瓜，拉斯科里纳斯区，节庆之夜。奥万多主教、美国大使、几位政府部长和当地社会的精英一同出席一个剪彩仪式。宾客们高举酒杯，共庆尼加拉瓜的繁荣昌盛。随后，乐声响起，接着是慷慨激昂的讲话。

“这样就创造了就业机会，这样就奠定了进步的基础！”大使宣布。

“我觉得我们现在是在迈阿密。”奥万多主教快要融化了。主教大人在电视摄像头面前绽放着笑脸，剪断了红丝带。德士古公司的一座新的加油站就这样揭幕启用了。公司宣称，接下来，他们会在这个国家建造更多的服务站点。

这座城市停车位以每年五十万个的速率递增。1996年，好空气城噪音级别达**危险**的小区也已达十六个。这些小区挥之不去的噪音，据世界卫生组织的定义，“可对人体健康造成不可逆转的伤害”。过去，查理·卓别林老喜欢说沉默是穷人的金子，时代不同了，沉默已成少数有能力为它埋单之人的特权。

消费社会把它的权力象征和它的社会晋级神话强加于我们。广告邀请你加入统治者阶级，只消拥有一把可以发动汽车的魔力小钥匙就可跻身其列：“**努力奋斗吧！**”这是发布市场指令的声音。它还喊道：“**你说了算！**”以及：“**炫出你的个性吧！**”从小我就记得有这么一幅宣传画：你要是在你的坦克上画一只老虎，你就跑得比谁都快，火力比谁都猛，能压扁任何一个阻碍你通向成功的人。广告语言制造出虚幻现实，为的是卖得更好，可真实现实却跟这些商业巫术没多大关系。这个世界上每降生两个婴儿就诞生一辆汽车。婴儿出生得越多，汽车也就繁殖得越多。每个孩子一来到这个世界，就渴望拥有一辆、两辆、一千辆车。多少成年人能实现他们的童年幻想呢？数据告诉我们，拥有汽车不是一项权利，而是一项特权。百分之二十的人类拥有世界上百分之八十的汽车，而百分之一百的人类都得遭空气污染的罪。正如消费社会许多其他象征，汽车仅为少数人拥有，这些人把他们的习惯变为普世真理，他们强迫我们认为，发动机是人类身体唯一可能的延伸。

在拉丁美洲各大繁华都城，汽车数量不断攀升，但比起世界上其他大城市，这些城市汽车保有量仍然偏低。1995年，美国和加拿大机动车数量超过世界上除欧洲外其他地区机动车数量之和。这一年，德国拥有的轿车、卡车、客车、房车和摩托车总量，相当于拉丁美洲和非洲机动车总量之和。然而，全球每四个死于车祸的人就有三个是死在世界南方的城市里。这三个人里面，两个是行人。巴西汽车只有德国四分之一，车祸死伤者倒是德国四倍。在哥伦比亚，每年都要发生六千起被称为**交通事故**的杀人案。

广告经常把最新款汽车当武器来推销。至少在这方面，

广告没撒谎：油门一脚到底，好比开枪射击，一样的快感，一样的威力。汽车每年杀害的世界人口相当于广岛和长崎原子弹致死人数之和。1990年，汽车致死、致残的人数超过战争伤亡者总数和艾滋病致死者总数。据世界卫生组织预估，到了2020年，致死、致残因素排行榜上，汽车将荣登第三位，战争会排到第八位，艾滋病第十位。

在拉丁美洲的大城市，猎杀行人已成日常生活一部分。不管是掌握权力的人，还是假装掌握权力的人，在四轮铁甲怪协助下，他们传承多年的淫威进一步高涨。驾驶执照相当于持枪执照，为杀戮亮起绿灯。马路上丧心病狂者越来越多，时刻准备把任何一个出现在车头前的人轧扁。今天这个时代，安全的缺失让人们患上歇斯底里，车外人害怕汽车横冲直撞，车内人害怕来自车外的袭击，害怕被劫持。在交通信号灯变红时停下车辆变得越来越危险，越来越多驾车人选择闯红灯：在一些城市，红灯是加速通过的信号。那些享有特权的少数人永远生活在恐惧之中，他们猛踩油门，逃避现实，现实是危险恶兽，就在紧闭的车窗一侧埋伏窥伺，随时有可能发起攻击。

1992年，阿姆斯特丹进行了一场民调。在这座堪称骑车人和步行者王国的荷兰城市，市民们决定将原本已相当有限的机动车通行区域再减少一半。三年后，意大利佛罗伦萨市掀起了一场打倒汽车独裁专制的起义，从此严禁私

家车在市中心通行。该市市长宣布，随电车、地铁、公交车和人行道逐渐普及，私家车禁行区域将扩大到整个城区。佛罗伦萨还将大力推广自行车：据政府计划，将来人们可以骑自行车穿越全城，可以沿着自行车专用道安全抵达城市任何一个地方。这种交通工具廉价易得，不消耗任何燃料，占用很少空间，不污染空气，也不会对行人构成致命威胁。早在五个世纪前，一个叫莱奥纳尔多·达芬奇的佛罗伦萨人就已发明了这种工具。

现代化，机动化：发动机的轰鸣让你听不到对这一文明装置的控诉之声。它掠走你的自由，然后再把自由出售给你；它截去你的双腿，然后逼迫你购买汽车和跑步机。它在全世界树立权威，将自己标榜为唯一可能的生活方式，在汽车统治的城市，它是人们的梦魇。拉丁美洲的城市梦想着变得跟洛杉矶一个样，在洛杉矶，八百万辆汽车向人们发号施令。我们渴望成为这疯狂乱象的拙劣摹本。五百年来，我们一直在接受规训，只能模仿，不能创造。既然我们摆脱不了模仿症，或许我们在选择榜样时，可以再多用一点心。

参考文献

阿西夫·法伊兹等,《汽车造成的空气污染:供发展中国家参考》,华盛顿:世界银行,1990年。

《财富》杂志,《全球五百强:世界最大公司》,1995年8月7日、1996年4月29日。

迭戈·塞瓦略斯,《汽车王国》,见《美洲土地》杂志,墨西哥城,1996年6月。

恩里克·金斯贝尔格,《我们每天使用的汽车》,见《过渡》杂志,墨西哥城,1996年2月。

国际公路联合会,《世界公路统计》,日内瓦,1994年。

国际绿色和平组织,《汽车对环境的影响》,智利圣地亚哥,1992年。

里卡多·纳瓦罗、乌尔斯·埃耶利、维克托·贝克,《两轮车和三轮车》,智利圣地亚哥:适用技术瑞士联络处、拉丁美洲适用技术研究中心,1985年。

理查德·巴雷特、伊斯梅尔·萨拉杰尔丁,《环境可持续型城市交通:一项全球政策》,华盛顿:世界银行,1993年。

美国汽车制造业协会,《世界机动车数据》,底特律,1995年。

《商业周刊》,《世界最强企业一千家》,1992年7月13日。

世界卫生组织,《世界健康报告》,日内瓦,1996年。

世界卫生组织、联合国环境规划署,《城市空气质量趋势》,内罗毕,1995年。

世界卫生组织、联合国环境规划署,《世界大城市空气污染》,剑桥:

布莱克韦尔出版社，1992年。
斯图尔特·马歇尔，《枪弹还是赛车》，见《金融时报》，伦敦，1990年11月10日。
温弗里德·沃尔夫，《汽车偏执狂：冷眼看交通史》，伦敦：冥王星出版社，1996年。

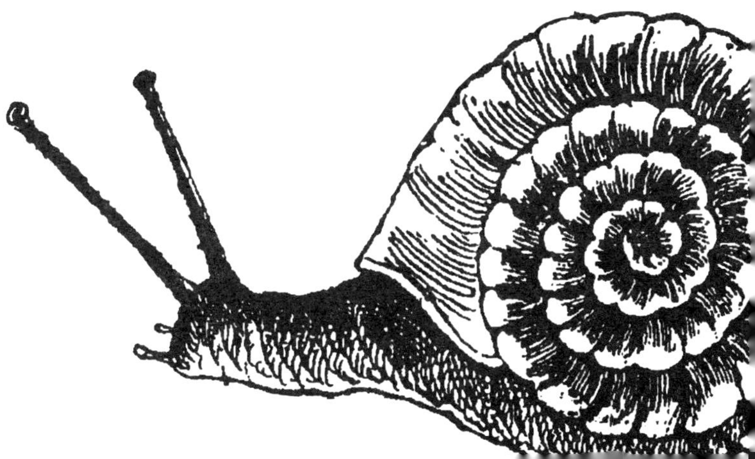

夜晚，我什么也不想看见，
于是我把灯点亮。

——梅塞德斯·拉米雷斯

孤独教育学

▪ 消费社会专题课 ▪

▪ 反沟通强化班 ▪

消费社会专题课

穷人被处坦塔罗斯式酷刑[①]。他们被罚忍饥挨饿、口干舌燥，眼巴巴望着广告提供的精馔美食而不可得。他们要是把嘴凑上去，或稍稍伸出手来，这些珍馐美味就一下跑远。他们中有谁胆敢饿虎扑食，把东西抢了去，下场不是蹲班房，就是进坟墓。

塑料般的美食，塑料般的幻梦。电视向所有人许诺的那个天国也是塑料般的，只少数人才得进去。我们所有人都在为这个幻境打工。在今天这个文明里，物质越来越重要，人越来越不重要，目的被手段绑架了：商品在购买你，汽车在驾驶你，电脑在编制你，电视机在观看你。

① 坦塔罗斯是古希腊神话中的人物，一种说法是他为宙斯之子。原是众神的宠儿，因骄傲且侮辱众神被打入地狱，站在没颈的水中，想喝一口，水就退去；站在果实累累的树枝下，伸手去摘，果枝即高举。

全球化，傻瓜化

也就几年前，一个什么债都不欠的人还算模范人物，体现了诚实和勤劳的品质。今天，这样的人算外星生物。不欠债者难为人。我欠债，故我在。没有信用额度的人既不配拥有名字，也不配拥有脸面：信用卡是存在权的证明。债务是一无所有之人的所有，这个世界上任何一个人、任何一个国家，都至少有一只脚深陷债务陷阱中。

为让消费者大量增加，生产体系变成金融体系，催生大量负债人。堂卡尔·马克思早在一个多世纪前就预见了这样一个时代的来临。他警告说，利润率下降和生产过剩的趋势迫使这一体系无限制膨胀，让“现代银行统治”的那帮寄生虫疯狂壮大他们的势力，在他看来，这伙匪帮“既不懂生产，又同生产没有关系”①。

当今世界消费大爆炸制造出比所有战争加起来都更大的声响，引来比所有狂欢节加起来都更多的骚乱。正如土耳其人一句古老谚语所说：**赊账喝酒醉双倍**。狂欢喧闹中，视线模糊了，视野混沌了；这场全球盛宴在时间和空间中都似永无止境。消费文化是如同击鼓般发出巨大声响

---

① 参见《马克思恩格斯文集》第七卷，人民出版社，2009年，第618页。

贫　　穷

穷人，所谓穷人，就是忙得没时间打发时间的人。

穷人，所谓穷人，就是既不能有宁静，也没钱买宁静的人。

穷人，所谓穷人，就是有双腿然而双腿忘记走路本领的人，正如母鸡有翅膀，那翅膀却忘记了飞翔。

穷人，所谓穷人，就是以垃圾为食，还要花钱买这些垃圾食品的人。

穷人，所谓穷人，就是拥有呼吸污浊空气权利的人，粪便般的污浊气体免费享用。

穷人，所谓穷人，就是仅有切换电视频道自由的人。

穷人，所谓穷人，就是在机器上体验戏剧情感的人。

穷人，所谓穷人，就是永远占多数、永远孤独的人。

穷人，所谓穷人，就是不知道自己是穷人的人。

的，因为它内中空虚；到揭示真相的时刻，鼓声止歇，欢会收场，醉酒者回复到清醒状态，陪伴他的只有自己的孤影，以及一地破碎餐盘，要由他掏钱赔付。膨胀的需求触到了界限，框定界限的正是制造需求的同一个体系。这一体系需要越来越开放、越来越广阔的市场，有如肺泡需要空气，同时，也需要低得匍匐在地的原材料价格和劳动力价格。这一体系以所有人的名义发话，强令所有人去消费埋单，把花钱扫货的狂热感染给所有人。但是，没有办法：对几乎所有人来说，这场冒险在电视机荧屏上开始，也在电视机荧屏上结束。大多数人为拥有东西不得不去借钱负债，到头来却一无所有，背负一身为还债而欠下的债，旧债换新债，新债抵旧债，最后只能消费幻想，有时，幻想也是可以实现的——通过犯罪的途径。

社会学家托马斯·莫利安警告说，信用卡大规模推广已大大改变智利人日常文化，他们的生活就是围绕一干消费符号打转：外表变成人格核心，欺骗变成生活方式，“乌托邦存在于四十八个月的分期付款中”。[①] 1973年霍克猎手喷气式战斗机炸毁萨尔瓦多·阿连德的总统府，奥古斯托·

① 托马斯·莫利安（1939— ），智利社会学家和政治学家。国家人文社会科学奖（Premio Nacional de Humanidades y Ciencias Sociales）获得者（2015）。以批判智利后奥古斯托·皮诺切特时期的国家经济-社会结构闻名。这里的引文出自其最有名的著作《今日智利：神话的解剖》。他在书中指出，引导智利向民主过渡的政治机构容许独裁统治的基本支柱继续存在。

皮诺切特将军开启奇迹时代以来，消费主义模式就渐渐在智利确立自己的统治。二十五年后，1998年初，《纽约时报》评论道，那场军事政变“开启了智利变革时代，智利由一个经济停滞的香蕉共和国①一跃而成拉丁美洲经济明星”。

这颗星照亮了多少智利人？该国四分之一人口在赤贫中挣扎；基督教民主党参议员豪尔赫·拉万德罗证实，智利最富的一百人每年收入的总和，要超过政府每年在社会公共服务方面投入的总和。美国记者马克·库珀在这个消费天堂之国发现好多冒充有钱人的人：有人紧闭车窗忍受炙烤，只为假装他们开的是带空调的汽车；有人拿着玩具

① 香蕉共和国是对经济主要依靠单一产品出口，政治独裁且不稳定的国家的贬称，特指中美洲国家。

一位殉道者

1998年秋的一天，在布宜诺斯艾利斯市中心，一个不专心看路的行人被一辆公交车碾死。当时他一边过马路一边打手机。他真的在打手机吗？他只是摆出打手机的样子而已——那是一只玩具手机。

手机煞有介事侃侃而谈；有人买几个土豆或一条廉价裤子也要刷信用卡。这位记者还在红宝超市[①]目睹员工大发雷霆：每个星期六上午，总有人在购物车里塞满最昂贵的商品，在货架间来回走几圈，炫耀一番，然后撇下一车贵重

① 红宝是智利一个连锁超市品牌，其业务主要覆盖智利、阿根廷和哥伦比亚。

魔　术

蒙得维的亚市郊一个名为塞罗诺尔特的贫民区，有一天，来了一位流浪艺人，当街表演了一场魔术。这位魔法师用他的魔棒轻轻一点，就能从他的袖口或帽子里变出一美元来。

表演结束后，那根魔棒不见了。第二天，街坊们发现一个小男孩光着脚在街上游荡，手里拿的正是那根魔棒：他看到什么就用魔棒点一点，然后，就守在一旁静静等待。

跟贫民区许多孩子一样，这个九岁的小男孩也喜欢把头伸进一只装强力胶的废袋子里，闻个痛快。有一回他还说：

“闻一闻，我就飞到另外一个国家去啦。”

这是个笑话2

一辆汽车在莫斯科出城方向的公路上撞坏了。司机从事故车里出来后连声哀叹：

“我的奔驰啊……我的奔驰……”

有人提醒他：

“先生哪……车子算什么呢！您没发现您掉了一只胳膊吗？”

司机望着自己鲜血淋漓的断肢，又哭喊道：

“我的劳力士啊！我的劳力士！”

物品，侧着身子从收银台前溜走，一块口香糖也不买。

挥金如土的权利只是少数人的特权，却硬要装做是所有人的自由。告诉我你怎么花钱，我就知道你值多少钱。这个文明不让花儿睡觉，不让鸡睡觉，也不让人睡觉。温室里，花儿没日没夜接受强光照射，这样才能生长更快。生产鸡蛋的工厂里，母鸡也被禁止拥有黑夜。人类受失眠折磨，渴望购买，急欲付钱，难以入睡。

这种生活方式对人来说并不太好，但对药品产业来说非常之好。美国人消费全世界一半镇静剂和抗焦虑药，这些都是合法销售的化学毒品。全世界非法销售的违禁毒品一半以上也是由美国人消费。考虑到美国人口仅占世界人口百分之五，上述不能不令人吃惊。

“总把自己跟别人比来比去，这种人得不到幸福。”在蒙得维的亚，一个住在布塞奥区的女子这样感慨。以前有一句探戈唱词说“一无是处的痛苦”，现在该感到痛苦羞

这不是个笑话2

1998年春，维也纳，一款新型香水诞生了。在奥地利银行的库房区，这款香水在电视摄像机镜头前接受洗礼命名。这个新生儿被取名为Cash即现钞，它散发着金钱摄人心魂的芬芳。之后，这款香水又在其他地方进行了推介，德国的活动是在德意志银行总部进行的，瑞士的活动则安排在瑞士联合银行。

现钞香水只能在互联网上或最专门的奢侈品店里买到。

“我们要把它打造成香水中的法拉利。”它的设计者们这么说。

辱的是一无所有之人。穷人就是可怜人。“你要是什么都没有，你就会觉得自己不值一分钱。”在布宜诺斯艾利斯，一个住在维亚-菲奥里托区的男孩这样说。在多米尼加共和国城市圣弗朗西斯科-德马科里斯，另一个男孩说：“我的哥哥姐姐都在为品牌打工。他们不停地买牌子货，为每期还款拼命工作。”

市场的暴力是隐形的：多样性是赢利性之敌，君临天下的是同一性。大规模系列化生产在所有地方强制推行它的消费准则。这种强迫同一化的独裁要比任何一种一党制独裁更具破坏力，它在全世界推行的生活方式就像复印文件，复制出一批批模范消费者。

模范消费者是不好动之人。这种文明将数量与质量混淆，将肥胖与吃得好混淆。据《柳叶刀》杂志，最近十年来，最发达几个国家的年轻人口中，“严重超重”者增加了近百分之三十。科罗拉多大学健康科学中心最近一项研究显示，最近十六年来，美国儿童中超重者增加了百分之四十。发明了“低热量饮食”和“减肥食品”的国家，拥有世界上最多胖子。模范消费者出行靠汽车，下了车，不是工作就是看电视。端坐在小小荧屏前，吞食着塑料般的食物，模范消费者平均每天要这样度过四个钟头。

伪装成食物的垃圾获得了胜利：垃圾食品工业正在全世界的舌尖上推行殖民，把地方烹饪传统冲击成碎片。在

一些国家，美食传统承自远古，在几千年历史中逐渐变得精致而多样，是集体性的遗产，不仅存在于富人的宴席上，更以某种方式存在于千家万户的炉灶上。这些传统是文化身份的标识，是生命的庆典，如今却正遭受唯一一种化学味道的强力挤压：这是汉堡包的全球化，是**快餐**的独裁统治。麦当劳、汉堡王等食品工厂在全世界范围内主导一场饮食塑料化行动，成功践踏了烹饪自主的权利——这是一项神圣的权利，因为灵魂有一扇门，就开在嘴巴上。

1998年世界足球锦标赛信誓旦旦向我们保证，万事达卡能增强肌肉，可口可乐能让青春永驻，麦当劳菜单必定出现在优秀运动员的食谱中，等等。麦当劳大军拉弓开弩，将汉堡包射入全球各地儿童和成人口中。在最近对东欧国

家的征服中，麦当劳大M双拱门的标志成了一面旌旗。麦当劳莫斯科门店于1990年隆重开张，店门前排起的长龙象征着西方的胜利，其震撼不亚于柏林墙倒塌。

时代的标志：这家代表着自由世界之精神的公司拒绝向员工提供加入任何一家工会的自由。麦当劳侵犯的这一项权利，在许多设有麦当劳门店的国家都是被法律赋予了神圣地位的。1997年，加拿大蒙特利尔一家门店几位员工，他们都算公司所谓**麦当劳大家庭**的成员，试图成立一个工会。该门店很快就关了门。可是，到了1998年，在靠近温哥华的一座小城市，另外几位麦当劳员工成功实现了这一壮举，这都可以写进吉尼斯纪录了。

1996年，英国生态保护组织的两名成员海伦·斯蒂尔和戴维·莫里斯向麦当劳发起司法诉讼。麦当劳被控罪名有虐待员工、侵犯大自然、对儿童情感进行商业操控：麦当劳员工工资低，劳动条件恶劣，还不能组建工会；为生产汉堡包肉馅，热带森林遭焚毁，原住民遭掠夺；花费数百万广告挑战公众健康，引诱孩子们去偏爱营养价值极为可疑的食物。一开始，这场官司看上去像是一只蚊子在一头大象背上咬了一口，最终它引发了巨大反响，有力地传播了这些长期为公共舆论忽视的信息，让这家习惯权力无罪化的公司头痛不已。不管怎么说，这就是权力：在美国，麦当劳雇用的劳工比整个机械工业的工人加起来还要多；1997年，麦当劳销售份额超过阿根廷和匈牙利出口总额。巨无霸重要性之高，以至于很多国家常把巨无霸的价格作为国际金融交易结算单位：虚拟食物引导虚拟经济。麦当

面孔和面具1

只有穷人才注定是年老色衰的模样。不是穷人的人可以根据自己的需要，购买头发、鼻子、眼皮、嘴唇、颧骨、乳头、肚皮、屁股、大腿或是腿肚子，以此来修正大自然的错误，止住时间的脚步。整形外科医生的手术室就是**购物中心**，你想要的脸蛋、身体或年纪，那里都能提供。“外科手术是内心的需要。”被誉为“阿根廷罗丹”的罗伯托·塞利科维奇这样说。在利马，街头的招贴广告提供完美的鼻子和白皙的皮肤，不同价位适应经济能力不等的消费者。秘鲁电视台采访了一位做过整形手术的年轻职员，他把自己印第安人的鹰钩鼻换成了一只小肉球，充满自豪地进行全方位的展示。他说，他现在在情场上有不错的战绩。

在诸如洛杉矶、圣保罗或是布宜诺斯艾利斯这样的城市，有钱人去做整形手术，就好比是去看牙医。若干年之后，历经几番手术，所有人都会变得彼此相似，他们的脸会像木乃伊那样光洁无皱纹，她们会变成吸血鬼的女朋友，所有人都会患上各种表情障碍。挤一挤眼睛，他们的肚脐眼儿就会给拉上来。

面孔和面具2

拉丁美洲的城市也行拉皮去皱术。年纪和身份都被抹去了：没了皱纹，没了鼻子，这些城市留存的记忆越来越少，越来越不像自己，却在彼此之间越来越相似。

一样的高楼，一样的棱柱体、立方体、圆柱体，趾高气扬地宣示它们的存在，一样的国际品牌巨幅广告占据着都市景观。在这强制性克隆的时代，广告商才是真正的城市规划师。

劳在巴西打出的广告中，明星产品巨无霸被描绘成爱情的象征：在奶酪和黄瓜的刺激下，两具身体紧抱在一起亲吻，亲得满嘴滴蛋黄酱，而它们的洋葱之心热烈地燃烧，生菜叶子为它们送上绿色的希望。

廉价、迅速：人体机器补足燃料，旋即重返生产体系。1983年，德国作家京特·瓦尔拉夫就在这样一家人体加油站工作过一段时间。这是位于汉堡的一家麦当劳。对以它为名造出来的那些个东西，汉堡是清白无辜的。一旦开工，瓦尔拉夫就马不停蹄奔忙，浑身溅满滚烫油滴。汉堡包一旦解冻，只能在常温下放十分钟，之后就开始变质、发臭，因此，必须争分夺秒下到铁板上烤熟。炸薯条、蔬菜、牛肉、鱼肉、鸡肉，所有食物都是同一种味道。一种人工合成的味道，由化学工业制定配方。此外，化学工业还负责以色素来精心掩盖肉类含有的百分之二十五的脂肪。这破烂儿，便是二十世纪末最成功的食品。烹制这种食品的大师，是在位于伊利诺伊州埃尔克格罗夫的汉堡大学接受培训的。然而，据可靠消息，这家公司的主人们更喜欢在最昂贵的餐馆进餐，这些餐馆提供所谓**民族美食**最精致的那些：寿司、泰国菜、波斯菜、爪哇菜、印度菜、墨西哥菜……民主并不意味着人人都可偷懒。

大众消费者接收着用一种国际通用语言发出的指令：世界语想做而没做成的，广告做成了。在任何一个地方，任何一个人都能理解电视传播的信息。二十世纪最后二十五年里，全世界广告花费翻了一番。于是，穷人家的孩子越来越喜欢喝可口可乐而非牛奶，闲暇时间逐渐成为强制消费时间。所谓自由时间实为囚禁时间：非常穷的家庭可以没有床，却必定拥有电视机，而一切都是电视机说了算。这个会说话的小动物可以用分期付款的方式买回家，它印证了发展的民主性：它不听任何人说话，却面向所有人说话。就这样，穷人和富人都能了解最新款汽车的卓越性能，也都能知道这家或那家银行开出什么样的优惠利率。

“穷人就是谁也靠不到的人。”圣保罗街头，一位老妇人这样喃喃自语。人口越来越多，人们越来越感到孤独。大城市里，新增人口各自孤独地置身拥挤的人群：

“**劳驾，您的胳膊肘挡住我的眼睛啦**。”

专家们懂得怎样把商品变成抵御孤独的魔咒。物品具有人的特性：它们会抚摸你，陪伴你，了解你，帮助你，香水会吻你，汽车是永不让你失望的朋友。消费文化将孤独变成利润最高的市场。原本感到空空荡荡的胸口一下子填满了各种东西，或者，梦想着拥有这许多东西。东西不仅能给你温暖的怀抱，也能成为社会晋级的象征，它们是借以穿越社会阶级关卡的通行证，是能打开禁入之门的钥匙。越是特别就越好：东西挑选你，把你从默默无闻中救拔出来，让你傲视人群。广告绝少会提供所售产品的信息，它的主要功能就在于弥补失落、助长幻想：买下这瓶润肤

节　日

不知圣诞节究竟是用来庆祝耶稣诞辰还是商贸之神墨丘利诞辰的，但肯定是墨丘利负责给各个强制购物节命名：儿童节、父亲节、母亲节、爷爷节、情人节、朋友节、秘书节、警察节、护士节。在商人的日历上，各种名头的节日是越来越多了。

照此发展下去，在不久的将来，我们还会有专门的节日来向不知名的恶棍、无名的贪官和艰难生存的劳工致以敬意。

大 日 子

他们靠拣拾垃圾为生，他们住在垃圾堆里或是垃圾一样的房子里，吃的也是垃圾。但每年总有那么一次，马那瓜的二轮小车能成为一场活动的主角，这场活动是该国人气最旺的节目。**宾虚马车大赛**源于一个商人的灵感，此人从迈阿密回国后，一心要促成“尼加拉瓜美国化”。

拾荒者们高高地站在垃圾车上，高举拳头向尼加拉瓜总统、美国大使和点缀贵宾台的其他要人致敬。参赛者们在他们一贯破烂不堪的衣服上罩上各种颜色的巨大斗篷，头戴插着羽毛的罗马武士头盔。那些破得就要散架的二轮小车纷纷油漆一新，以便更好地展示赞助商的名字。拉车的马儿都瘦弱不堪，与它们的主人一样浑身烂疮，也与它们的主人一样吃尽苦头，它们权且做一回飞驰的战马，给它们的主人带来荣耀，或是一箱汽水。

号角声响起。令旗落下，比赛开始。鞭子狠抽在瘦骨嶙峋的马屁股上，人群中则爆发出如痴如狂的呐喊：

“可——口——可——乐！可——口——可——乐！”

香水，您想变成谁？

犯罪学专家安东尼·普拉特发现，街头犯罪并不仅仅是极端贫困的后果，也是个人主义伦理的后果。普拉特指出，社会上流行的对成功的痴迷诱发非法占有他人财产的渴望。我一直听不同的人说钱不能制造幸福，但任何一个贫穷的电视爱好者都有充足理由相信，钱可以制造出某种类似的感觉，至于这种感觉与所谓幸福有多大差异，则是专家考虑的事情。

历史学家埃里克·霍布斯鲍姆说，二十世纪终结了一段延续七千年的人类时代。这七千年人类历史是以农业为中心的，始于旧石器时代末期出现的第一批农作物。在二十世纪，全世界人口都迈入城市化，农民转变为市民。在拉丁美洲，出现了荒无人烟的农村和巨大的城市蚁巢：我们拥有的是世界上最庞大也最缺乏公正的城市。受现代出口农业和土质恶化驱逐，农民们侵入了城市郊区。他们相信上帝无所不在，但经验告诉他们，上帝只关照大城市。城市把工作、财富，以及儿女们的未来许诺给他们。在农村，能做的只有等待，睁眼望着日子流逝，打着哈欠终老一生；在城市，生活中总有新鲜事发生，生活总是在召唤你。初到城市的人们挤满贫民区窝棚。他们首先发现的是工作机会太少，剩余劳力太多；没什么是免费的，而最昂贵的奢侈品是空气和宁静。

全球赛场

我们今天看到的足球诞生于一个多世纪前。它诞生时是讲英语的，直到今天仍然讲英语，但是，今天我们听到的，是为一个好的sponsor即赞助商的价值和marketing即市场营销的精湛技艺而喝彩，正如过去人们以同样的热情为一个好的forward即前锋的价值和dribbling即盘球的精湛技艺而喝彩一样。

大赛叫什么名字，要看谁给钱。阿根廷冠军赛以百事可乐命名。世界青年足球锦标赛以可口可乐为名。洲际俱乐部争霸赛叫丰田杯。

这是世界上人气最旺的运动，是最具普世性的激情。对痴迷足球的人来说，足球俱乐部的队服是一件圣袍，是球员的第二层皮肤、另一爿胸膛。可是，队服已经变成一幅活动广告牌了。1998年，维也纳快速队的球员们在场上同时亮出四个广告：他们球衣上印着一家银行、一家贸易公司和一个汽车品牌的广告，他们的裤子也为一款信用卡打广告。当河床队和博卡青年队在布宜诺斯艾利斯相遇，进行阿根廷足坛的经典对决时，基尔梅斯与基尔梅斯一争高低：两支球队的球衣上都引人注目地印着同一个牌子的国产啤酒广告。[1] 全球化时代，河床队也为阿迪达斯踢球，博卡青年队也为耐克效劳。1998年世界足球锦标赛决赛，法国队击溃巴西队，说白了，就是阿迪达斯打败了耐克。

① 指基尔梅斯啤酒。德裔商人奥托·本贝格（Otto Bemberg）创于1888年的品牌，第一家啤酒厂建在布宜诺斯艾利斯东南、拉普拉塔河畔基尔梅斯镇。

十四世纪初，修士里瓦尔托的焦尔达诺曾在佛罗伦萨发表一番对城市的赞颂。他说，城市蓬勃成长是“因为人们喜欢聚在一起”。聚在一起，相会相遇。现在，是谁与谁相遇？是希望与现实相遇吗？欲望与尘世相遇了吗？人与人相遇了吗？如果说人与人的关系被降格为物与物的关系，又有多少人真正与物相遇了呢？

整个世界在逐渐变成一块巨大的电视机荧屏，这块荧屏上的东西仅供观赏，不可亵玩。待销商品大肆侵入公共空间，将其私有化。不久前还是人与人相聚场所的公共汽车站和火车站，现在成了展示商品的空间。

购物中心，shopping center或shopping mall，是玻璃橱窗中的玻璃橱窗，它们铺天盖地，强势来袭。人们成群结队，如朝圣信徒般拥入这些举行消费弥撒仪式的神庙。大部分信众都在迷醉中观赏他们的钱袋无力支付的商品，仅占少数的购买者们则在连续不断、摧残神经的广告轰炸下举手投降，交出钱包。踩着自动扶梯上上下下的人们好比是在环游世界：人体模特展示着米兰或巴黎的时装，机器发出的声音让人恍若置身芝加哥，尽管看个够、听个够，无须支付交通费。从内地村镇或尚未拥有这些现代幸福必备设施的小城市赶来游玩的观光客，在最显赫的国际名牌前摆拍，正如过去他们喜欢在广场上大人物雕像下留影。比阿特丽斯·萨洛发现，住城市郊区的人去购物中心，就

像他们以往“进城”。传统的周末城中漫步如今为在购物中心——这些城市中的绿洲——漫游取代。他们脸洗洗净，头发梳梳齐，衣服熨熨平，穿戴得光彩照人，赶往一场并没向他们发出邀请却允许他们当看客的盛会。全家老小都乘坐着太空飞船在消费宇宙中尽情遨游，在这里，市场美学精心设计出由模特、名牌和标签共同构成的绚丽景观。

消费文化是转瞬即逝之物的文化，一切都难逃即刻失效的命运。一切都伴随时尚令人眩晕的节奏飞速变化，时尚则为售卖的需要服务。新东西眨眼就旧，为更新的寿命同样短暂的东西取代。这个世纪之末，唯一恒定不变的就是变化本身，商品制造出来，注定不能持久，如同资本和劳动一样飘忽不定。金钱以光速运行，昨天在那里，今天在这里，明天谁知道在哪里，所有劳动者都是潜在失业者。

矛盾的是购物中心作为这些飞逝之物的王国，却营造出了最安全的幻觉。它们存在于时间之外，没有年龄，没有根系，没有白天，没有夜晚，没有记忆；也存在于空间之外，远离危险、动荡的现实世界。

在这些福利圣殿里，可以做任何事情而无须接触那污浊的、危机四伏的外界。睡里头也行，洛杉矶和拉斯维加斯最新潮的购物中心就提供客房和健身服务。这些大商场是不知寒暑的，也免于污染和暴力的侵袭。迈克尔·A.佩蒂有一个知名专栏叫《**怎样活更久**》，专门提供各种科学

注　射

半个多世纪前，作家费利斯贝尔托·埃尔南德斯发表了一篇预言式的短篇小说。一个身着白衣的男子手拿注射器，钻进蒙得维的亚一趟趟电车里，给每一位乘客的手臂上轻柔地注入一种液体。被注射的人忽然就听到体内响起**金丝鸟**牌家具叮当作响的广告。要想从血管里去除这广告，得去药店买一种**金丝鸟**牌子的药片，才能把注射的影响消解掉。

建议，在全世界媒体上流传甚广。佩蒂博士建议说，在**空气质量糟糕**的城市，要想活更久，那就“去商业中心里头多走走吧”。在墨西哥城、圣保罗或智利圣地亚哥这样的地方，城市上空笼罩着原子蘑菇云般的污染，街角潜伏着惯犯，而在那世界之外的冰封世界里，空气消过毒，散步有人看护，呼吸、漫步、购物，一无风险。

所有购物中心都大同小异，不管在洛杉矶还是在曼谷，抑或在布宜诺斯艾利斯，抑或在格拉斯哥。这种同一性并不阻碍它们在创造新的揽客手段方面展开竞争。比如，1991年末，巴西《观看》杂志这样盛赞位于阿雷格里港市的美丽海滩购物中心的一项创新：“为让孩子们也舒服，商场向他们提供小小汽车，让这些小小消费者行动更加便捷。”安全则是所有购物中心都提供的最重要商品。任何一个进入到这些**掩体**里的人，都能享用安全这一奢侈品。消费文化如此慷慨地向我们赠送安全通行证，让我们可以暂时逃离地狱一般的街头。这些孤岛是封闭的、严密设防的空间，环绕四周的巨型停车场构成这些孤岛的沙滩，汽车在那里忠诚地等候主人。在这些孤岛上，人与人相遇是因为消费之音召唤，正如在过去人与人相遇在咖啡馆，相遇在广场、公园和老市场的露天空间，是因为相见的渴望，而今天，这些露天空间太容易受城市暴力威胁了。在购物中心，没有险情。公家警察和私家警察、看得见的警察和看不见的警察，协同执勤，把一切嫌疑者赶到街上或投入监狱。不知道怎样掩饰自己生来就有的危险面目的穷人，尤其是肤色发黑的穷人，倘若无法证明自己的清白，就会成为罪犯。如果这些穷人还是孩子，情况就更糟。危险程度是与年龄成反比的。1979年，哥伦比亚警方在南美警察大会上发布一项报告，称负责处理青少年犯罪的警察不得不放弃他们的社会救助工作，对那些未成年危险分子施以铁腕，绝不姑息纵容，竭力“避免他们在商业中心出现，制造麻烦”。

这些业已成为微缩版城市的巨型超级市场，一样为电子监控系统看守着。这些隐匿于暗处的摄像头，是窥视别人而自己不被窥视到的眼睛，紧盯在商品间徜徉不歇的人

群的脚步；然而，电子科技除监控和惩罚那些对禁果的诱惑伸手投降的不受欢迎之人，还有更多用途。现代技术还能让消费者消费得更多。在网络时代，公民的权利建立在消费的义务之上，大公司对消费者进行秘密侦察，接着用广告狂轰滥炸。电脑可以提供每一位公民的X线摄影照片。通过对每一位公民信用卡、自动取款机和电子邮箱使用情况的分析，可以侦知此人的习惯、爱好和支出。事实上，在高度发达国家，这种情况越来越多，对网络世界的商业操纵正肆无忌惮地侵犯着私人生活，使其为市场服务。举例来说，一位美国公民越来越难不让别人知道自己买过什么东西、得了什么病、有多少钱、还欠多少钱：以这些信息为基础，不难推断出他可以办理哪些新业务、背上哪些新债务、购买哪些新东西。

任凭每位公民买得再多，与需要售出的产品比，消费者总还是买得太少。比方说，近年来汽车工业生产的汽车已超过市场需求极限。拉丁美洲大城市还在不断购入汽车。到哪儿是个头儿呢？有张天花板是无法逾越的，正如内部市场接受的指令与国际市场传达的指令间存在矛盾一样：消费的冲动与竞争的必要性间存在着无法克服的矛盾，前者要求越来越高的工资，后者要求越来越低的工资。

广告把汽车说成人人皆可享有的福利。这是普世权利吗？是民主的胜利吗？每一个人都能开开心心成为这四轮宝物持有人，如果成真，那地球很快就会窒息而死。窒息而死前，先因缺乏能源而停止运转。积数百万年才得以形成的石油，片刻之内，已被我们的世界烧光了大半。汽车以心跳的速率一辆接一辆被制造出来，全世界每年石油产量一半以上都被它们咽了下去。

世界的主人们把这个世界当做一次性使用的商品来使用：寿命短暂的商品，生下来不久就被耗尽，正如电视机打机关枪般喷射出的图像、时尚，以及广告不间歇地投放到市场上的偶像。我们还有另一个世界可去吗？我们是不是都得被迫相信那个上帝把地球出售给少数几家公司，因为他心情不好，决定私有化宇宙的故事？消费社会是一个专骗愚人的陷阱。手握权力的人装做不明白这个道理，但任何一个脸上长眼的人都会发现，大部分人的消费都很少或根本不是出于维持生存的**必须**。只有当我们仅仅出于生存的需要消费时，我们已所剩无几的大自然的继续存在才能得到保障。社会不公正并非一个有待修正的错误，亦非一个有待克服的缺陷：这是一种本质上的需要。没有哪种大自然供养得起一个地球那么大的购物中心。

一些南方国家的总统向国民许诺，将带领国家迈入第一世界，仿佛经由这一幻术，我们就都能成为挥霍王国的富足居民。这些人应以诈骗和美化罪行的罪名接受审判。说他们诈骗，是因为他们许诺不可能之事。如果我们都能像榨取世界汁液的那些人那般消费，我们就没有这个世界了。说他们美化罪行，是因为他们向我们推销的这种被说成生命高潮的生活方式，这种自称是幸福密码的消费迷狂，正在损害我们的躯体，毒害我们的灵魂，让我们失去家园：那个世界在诞生之初就想成为的家园。

参考文献

R. N. 贝拉等,《心性：美国生活中的个人主义》，伯克利：加利福尼亚大学出版社，1985年。

保罗·瓦克泰尔,《富裕时代的贫穷》，纽约：自由出版社，1983年。

贝特朗·德茹弗内尔,《阿卡迪亚，怎样活得更好》，巴黎：经济、工业和社会文献及研究协会出版社，1968年。

比阿特丽斯·萨洛,《瞬间：世纪末的媒体、城市和习俗》，布宜诺斯艾利斯：阿列尔出版社，1996年。

第一届南美警察大会哥伦比亚警察报告，蒙得维的亚，1979年12月。

法国高等研究院历史研究中心,《年鉴》特别版，巴黎：阿尔芒·科兰出版社，1970年7/8月合刊。

费利克斯·苏里塔，纪录片《自由尼加拉瓜》，马那瓜：曙光电影公司，1997年。

费利斯贝尔托·埃尔南德斯,《金丝鸟牌家具》，见《故事选集》，马德里：西鲁埃拉出版社，1990年。

《福布斯》杂志,《美国工业年度报告》，1998年1月12日。

海伦·斯蒂尔,《新国际主义者》杂志访谈，牛津，1997年7月。

京特·瓦尔拉夫,《土耳其人的脑袋》，巴塞罗那：拆拼出版社，1986年。

卡尔·马克思,《资本论：政治经济学批判》第三卷，马德里：二十一世纪出版社，1976年。

路易斯·马胡尔,《阿根廷的面具》，布宜诺斯艾利斯：大西洲出版社，

1995年。
马克·库珀，《阿连德之后的二十五年》，见《民族》周刊，纽约，1998年3月23日。
莫妮卡·弗洛雷斯·科雷亚，《有人在偷看》，见《十二页》日报，布宜诺斯艾利斯，1998年1月4日。
托马斯·莫利安，《今日智利：神话的解剖》，智利圣地亚哥：艺术与社会科学大学出版社/太阳出版社，1997年。

反沟通强化班

“战争是电视在其他媒体上的延续”，卡尔·冯·克劳塞维茨将军若能在一百五十年后复活，一定会这么说，然后他就去电子屏幕前指挥杀人了。[①] 在这个从头到脚每个毛孔都滴着暴力的世界上，虚拟的现实模仿真实的现实，真实的现实又模仿虚拟的现实。暴力催生暴力，人所共知；但暴力也为暴力产业催生利润，这一产业将暴力当做表演节目来卖，把暴力变成消费品。

权力的体制在全世界强制推行其价值观，大众传媒则负责给这一行动的目标开具合法证明。世界政府的教育部掌握在区区几只手中。这么多人受这么少人控制而艰于获取信息，还是有史以来头一遭。

① 卡尔·冯·克劳塞维茨说过“战争是政治的延续”这句名言。

告诉我你的秘密1

马来西亚最近更新升级了国内通信网络。一家日本公司欲包揽这一业务，突然被AT&T即美国电话与电报公司抢了生意，因为后者开出了更低价格。美国电话与电报公司能赢得大单要感谢NSA即美国国家安全局的出色工作，美国国家安全局对那家日本公司跟踪监听，破译了他们开出的价码。

美国国家安全局就是美国间谍局，它的预算比美国中央情报局高出四倍，掌握的技术足以记录下从世界上任一地方发出的电话、传真或电子邮件信息的所有内容：他们**每分钟截取两百万组通话**。美国国家安全局是为控制全球经济和政治服务的，国家安全和国际反恐斗争不过是借口而已。他们的监控系统可以让他们了解一切与犯罪组织有关的信息，这些高危犯罪组织包括绿色和平组织和某些人权组织。

这一真相于1998年3月曝光。当时欧洲议会发布了一份报告，题为《政治监控技术评估》。

言说的权利就是听话的权利吗？

十六世纪时，天主教会一些神学家以交流权的名义赋予征服美洲的行动合法性。Jus communicationis：征服者说，印第安人听。战争显得不可避免了，且是正义的，既然印第安人都在装聋作哑。[①] 他们的交流权就是听从权。到了二十世纪末，美洲遭受的那场蹂躏还被人唤做**相遇**，而权力的独语仍被称为**交流**。

一个巨大星环在围绕地球转动，塞满这星环的，是数以百万计的词语和图像，它们来自地球也归于地球。指甲盖大小的魔力元件以光速接收、处理和发送半个世纪前需要三十吨机器才能消化的海量信息。科技时代的科技奇迹：媒体社会中最幸运的那批人可以在海滩上一边享受假期一边接听手提电话、收发电子邮件、回复寻呼机、阅读传真文件、回拨自动应答机接到的从另一个自动应答机打来

① Jus communicationis，拉丁语交流权。16世纪中期以前，围绕西班牙对美洲绝对垄断权及对待印第安人方式等问题，欧洲存在争论。西班牙多明我会法学家、萨拉曼卡大学（Universidad de Salamanca）教授弗朗西斯科·德比托里亚（Francisco de Vitoria，1483/1486—1546）认为印第安人是自由人，接受福音与否应听其自愿，反对以皇帝和教皇普遍权威、发现权及拒绝基督信仰等为征服依据。他主张将合法性建立在自然法基础上，提出交流权概念：世界之初，万物为万民共有，所有人皆许去往想去之地，无论旅行或定居，可见自由流动包括传福音、探险和贸易等权利出自天赋；阻止天赋权利行使无异宣战；友爱乃人类天性，当尽量避免战争，不伤及无辜。弗朗西斯科·德比托里亚一派最终占据上风，1542年，西班牙据此制定新法，将传福音置于征服之上。交流权的提出被认为是国家间互惠平等概念的开端，预示着古典国际法的诞生。究其实，无非是对殖民主义的文饰。

告诉我你的秘密2

一家现代公司是怎样与它的实体客户沟通的呢?沟通的媒介是由计算机编程的虚拟客户。

英国大型连锁超市品牌森宝利就试用了一个可以精确模拟其顾客行动和情感的数学模型。虚拟顾客走在货架间的过道上,他喜欢啥、他不喜欢啥、他的家庭角色、他的个人需求、他的社会地位和他的奋斗目标都在屏幕上显示出来。同样可以接受评估的包括:广告和降价促销行动的效果、营业时间对顾客人流的影响,以及商品摆放位置的重要性。

如此,就能对购买行为进行研究并设计出营销战略,通过虚拟媒介,大大增加实际利润。

的电话、在电脑上购物、打电子游戏、看便携式电视消磨时光。交流通信的技术是高速的、致人眩晕的，好似魔鬼的法术：某天深夜，一台计算机亲吻了比尔·盖茨的额头，他第二天早上醒来时成了世界上最富有的人。市场上已出现第一台连接电脑的麦克风，通过它可与电脑实时对话。网络空间里，**天上的城市**中，正在举行电脑、电话和电视联姻的盛大婚礼，人类受邀参加它们即将生出的神奇婴孩的受洗命名仪式。

初生的网络社区在虚拟现实中安营扎寨，城市则渐渐变成人群拥挤的巨大荒漠，那里每一个人都沉浸在自己的气泡里，只关心自己的事情。四十年前，民调表明，每十个美国人有六个信任大多数人。现在，信任贬值了：十个人只有四个信任他人。这种发展模式发展的是断裂和分离。别人会传染你艾滋病，会抢走你工作，会洗劫你房子。人与人的关系越妖魔化，人与机器的关系就越神圣化。通信产业成了世界经济中最强劲的产业，它出售借以通向人类历史新纪元的符咒。但这个通信过度的世界越来越像一个充斥着孤独症患者和哑巴的国度。

最强势的几家媒体被控制在很少几只手里。这些手还在越来越少，它们通常服务于一个把人类关系缩减为互相利用、互相害怕关系的庞大体制。最近这段时间，银河系般浩瀚的互联网开放了一些前所未见的、宝贵的表达机会。

许许多多并非仅是权力回音的声音正在互联网上如放射光芒般播送它们的信息。然而，这条崭新的信息高速公路的进入权仍然是专属发达国家的一项特权，百分之九十五互联网用户都生活在发达国家，而商业广告正把因特网变成生意网。就互通信息的自由来说，因特网是一个新空间，同时，它也是贸易自由的新空间。在虚拟地球上，没有遭遇海关的危险，也没有为捍卫独立神经错乱的政府。1997年，互联网商用空间已大大超越了教育空间，而美国总统放言，通过互联网进行的实物和服务销售应当免税，世界上所有国家都应采取这一政策，此后，这成为美国代表在各个国际组织活动中最操心的话题之一。

对网络空间的控制仰赖电话线，因此，近年来，席卷全世界的私有化浪潮要把电话从公有手中抢走，再交到几个通信巨头手里，这绝非偶然事件。美国海外电话业务方

面投资的增长远高于其他方面，与此同时，资本的集中也快马加鞭：1998年，美国的电话生意还为八家大公司主导，一周内，八家就减成了五家。

无线和有线电视、电影工业、大规模发行的报业、生产图书和音像制品的大出版社以及大范围覆盖的电台也在大步流星迈向垄断。全球发行的**大众传媒**让言论自由的价格飞升入云端：被评论的人也就是仅拥有听的权利的人越来越多，评论者也就是拥有让别人听自己发话的权利的人越来越少。第二次世界大战结束后那些年里，提供信息和观点的独立媒体还能收到广泛回音，富有创造力的冒险印证着也滋养着文化多样性。到了1980年，许多中小公司都已被吞并，全球市场大部分份额被五十家大公司瓜分。从那以后，独立和多样性就越来越像珍稀动物般罕见了。

制片人杰里·伊森贝格说，近二十年来，美国电视中的独立创造性遭遇毁灭性打击：以往，百分之三十至五十的电视节目由独立公司提供，现在，它们的贡献仅占百分之十。来自全世界广告业的数据也很说明问题：现在，全球广告费用一半落入十家超级大公司账户，这十家公司垄断了一切与图像、话语和音乐相关东西的生产和发行。

最近五年里，美国最主要的几家信息公司都将它们的国际市场份额翻了一番，它们是通用电气、迪士尼/美国广播公司、时代华纳/美国有线电视新闻网、维亚康姆公司、美国电信公司及刚刚崛起的微软公司，微软是比尔·盖茨的公司，软件市场霸主，已成功踏足有线电视和电视节目制作领域。这几只巨头与默多克帝国、日本索尼公司、德国贝塔斯曼公司及另外几家大公司在全球范围内分享寡头垄断的权力。它们共同织了一张覆盖全球的蜘蛛网。它们的利益纵横交错在一起，数不清的线连接着这家公司与那家公司。尽管这些信息巨头摆出一副激烈竞争的架势，

全球化男主角

特工007不再为英国王室打工了。如今，詹姆斯·邦德浑身广告牌，服务于多个国家的多个公司。1997年首映的邦德电影《明日帝国》每一幕都在打广告。永不出错的邦德抬腕看欧米茄，掏出爱立信打电话，从一个屋顶晒台上跳下，落在一辆运送喜力啤酒的卡车上，驾驶一辆从安飞士租来的宝马飞速逃逸，刷维萨卡埋单，喝唐培里侬香槟，给穿阿玛尼和古驰、用欧莱雅美发的女子宽衣解带，然后跟一个展示高田贤三男装的捉对厮杀。

有时甚至互相攻击、互相谩骂以取悦台下观众，可真理来临之际，他们就中止表演，不急不慌瓜分地球。

拜信息系统的好运所赐，比尔·盖茨迅速积攒起一笔相当于阿根廷政府年度预算总额的财富。1998年，美国政府启动一项针对微软的指控，微软的罪名是采用垄断手段强行销售产品，打压竞争者。此前，美国政府也对IBM即国际商业机器公司提起过类似指控；经过十三年，来来回回，案子深陷泥沼之中。司法系统的法律难敌经济法则，资本主义经济必然会制造出权力的集中，正如冬天会制造寒冷。反托拉斯法曾震慑那些石油大王和钢铁大王，如今，这样的法令似乎不大可能威胁到新贵们了。他们在全球布局，正在使一种比以往各种专制都更危险的专制成为可能：这种统治作用于全人类的心灵和意识。

科技的多样化自称是民主的多样化。科技将图像、话语和音乐推送到所有人都触手可及之处，这在人类历史上没有先例；但这样的奇迹也有可能变成一场骗局，因为，私有化垄断最终目标是建立只有一种图像、一种话语和一种音乐的独裁。幸运的是例外也是有的，且还不少，这种多样性总是向我们提供成千上万种可能，让我们在相同的选项间做选择。正如阿根廷记者埃塞基耶尔·费尔南德斯-莫雷斯关于信息的一句论断："我们被告知一切，但我们其实啥都不知道。"

模范人生4

他的粉丝和他的敌手有一点共识：他的最大优点就是无所顾忌。他们也承认他斩尽杀绝功夫一流，而在这个世纪末的世界上要想成功，这种本事不可或缺。鲁珀特·默多克一路摧毁工会，吞噬竞争对手，成为传媒业世界冠军之一。他不可遏止的事业始于他当年在遥远的澳大利亚继承了一家报纸。现在他拥有散布在好几个国家的总共一百三十家报纸，包括大名鼎鼎的伦敦《泰晤士报》，以及那些一旦揭露昨晚戴安娜王妃跟谁困觉就名声大振一番的英国小报。这位思想的缔造者、灵魂的引路人，在卫星通信技术方面做了全世界份额最大的一笔投资，并且拥有全球最大的电视网之一。此外，他还掌控福克斯电影公司和哈珀柯林斯出版社，哈珀柯林斯出了好些世界文学经典，比如，他的好友玛格丽特·撒切尔和纽特·金里奇的作品。

尽管权力结构越来越国际化，现在已很难分清权力的国界，但要说美国占据今天的信息神经系统的中心，这也算不上是幼稚的反帝主义。美国公司统治着电影业和电视业、信息界和信息技术产业。整个世界就是远西部，等待着被征服。[①]对美国来说，它的海量信息的世界性传播是一个国家战略层面的问题。南方国家的政府往往只把文化当做装饰，白宫房客们在这件事情上却一点不糊涂：所有美国总统都意识到文化产业的政治意义与其经济价值同等重要。举例来说，美国政府多年来一直对好莱坞产品的海外销售进行直接干预，对那些试图保护国产电影的国家施加外交压力，这么做时，它往往还不使用外交辞令。

如今，好莱坞一半以上收入都来自海外市场，好莱坞产品销售业绩以惊人速率年复一年增长，奥斯卡奖吸引到的全球电视观众，只世界足球锦标赛或奥林匹克运动会堪与匹敌。帝国主义权力很清楚地知道，它在很大程度上要仰赖情感、成功的幻想、力量的象征、消费的指令和对暴力的称颂的无限制传播。尼基塔·米哈尔科夫执导的电影《套马杆》中，牧民在摇滚乐伴奏下跳舞，抽万宝路香烟，戴唐老鸭主题的帽子，家中挂满西尔维斯特·史泰龙饰兰

① 历史上，远西部是不断推移的地理概念，指尚未征服的更西之地。向西部的推进赋予美国人一种信念，以1845年约翰·路易斯·奥沙利文(John Louis O'Sullivan, 1813—1895)提出的上帝所命论(Manifest destiny)为代表，此论认为美国必将疆域西拓至太平洋乃至彼岸。后屡屡为对外干涉政策援引，是美式扩张主义关键词之一。

节　目

1995年从头至尾，一场刑事审判成了美国电视售卖的最成功产品。运动员O. J. 辛普森被控犯有两宗杀人罪，辛普森案的无数次开庭强势占据各频道的节目时段，吸引了所有电视观众的热切关注。

罪案成了节目：参与审判的演员甚众，每一位都扮演好自己的角色，演得好不好最重要，至于被告有罪无罪、辩护词有理无理、鉴定报告有效无效、证据可信不可信都在其次。庭间休息，法官在他的同行们面前做起了老师，向他们传授在电视镜头前如何表演才能令人信服的秘诀。

博一角的剧照。另一位杀人艺术大师终结者，则是全世界男孩最崇拜的人物：1997年，联合国教育、科学及文化组织在欧洲、非洲、亚洲和拉丁美洲同时开展一项调查，结果发现，每十个男孩就有九个幻想自己是这位由阿诺德·施瓦辛格饰演的暴力肌肉男。

在媒体世界的全球村里，所有大洲都混杂在一起，所有世纪都同时展开。“我们来自这里也来自所有地方，也就是说我们不属于任何一个地方，”阿兰·图雷纳就电视这样说，“图像对公众来说总是富有魅力的，在图像中，汽油加油泵和骆驼、可口可乐和安第斯山村、牛仔裤和皇家城堡并置一起。”[①] 许许多多的地方文化感受到了迷茫、痛楚，它们觉得自己只能在抄袭复制和保持愚昧间二择其一，于是，要么自我抹杀，要么遁入过去寻找庇护。这些地方文化绝望之余，往往到宗教激进主义或其他绝对真理中去寻求慰藉，这些绝对真理拒绝一切其他真理，主张回归到过

① 阿兰·图雷纳（1925— ），或译阿兰·图海纳，法国和当代世界最主要的社会学家之一。创建社会运动研究中心（Centre d’Etudes des Mouvements Sociaux）及社会学分析和干预中心（Centre d’Analyse et d’Intervention Sociologiques）。20世纪60年代以来任法国社会科学高等学院（École des hautes études en sciences sociales）研究主任直至退休。思想活跃，富于创见，是最早从批判角度定义并分析后工业社会（Société post-industrielle）的学者之一，从行动者、行动和社会运动等视角观察社会的行动社会学（Sociologie de l’action）及新社会运动（Nouveaux mouvements sociaux）研究范式的开创者。90年代，转向对整个现代文明的思考。著述极丰，主要代表作有《行动社会学》（*Sociologie de l’action*，1965）、《后工业社会》（*La Société post-industrielle*，1969）、《社会的生产》（*Production de la société*，1973）、《现代性批判》（*Critique de la modernité*，1992）等。这里的文字出自《我们能否共同生存》一书，他在书中指出，当代社会面临着工具性世界与认同世界的分裂，将对技术世界的参与与对文化遗产和个性的肯定结合起来，才是共存之道。

去，越纯净越好，似乎在这压倒一切的现代性面前，除了排斥异己和怀旧，再没别的应对方式。

冷战已成历史。所谓**自由世界**与之一道失去魔力。就在不久前，西方世界还在以自由世界之名进行针对东方极权主义国家的十字军圣战。现在，越来越明显的一个事实，是一小撮巨头操控的媒体可与一个国家官方垄断的媒体具有同样的极权主义性质。我们所有人都不得不在言论自由与公司自由间画等号。文化缩减为娱乐，娱乐则变成光芒四射的全球性生意；人生缩减为节目，节目则变成经济权力和政治权力的源泉；信息缩减为广告，广告统治一切。

人类成员每三人就有两人生活在所谓第三世界，但最重要的那几家新闻通讯社的记者，倒有三分之二常驻欧洲和美国。国际公约数次强调、政治讲话屡次提及的什么信息自由流通、尊重多样性何在？世界上大部分新闻来自人类中的少数群体，这些新闻也是专供这些人的。从新闻社的视角来看，这太好理解了。这些新闻社是致力贩卖信息的商业公司，它们收入的主要部分在欧洲和美国赚得。北方国家的独语：其他国家和地区甚少得到关注，除非那里发生战争或灾难，而记者们报道当地事件时，还往往不用当地语言说话，对当地历史和文化也一无所知。他们传播的信息常令人生疑，有时就是赤裸裸的谎言。南方不得不用一双瞧不起自己的眼睛来瞧自己。

信息时代

1989年圣诞前夕，我们所有人都目睹了尼古拉·齐奥塞斯库在罗马尼亚大开杀戒的恐怖罪证。

这个自称“社会主义的蓝色多瑙河”的疯狂暴君在蒂米什瓦拉残杀了四千名不同政见者。我们看到了许多具尸体，这要感谢电视新闻广泛传播的效应，还要感谢各大国际新闻社的得力工作，它们源源不断为各家报纸和杂志供应图片。那一行行的尸体，因遭受酷刑扭曲变形，令全世界为之震颤。

后来几家报纸刊登了更正启事，没几个人读到：蒂米什瓦拉惨案确曾发生，遇害者累计一百多人，包括独裁政权的警察在内，可那些可怕的照片都不过是唬人的把戏。那些尸体与那段历史毫无关联，它们并非因为遭受酷刑变形，不过是埋得久了：新闻制造者们从一个墓园里把它们刨出来，让它们对着照相机镜头摆造型。

八十年代初，联合国教育、科学及文化组织曾支持过一个计划。当时有人坚信，信息并非单纯的商品而是一项社会权利；传媒应担负起教育的责任。为此，他们提出这样的可能：成立一个全新的国际新闻社，在那些不被信息和意见生产工厂关注的国家进行独立报道，远离各种压力。尽管这一计划出台时遣词尽量模糊和谨慎，美国政府还是对这一攻击言论自由的行为大发雷霆。这样的事情应交由市场的灵动力量来完成，教科文组织凭什么横插一脚？美利坚摔门而去，大不列颠起身离席，后者一贯表现得像是

来玩打仗游戏吧1

耶努里·奇瓦拉死于1995年秘鲁与厄瓜多尔边境战争，享年十四岁。与其他许许多多利马贫民区男孩一样，他被征召入伍。他随征兵队离去，消失得无影无踪。

电视、广播和报纸盛赞这位为国捐躯的娃娃烈士，他成了青年人的楷模。战争进行期间，秘鲁《商报》每天都在头版为这些年轻人大唱赞歌，而在该报刑事新闻版和体育新闻版上，这些年轻人遭到诅咒痛骂。这些**战壕黑鬼**，印第安人的子孙，头发粗硬、肤色发黑的穷苦人，当他们身穿军装出现在战场上，就是祖国的英雄；同样是这些善良的野蛮人，一旦身着平民服装，出现在城市街头或足球场上，便成了危险的野兽、天生的暴虐狂。

那个曾是它殖民地国家的殖民地一样。当时，一种与政治权力和商业利益脱钩的国际资讯正在成为可能，而任何一个独立新闻计划，不管它多谦卑，都会威胁到国际分工格局。在这种格局中，少数人负责生产新闻和观点，其他所有人负责被动地消费新闻和观点。

关于南方的报道少之又少，而仅有的那些报道也几乎从不站在南方的视角：大规模传播的信息反映的往往是偏见，这种偏见来自高高在上的、置身事外的目光。电视屏幕上，一条接一条的信息间，充塞饥荒和战争的图像。如此那般的惨象，如此那般的**厄运**，来自地狱一般的下层世界，只能反衬出消费社会多么的近乎天堂，这里无限量供应消解距离的汽车、消除皱纹的面霜、消灭白发的染色剂、消缓疼痛的药丸等等神奇事物。那些来自**另一个世界**的图像往往发自非洲。非洲人的饥荒总被展示成自然灾害，非洲发生的战争是**黑人的事情**，非洲**部落**的血腥祭仪表明这些野蛮人就是喜欢互相残杀。展示饥荒的图片从不提殖民主义掠夺，一笔也无。西方列强昨日在非洲贩运奴隶、推行强制性单一作物种植让非洲鲜血直淌，今日他们则用填不饱肚子的工资和灾难性的价格让非洲的大出血永无止息之期，他们的罪责却无人提及。关于战争的报道同样如此：关于殖民遗产，一如既往地沉默；那些白人主子可以一如既往地逍遥法外，这些人将非洲国家的独立充做抵押物，

来玩打仗游戏吧2

电子游戏爱好者甚众，各年龄层都有，且还在迅速增长。维护电子游戏的律师们说，电子游戏的暴力是清白无辜的，只是模仿新闻报道而已，且这种娱乐方式也属有益，可以让儿童远离街头的危险，让青少年和成人远离香烟。

电子游戏使用的语言由一系列音响构成：机枪的突突突突、令人汗毛直竖的音乐、垂死挣扎的哀号，以及斩钉截铁的命令：Finish him!（干掉他！）Beat' em up!（揍他们一顿！）Shoot' em up!（向他们开火！）这是未来的战争，这是战事频仍的未来：最受欢迎电子游戏的战场上，玩家必须抢先开枪，然后毫不犹豫继续向一切移动物体射击。敌人的袭击容不得半点迟疑和片刻喘息，不管那是坏蛋还是冷酷无情的外星人、残忍的机器人，不管那是类人生物还是吓人的鬼怪、变异恶兽、喷火骷髅怪。玩家干掉的敌人越多，就越接近胜利终点。堪称经典的《真人快打》系列中，准确出击会得到奖励：或一掌劈断敌人脖子，或把对手脑袋连颈打飞，或从敌人胸口扯出血淋淋的心脏，或一击爆头，让对手的头盖骨碎成千百片。

例外也有，有些电子游戏是非军事性质的。比如赛车。有一种赛车游戏，赚取积分的方式之一是轧死路人。

然后翩然离去，身后留下腐败透顶的官僚系统、专制独裁的军人、人为制造的国界和当地人彼此间的仇恨；制造死亡的工业运转如常，北方向南方出售武器供其自相残杀，这一事实，一如既往地，总被忽略不计。

正如作家沃莱·索因卡所说，一眼望去，非洲地图“就像是一个发了疯的织工织出来的，这个疯子在制作这块毛毯时丝毫不管纱线的编排、毛毯的颜色和图案”。一条条国境线把黑非洲撕成四十多块，其中许多条只能以军事控制或商贸原因来解释，与历史根源、自然地貌没半点干系。殖民列强创制了这些边界，也善于操控民族间的纷争。所谓**分而治之**：一天，比利时国王英明决策，在今属卢旺达和布隆迪的区域内，凡拥有八头及以上母牛者就是图西族，没八头就是胡图族。事实上，从事畜牧的图西人与从事耕作的胡图人虽来源不同，却已在同一片土地上和平共处了几百年，操同一种语言。他们并不知道他们是敌人，可到了后来，他们对这一点深信不疑并走向狂热。1994至1995年间，胡图族和图西族相互展开漫长的大屠杀，遇难者多达五十多万。关于这场杀戮之灾的报道中，很少能听到或读到对德国和比利时殖民成就的认可，或对法国所做贡献的肯定。正是德国和比利时的殖民侵略破坏了那对非洲兄弟民族和平共处的传统，法国则紧随德国和比利时之后，为这两个民族互相灭绝的行动提供武器和军事援助。

每个国家穷人的境遇与穷国是相似的：仅当他们可以贡献能吸引大批观众从而在市场上大获成功的不幸遭遇时，大众传媒才瞥他们一眼。要有多少人在战争或地震中伏尸，多少人在洪灾中灭顶，才能换得一些国家成为新闻报道对象，在世界地图上出现一回？一具饿殍要达到何等恐怖的程度，才能博得照相机镜头聚焦一次？整个世界正在变成一个超级**真人秀**舞台。在电视上，穷人永远不会出现，除非作为隐蔽的镜头嘲讽的对象，或是作为他们自己恐怖大片的主角。无人知晓之人需要被认可，无人观赏之人想要被看见，失去根的人在苦苦寻根。电视上不存在的，现实中会存在吗？最底层的人梦想得到小小荧屏上的辉煌，在那里，一个稻草人也能化为魅力十足的帅哥。为升到电视之神们居住的圣山之巅，某个自叹不幸的人竟在一档娱乐节目中面对镜头开枪自尽。最近这段时间，在一些拉丁美洲国家，所谓**电视垃圾**风头正劲，力压电视连续剧：遭强暴的女童在记者面前泣不成声，而记者的追问又将她强暴一次；这头怪兽是新一代人像合体，快看哪，女士们，先生们，不要错过这不可思议的奇观；一个一脸大胡子的女人想找到如意郎君；一个臃肿肥胖的男子自称怀孕。在巴西，吓人大赛已举办三十多年，每届都招来一大批选手参赛，吸引一大群电视观众。哪个侏儒全国最矮？谁长着全国最大的鼻子，冲澡时都不湿脚的？谁是倒霉蛋里的倒

供历史课教师参考

1998年，全球媒体把它们最多的版面和最好的精力都献给了地球总统与一个胖妞儿间的浪漫情事。那个情欲旺盛又多话的胖妞儿叫莫妮卡·莱温斯基。

在所有国家，我们都被迫成为莱温斯基的追随者。关于她的话题侵入我吃早饭时读的报纸、吃午饭时听的广播节目、吃晚饭时看的电视新闻和喝咖啡时翻的杂志。

我觉得1998年好像还发生了另外一些事，可我怎么也想不起来了。

霉蛋？在倒霉蛋大赛中，奇迹造就的人在摄制现场排起长龙：双耳都被老鼠吃掉的女童；被拴在一只床脚上度过漫漫三十年的弱智儿；被酒鬼丈夫暴力致残，是同一个男人的妻子、女儿、妻妹和岳母的女人。每一个倒霉蛋都有自己的粉丝团，他们在台下齐声高呼：

“必胜！必胜！！”

穷人几乎总能占据刑事案件报道的头条。任何一个穷困潦倒的嫌疑犯都有可能在被警察逮到后暴揍一顿，记者全程跟拍，警察无须担心受罚，而在开庭前，电视和报纸就抢先给那倒霉的犯人判刑了。媒体无须走司法程序就给危险的穷人判刑，正如某些国家不由分说，先给危险的国家定罪。

八十年代末，萨达姆·侯赛因被媒体描绘成一个恶魔，此前，同一些媒体把他描绘成一个圣人。萨达姆成了巴格达的撒旦，成了世界政治天穹中一颗邪恶之星，而媒体忙着说服全世界，要让所有人相信伊拉克是全人类的威胁。

1991年初，美国发起“沙漠风暴行动”，二十八国紧随其后，大批公众表示支持。刚刚入侵过巴拿马的美国掉转枪口侵入伊拉克，因为此前伊拉克侵略了科威特。这场超级**秀**被作家汤姆·恩格尔哈特称为电视史上规模最大超级巨制，一百万名群众演员参与，每天耗资十亿美元，征服了全世界电视观众，在所有国家均创下极高**收视率**。纽约股市也被征服，成交量破了纪录。

战争的艺术，被粉饰成盛宴的野蛮吃人暴行：海湾战争成了一个播不完的低俗电视节目，该节目盛赞高科技武器，将人类生命贬得一文不值。这是一场以卫星、雷达和计算机为主角的机器战争，电视屏幕展示体形优美的导弹，威力巨大的火箭，性能高超的飞机及可进行精确定位、把人炸成齑粉的灵巧炸弹。这场伟大征服付出一百一十五名美国人阵亡的代价。至于多少伊拉克人战死，没人去做详细统计。据估算，不会少于十万。可在荧屏上，这些战死者从未露面。电视展示的唯一一名战争受害者是一只浑身沾满油污的鸭子。后来人们得知，就这幅图片还是冒用的。那只鸭子来自另一场战争。美国海军退休将官吉恩·拉罗克告诉记者斯塔兹·特克尔：“现时我们杀人根本不跟对方照面，几千英里外揿按钮。这是遥控式杀人，不带情感，无须愧疚……然后，我们就凯旋了。”

几年后，1998年初，美国想再一次品尝胜利的滋味。

庞大的新闻机器再次开动，为庞大的战争机器服务，要让全世界相信伊拉克正在威胁全人类安全。这回，伊拉克的罪名是拥有化学武器。前此数年，萨达姆曾使用美国制造的致命毒气与伊朗交战，听说还曾使用这些毒气灭绝库尔德人，当时国际上可没人为此竖过一根汗毛。数年后，伊拉克拥有生化武器库的新闻传开时，恐惧迅速蔓延开来。

电子朋友

专心致志，沉迷其中，互不交谈。

无论下班路上还是上班路上，三千万日本人都要与弹子机见一面，把自己的灵魂托付给它。机器前一坐数小时，玩家们不断把钢珠弹向那些许诺中奖的洞口。每一台机器都受一台电脑统治，在电脑操控下，玩家们几乎总是输，偶尔也赢一回，这样，他们信仰的火焰就不至熄灭。在日本，赌钱是明令禁止的，因此玩家们得花钱买游戏牌，奖品是玻璃球，可以拿到街角去换钱。

1998年，日本人每天向弹子机圣殿奉上五亿美元。

据说，伊拉克掌握炭疽、鼠疫、肉毒杆菌、癌细胞等致命病原体。在美国，任何一家实验室都可以通过电话或邮件，从华盛顿市郊一家名为美国模式培养物集成库的公司——缩写为ATCC——订购到这些东西。结果，一千零一夜的宫殿里，联合国调查员们什么也没发现，于是战争被暂时搁置，等待美国找到新的借口。

考虑到当代通信技术的历史，世界资讯受军事操控不足为怪。五角大楼一直是所有新闻的主要赞助者和主要客户。第一台电子计算机就诞生于五角大楼指派的任务。通信卫星是由军事研发计划催生的，同样是五角大楼首次连接起计算机的互联网络，当时，其目的是在国际范围内协调各路军事行动。美国军方在通信技术上的巨额投资简化并推进了他们的作战任务，也助长了他们在全球范围内犯下的被描绘成贡献于世界和平的罪行。

不过，幸运的是历史也充满悖论。五角大楼绝没料到原本服务于军事、将全世界编程为一个巨大战场的互联网，居然也能被各种和平主义运动拿来传播自己的话语，这些组织向来几乎默默无闻。然而，通信技术和信息系统的惊人发展也使暴力大范围扩散，使暴力成了生活方式和主流文化。传播最广、受众最多的媒体让我们习惯于接受暴力的淫威，让我们从小就接受应对暴力的训练。

电影、电视、电脑，光影闪烁，一幅又一幅，一幅接一幅，不断流血、爆炸。1994年，布宜诺斯艾利斯两所大学联合展开一场调研，试图评估无线和有线电视少儿节目中的暴力成分：平均每三分钟就有一个暴力场面。这项研究得出结论，一个阿根廷儿童年满十岁时，在电视上看到的暴力场面将多达八万五千帧，还不包括暗示性暴力的节目。他们还得出结论，每到周末，电视中暴力剂量就会大增。一年前，在利马郊区进行的一次问卷调查表明：几乎所有父母都对播出这种类型的节目表示赞成。他们的意见是：**孩子们就爱看这类节目嘛；孩子开心就好；孩子们爱看，说明的确有看头；更重要的，是这样他们才知道人生是什么样子**。也有人说：**他们不会受影响，这点玩意儿算什么**。几乎同时，里约热内卢州政府也做了一次调研，结论是全球电视网播出的暴力场面有一半都集中在少儿节目中；巴西儿童每过两分四十六秒就迎来一次暴力轰炸。

今天这个时代，在有学上的儿童们的日常生活中，面对电视机的时间远超在教室里的时间。全世界都一个样：

话 语 5

一群人类学家在哥伦比亚太平洋沿岸田野里走访，寻找人生故事。一位老人这样请求他们：

“不要录我的声音，我说话不好听。最好还是录我的孙子孙女去吧。”

相隔千山万水，另一群人类学家在大加那利岛田野里走访。另一位老人向他们慷慨献出自己的时间，给他们端来咖啡，用最美妙的语言向他们讲述精彩的故事。他跟他们说：

“我们说话不好听。孩子们讲起话来就好听。”

孙子孙女们，孩子们，他们讲话好听，他们讲起话来与电视里一模一样。

不管有学上还是没学上，孩子们在电视节目里寻找他们的信息源，通过电视学好也学坏，他们聊天的主要话题也来自电视。近些年来，在拉丁美洲国家，出于公共教育恶化，电视教育地位凸显，令人瞩目。政客们在演说中为教育慷慨捐躯，实际操作时却置它于死地，放手让小小荧屏来讲授消费课和暴力课。他们在演说中控诉犯罪毒瘤，呼唤铁腕治理，实际操作时却大力推动对新一代头脑殖民：孩子们很早就开始受驯化，要在象征权力的商品中确认自己的身份，然后凭借武力夺取这些东西。

媒体究竟是反映现实还是创造现实？媒体和现实，谁造出了谁？是鸡生出了蛋还是蛋生出了鸡？或许，一条咬住自己尾巴的蛇这个比喻更贴切？媒体自我辩护，说我们向人们提供的不就是他们想要的吗；可是，这样的供给不仅回应了需求，也催生越来越多的需求：它成为习惯，创造它自己的需求，变做戒不掉的瘾。媒体说，街头暴力与电视里一样多，可媒体中的暴力不单是在展现现实世界中的暴力，它更促使现实中的暴力翻着番地增长。

在大众传媒方面，欧洲已积累不少有益经验。在一些欧洲国家，电视和电台已达到很高的质量水准，属于**公共服务**，不由国家主导，而直接由代表公民社会多种声音的各个组织来领导。这些经验提供的范例，是真正达成人与人沟通的、民主化的媒体，它们面对公民的出发点是对人类的尊严、对公民的信息权和知情权的尊重。然而，这可并非今天正在得到国际化推广的模式。在商业竞争压力下，它们正面临危机。美国私营电视提供的混合血腥、安定药和广告的致命鸡尾酒侵入了世界各地。新模式建立在这样一条原则上：凡以最小成本获得最大收益就是好的，不能生出红利就是坏的。

古希腊伯里克利时代有过一个审判东西的法庭：比方说，一把刀充当过作案工具，就会被定罪，要么砸成碎片，要么丢到水底。今天人们要是对电视机处以极刑，公平吗？

那些说它坏心眼儿或把它叫做**吸脑髓神器**的人是在诬陷它：是商业电视把信息传递降格为生意的；但显而易见，无论人们怎样滥用电视，电视本身也还是无辜的。这也不妨碍我们明白这样一个确凿无疑的事实：电视，这一在我们的时代备受膜拜的图腾，是被用来在全球各地强制推广由情感工程师设计、由灵魂工厂系列生产的那些偶像、神话和梦想的最有效媒体。

彼得·门泽尔和其他几位摄影家在一本书中记录了这个星球上最为多样的家庭。照片中一个个亲密家庭摄自英格兰、科威特、意大利、日本、墨西哥、越南、俄罗斯、阿尔巴尼亚、泰国和南部非洲，各具风情。但所有家庭有一个共同点，那就是电视机。[①] 当今世界有十二亿台电视机。最近在南北美洲进行的一些调查和研究显示，这小小荧屏无处不在，权力无边：

加拿大百分之四十的家庭，父母想不起家里哪顿饭是在不开电视机的情况下吃的；

在美国，孩子们被拴在这条电子狗链上，他们祭献给电视的时间是他们与父母交谈时间的四十倍；

墨西哥大部分家庭，家具是以电视机为中心摆放的；

---

① 彼得·门泽尔（1948— ），美国自由摄影记者、作家。这里提到的书是他摄影、查尔斯·C.曼（Charles C. Mann）撰文《物质世界：环球家庭肖像》（*Material World: A Global Family Portrait*），旧金山：山岳俱乐部出版社，1994年。

在巴西，四分之一人承认，如果没有电视机，他们就不知道该怎么活。

在今天的世界上，工作、睡觉和看电视，占据最多时间的三项活动。政客们深谙这一点。巨大的电子网络在千家万户设下布道坛，其影响范围，世界上任何一个说教者都不曾梦到。说服力并不取决于每条信息的内容或真实程度，而取决于形象的好坏和广告轰炸的效用。每每在公共舆论中推出一位新总统，就好比在市面上推出一款新强力去污剂。罗纳德·里根是史上第一位电视总统，他在八十年代两度当选。他不过一个演技平平的演员，在漫长的好莱坞生涯里学会了面对镜头一脸真诚地撒谎，借由天鹅绒质地的嗓音获得了通用电气公司代言人的职位。在电视时代，无须再做什么准备，里根轻松地走上从政之路。他的思想算不得丰富，悉数来自《读者文摘》。作家戈尔·维达尔发现，《读者文摘》合集之于里根的重要性相当于孟德斯鸠作品全集之于杰斐逊。里根总统通过小小荧屏让美国公共舆论相信，尼加拉瓜是个威胁。在一张从南到北渐次染红的北美洲地图前，里根演示了尼加拉瓜可能经由得克萨斯州入侵美国全境的全过程。

自里根始，电视总统们接连在各国获得成功。1990年，给迪奥做过模特的费尔南多·科洛尔凭借电视的力量荣登巴西总统宝座。为阻止左派在选举中获胜，电视制造了科

洛尔，没过几年，同样是电视，把科洛尔赶下了台。[1] 1994年，西尔维奥·贝卢斯科尼登上意大利政治权力的巅峰，没有电视，他的胜利无法解释。自以民主多样性的名义独

① 全球集团（Grupo Globo）总裁罗伯托·马里尼奥（Roberto Marinho, 1903—2003）是巴西最有影响力之人，有无限期总统（o presidente sem mandato）之称。1989年大选，他支持保守派候选人费尔南多·科洛尔。费尔南多·科洛尔与左派联盟候选人路易斯·伊纳西奥·卢拉·达席尔瓦（Luiz Inácio Lula da Silva, 1945— ，2003至2011年任总统）以平分秋色之姿进入第二轮选举。大选当天，罗伯托·马里尼奥授意负责录制最后一场辩论的全球电视网在收视率甚高的直播新闻节目《国家新闻》（"Jornal Nacional"）中播出有利费尔南多·科洛尔的编辑版本，此举被认为对其最终获胜起到关键作用。1992年，费尔南多·科洛尔爆出贪腐丑闻后成为弃子，全球电视网及集团旗下《全球报》（*O Globo*）、全球广播网（Sistema Globo de Rádio）对要求弹劾他的街头集会大肆报道，当年9月，费尔南多·科洛尔被弹劾后离职。关于全球集团与巴西政治的关系，参见英国导演西蒙·哈尔托赫（Simon Hartog, 1940 —1992）执导的纪录片《超越公民凯恩》（*Beyond Citizen Kane*, 1993）。

霸意大利私营电视以来，贝卢斯科尼的影响力就被及一大批电视观众。他对私营电视的垄断，还有他在领导AC米兰足球俱乐部上取得的战绩，成为将他的政治野心推向成功之巅的强力弹射器。

在所有国家，政客们都担心被电视臭骂或边缘化。电视新闻和电视连续剧里，总有好人和坏人、受害者和刽子手。没哪个政客爱演坏蛋，但坏蛋至少还有戏份儿。最糟的是没戏份儿。政客们都害怕被电视忽略，在公众视野中消失。不在电视上露面，就不在现实中存在；离开电视画面，就等于告别世界。要常驻政治舞台，就得不间断在小

赞美想象力

几年前，BBC即英国广播公司有一次询问英国儿童们更喜欢电视还是广播。几乎所有孩子都说自己更喜欢电视，这就好比要证实一下猫会喵喵叫或死人不喘气。不过，在选择广播的那少数几个孩子里，有一个是这么说的：

“我更喜欢广播，因为，我在广播里看到的景色更美。”

小荧屏上出现；要不间断在小小荧屏上出现，不花钱是办不到的。掌管电视的老板们给政客提供讲台，政客们则以有罪不惩的特权偿还他们的情义，于是，老板们可以无惧法律，理直气壮把公共服务拿来为自己的私人钱袋服务。

政客们不会不知道，他们也还没奢侈到能无视这一事实：他们的职业已信誉扫地，而电视，继而是电台和报纸，对民众具有催眠般的魔力。1996年，在数个拉丁美洲国家进行的一项民意调查的结果，与在我们拉丁美洲大城市街头路人所说相当一致：十分之九危地马拉人和厄瓜多尔人对他们的议员评价较差或极差，十分之九秘鲁人和玻利维亚人对政治党派不予信任。另一方面，三分之二拉丁美洲人完全相信他们在媒体上看到的和听到的。

何塞·伊格纳西奥·洛佩斯·比希尔是一位探索传播新方式的媒体人，他总结得很到位：

"现在的事实是在拉丁美洲要想从政，最佳选择是先去混个主持人、播音员或歌手当当。"

为征服民意，获得或巩固合法地位，一些政客直接把电视据为己有。比如，巴西政坛最保守、势力最大的政客安东尼奥·卡洛斯·马加良斯就曾被慷慨赠予巴伊亚州私营电视台经营权，得以与巴西电视业老大全球电视网公司共享垄断。利迪策·达玛塔曾被劳工党的支持者们选为巴伊亚州首府行政长官。劳工党实力雄厚，自命左翼。1994

年，玛塔市长声明，在洪灾、建筑物倒塌、罢工等民众需要及时掌握信息的紧急状况下，她一次也没能从马加良斯的电视台获得帮助。巴伊亚电视台这面魔镜只显示它主人自己的面孔。

在许多拉丁美洲国家，有些电视频道自称公共电视频道，国家自毁声誉的典型案例之一：一般来讲，除极少数充满英雄气概的例外，这些频道提供的节目令人兴味索然，显示在荧屏上时还往往影影绰绰；这些频道工作人员使用的是旧石器时代的机器，拿的是低得荒诞的工资。拥有足够资本和手段能俘获大批观众的是私营电视。在整个

拉丁美洲，这一喷涌金钱和选票的神奇源泉掌握在少数人手里。在乌拉圭，握有无线、有线私营电视的是三大家族。这种家族式寡头垄断吞进去钱财，吐出来广告，不花几个子儿就能买下来自国外的打包节目，绝少向本土人才提供工作机会，更绝少冒险一搏，亲手去制作一个高质量的节目——要有这样的奇迹，神学家们会信誓旦旦说这是上帝存在的明证。阿根廷电视也主要为两大媒体集团控制。在哥伦比亚，同样是两大集团将电视和其他重要媒体牢牢攥在手心里。在墨西哥和巴西，特雷维萨电视公司和全球电视网公司分别独霸业界，其他小电视台只能做做陪衬。

拉丁美洲为美国图像产业拱手奉上利润丰厚的市场。在电视方面，我们这个地区消费多、自产少，只某些新闻节目和电视连续剧除外。电视连续剧是拉丁美洲电视唯一的出口货，巴西的算质量上乘。在拉丁美洲电视连续剧里，有时会出现现实主题，诸如政治贪腐、毒品交易、街头流浪儿或无地农民，不过，覆盖最广的电视剧是这样一种类型，一如墨西哥特雷维萨电视公司总裁在1998年所给出的定义：

“**我们出售梦想**。**我们丝毫不打算反映现实**。**我们出售的是梦想，就灰姑娘那种**。”

这个世界上，唯有在这些发行量奇高的电视剧里，灰姑娘才能嫁给王子，坏人才能受到惩罚，好人才能得到报偿，盲人恢复视力，最穷的穷人被一笔遗产砸中从而成为最有钱的有钱人。这些漫漫长剧被称为**长蛇**，在它们创造的幻境中，社会矛盾化解在泪水或蜜糖里。宗教信仰向你许诺死后入天堂；然而，任一无神论者都能在下班后入得**长蛇**。每一集进行时，**另一种**现实——剧中人物的现实就取代了人的现实。就在这奇迹时段里，电视成了向无依无靠灵魂提供庇护、拯救和救赎的便携圣殿。不知谁说过这么一句：“穷人喜欢奢侈。也就知识分子喜欢观赏贫穷。”任何一个穷人，不管多穷，都可以穿越到电视剧的豪华场景里，分享富人的快乐、富人的不幸、富人的眼泪：有一部在全世界广为发行的拉丁美洲电视连续剧，就叫《有钱人也会哭》。

豪门里阴谋乃是家常便饭。电视观众们咬着手指甲，一周接一周一月接一月一年接一年一世纪接一世纪地等着看年轻而不幸的女佣发现自己是公司总裁的私生女打败了不讨人喜欢的富家小姐与家里的少爷步入婚姻殿堂。可怜的女主角常常私底下躲在卫生间里哭鼻子，她的忘我之爱如同行进在荆棘密布的漫漫长路上，与之交缠在一起的，是网球场上、游泳池派对中、股市里和总裁办公室内钩心斗角的阴谋诡计，剧中其他人物在这些场合为控制股权同样备受煎熬，有时还会谋取他人性命。这就是新自由主义激情时代的灰姑娘的故事。

参考文献

J. C. 赫茨，《操纵杆之国》，波士顿：利特尔与布朗出版社，1997年。

爱德华·S.赫尔曼、罗伯特·W.麦克切斯尼，《公司资本主义的新传教团》，伦敦：卡斯尔出版社，1997年。

阿兰·图雷纳，《我们能否共同生存》，墨西哥城：经济文化基金出版社，1997年。

爱德华多·冈萨雷斯-奎瓦，《英雄还是恶棍：秘鲁青年的媒体偶像》，见《北美洲拉美协会会刊》，纽约，1998年7/8月合刊。

安东尼娅·泽尔维西阿斯，《他们脚下的世界》，见《多伦多星报》，1995年8月27日。

巴兹尔·戴维森，《黑人的负担》，纽约：时报图书公司，1992年。

达维德·加昆齐，《卢旺达》，见《群岛》杂志，巴塞尔，1998年1月。

戴维·诺布尔，《技术的宗教》，纽约：克诺夫出版社，1997年。

丹尼尔·埃尔兹，《全球电视网秘史》，阿雷格里港：切！出版社，1987年。

国际劳工组织，《多媒体合作对话基础文件》，日内瓦，1996年。

何塞·玛丽亚·帕斯奎尼·杜兰，《通信：面对新技术的第三世界》，布宜诺斯艾利斯：莱加萨出版社，1987年。

何塞·伊格纳西奥·洛佩斯·比希尔，《无线电发烧友救急手册》，基多：世界社区广播电台协会、拉丁美洲广播教育协会，1997年。

赫苏斯·马丁-巴韦罗，《从传媒到调解》，巴塞罗那：希利出版社，1987年。

赫苏斯·马丁-巴韦罗等,《电视与情节剧》, 波哥大: 第三世界出版社, 1982年。
克劳迪奥·加蒂,《小心, 美国在监视欧洲人》, 见《国际邮报》(译自《世界》周刊), 巴黎, 1998年4月2日至8日。
肯·奥莱塔,《信息的蜘蛛网》, 见《国际邮报》(译自《纽约客》), 巴黎, 1998年4月9日至15日。
拉丁美洲广播教育协会,《拉丁美洲大众广播的新愿景》, 基多: 拉丁美洲广播教育协会, 1996年。
利迪策·达玛塔,《萨尔瓦多在抵抗》, 见《圣保罗页报》, 1994年4月28日。
联合国教育、科学及文化组织,《多种声音, 一个世界》, 纽约、巴黎, 1980年。
罗兰多·桑托斯,《阿根廷少儿电视节目暴力因素研究》, 布宜诺斯艾利斯: 基尔梅斯和贝尔格拉诺大学出版社, 1994年。
罗莎·玛丽亚·阿尔法罗·莫雷诺、桑德罗·马卡西,《电视的诱惑》, 利马: 卡兰德里亚社会传媒协会, 1995年。
马克·克里斯平·米勒等,《娱乐之国》, 见《民族》周刊, 纽约, 1996年6月3日、1998年6月8日。
尼尔·波兹曼,《技术垄断》, 纽约: 古风出版社, 1993年。
尼尔·波兹曼,《娱乐至死》, 纽约: 企鹅出版社, 1986年。
尼尔·波兹曼、史蒂夫·鲍尔斯,《怎样看电视新闻》, 纽约: 企鹅出版社, 1992年。

诺姆·乔姆斯基、爱德华·S.赫尔曼，《制造共识》，纽约：万神殿出版社，1988年。
斯塔兹·特克尔，《本世纪亲历者口述故事》，纽约：新新出版社，1995年。
汤姆·恩格尔哈特，《胜利文化的终结》，纽约：基础书籍出版社，1995年。
伊格纳西奥·拉莫内特，《信息的专制》，马德里：论争出版社，1998年。
约翰·伦纳德，《烟与镜子：暴力、电视及其他美式文化》，纽约：新新出版社，1997年。

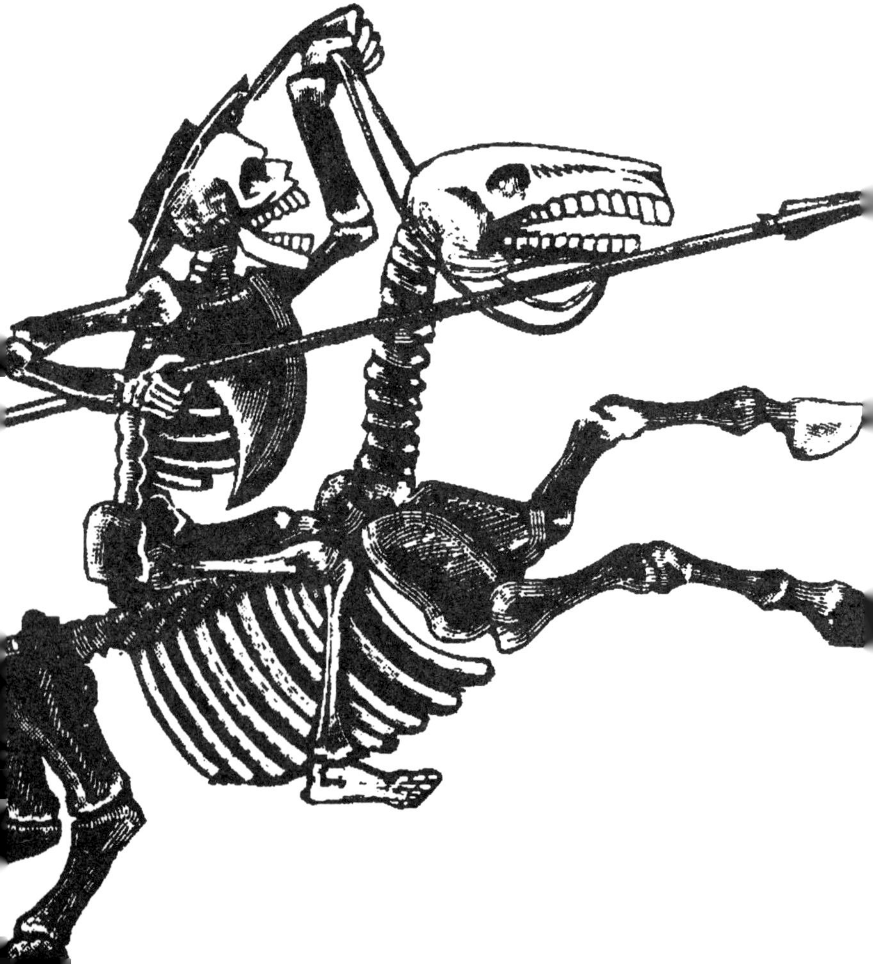

上帝死了。马克思死了。我自己也感觉糟透了。

——伍迪·艾伦

反 学 校

■ 千年之末的背叛与承诺 ■

■ 精神错乱的权利 ■

千年之末的背叛与承诺

1902年，理性主义者出版协会在伦敦发表他们的《新教理问答》：二十世纪接受洗礼式，被冠以和平、自由和进步之名；二十世纪的教父们宣称，这个新生儿将把世界从迷信、物质主义、贫穷和战争中解放出来。

很多年过去了，这一世纪正在走向终结。它留给我们的是怎样一个世界？这世界已没了灵魂，成了一个被解除良心的世界，一个迷信机器、崇拜武器的世界，一个颠倒的世界，左边跑到右边，肚脐眼儿长在后背上，脑袋瓜儿落到了脚下。

问题及其成为新问题的解答

整个二十世纪，对科学和技术力量的信仰一直在助长对进步的期待。当这一世纪行至中途，一些国际组织开始推动欠发达国家和地区的发展，给这些地方的婴儿分发奶粉，在农田里喷洒杀虫剂——后来人们知道，取代了母乳的奶粉只会让穷人家的婴儿死得更快，杀虫剂则让癌症蔓延。数年后，到了世纪末，是同样的故事：技术专家们以科学名义炮制治疗欠发达症的药方，这些药方往往比病症更害人，它们被强加于人，以人的尊严的丧失和大自然的消亡为代价。

也许这一时代最精准的象征是中子弹，它尊重物却把人烤成焦炭。这是人性的不幸境遇，在这样的时代，容器没有内容，话语没有意义。科学和技术本是为市场和战争服务的，现在反过来让我们为它们服务：我们成了我们工具的工具。魔法师的学徒释放出不为他所知，也不能为他控制的力量。世界，这个没有中心的迷宫，正在逐渐坍塌，也撕裂它自己的天空。这一百年里，手段和目的分道扬镳，拆开它们的是权力体制。也正是这权力体制让劳动产品离开劳动者的手，让话语和行动永不相聚，让现实失去所有记忆，让每一个人都成为其他人的竞争对手和仇敌。

现实被剥夺根系和联系，成了价格和轻慢的王国：价格轻看我们，决定物、人和国家的价值。这样一个世界里，最值得尊重的人是持有最多信用卡的人，为市场无视的人被奢侈品激起嫉妒心。云里雾里的思想理论家和宣扬时下流行的蒙昧主义的布道士们告诉我们，现实无法解释，这就等于说，现实无法改变。全球化把国际主义变成卑躬屈膝，模范公民就是把现实当做宿命的人：如果现实如此，那是因为过去就如此；如果过去就如此，那是因为本该如此，将来也会如此。二十世纪诞生在变革之希望的标志下，

供思想史课教师参考

"你思想变化可真快啊，马诺洛！"

"没有啦，佩佩，没有的事。"

"还没有呢，你先是君主派，然后当了长枪党，再后来做了佛朗哥主义者，再后来又成了民主派，不久前你还在跟社会党人混，现在你又加入右派了。你还说你思想没怎么变？"

"没有啦，佩佩。我的思想永远都是这个：做这个镇的镇长。"

没跨出去几步，就被社会革命的风暴吹得摇摇晃晃。现在，到了它最后的日子，这个世纪，似乎被沮丧和隐忍击垮了。

不公正是历史上所有暴动的原动力。二十世纪，不公正并没减少，反而增加到无以复加的地步，多亏我们已练就把它作为习惯来接受、作为宿命来遵从的本领，不然，如此多的不公正会让我们觉得不可思议。而权力并非未意识到不公正正变得越来越不公正，危险正变得越来越危险。自从柏林墙倒塌和它素来称为“共产主义”的大部分政权不复存在以来，资本主义就失去了借口。在冷战的年代里，世界的半边总能在另外半边找到犯罪的借口和遭受惊吓的证明。每一个半边都说自己更好，因为另一半更差。现在，资本主义突然就没了敌人，于是开始庆祝独霸天下，无限制地滥施淫威；然而，某些迹象表明，资本主义开始为自己的所作所为心生恐惧。于是，它发现了经济的**社会**维度，这可是对付民众激愤之魔的符咒。资本主义本打算自称**市场经济**，现在，它拉长自己的名姓，走访穷国时携带的护照上印着它最新的全名：**市场社会经济**。

麦当劳一则广告展示一个男孩吃汉堡的画面：“我才不跟人分享呢。”他说。这个小傻瓜并不知道，新时代的要求是与其把剩饭扔进垃圾堆，不如把它拿去请别人吃。团结互助的热情仍被认为是无用的挥霍，批判精神不过是人类生活的蒙昧阶段，而权力已决定把棍棒换成施舍，现在

球场和看台

八十年代，尼加拉瓜人民遭受战争的惩罚，只因他们相信，对一个贫穷小国来说，民族尊严和社会公正这样的奢侈品也可以拥有。

1996年，费利克斯·苏里塔采访温贝托·奥尔特加将军，将军曾是革命者[①]。这么短时间里，时代已有了很大改变。耻辱？不公？人的本质就是这样的嘛，将军说，从没任何人对自己得到的东西满意。

“不管怎么说，社会等级是存在的。”将军说。他还说，社会就像一座足球场：

“球场拥进十万人，看台只能容五百。不管多爱人民，你也不能把所有人都塞进看台嘛。”

---

① 温贝托·奥尔特加（1947—　）与兄弟丹尼尔（Daniel Ortega，1945—　，1985—1990及2007至今任总统）和卡米洛（Camilo Ortega，1950—1978）青年时代投身革命，作为桑地诺民族解放阵线（Frente Sandinista de Liberación Nacional）第三派别政治和军事领袖，参与领导了推翻索摩查家族独裁统治的斗争。斗争中曾身负重伤，致右臂残疾。桑地诺民族解放阵线执政期间（1979—1990）任国防部长，是桑地诺人民军（Ejército Popular Sandinista）创始人、首任和唯一司令。1995年退休后转向商业和写作。

正大力提倡社会救济，这是它唯一允许的社会公正的形式。思想理论家们推动社会救济，技术官僚们予以实施，所谓第三世界的政府也采用社会救济的手段。前此多年，阿根廷哲学家、漫画家塔托·博雷斯已表述了这条教理：

“不要再把玉米粒撒给鸽子了，”堂塔托建议，“把玉米粒撒给退休老人吧。”

戴安娜王妃是本世纪末收获眼泪最多的圣女。在被自己母亲抛弃，受自己婆婆折磨，被自己丈夫欺骗，又遭自己几个情人背叛后，她在慈善事业里找到自己志趣所在。戴安娜告别人世前，领导着总共八十一家公益慈善组织。如果她还活着，任何一个南方国家的经济部长她都可以胜任。有啥不行？不管怎么说，慈善抚慰人心，却从不设问：

运动场

人民在场外看比赛，还是该亲自上场参赛？

一个真正的民主社会里，人民的位置不就在场上吗？民主是每隔四、五或六年才在投票那天执行一次，还是每一年的每一天都执行？

巴西阿雷格里港市，一种日常民主的拉丁美洲实验正在进行。在那里，市民们讨论并**决定**可支配的市政资金在每个街区的用途，对市政府提出的方案进行核准、修改或否决。技术专家和为政者负责提出方案，做决策的则是市民们。

“我给穷人分发食物，他们就叫我圣徒。”巴西主教埃尔德·卡马拉说，“我要是问问看，为什么他们没东西吃，他们就叫我共产党。”①

仁爱与慈善不同。前者是水平的，施予者与接受者平等；慈善则是从上到下，是有辱接受者人格的，且从不会改变哪怕一丁点权力关系：慈善偶尔也会实现一下公正，但那是在高高的天上。在这里，在地面上，慈善不会打扰不公正的现状。它只想掩饰一下这不公正的现状。

二十世纪诞生在革命的标志下，死去时，带着失望的烙印。创建团结互助的社会的尝试成了沉入水底的失败探险：我们原本相信人类改变历史的能力，现在，这一信仰在全世界都遭遇到危机。让世界停一停，我要下车：在这充斥着崩塌之声的年代，悔恨不已的人数量激增，他们悔恨自己曾拥有政治激情，他们为曾经一切激情悔恨不已。现在，多的是变成家禽的猛禽，那些曾自以为远离怀疑和

① 埃尔德·卡马拉（1909—1999），巴西奥林达暨累西腓总教区（Arquidiocese de Olinda e Recife）大主教（1964—1985在任）。其时代解放神学（teología de la liberación）主要代表人物之一。解放神学以马克思主义阶级分析方法批判资本主义，谴责社会不义，同时强调基督启示对于社会和政治解放的价值。除建立慈善组织帮助穷人改善处境，他最为人铭记的是不惧威胁，辗转世界各地揭露并谴责巴西军事独裁政府（1964—1985）的暴行。他在接受采访时说：“不要再以耐心、驯服、谨慎、苦难和行善来宣扬宗教了，慈善、面包和饼干也讲得够多了。人的尊严不能靠赠送给他们面包和饼干来维护，而应该教导他们说：‘火腿也是属于我的！’我们神父对宿命论负有责任，正是这种宿命论使穷人安于自己是个穷人，使不发达国家的人民安于自己处于不发达的状态。鉴于这种情况，我们认为马克思主义者的说法是有道理的：宗教是一种异化了的力量和起着异化作用的力量，也就是人民的鸦片！”参见奥里亚娜·法拉奇著，嵇书佩、乐华、杨顺祥译《风云人物采访记》，新华出版社，1988年，第636页。

世界地图

赤道线非如我们在学校里学到的那样从世界的正中间穿过。大半个世纪前，德国研究者阿尔诺·彼得斯发现了这一点，这一点所有人都视若无睹：地理学皇帝其实没穿衣服。

我们在学校里学到的那张世界地图，把三分之二的部分给了北方，三分之一留给南方。在地图上，欧洲显得比拉丁美洲更大，但事实上，拉丁美洲的面积是欧洲的两倍。印度看上去要小于斯堪的纳维亚半岛，但事实上，面积是后者三倍。美国和加拿大在地

图上占据比非洲更多的空间，但事实上，两者加起来还不到非洲的三分之二。[①]

地图会撒谎。传统地理学盗取空间，正如帝国主义经济盗取财富，官方历史盗取记忆，正统文化盗取话语。

① 阿尔诺·彼得斯（1916—2002），早年为电影制作人，后从事历史研究。1973年5月发布自己运用等积投影绘制的世界地图。他认为流行的地图将赤道定在了地图从上往下约三分之二处，实际上将欧洲置于正中心；在那些地图的投影上，陆块被扭曲，使欧洲及发达世界面积增大、第三世界面积缩小。他称他的新地图显示了大陆及国家的正确尺寸和面积，去除了欧洲中心偏见，从而有利于平等看待所有国家。彼得斯地图受到非专业人士热烈欢迎和制图学界猛烈攻击。联合国教育、科学及文化组织是最拥护它的机构之一。此后二十年间，它是最畅销的世界地图，至2012年，全球发行超八千万份。这场世界地图之争暴露出一个专业秘密，即制图者始终都处于不可能在毫无扭曲及缺陷的情况下将球体表面投影在平面上的数学困局中。从制图专业角度看，彼得斯投影法及地图确实并非无可指摘，但他对传统地图的质疑不无道理：根据正确的尺寸感知国家和大陆，是在更广阔的地缘政治世界中确立其地位的重要步骤。英国学者杰里·布罗顿（Jerry Brotton）在其著作《十二幅地图中的世界史》（*A History of the World in Twelve Maps*，2012）中就彼得斯地图给出了较为公允的评价。参见林盛译本，第十一章，浙江人民出版社，2017年。

失望的教条主义者则遁入回忆，回忆曾经的回忆，被过去的回忆唤起更多回忆，或陷入瘫痪，变得呆滞迟钝。**等我们有了所有答案，他们又改换了问题**。基多城一堵墙上，一只无名之手这样写道。

意识形态的外科手术让许多革命斗士和许多左翼红色或粉红色政党改换了颜色，速度之快、效率之高，迈克尔·杰克逊也要羡慕。有一回我听人说，肚子是脸的耻辱，但今天这些变色龙喜欢以另一种方式来解释：巩固民主是必须，我们应让经济现代化，除适应现实别无他法。

现实却告诉我们，离开了公正的和平，今天我们拉丁美洲人正在享受的这种和平，是一块培育暴力的沃土。在哥伦比亚这个承受暴力之害最深的国家，百分之八十五的

在城市街头墙上读到的

“我太喜欢黑夜了，我都想给白天扣上一顶遮阳篷。”

“是的，知了不用工作，蚂蚁不会唱歌。”

“我奶奶对毒品说不。然后她死了。”

“人生是一场疾病，这种病只能自愈。”

“这家工厂老在抽烟熏小鸟。”

“我爸爸说起谎来就跟政客一个样。”

“别再干实事了！我们需要的是承诺！”

“希望是最后一道失守的防线。”

“没人事先问我们的意见我们就来到这个世界，不过，为在这个世界上生活下去，我们还是要求有人问一问我们的意见。”

“一个不一样的国家是有的，在某个地方。”

死者是所谓**普通暴力**受害者，只百分之十五的人死于所谓**政治暴力**。在那些无法建立起名副其实的和平的社会里，政治是无能的，普通暴力这个词儿不正在某种意义上说明了这一点吗？

历史不容否认：美国的禁令让多少力图铲除暴力根源的政治实践无法顺利开展。公正和团结被当成对西方文明根基的威胁遭受重击，更无耻的，是他们还毫不含糊地为民主划定疆界：注意了，别越界！这段历史说来话长，但至少，我们可信手拈来最近几个案例——智利、尼加拉瓜和古巴。

七十年代初，智利想认认真真实践一下民主，远在白宫的亨利·基辛格宣布对这一不可饶恕的胆大包天行为施以严惩，他说得非常清楚：

“这个国家因为它自己的人民不负责任变成共产主义国家，我们没理由袖手旁观。”

美国的干涉最终演变成皮诺切特将军发动的军事政变，有一些问题被悬置，为维持美洲国家间良好关系和美洲国家间权利不对等的现状，几乎没人敢再提这些问题：如果阿连德总统说尼克松这样的总统智利不能接受，正如尼克松总统曾说阿连德这样的总统美国不能接受，这还算正常吗？如果智利发起一场国际性的针对美国的信用和投资制裁，这还算正常吗？如果智利收买一众美国政客、记者和军人，鼓动他们去血洗民主，这还算正常吗？如果阿连德策划一次军事政变以阻止尼克松上台，再策划一次军事政变让尼克松下台，这还算正常吗？统治世界的列强们干起国际上的罪恶勾当来无须畏惧法律制裁，也无丝毫悔

意。它们的罪行不会把它们送上电椅，而会把它们送上权力的宝座；权力的罪恶是一切罪恶之母。

尼加拉瓜胆敢尝试做一回自己，结果遭受十年战乱之苦。八十年代，一支由美国招募、训练、武装和指挥的军队狠狠惩戒这个国家，与此同时展开的，是一场世界公共舆论方面的投毒行动，桑地诺主义的方略被说成在克里姆林宫地下室里炮制的阴谋。美国攻击尼加拉瓜并非因为它是某大国的卫星国，而是为让它重新成为另一大国的卫星国；美国攻击尼加拉瓜并非因为它不民主，而是为让它不再民主。战争进行期间，桑地诺主义革命教会了五十万人读书识字，让儿童死亡率下降了三分之一，激起许许多多民众团结互助的热情和追求公正的决心。这是他们发起的挑战，也是他们遭受的毒咒。最后，桑地诺主义者们输掉了大选，因为毁灭一切的战争已让所有人筋疲力尽。再后来，正如不止一次发生的那样，一些领导人背叛了原初的希望，以令人瞠目的空中转体一百八十度，背对自己说过的话和做过的事。

另一种全球化

多边投资协定是进一步放开金钱在全世界流通的新规则，1998年初，很多人都认为它即将出炉。最发达的几个国家早已秘密商量好协定条款，就等着把这套玩意儿强加到其他国家头上，凌驾于其他国家所剩不多的主权上。

然而，公民社会将这一密谋击得粉碎。多个非政府组织迅速行动，通过互联网在全球范围内报警，向政府施加有效压力。协定终于胎死腹中。

战争年代，尼加拉瓜城市街头是风平浪静的。交火双方宣布和平后，街头即成战场：普通犯罪和青少年团伙的战场。年轻的美国人类学家丹尼斯·罗杰斯曾混入横行马那瓜市各街区的一个团伙。这位人类学家得出结论，拉帮结伙是年轻人对拒斥自己的社会的暴力式回应；青少年团伙遍地开花，并不仅仅因为极端贫穷、工作或学习机会极度匮乏，也因为他们渴望找到某种身份认同。七八十年代，革命和战争的岁月里，年轻人在自己国家里认出自己，为祖国摆脱殖民地命运斗争，而九十年代，年轻人就找不到一面镜子了。现在，他们是捍卫一片街区或仅仅一条街道的爱国者，与占据着对立街区或街道的团伙成员展开殊死搏斗。他们身处原子化的贫穷社区，保卫团伙领地，与同伴一道打群架、或偷或抢，让他们觉得自己不再那么孤独、那么穷困了。他们分享偷抢来的财物，这些战利品无非强力胶、大麻、酒、子弹、短刀、耐克鞋和棒球帽。

自东欧的盟友们相继崩溃，美元成为岛上主导性货币以来，古巴的街头暴力也大为增长，同时，卖淫业也兴旺起来。四十年来，古巴一直被当成美洲的麻风病人，因为，它大逆不道，创建了这个地区最团结、不公正现象最少见的社会。近些年来，支撑这个社会的物质基础大为削弱：经济坏得一塌糊涂，旅游业入侵打乱人们的日常生活，劳动失去价值，昨天叛变革命的人摇身一变，成了今日携美元而来的款爷[1]。尽管有这些不幸，革命的某些创举在今天继续有效，特别是在教育和医疗方面，连古巴革命最顽固的敌人也不得不承认。比如革命后，古巴儿童死亡率大大降低，仅为华盛顿市儿童死亡率一半。菲德尔·卡斯特罗仍是在世界的统治者面前把凯歌唱得最嘹亮的政府领导人，也是最不厌其烦地强调被统治的人要联合起来的政府领导人。一位朋友刚刚去过古巴，回来后，他告诉我说：

“他们什么都缺，不过，他们的尊严多得过剩，都可以拿去给别人打点滴了。”

然而，古巴的危机及它悲剧式的孤立，也让垂直的权力脱去限制。一有可能，权力总会回到它的坏习惯。

接连声嘶力竭谴责古巴缺乏民主的九任美国总统，不过是揭露了他们自己行为的后果。正因遭受不停歇的侵犯和漫长而严酷的制裁，古巴革命才变得越来越军事化，最后不得不采取一个并非其初衷的权力模式。国家无所不能，一开始是为对抗市场的无所不能，最后却成了官僚系统的无能。革命本想不断改造自己而发展壮大，却派生出一个不断克隆自己而发展壮大的官僚系统，与外部的帝国主义制裁共同压制了革命蕴含的创造的活力。缺少言说的机会

① Traidores即叛变革命的人，也即叛徒，从字面上可理解为交出某物的人，而traidólares即携美元而来的款爷，从字面上可理解为交出美元的人。据说，这也是古巴广为流传的笑话，古巴人用traidólares称呼以观光客身份归来的“侨民们”。

制造失语。但是，也还有人不惧言说且想做点事情，正因他们，古巴还活着，还在继续奋斗：他们向世人证明，矛盾是历史的推动力，尽管有人把这些矛盾看成现实生活用来阻碍计划实现的诅咒或烦心事。

二十世纪很长一段时间里，东方阵营所谓现实社会主义[①]的存在，为一些想逃离国际分工陷阱、取得独立的国家的冒险提供了支持。然而，东欧的社会主义国家国家有余，社会主义不足。崩颓发生时，我们都被邀请去参加葬礼。掘墓人搞错了死者身份。

① 这里的现实社会主义指苏联模式社会主义。国内学界有以传统现实社会主义、当代现实社会主义对苏联模式社会主义、中国特色社会主义加以区分者。参见高继文《现实社会主义的两种发展形态——对苏联模式社会主义与中国特色社会主义的比较研究》，载《山东师范大学学报（人文社会科学版）》，2016年第2期，13—24页。

拉丁美洲人

有人说我们错过了与历史的约会，必须承认的是我们在所有约会中都姗姗来迟。

我们也不能掌管权力，事实上，我们时不时迷失在中途，或走错方向，然后再发表一通关于这个话题的冗长演讲。

我们拉丁美洲人有一系列坏名声：管不住嘴、四处游荡、爱惹事、脾气大、喜欢吵闹，这些概括总归有一定道理。我们被灌输这样的信念：没价格的就没价值，这是市场定律；我们也知道我们的估价并不很高。然而，我们在生意方面的灵敏嗅觉，让我们偿付我们售出的一切，让我们买进所有背叛我们面孔的镜子。

五百年来，我们学会的是互相仇视，学会为自己的堕落全身心工作，现在依然如此；可我们还没矫正我们醒着做梦，一边梦想一边跌跌撞撞前行的偏执症，我们还保留着一点努力，想实现苏醒复活的奇迹。

这种推定的社会主义模式[①]以公正的名义牺牲了自由。资本主义则每天都在以自由的名义牺牲公正。这种对照极具启示意义。难道我们非得在这两座祭坛间二择其一，然后跪在地上膜拜吗？我们不相信不公正就是我们的宿命，我们也没理由认同那否定自由的少数派专制，这些把控权力的一小撮人不把账本交给任何人，将人民当成未成年的小孩子，把团结与整齐划一混淆，把多样化当成叛变投敌。僵化的权力总会脱离民众。也许，这可以解释为什么它那么容易就轰然坍塌，死得既不遗憾也不光荣；为什么新的权力可以这么快就树立起统治，而站在台上的还是同一拨人：官僚们纵身一跃，一变而为成功企业家和黑手党老大。莫斯科如今拥有的赌场是拉斯维加斯的两倍，而它的工资水平下降了一半，街上的犯罪案件如雨后蘑菇疯长。

这是原本坚定不移的信念遭遇危机的时代。这种危机令人悲痛，但或许有益。一些人原本相信国家，国家自称是所有人的，实际上只是少数人的，到最后，不再是任何人的，这些人遭遇了危机；一些人原本相信武装斗争是具奇效的药方，这些人遭遇了危机；还有一些人原本相信选

① Presunto即推定的，指在以概率为基础的情况下或据事件发生的可能性做出推测，而非指臆想的或假的。这一词汇的使用，表明作者对马克思主义经典理论及其关于科学社会主义的论述的谙熟。关于社会主义实践与经典理论的“断层”，可参见谢宏：《我观“理论断层”——兼评“社会主义”的再定义》，载《党的文献》，2015年第2期，94—100页。

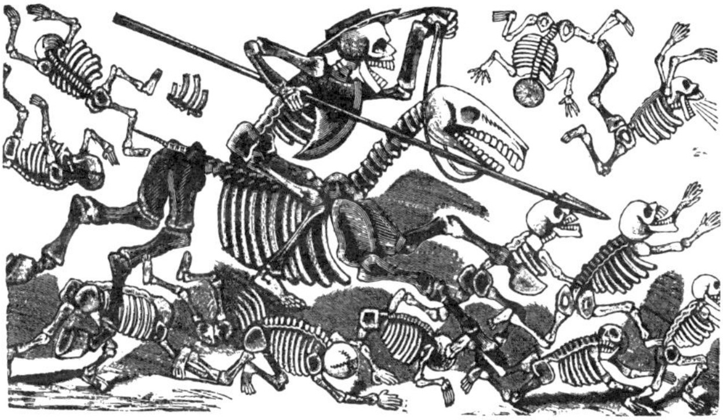

举的道路，政治党派原有的火热言辞变成了平淡枯燥的演讲：政党一开始信誓旦旦要抗击体制，最后自己成了体制的管理者，这些人遭遇了危机。许多人请求原谅，原谅他们曾相信人定胜天；许多人狂热地清扫自己留下的脚印，急急从希望身上跳落在地，仿佛希望是一匹疲倦的马。

世纪之末，千年之末：便也是世界末日吗？还有多少未遭毒化的空气可供我们呼吸？还有多少没被摧毁的土地，多少没死去的清水？还有多少个不生病的灵魂？希伯来语里，**生病**一词的意思是“没有规划”，在这个时代的多种流行病中，这是最严重的疾病。可是，不知谁在波哥大城一堵墙上写道：**让我们把悲观留到日子更好过的时候吧**。

西班牙语里，要说我们拥有希望，我们总是说：我们给希望穿上大衣。多么美的表达，多么漂亮的挑战：给她穿上大衣，让她不致在这天候严酷的时代死于严寒。据前不久在十七个拉丁美洲国家展开的一项问卷调查，四分之三的人表示自己处境陷于停滞或越来越糟。是不是要像接受冬天或死亡那样去接受不幸呢？现在，我们拉丁美洲人是时候问问自己了，是不是还要继续低头忍受这样的生活，继续拙劣地模仿北方。只做一面大量生产原型的各种畸形怪态的镜子吗？从能者自救恶化到不能者就去死吗？成为一场只有少数人能跑到最后的长跑比赛的落败者吗？让犯罪变成屠杀，让城市的歇斯底里病升级为全民疯狂吗？我们就没其他话可说，没别的活法了吗？

幸运的是现在已经几乎听不到有人说历史是正确无误的了。今天，我们清楚地知道，历史会犯错会走错路会沉睡会迷失。历史是我们创造出来的，它长得很像我们。但它也像我们一样，是不可预知的。人类历史与足球类似：最妙的地方在于创造惊喜的能力。一个小矮个儿有时也能做出绝妙的动作，带球晃过看似不可战胜的大高个儿，改写几乎注定的结局，让所有预测通通失效。

不管现实多么混蛋，在现实的布面上，新的编织物正在诞生，它们由许多人穿针引线，由各种颜色构成。替代式的社会运动通过政党和工会发声——它们也能通过政党和工会发声，但不限于此。这一进程一点不算壮观，主要是在地方进行，但在全世界各个地方，一千零一股新力量正在崛起。它们从下往上、从内到外发芽生长。它们不事喧哗，与受全民参与的滋养而得重建的民主携手并肩，正逐步恢复那些遭迫害的传统：宽容、互帮互助、与大自然相感应。这些组织的发言人之一曼弗雷德·马克斯-内夫将这些力量说成一大团蚊子，它们向那个拒绝拥抱，只会抬肘伤人的体制发起猛攻：

“一团蚊子要比一头犀牛更厉害。它们嗡嗡叫着，不断壮大。”

在拉丁美洲，这是一个正在扩张、蔓延的物种：无地者、无房者、无工作者、无……者结成的组织；争取人权的团体；母亲们的白头巾，与权力的有罪不惩做斗争的祖母们；将社区居民团结在一起的运动；为价格合理、食品卫生而战的市民阵线；与种族歧视和性别歧视、大男子主义和剥削童工行为做斗争的人；生态主义者；和平主义者；全民健康和全民教育推动者；释放集体创造力的人和拯救集体记忆的人；实践有机农业的合作社；社区电台和社区电视台及许许多多其他民众参与的声音，它们不是政党的汽车备胎，不是任何一个梵蒂冈的下辖教堂。这些公民社会的活跃力量常遭权力追捕、袭击，有时还会挨枪子儿。一些团体成员身中数枪，倒在路上。让众神和魔鬼一起把他们送入天国吧：结果的树才遭石刑。

除墨西哥恰帕斯州萨帕塔主义者[①]和巴西无地者[②]这样的极少数例外，这些运动不会成为公众关注的头条新闻，不是因为它们不配。举例来说，这些群众组织里有这么一个，近年才出现，在它的本国外不为人知，却提供了拉丁美洲各国总统都该好好仿效的范例。在墨西哥，负债者们联合起来，成立了一个叫犁环的组织，共同抵御银行高利贷的盘剥。这个组织的出现完全是自发的。一开始，只有几个人。人很少，却有感染力。现在，他们已是一大群人。我们的总统们要是能学习一下这一经验就好了。我们这些国家也可以像这些墨西哥人一样汇聚起来，在金融专制面前团结成一个阵线，让它不再去与每个国家单个磋商，各个击破。可是，每当这些总统聚在一起，他们的耳朵就会为同一个声源占据。他们总是围着美国总统转，美国就是他们的祖国，美国总统总是站在全家福合影的中心。

---

① 指萨帕塔民族解放军及其支持者。

② 巴西无地者运动(Movimento dos Trabalhadores Rurais Sem Terra)是20世纪拉丁美洲规模最大的社会运动。土地是巴西社会最悠久、最深刻的矛盾之一。该国土地集中度世界最高。21世纪初，占地主阶级1%的四万名大庄园主拥有约46%的土地，共约三亿六千万公顷，一座庄园可超两千公顷；农业资产阶级总共拥有约三千万公顷，每份在五百至两千公顷；小农农场一百公顷以下，自给外仅有少量剩余可供出售。与此同时，无地农民家庭达四百万之众。运动孕育于70年代末经济危机时期，工业化进程停止使先前离开农场的工人回到乡村另寻出路，新增无地者的加入加剧了土地矛盾，无地者众多的南部、北部和东北部出现了占地行动，规模逐渐扩大，联合基础显现，1984年成立了全国委员会。行动核心是以非暴力方式占领非生产性土地，达成定居后即行自治社区建设。占地的依据是1988年宪法中政府有义务没收大片撂荒土地并分配给无地农民的规定。但该运动并非传统意义上的土地改革，而以整个社会的改革为目的。至2002年，运动扩展至二十三州，三十五万家庭通过参加运动获得了土地。参见《新左评论》(*New Left Review*)杂志对运动领袖之一若昂·佩德罗·斯特迪莱(João Pedro Stédile,1953)的专访，2002年，5/6月合刊。

无 地 者

塞巴斯蒂昂·萨尔加多用镜头拍下他们，希科·布阿尔克为他们歌唱，若泽·萨拉马戈把他们写进书里：五百万个无地农民家庭游荡在巴西辽阔的荒野上，“在梦想与绝望间徘徊”。[①]

他们中许多人加入无地者运动。从公路边临时搭起的一顶顶帐篷里，涌出潮水一般的人群，他们在黑夜中默默前行，向空无

---

① 应指1997年在巴西出版的塞巴斯蒂昂·萨尔加多（1944— ）的摄影集《土地》（*Terra*），该书由若泽·萨拉马戈作序，希科·布阿尔克专门为之灌录同名CD，随书发行。摄影集以摄于1980至1996年间的一百三十七幅黑白照片记录巴西无地者包括农工、乞讨者、流浪儿及其他边缘人群的生活实况。CD包括四首单曲，三首希科·布阿尔克作曲，一首他与巴西另一著名音乐人米尔顿·纳西门托（Milton Nascimento，1942— ）合作。塞巴斯蒂昂·萨尔加多是世界闻名的巴西摄影家。经济学硕士，曾在巴西政府部门、国际咖啡组织（International Coffee Organization）工作。1973年转行摄影记者，后致力于纪实摄影。作品关注底层大众命运。1996年，应巴西无地者运动之邀为其最大规模的占地行动摄影。代表作尚有《劳动者：工业时代的一次考古》（*Trabalhadores : uma arqueologia da era industrial*，1993）、《别样美洲》（*Outras Américas*，1999）、《迁徙的孩童》（*Retratos de Crianças do Êxodo*，2000）、《迁徙》（*Êxodos*，2000）、《创世纪》（*Gênesis*，2013）、《不平等的摇篮》（*O Berço da Desigualdade*，2005）等。长期居留法国。1994年，在巴黎成立自己的图片社亚马孙图像公司（Amazonas images）。2017年，成为法兰西艺术学院（Académie des beaux-arts）院士。

一人的庄园进发。他们砸毁挂锁，打开栅栏门，拥进庄园。有时，迎接他们的是枪手或士兵射来的子弹，在这些无人耕作的土地上，只有这些人在干活儿。

无地者运动有罪：他们不仅不尊重那些懒人的物产所有权，更藐视国家责任——无地者们在他们攻占的土地上种粮食，而世界银行的命令是南方国家不得自行生产口粮，必须乖乖向国际市场乞食。

萨帕塔主义者

雾气是雨林的蒙面帽。这样她就能藏起她遭围捕的孩子。他们从雾气里出来，又回到雾气中去：恰帕斯的印第安人穿华美的衣服，脚不沾地地走路，保持沉默或以沉默的方式言谈。这些被罚做苦役的王子历史上从未有过，将来也不会再有。他们被赶离土地、赶离历史，在雾气和神秘中找到栖身之地。他们蒙着脸从雾气中出来，要击碎那羞辱他们的权力的面具。

在拉丁美洲许多地方，面对恐惧放出的致人麻木的毒气，人们正团结起来，学会不让自己变小。正如老安东尼奥说的，“一个人心中有多大的恐惧，他就有多渺小；一个人选择了多强的对手，他就有多强。”[①]这些被渺小化了的人正在发出自己的声音。要行使领导权，除一边听从民意一边领导别无他法。再举一个来自墨西哥的例子，副司令马科斯代表所有身处下层的人说话：生活在欠发达地区的人、吃不饱肚子的人、受到不公正对待的人、说话不被人听到的人。恰帕斯印第安社区的居民们在一起讨论事情、制定决策，而他是他们的喉舌。没声音的人也能发出声音？他们，这些被迫沉默的人，是拥有最多声音的人。无论开口或沉默，他们一直在言说。

官方历史是被肢解的记忆，是世界上的当权者们自我赞颂的漫长仪式。官方历史的探照灯聚焦峰顶，那以下的山体淹没在黑暗中。那些永不被看见的人至多只是历史舞台布景的一部分，好比好莱坞片场的编外演员。但正是他们，这些被否认、被欺骗的人，才是真实历史的演员，他们是历史现实藏身暗处的主角，他们可以实现另一种可能的美好现实。美洲被精英主义、种族主义、大男子主义和

① 这句话引自1995年3月11日副司令马科斯写给爱德华多·加莱亚诺的一封信。参见《沉默与行走的词语——致爱德华多·加莱亚诺》，戴锦华、刘健芝编译《蒙面骑士：墨西哥副司令马科斯文集》，第310页。老安东尼奥是恰帕斯的巫师，常以印第安智者的形象出现在马科斯的作品中。

警　告

执政当局告诫民众，一小撮游手好闲的年轻人正逃避追捕四处流浪，他们身上携带危险病毒，能传染一种叫“不听话”的病。

对公众健康而言，幸运的是要辨认出这些人并不难，他们总是喜欢大声思考、做五彩缤纷的梦、违反群体屈服原则，这些原则正是民主共同生活的精华。他们特点之一是不具必然衰老的证明，尽管这份文件在城市任何一个街角或乡下任何一个村落都能免费领取，这是我们国家已成功开展多年的“身体健康，头脑衰老”运动的需要。

最高政府重申统治原则，对这一小撮闹事分子的挑衅置之不理，再一次表明他们关心年轻人发展的决策不会动摇。年轻人是国家主要出口产品，是我们国际贸易收支平衡的基础。

军国主义蒙蔽双眼，对自己蕴含的无限精彩仍一无所知。对南方来说，这是确凿无疑的：拉丁美洲拥有地球上最丰富的人类多样性和植物多样性。它的丰饶、它的前景就在这里。正如人类学家鲁道夫·斯塔文哈根所说，“文化多样性之于人类，正如生物多样性之于世界基因宝库。”为让这些能量转化为人和土地的奇迹，首先要做的，是不把身份与考古学混淆、不把大自然与景观混淆。身份不是在博物馆里呆坐不动的，生态学也不能降格为园艺学。

五百年前，美洲的人和土地以物的性质加入世界市场。只少数几个征服者，被征服的征服者，才意识到美洲的多样性，他们就身居其中且也因此得以立足生活。然而，征

亲属关系

一切吐芽、生长、成熟、劳累、死去又复活的，都是我们的家人。

每一个孩子都有许许多多父亲、母亲、叔叔、阿姨、兄弟、姐妹、祖父、祖母。祖父祖母，是亡灵和群山。我们是土地和太阳的儿女，为雌雨和雄雨所浇灌，一切的种子、玉米、河流，以及能嗷嗷叫预报天时的狐狸，都是我们的亲戚。石头是蛇和蜥蜴的亲戚。玉米和菜豆是兄弟，它们可以你挨我、我挨你地生长却互不妨碍。土豆既是栽种土豆者的女儿，也是栽种土豆者的母亲，因为，创造之人也是被创造之人。

一切都是神圣的，包括我们自己。有时我们就是众神，而众神有时不过凡人而已。

安第斯山的印第安人就是这么说的，他们明白这些道理。

服终究是盲目且致人盲目的行动，一切帝国入侵都是如此。印第安人和大自然仅仅被征服者当成开发的对象或绊脚石。以唯一真神、唯一语言、唯一真理的名义，文化多样性被贬损为愚昧无知，被当成异端邪说而遭迫害，而大自然被当成凶猛野兽接受驯服，被迫转化为金钱。印第安人与土地间达成的感应是美洲所有文化的核心，这种偶像崇拜的罪孽应受的责罚是鞭笞、绞刑乃至火刑。

现在已经不流行说**征服**大自然了，大自然的刽子手们如今更喜欢说**保护**大自然。不管前一种说法还是后一种措辞，不管过去还是现在，大自然总在我们身外：文明混淆了时钟与时间，也混淆了大自然与明信片。可世界的生命力永不会静止不动，它嘲笑一切分类界定，超越任何一种解释。大自然在运动中实现自己，我们，大自然的儿女，也是一样，我们既是我们自己，也是我们的行动，我们的行动是为改造自己。正如一生坚持学习的教育家保罗·弗莱雷所说："我们是行走中的存在。"①

---

① 保罗·弗莱雷（1921—1997），巴西人，解放教育学（Pedagogia da libertação）创立者，批判教育（Pedagogia crítica）运动奠基人，20世纪最具影响力的教育思想家之一。一生教育实践异常丰富，除教学、著述外，致力于成人扫盲，曾帮助亚洲和非洲国家制订扫盲计划。教育思想深受马克思主义和解放神学影响，充满实践理性张力。集中体现于《被压迫者教育学》（*Pedagogia do Oprimido*，1968）一书。认为统治阶级出于自身利益建立学校，在学校中贯彻其思想意识，目的是培养其所需人才，故教育即政治，灌输式教育是统治阶级教育采用的主要方式，结果是制造沉默文化；被压迫者的教育目的在于使其获得解放，进而改造现实，实现这一目标，首先要唤醒其批判性意识，作为意识最高一级，批判性意识以深刻理解、自信心、接受能力和责任感为特征，提问式教育和对话是解放教育的主要方式。在拉丁美洲，保罗·弗莱雷具有很高威望，读者和听众远超教育界，包括很多左翼知识分子、政治活动家和宗教界人士。

音　乐

他是弹奏竖琴的魔法师。哥伦比亚平原地带，没哪场欢会离得了他。为让欢会成为名副其实的欢会，梅塞·菲格雷多必须出场，舞动起手指头，让空气充满喜悦，让人们的腿脚闹腾起来。

有一天夜里，某条被人遗忘的山路上，他遭到一伙盗贼的袭击。当时，梅塞·菲格雷多正赶赴一场婚礼，自己骑一头骡子，另一头骡子驮竖琴，盗贼们一拥而上，把他掀翻在地，然后就是一通狠揍。

第二天，有人发现了他。他躺在路中间，满身血污，半死不活。他用仅剩的一点力气开口道：

“他们把骡子都牵走了。”

然后他说：

“他们把竖琴也顺走了。”

接着他缓过气来，笑了笑：

“还好，他们没把音乐带走。”

真理不在港口而在旅途中。对真理的找寻才是最高真理。我们注定要犯罪吗？我们都清楚地知道，我们这群叫做人类的虫豸喜欢吞食同类、毁灭地球，但我们也知道，如果我们旧石器时代的祖先不能适应以他们为一部分的大自然，如果他们不懂得分享他们的采集和狩猎所得，今天，我们就不在这里了。无论哪里，无论环境如何，无论什么时候，人都能生存，每一个人都包含许多可能的人，而权力体制不会是永恒的，尽管它每天都邀请最坏的人到舞台上表演一番，同时又阻止其他人成长，禁止他们露面。虽然我们有太多缺憾，可我们还没完蛋；正是改变世界和改造我们自己的冒险，让我们的生命——这宇宙历史的一瞬，这冰层中短暂存在的热度——值得一过。

参考文献

奥兰多·法尔·博尔达等,《参与式调研与农村实践》,智利圣地亚哥:拉丁美洲成人教育委员会,1988年。

奥兰多·法尔·博尔达等,《全民参与:未来的挑战》,波哥大:哥伦比亚高等教育促进研究院、哥伦比亚国立大学国际政治与国际关系研究院、哥伦比亚科技部,1998年。

保罗·弗莱雷,《作为自由实践的教育》,墨西哥城:二十一世纪出版社,1995年。

贝尔纳多·马尔卡诺·费尔南德斯,《圣保罗州的无地农民运动》,圣保罗:人文、科学和技术出版社,1996年。

丹尼斯·罗杰斯,《马那瓜街区中的一个人类学家兼团伙成员》,见《寄送》杂志,马那瓜,1997年7月。

费利克斯·苏里塔,前引影像资料。

格里马尔多·伦希福,《安第斯山区的跨文化性》,"脚踩大地"集会论文,农民发展协会、多彩哥伦比亚基金会,拉科查:哥伦比亚,1998年。

胡伯特·格拉芒德·巴贝特,《犁环:反抗经济危机的社会运动,抑或新型社会运动》,克雷塔罗会议论文,墨西哥国立自治大学、墨西哥农村研究计划,1998年3月。

鲁道夫·斯塔文哈根,《全球化时代的种族主义与排外主义》,见《社会学研究》杂志,第34期,墨西哥城:墨西哥学院,1994年。

罗宾·布莱克本等,《垮台之后:共产主义的失败与社会主义的未来》,

伦敦：左手页出版社，1991年。
罗杰·布尔巴赫，《社会主义死了，社会主义万岁》，见《北美洲拉美协会会刊》，纽约，1997年11、12月号。
马克斯·加洛，《晦暗世纪之末的宣言》，马德里：二十一世纪出版社，1991年。
玛丽亚·洛佩斯·比希尔，《古巴的公民社会：应急字典》，见《寄送》杂志，马那瓜，1997年7月。
曼弗雷德·马克斯-内夫，《赤足者经济》，蒙得维的亚：都市问题研究和促进改善中心/北风出版社，1984年。
曼弗雷德·马克斯-内夫，《经济、人文主义与新自由主义》，见《全民参与：未来的挑战》，波哥大：哥伦比亚高等教育促进研究院、哥伦比亚国立大学国际政治与国际关系研究院、哥伦比亚科技部，1998年。
美国参议院，《智利秘密行动，1963—1973：政府情报活动专责委员会工作报告》，华盛顿，1975年。
萨帕塔民族解放军，《文件与通告》，墨西哥城：时代出版社，1994、1995年。
塞尔日·拉图什，《溺水者的星球》，巴黎：发现出版社，1993年。
塔尔索·任罗、乌比拉坦·德索萨，《参与式预算：阿雷格里港的经验》，阿雷格里港：阿布拉莫基金会，1997年。

精神错乱的权利

新千年正在诞生。不必把这太当回事：无论如何，基督徒的2001年是穆斯林的1379年、玛雅人的5114年、犹太人的5762年。新千年诞生于一个1月1日，全赖罗马帝国一帮元老一时兴起。有一天，他们决定打破在春季开始时庆祝新的一年到来的传统。基督教时代的纪年方式来自另一次一时兴起：有一天，罗马教皇决定给耶稣的诞生设定一个日期，尽管没人知道他生于何时。

时间嘲笑我们给它创制的界限。我们编制了时间的故事，以为时间是听从我们的；然而，整个世界都既欢迎时间的边界，又惧怕时间的边界。

飞翔的约请

这个千年来了，那个千年去了，千年之交总为言辞膨胀的演说家们提供绝好机会，让他们为人类前途慷慨陈词，上帝一发怒就出场的发言人们，也利用这个机会宣布世界末日、灭顶之灾降临，而时间缄默不语，继续在它的永恒和神秘之路上前行。

真理已道出，没人反对：在这样一个日期，不管它是多么任性地被裁定的，每个人都不禁要问自己，将来会怎样？不管每个人是怎样预测未来的，有一点我们可以确定：到了二十一世纪，如果我们还在这里，我们都将成为上个世纪的人，更糟的，是我们都将成为上一个千年的人。

虽然不能预测未来时代，我们至少拥有想象的权利，可以憧憬一下我们想要的未来。联合国曾分别在1948和1976年发布公告，罗列长长的人类权利的名单，但人类中大部分人仅拥有看、听和沉默的权利。如果我们试着实践一下那从没被提出过的梦想权，怎么样？让我们精神错乱一会会儿，怎么样？让我们的目光超越卑劣龌龊，猜想另一个可能的世界：

空气是洁净的，不再受来自人类恐惧和人类激情的毒素污染；

大街上，汽车被狗压扁；

人们不再被汽车驾驭，不再被电脑编程，不再被超市购买，不再被电视观看；

电视不再是家庭最重要的成员，与熨斗或洗衣机享受同等待遇；

谁也不会为工作生活，所有人都为生活工作；

为占有、为消费生活的人犯的是愚蠢罪，这宗罪计入刑法，生活就是为了生活，就像鸟儿在唱歌时不知道自己在唱歌，儿童在玩耍时不知道自己在玩耍；

任何一个国家，想要打仗的男孩才去坐牢；

经济学家不再把消费水平称做**生活水准**，不再把物的数量称做**生活质量**；

厨师不再相信龙虾喜欢活着下热锅；

历史学家不再相信国家乐于被侵略；

为政者不再相信穷人爱把承诺当饭吃；

庄重不再把自己当美德，谁也不会认真对待一个开不起玩笑的人；

死亡和金钱失去它们的魔力，一个无赖不会因为死亡或钱财变成德高望重的绅士；

一个人要是做了他认为正确而非对他最有利的事，不会被当成英雄或傻瓜；

世界不再与穷人而只与贫穷为战，军工产业不得不宣告破产；

食物不再是商品，通信不再是生意，因为吃饭和沟通都是人类应有的权利；

没人死于饥饿，因为没人死于消化不良；

流落街头的孩子不再被当成垃圾，因为再没流落街头的孩子；

有钱人的孩子不再被当成钱，因为再没有钱人的孩子；

教育不再是掏得起钱购买的人的特权；

警察不再是掏不起钱收买的人的梦魇；

公正和自由这对被罚分开生活的连体姐妹，重新背靠背连在了一起；

一个黑皮肤的女人成为巴西总统，另一个黑皮肤的女人成为美国总统，一个印第安妇女成为危地马拉领导人，另一个印第安妇女领导秘鲁；

在阿根廷，五月广场上那些**疯女人**成为头脑健康的榜样，因为在强制遗忘的年代里她们拒绝遗忘[①]；

---

① 五月广场上的疯女人指五月广场母亲，阿根廷具国际影响的政治社团及运动。由该国最后一个军事独裁时期年轻的被捕-失踪者的母亲们的自发团体发展而来，与五月广场祖母同生共源。那一时期最早的反独裁抗议活动组织者之一，被当局称为疯女人。为找回孩子或获知其下落，母亲们1977年4月开始在布宜诺斯艾利斯总统府对面的传统政治集会场所五月广场举行请愿。70年代末得到国际社会极大关注和支持，正式成立同名协会。80年代初及开启民主回归进程以来发起反句号法、反服从命令法等抗议活动，推动对人权罪犯的审判。与此同时，她们接过自己孩子的政治信念，投身拉丁美洲及世界反战、反新自由主义等运动。迄今，母亲们全年每星期四下午三点半环绕广场中心五月金字塔（Pirámide de Mayo）游行，四点在广场西端曼努埃尔·贝尔格拉诺（Manuel Belgrano）将军骑马像下就时政发表演讲，风雨无阻。其著名标识象征婴儿尿布的白头巾被绘在广场地面上。

慈母教会将改正梅瑟[①]石板上的书写错误，第六诫规定要为自己的身体欢欣不已；

教会还将颁布另一诫，这一诫是上主遗忘了很久的："你要爱大自然，因为你是大自然的一部分"；

地上的沙漠和心灵的沙漠恢复为郁郁葱葱的森林；

绝望者会被期望[②]，迷失者会被找到，因为他们是等了太久以至绝望者、找了太久以至迷失者；

无论生于何处，无论活在何时，地图和时间的疆界无关紧要，只要有追求正义的愿望和追求美的愿望，所有人就都是我们的同胞、我们的同时代人；

完美依旧是众神专享的乏味的特权；在这个糟糕透顶的世界上，我们会把每一晚当最后一晚来过，把每一天当第一天来过。

① 梅瑟即和合本之摩西。

② 原文为los desesperados serán esperados，esperar意期望、等待，desesperar意绝望、灰心。西班牙有el que espera, desespera等谚语。

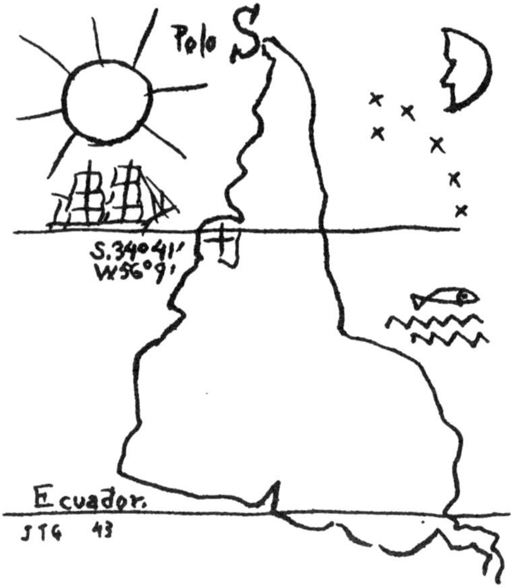
Polo S
S. 34° 41'
W. 56° 9'
Ecuador.
JTG 43

问个问题

十二世纪时，西西里王国御用地理学家伊德里西绘制了世界地图，这是当时欧洲所了解的世界，南方在上，北方在下。这是那个时代制图学家的通行做法。[1] 八个世纪后，乌拉圭画家华金·托里斯-加西亚描画了南美洲地图，也是南方在上。“我们的北方是南方，”他说，“我们的船开往北方不叫北

---

① 伊德里西（1100—1165）出身阿拉伯穆斯林显贵家族，生于阿尔摩拉维德王朝（Almorávides，1040—1147）治下北非城市塞卜泰（Sabtah），即今西班牙休达（Ceuta），在安达卢斯（Al-Ándalus）文化之都科尔多瓦（Córdoba）求学。12世纪30年代广作游历，到过葡萄牙、西班牙北部、法兰西大西洋沿岸、英格兰南部和小亚细亚等地。1138年左右至西西里，或即终老该地。自1145年始，应西西里诺曼王国国王罗杰里乌斯二世（Rogerius II，1095—1154，1130—1154在位）之请绘制世界地图，依据希腊语、阿拉伯语和希腊语地理学典籍，参校自身及团队其他学者掌握的知识，又以各地有旅行经验者提供的信息予以补充。最先完成一幅圆形世界地图，刻于巨大银盘上，今已佚。所幸国王又委托他撰写一部地理学巨著，深入描绘各地人文地理，并预先命名为《一个想周游世界者的愉快旅行》（*Nuzhat al-mushtāq fī ikhtirāq al-āfāq*），该书1154年1月竣工，现存14世纪初至16世纪末十部手抄本，最完好者为1553年版本，含一幅简洁的圆形世界地图，该图参考托勒密，将赤道以北分为七个气候带。书中又将七个气候带按经线作十等分，依分区逐一叙述，七十幅矩形分区图亦可拼成一幅矩形世界地图。无论圆形或矩形地图，皆以南为上。伊斯兰教规定无论身处何方，信徒都须向麦加方向朝拜，而在七八世纪伊斯兰教扩张早期，大多数接受该信仰的国家都在麦加之北，以南为上遂成伊斯兰教制图惯例。

上，叫北下。”①

如果说现在的世界是四脚朝天、上下颠倒的，我们是不是该给它翻个身，让它可以挺直身子站起来呢？

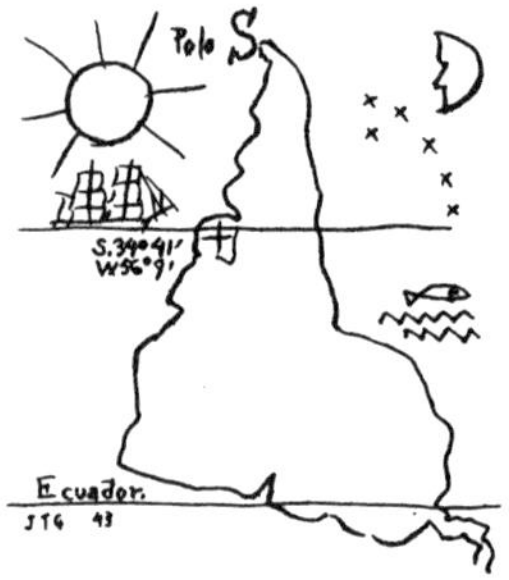

① 华金·托里斯-加西亚（1874—1949），画家、雕塑家和艺术理论家，有拉丁美洲构成主义之父之称。生于蒙得维的亚。1891年举家移居其父故乡加泰罗尼亚。先后在巴塞罗那的艺术学院（Escuela de Bellas Artes）和拜莎斯学院（Academia Baixàs）学习绘画，此后主要在欧洲从事艺术活动，见证、参与过那里诸多早期现代先锋运动。20世纪20年代末30年代初，将艺术语言和理论锚定于抽象主义，创立普遍构成主义（Universalismo constructivo）。1934年回到蒙得维的亚，创办构成主义艺术协会（Asociación de Arte Constructivo，1935—1939）和托里斯-加西亚画室（Taller Torres García，1943—1962），在拉普拉塔河地区年轻艺术家中推广抽象主义和构成主义，对植根于拉丁美洲经验和传统的抽象语言的发展起到了决定性影响。1935年2月，在题为《南方学院》（“La Escuela del Sur”）的讲座中首次提出“倒置美洲”概念，即南美洲现代艺术去路及身份问题。这里这幅题为《倒置的美洲》（*América invertida*，1943）的钢笔画是该概念第二幅作品，收于其艺术论集《普遍构成主义》（*Universalismo constructivo*，1944）；第一幅绘有经纬线，刊杂志《圆与方》（*Círculo y Cuadrado*，1936—1943）创刊号。《倒置的美洲》后来被视为关于拉丁美洲文化身份的一个宣言和符号。

作者于1998年8月写完此书。欲知后事如何，请读一读、听一听或看一看每一天的新闻。

译名对照表

AC米兰(足球俱乐部) club de fútbol Milan
J. C. 赫茨 J. C. Her(t)z
J. 维里蒂 J. Verity
O. J. 辛普森 O. J. Simpson
R. C. 鲁阿廷 R. C. Lewontin
R. N. 贝拉 R. N. Bellah

爱德华·S. 赫尔曼 Edward S. Herman
安东尼·M. 普拉特 Anthony M. Platt
戴维·K. 希普勒 David K. Shipler
豪尔赫·A. 巴尼亚莱斯 Jorge A. Bañales
理查德·J. 巴尼特 Richard J. Barnet
罗伯特·W. 麦克切斯尼 Robert W. McChesney
迈克尔·A. 佩蒂 Michael A. Petti
迈克尔·T. 克拉雷 Michael T. Klare
尼娜·S. 德弗里德曼 Nina S. de Friedemann
三K党 Ku Klux Klan
扬·J. M. 范戴克 Jan J. M. Van Dijk
约翰·D. 洛克菲勒 John D. Rockefeller
约翰·W. 布拉辛盖姆 John W. Blassingame

《1995年报告》 *Informe 1995*
《1995年人类发展报告》 *Informe sobre desarrollo humano, 1995*
《1995年世界发展报告》 *World development report, 1995*
《1996年报告》 *Informe 1996*
《1996年劳工状况概览》 *Panorama laboral, 1996*
《1996年人类发展报告》 *Informe sobre desarrollo humano, 1996*
《1996年世界状况》 *State of the World, 1996*
《1996至1997年世界就业：全球化时代国家政策考察》 *El empleo en el mundo, 1996/97. Las políticas nacionales en la era de la mundialización*
《1997年报告》 *Informe 1997*
《1997年劳工状况概览》 *Panorama laboral, 1997*
《1997年人类发展报告》 *Informe sobre desarrollo humano, 1997*
《1997年世界儿童状况》

Estado mundial de la infancia, 1997

《1998年世界儿童状况》 *Estado mundial de la infancia, 1998*

A

阿布拉莫基金会 Fundação Abramo

阿道夫·希特勒 Adolf Hitler

阿道托·普尼亚莱斯 Adauto Puñales

阿德马尔·德巴罗斯 Adhemar de Barros

阿迪达斯 Adidas

阿尔·卡彭 Al Capone

阿尔贝托·贾科梅蒂 Alberto Giacometti

阿尔弗雷德·比奈 Alfred Binet

阿尔弗雷多·阿斯蒂斯 Alfredo Astiz

阿尔弗雷多·萨瓦兰 Alfredo Yabrán

阿尔罕布拉宫 Alhambra

阿尔康书店 Alcan

阿尔芒·科兰出版社 Armand Colin

阿尔诺·彼得斯 Arno Peters

阿尔瓦拉萨多 albarazado

阿尔韦托·藤森 Alberto Fujimori

阿尔维诺 albino

阿法纳西奥·扎萨基 Afanásio Jazadji

阿方索（国王） Alfonso

阿方索·西林戈 Alfonso Scilingo

阿夫达拉·布卡拉姆 Abdalá Bucaram

《阿夫达拉倒台记》 *La caída de Abdalá*

《阿根廷的面具》 *Las máscaras de la Argentina*

《阿根廷毒品问题简介》 "Introducción a la cuestión de la droga en Argentina"

阿根廷国家银行 Banco Nación

阿根廷航空（公司） Aerolíneas Argentinas

《阿根廷少儿电视节目暴力因素研究》 *Investigación sobre la violencia en la programación infantil de la tv argentina*

《阿卡迪亚，怎样活得更好》 *Arcadie, essai sur le mieux-vivre*

阿科特阿尔村 Acteal

阿拉丁 Aladino

阿拉戈斯州 Alagoas

阿兰·鲁基耶 Alain Rouquié

阿兰·图雷纳 Alain Touraine

阿雷格里港 Porto Alegre

阿里巴巴 Alí Babá

《阿连德之后的二十五年》 "Twenty-five years after Allende"

阿列尔出版社 Ariel

阿马帕州 Amapá

阿玛尼 Armani

阿梅代奥·莫迪利亚尼

B

布伦特兰报告 informe Bruntland
布塞奥区 Buceo
布西（将军） Bussi
布宜诺斯艾利斯 Buenos Aires
布宜诺斯艾利斯大学出版社 EUDEBA
布宜诺斯艾利斯大学法学与社会科学学院
Facultad de Derecho y Ciencias Sociales, Universidad de Buenos Aires
《布宜诺斯艾利斯蚀刻画》 *Aguafuertes porteñas*

C

《财富》（杂志） *Fortune*
彩虹出版社 Arcoiris
《参与式调研与农村实践》 *Investigación participativa y praxis rural*
《参与式预算：阿雷格里港的经验》 *Orçamento participativo. A expêriencia de Porto Alegre*
《操纵杆之国》 *Joystick nation*
查尔顿·赫斯顿 Charlton Heston
查尔斯·鲍登 Charles Bowden
查尔斯·达尔文 Charles Darwin
查尔斯·默里 Charles Murray
查理·卓别林 Charles Chaplin
查米索 chamiso
拆拼出版社 Anagrama
长崎 Nagasaki
长枪党人 falangista
常规武器系统（公司） CMS
常设人民法庭 Tribunale Permanente dei Popoli
超人 Superman
《超越工薪制社会》 *Misères du present, richesse du possible*
车臣 Chechenia
车站大街 Banhofstrasse
《城市空气质量趋势》 *City air quality trends*
《赤足者经济》 *La economía descalza*
宠优国际中心 Centro Internacional Purina
楚米·楚梅斯 Chumy Chúmez
《创世纪》 *Génesis*
《从传媒到调解》 *De los medios a las mediaciones*
《从疯狂到希望》 *De la locura a la esperanza*
《从实体经济到投机经济》 "De la economía real a la especulativa"

D

达雷尔·盖茨 Daryl Gates
达维德·加昆齐 David Gakunzi
达西·里贝罗 Darcy Ribeiro
《打赢下一场战斗的武器》 *Armas para ganar una nueva batalla*
大加那利（岛） Gran Canaria
大零体育场 estadio Zerão

第三世界 Tercer Mundo
第三世界出版社 Tercer Mundo
《第三世界复兴》(月刊)
Third World Resurgence
第三世界研究所
Instituto del Tercer Mundo
《第一次：非裔美国人的历史视角》
First time. The historical vision of an afroamerican people
蒂米什瓦拉 Timisoara
蒂西奥·埃斯科瓦尔 Ticio Escobar
《电视的诱惑》
Seducidos por la tele
《电视与情节剧》
Televisión y melodrama
《电子眼》 *El ojo electrónico*
调查与民众教育中心 CINEP
迭戈·德兰达 Diego de Landa
迭戈·费尔南德斯·德塞瓦略斯
Diego Fernández de Cevallos
迭戈·塞瓦略斯 Diego Cevallos
定海 Tin-hai
都灵(意大利) Turín
都市问题研究和促进改善中心
CEPAUR
《毒品：世纪末的冲突》
"Drogas. El conflicto de fin de siglo"
《毒品的阴暗面》
"La cara oculta de la droga"
《读者文摘》
Selecciones del Reader's Digest
杜邦(公司) DuPont
杜瓦利埃(王朝) Duvalier
多边投资协定
acuerdo multilateral de inversiones
多彩哥伦比亚(基金会)
Colombia Multicolor
《多国观察》 *Multinational Monitor*
多拉·米龙·坎波斯
Dora Mirón Campos
多伦多 Toronto
《多伦多星报》 *The Toronto Star*
多罗特奥·瓜穆克
Doroteo Guamuch
《多媒体合作对话基础文件》
Documento de base para el coloquio sobre la convergencia de los medios de comunicación múltiples
多米尼克·梅达 Dominique Méda
多明戈·福斯蒂诺·萨米恩托
Domingo Faustino Sarmiento
《多少才够》 *How much is enough?*
《多种声音，一个世界》
Many voices, one world

E

俄底修斯 Ulises
俄克拉何马城 Oklahoma
厄尔尼诺 El Niño
厄娃(夏娃) Eva
厄运关 El mal paso
恩卡纳·佩雷斯 Encarna Pérez
恩里克·金斯贝尔格
Enrique Guinsberg

佛罗伦萨　Florencia
弗吉尼亚州　Virginia
弗兰克·霍尔　Frank Hall
弗兰克·施特罗纳赫
Frank Stronach
弗兰肯斯坦博士
doctor Frankenstein
弗朗索瓦·谢奈　François Chesnais
弗朗西斯·德雷克　Francis Drake
弗朗西斯·高尔顿　Francis Galton
弗朗西斯科·皮洛蒂
Francisco Pilotti
联邦大学(弗卢米嫩塞)
Universidade Federal
伏尔泰　Voltaire
服从命令法
ley de obediencia debida
《福布斯》(杂志)　*Forbes*
福克斯(公司)　Fox
福特(公司)　Ford
福特(名字)　Ford
福西特出版公司　Fawcett
福音书　Evangelios
《腐败树上的禁果》
Robo para la Corona. Los frutos prohibidos del árbol de la corrupción
副司令马科斯
subcomandante Marcos
《富裕时代的贫穷》
The poverty of affluence

G

盖伦　Galeno
盖洛普(公司)　Gallup
盖璞　GAP
《盖璞和萨尔瓦多血汗工厂》
"The GAP and sweatshop labor in El Salvador"
港口出版社　Del Puerto
高田贤三　Kenzo
戈尔·维达尔　Gore Vidal
戈亚尼亚　Goiania / Goiânia
戈亚斯联邦大学出版社
Universidade Federal
戈亚斯州　Goiás
《哥伦比亚的杀手网络：军事-准军事组织与美国》
Colombia's killer networks: The military-paramilitary partnership and the United States
哥伦比亚高等教育促进研究院
ICFES
哥伦比亚国立大学出版社
Universidad Nacional
哥伦比亚国立大学国际政治与国际关系研究院　IEPRI
《哥伦比亚加勒比海岸黑人的生与死：天空、大地、歌咏和鼓乐》
"Vida y muerte en el Caribe afrocolombiano: cielo, tierra, cantos y tambores"
哥伦比亚科技部　Colciencias
哥伦比亚人权与政治暴力数据库
Banco de datos de derechos humanos y violencia política en Colombia
格奥尔格·鲁舍　Georg Rusche
格拉纳达　Granada

格拉塞出版社　Grasset
格拉斯哥　Glasgow
格雷罗州　Guerrero
格里哈尔沃出版社　Grijalbo
格里马尔多·伦希福　Grimaldo Rengifo
格林多人（哥林多人）　corintios
《个人对抗国家》　*El individuo contra el estado*
《工作：一个濒危物种》　*Le travail. Une valeur en voie de disparition*
《工作的终结》　*The end of work*
《工作是什么》　*C'est quoi le travail?*
《公司星球：全球化时代的生态和政治》　*The corporate planet. Ecology and politics in the age of globalization*
《公司资本主义的新传教团》　*The new missionaries of Corporate Capitalism*
共生会　Convivir
共同勇气出版社　Common Courage
贡萨洛·费尔南德斯　Gonzalo Fernández
《古巴的公民社会：应急字典》　"Sociedad civil en Cuba: diccionario urgente"
古驰　Gucci
古风出版社　Vintage
古柯　coca
古斯塔夫·勒庞　Gustave Le Bon
古斯塔沃·维尔切斯　Gustavo Wilches
《故事选集》　*Narraciones incompletas*
瓜达拉哈拉　Guadalajara
瓜达拉哈拉大学出版社　Universidad
瓜达卢佩童贞圣母　Virgen de Guadalupe
瓜拉尼语　guaraní
瓜纳巴拉出版社　Guanabara
瓜纳华托城　Guanajuato
《关于毒品的某些话题》　*Drogas: mejor hablar de ciertas cosas*
《观察家》（日报）　*El Observador*
《观看》（周刊）　*Veja*
《管理孩童的艺术》　*A arte de governar crianças*
光明出版社　Lumen
光圈出版社　Aperture
广岛　Hiroshima
广州　Cantón
《规训与惩罚：监狱的诞生》　*Vigilar y castigar. Nacimiento de la prisión*
《国际犯罪受害者调查报告》　*Responses to crime across the world: results of the international crime victims survey*
国际公路联合会　International Road Federation
国际货币基金组织　Fondo Monetario Internacional /

H

J

加利福尼亚州（美国） California
加利西亚 Galicia
加音（该隐） Caín
伽利略 Galilea
伽利略出版社 Galilée
家园联盟基金会
Fundación Casa Alianza
《监控罪行的产业：新的集中营制度？》
La industria del control del delito. ¿La nueva forma del holocausto?
剑桥 Cambridge
剑桥大学出版社
Cambridge University Press
矫正公司 Corrections Corporation
脚踩大地（集会）
“Con los pies en la tierra”
剿杀队 escuadrones de la muerte
《教育发展优先权与战略》
Prioridades y estrategias para la educación
《街头犯罪：来自左翼的观察》
“Street crime. A View from the left”
杰尔姆·米勒 Jerome Miller
杰斐逊 Jefferson
杰克·鲁滨逊 Jack Robinson
杰克·洛夫 Jack Love
杰克·韦瑟福德 Jack Weatherford
杰里·曼德 Jerry Mander
杰里·伊森贝格 Jerry Isenberg
杰里米·里夫金 Jeremy Rifkin
《今日矫正》 *Corrections Today*
《今日智利：神话的解剖》
Chile actual. anatomía de un mito
今日主题出版社 Temas de Hoy
《金融时报》 *Financial Times*
金丝鸟（牌） El Canario
《金丝鸟牌家具》
“Muebles El Canario”
金特隆 quinterón
《进步的再思考》
“Re-thinking progress”
进步书店 Progresso
《禁止还是规劝：拉丁美洲的毒品政策》
¿Prohibir o domesticar? Políticas de drogas en América Latina
京特·瓦尔拉夫 Günter Wallraff
经济合作与发展组织
Organización para la Cooperación con el Desarrollo Económico
经济、工业和社会文献及研究协会出版社
SEDEIS
《经济恐惧》 *El horror económico*
《经济、人文主义与新自由主义》
“Economía, humanismo y neoliberalismo”
经济文化基金出版社 FCE
经济政策研究所（美国）
Economic Policy Institute
旧金山 San Francisco
《巨大的白色谎言：中央情报局和可卡因–快克流行病》
The big white lie. The CIA and the cocaine/crack epidemic: An undercover odyssey

K

克雷塔罗会议
Conferencia en Querétaro
克里姆林宫　Kremlin
克里斯蒂诺·尼古拉德斯
Cristino Nicolaides
克里斯托弗·哥伦布
Cristóbal Colón
克诺夫出版社　Knopf
客车产业（公司）
Motor Coach Industries
客纳罕人（迦南人）　cananeos
肯·奥莱塔　Ken Auletta
肯·萨罗－维瓦　Ken Saro-Wiwa
肯德基　Kentucky
肯尼·布鲁诺　Kenny Bruno
肯尼迪高地　Kennedy Heights
《恐怖档案馆：巴拉圭独裁政权文献》
Arquivo do horror: Documentos da ditadura do Paraguai
《恐怖地雷》
"The horror of land mines"
《控制与统治：资产阶级犯罪学理论与独霸计划》
Control y dominación. Teorías criminológicas burguesas y proyecto hegemónico
《苦果：美国干预危地马拉的未曾道出的真相》
Bitter fruit. The untold story of the american coup in Guatemala
《苦狱：加拿大监狱体制的危机》
The slammer: The crisis in Canada's prison system
库尔德人　kurdos
库哈特里大街　Corraterie
库拉索　Curaçao
夸尔特隆　cuarterón
夸特莫克·卡德纳斯
Cuauhtémoc Cárdenas
《垮台之后：共产主义的失败与社会主义的未来》
After the fall. The failure of communism and the future of socialism
跨教会正义与和平（委员会）
Justicia y Paz
《跨越与障碍：巴西发展纪实》
Aos trancos e barrancos. Como o Brasil deu no que deu
宽慰之家　casa de tolerancia
《狂风中的月光》
Luz de luna en una ráfaga de viento
狂野之蓝　Wild Blue

L

《垃圾》"Trash"
《拉丁贸易》（月刊）　*Latin Trade*
拉丁美洲成人教育委员会
CEAAL
《拉丁美洲大众广播的新愿景》
Un nuevo horizonte teórico para la radio popular en América latina
《拉丁美洲的缉毒攻势》
"The only war we've got. Drug enforcement in Latin America"
《拉丁美洲的军事独裁政府》
El estado militar en América Latina

《拉丁美洲儿童的司法现状》 *La condición jurídica de la infancia en América Latina*
拉丁美洲广播教育协会 Asociación Latinoamericana de Educación Radiofónica (ALER)
拉丁美洲和加勒比人口中心 CELADE
拉丁美洲纪念馆（基金会） Memorial de América Latina
《拉丁美洲历史中的种族融合》 *La mezcla de razas en la historia de América Latina*
《拉丁美洲南锥体国家：一座巨型监狱。智利、阿根廷和乌拉圭调查报告》 *Le cone sud de l'Amérique Latine: une prison gigantesque. Mission d'observation au Chili, en Argentine et en Uruguay*
拉丁美洲适用技术研究中心 CETAL
《拉丁美洲种族观念，1870—1940》 *The idea of race in Latin America, 1870/1940*
拉斐尔·巴尔维 Rafael Balbi
拉斐尔·鲁伊斯·哈雷尔 Rafael Ruiz Harrell
拉各斯 Lagos
拉古纳比奇 Laguna Beach
拉科查（哥伦比亚） La Cocha
拉克尔·比利亚格拉 Raquel Villagra
拉蒙·戈麦斯·德拉塞尔纳 Ramón Gómez de la Serna
拉普拉塔河 río de la Plata
拉斯科里纳斯区 Las Colinas
拉斯维加斯 Las Vegas
拉亚多 rayado
莱昂纳多·博夫 Leonardo Boff
莱昂纳多·莫莱多 Leonardo Moledo
莱昂尼达斯·特鲁希略 Leónidas Trujillo
莱奥纳尔多·达芬奇 Leonardo da Vinci
莱德斯马蔗糖厂 ingenio Ledesma
莱顿大学 Universidad de Leyden
莱加萨出版社 Legasa
莱利娅 Lélia
兰博 Rambo
朗赛出版社 Ramsay
劳尔·萨利纳斯 Raúl Salinas
劳工党（巴西） Partido de los Trabajadores (PT)
劳力士 Rolex
劳伦斯·萨默斯 Lawrence Summers
老安东尼奥 Viejo Antonio
老大哥 Hermano Grande
"老虎"伍兹 Tiger Woods
勒内·吉拉尔 René Girard
《雷蒂格报告》 *Informe Rettig*
雷蒙多·尼娜·罗德里格斯 Raymundo Nina Rodrigues
雷切尔·卡森 Rachel Carson
雷霆之口出版社 Thunder's Mouth

罗杰·布尔巴赫 Roger Burbach
罗赖马 Roraima
罗兰多·桑托斯 Rolando Santos
罗马 Roma
罗马帝国 imperio romano
罗纳德·里根 Ronald Reagan
罗莎·德尔奥尔莫 Rosa del Olmo
罗莎·玛丽亚·阿尔法罗·莫雷诺 Rosa María Alfaro Moreno
罗斯柴尔德 Rotschild
罗沃 lobo
洛克菲勒家族 familia Rockefeller
洛萨达出版社 Losada
洛杉矶 Los Ángeles

M

马德里 Madrid
马丁·菲耶罗 Martín Fierro
马丁·路德·金 Martin Luther King
马丁·施皮瓦克 Martin Spiewak
马尔维纳斯群岛战争 guerra de las islas Malvinas
马克·弗里德 Mark Fried
马克·克里斯平·米勒 Mark Crispin Miller
马克·库珀 Marc Cooper
马克·默比乌斯 Mark Mobius
马克·吐温 Mark Twain
马克思主义 marxismo
马克思主义者 marxista
马克斯·恩斯特 Max Ernst
马克斯·加洛 Max Gallo
马拉尼昂州 Maranhão
马里奥·孔德 Mario Conde
《马里奥·孔德的同谋们：解密西班牙信贷银行，其行长及工业公司》 *Los cómplices de Mario Conde. La verdad sobre Banesto, su presidente y la Corporación Industrial*
马里奥·帕耶拉斯 Mario Payeras
马那瓜 Managua
《马那瓜街区中的一个人类学家兼团伙成员》 "Un antropólogo-pandillero en un barrio de Managua"
马尼 Maní
马尼拉 Manila
马诺洛 Manolo
《马赛曲》 *Marsellesa*
马沙多·德阿西斯 Machado de Assis
马塔莫罗斯 Matamoros
马特奥·弗洛雷斯 Mateo Flores
马韦利亚 Marbella
马西莫·帕瓦里尼 Massimo Pavarini
玛尔塔·普拉蒂亚 Marta Platía
玛尔西亚·盖纳 Marcia Guena
玛格丽特·撒切尔 Margaret Thatcher
玛丽·弗朗西丝·贝里 Mary Frances Berry
玛丽安娜·马克塔斯 Mariana Mactas
玛丽亚·安东涅塔·卡拉布罗 Maria Antonietta Calabrò

N

O

P

derecho penal
皮拉尔·罗约 Pilar Royo
皮尼奥·温赫尔费尔德 Pinio Ungerfeld
皮特·海恩 Piet Heyn

Q

奇奇卡斯特南戈 Chichicastenango
《骑士头》 *Cabeza de un caballero*
企鹅出版社 Penguin
《汽车对环境的影响》 *El impacto del automóvil sobre el medio ambiente*
《汽车偏执狂：冷眼看交通史》 *Car mania. A critical history of transport*
《汽车王国》“El reino del auto”
《汽车造成的空气污染：供发展中国家参考》 *Automotive air pollution: Issues and options for developing countries*
恰帕斯文化研究所 Instituto Chiapaneco de Cultura
恰帕斯州 Chiapas
《枪弹还是赛车》 “Gunship or racing car?”
乔·麦克纳马拉 Joe McNamara
乔迪·明格利 Jordi Minguell
乔尔·西蒙 Joel Simon
乔科（地区） Chocó
乔洛 cholo
乔纳森·谢尔 Jonathan Schell
乔赛亚·图格瓦内 Josiah Thugwane
乔舒亚·卡莱纳 Joshua Karliner
乔治·奥威尔 George Orwell
乔治·布什 George Bush
乔治·索罗斯 George Soros
乔治·瓦谢·德拉普热 Georges Vacher de Lapouge
壳牌（公司） Shell
切！出版社 Tchê!
切尔诺贝利 Chernobyl
切萨雷·龙勃罗梭 Cesare Lombroso
《穷困女童及未成年人何去何从》 *Hacia dónde van las niñas y adolescentes víctimas de la pobreza*
《权力与控制》（杂志） *Poder y Control*
全国步枪协会（美国） National Rifle Association
全国反毒害运动组织（美国） The National Toxic Campaign
《全国家庭药物滥用调查，1990》 *National household survey on drug abuse. Population estimates, 1990*
全国射击运动基金会（美国） National Shooting Sports Foundation
全国失踪人士委员会（阿根廷） Comisión nacional sobre la desaparición de personas
全国真相与和解委员会（智利） Comisión nacional de verdad y reconciliación
《全民参与：未来的挑战》

萨帕塔主义者 zapatistas
塞巴斯蒂昂·贝尼西奥·达科斯塔·内图
Sebastião Benício da Costa Neto
塞巴斯蒂昂·萨尔加多
Sebastião Salgado
塞尔日·拉图什 Serge Latouche
塞罗诺尔特区 Cerro Norte
塞罗乌埃科 Cerro Hueco
塞壬 sirenas
塞维利亚 Sevilla
《三点》(周刊) *Trespuntos*
《三十页》杂志 *Página 30*
桑巴伊戈 zambaigo
桑博 zambo
桑德罗·马卡西 Sandro Macassi
桑地诺主义革命
revolución sandinista
桑地诺主义者 sandinistas
《铯-137：戈亚尼亚事件的社会心理后果》
Césio 137. Conseqüências psicossociais do acidente de Goiânia
森宝利 Sainsbury
索尼(公司) Sony
《杀戮小组：司法与政治之罪》
"Grupos de extermínio: aspectos jurídicos e de política criminal"
沙漠风暴行动
Operación Tormenta del Desierto
莎士比亚 Shakespeare
山峦俱乐部 Sierra Club
《煽动性演讲》(杂志)
Discursos sediciosos
《商报》 *El Comercio*
《商业生态学：可持续发展的宣言》
The ecology of commerce: A declaration of sustainability
《商业周刊》 *Business Week*
社会民主党(德国)
Partido Socialdemócrata
社会清洁队
grupos de limpieza social
《社会学研究》(杂志)
Estudios sociológicos
社会研究中心(哥伦比亚国立大学)
CES
社会主义的蓝色多瑙河
El Danubio Azul del Socialismo
《社会主义死了，社会主义万岁》
"Socialism is dead, long live socialism"
《深入泥沼：秘鲁的人权与美国的政策》
Into the quagmire: Human rights and U.S. policy in Perú
《生产年鉴》 *Production yearbook*
生态西班牙协会(可持续生态生产协会)
Ecoespaña
生物多样性公约
Convención de Biodiversidad
《生意至上：穿越拉丁美洲的污染之旅》
"Only business: A pollution tour through Latin America"
圣安布罗斯 san Ambrosio

圣安德烈斯－伊察潘村 pueblo de San Andrés Itzapan
圣保禄（圣保罗） san Pablo
圣保罗市 San Pablo
《圣保罗页报》 *Folha de São Paulo*
圣保罗州 San Pablo
《圣保罗州的无地农民运动》 *MST, Movimento dos Trabalhadores Rurais Sem-Terra: formação e territorialização en São Paulo*
圣迭戈 San Diego
圣多明各（多米尼加） Santo Domingo
圣弗朗西斯科－德马科里斯 San Francisco de Macorís
圣贡萨洛－杜阿马兰蒂 São Gonçalo do Amarante
圣何塞（哥斯达黎加） San José
圣何塞（美国加利福尼亚州） San José
圣卡耶塔诺 san Cayetano
圣克里斯托瓦尔－德拉斯卡萨斯 San Cristóbal de las Casas
圣丽塔 santa Rita
圣路易斯省（阿根廷） San Luis
圣母教会 Santa Madre Iglesia
圣女贞德 Juana de Arco
圣若瑟（圣约瑟） san José
圣萨尔瓦多城（萨尔瓦多） San Salvador
圣神（圣灵） Espíritu Santo
圣神银行 Banco del Espíritu Santo
圣雅德维加 santa Eduviges
圣雅各伯（圣雅各）之路 camino de Santiago
圣伊西德罗区 San Isidro
圣座 Santa Sede
《胜利文化的终结》 *The end of victory culture*
"失落的城市" Ciudades perdidas
《十二页》（日报） *Página 12*
十三（名字） Trece
十字军 Cruzadas
十字军圣战 santa cruzada
时报图书公司 Times Books
《时代》（周报） *Die Zeit*
时代出版社 Era
《时代的礼物：销毁核武器的时机》 "The gift of time. The case for abolishing nuclear weapons"
时代华纳 Time Warner
史蒂夫·鲍尔斯 Steve Powers
《世界》（周刊） *Il Mondo*
世界杯 Copa del Mundo
《世界大城市空气污染》 *Urban air pollution in megacities of the world*
《世界发展指标》 *World development indicators*
《世界公路统计》 *World road statistics*
世界观察研究所 Worldwatch Institute
世界环境与发展委员会 Comisión Mundial de Medio Ambiente y Desarrollo
《世界机动车数据》

World motor vehicle data
《世界健康报告》 *World Health Report*
世界青年足球锦标赛 campeonato mundial de fútbol juvenil
《世界人口状况报告》 *State of world population*
世界社区广播电台协会 AMARC
世界卫生组织 Organización Mundial de la Salud / World Health Organization (WHO)
世界研究团(公司) World Research Group
世界银行 Banco Mundial / World Bank
《世界银行地图集》 *World Bank atlas*
《世界指南，1998年》 *Guía del mundo, 1998*
世界足球锦标赛 campeonato mundial de fútbol
《世界最强企业一千家》 "The global 1,000"
适用技术瑞士联络处 SKAT
首都环境污染防控委员会 Comisión Metropolitana para la Prevención y el Control de la Contaminación Ambiental
曙光电影(公司) Alba Films
《双重生活，双重人格》 "Dobles vidas, dobles personalidades"
《谁是入侵者》"Chi é l'invasore"
水门大厦 edificio Watergate
《水星报》 *El Mercurio*
《瞬间：世纪末的媒体、城市和习俗》 *Instantáneas. Medios, ciudad y costumbres en el fin de siglo*
《私营监狱》"Private prisons"
斯蒂芬·茨威格 Stefan Zweig
斯蒂芬·杰伊·古尔德 Stephen Jay Gould
斯蒂芬·金策 Stephen Kinzer
斯蒂芬·施莱辛格 Stephen Schlesinger
斯蒂芬·约翰·雷 Stephan John Wray
斯堪的纳维亚(半岛) Escandinavia
斯塔兹·特克尔 Studs Terkel
斯泰拉·马里斯·马丁内斯 Stella Maris Martínez
斯坦福大学 Universidad de Stanford
斯图尔特·马歇尔 Stuart Marshall
《搜索并歼灭：司法体系中的非洲裔美国男性》 *Search and destroy: African-american males in the criminal justice system*
苏格兰水 agua de Escocia
苏哈托 Suharto
苏黎世 Zúrich
苏莎娜·伊格莱西亚斯 Susana Iglesias
苏珊·伯格霍尔兹 Susan Bergholz

万宝路　Marlboro
万神殿出版社　Pantheon (Books)
万事达（卡）　MasterCard
《危地马拉人权受侵害报告》
Crónica de las violaciones de los derechos humanos en Guatemala
《危地马拉争夺战：暴动者、暗杀小组与美国权力》
The battle for Guatemala. Rebels, death squads and U.S. power
威廉·福克纳　William Faulkner
威廉·华尔克　William Walker
威廉·鲁宾　William Rubin
威廉·退尔　Guillermo Tell
微软（公司）　Microsoft
韦尔农·茹安　Vernon Joynt
韦拉·马拉古蒂·巴蒂斯塔　Vera Malaguti Batista
维多利亚女王　reina Victoria
维克托·贝克　Víctor Beck
维萨（卡）　Visa
维维亚娜·福里斯特　Viviane Forrester
维亚-菲奥里托区　Villa Fiorito
维亚康姆（公司）　VIACOM
维也纳快速队　Rapid de Viena
《为大学教师低工资一辩》　“En defensa de los bajos sueldos universitarios”
《为我的母亲，波西米亚人》　“Por mi madre, bohemios”
温贝托·奥尔特加　Humberto Ortega
温迪·卡米纳　Wendy Kaminer
温弗里德·沃尔夫　Winfried Wolf
温哥华　Vancouver
《文件与通告》　*Documentos y comunicados*
文学出版公司　Companhia das Letras
翁贝托·瓜斯帕里·苏德布拉克　Umberto Guaspari Sudbrack
《我们被劫掠一空的未来》　*Nuestro futuro robado*
《我们每天使用的汽车》　“El auto nuestro de cada día”
《我们能否共同生存》　*¿Podremos vivir juntos?*
我听不懂你在说什么　no te entiendo
沃莱·索因卡　Wole Soyinka
乌比拉坦·德索萨　Ubiratan de Souza
乌尔斯·埃耶利　Urs Heirli (Heierli)
乌戈·马克斯　Hugo Márquez
《乌拉圭的边缘性与社会整合》
Marginalidad e integración social en Uruguay
无地者　sin tierra
无地者运动　Movimiento de los Sin Tierra
《无线电发烧友救急手册》
Manual urgente para radialistas apasionados
《无政府主义者》　*Los anarquistas*
五角大楼　Pentágono
五月广场　Plaza de Mayo

伊曼纽尔·康德 Immanuel Kant
伊诺第出版社 Einaudi
伊帕卡拉伊湖 Ypacaraí
伊莎贝尔（女王） Isabel
伊斯梅尔·萨拉杰尔丁 Ismail Serageldin
《伊斯托埃》（周刊） *Isto é*
伊万·屠格涅夫 Iván Turguéniev
伊韦里科·圣让 Ibérico Saint-Jean
《移动的工业》 *Industry on the move*
《遗传与优生学》 *Herencia y eugenesia*
《以时尚之名：服装工业剥削状况调查》 "In the name of fashion. Exploitation in the garment industry"
《以罪行为生的人和其他人：作为产业的犯罪》 *Los que viven del delito y los otros. La delincuencia como industria*
异致出版社 Autrement
意大利航空（公司） Alitalia
引导出版社 Paidós
隐藏的城市 Ciudad oculta
《印第安给予者：美洲印第安人如何改变世界》 *Indian givers. How the indians of the Americas transformed the world*
印第安纳州 Indiana
英戈马尔·豪赫勒 Ingomar Hauchler
英国广播公司 BBC
英国宇航 British Aerospace
英诺森四世 Inocencio IV
《英雄还是恶棍：秘鲁青年的媒体偶像》 "Heroes or hooligans: media portrayals of peruvian youth"
尤卡坦（半岛） Yucatán
《游记》 *Crónicas de viaje*
友爱日 Día de la Dignidad
《友邻》（杂志） *Tierra Amiga*
《有钱人也会哭》 *Los ricos también lloran*
《有人在偷看》 "Alguien está mirando"
《有罪不惩与警察的效率》 "La impunidad y la eficiencia policíaca"
《娱乐之国》 "The national entertainment state"
《娱乐至死》 *Amusing ourselves to death. Public discourse in the age of show business*
远西部 Far West
约翰·奥蒂斯 John Otis
约翰·包令 John Bowring
约翰·彼得森·迈耶斯 John Peterson Meyers
约翰·卡瓦纳 John Cavanagh
约翰·伦纳德 John Leonard
约翰·麦克道加 John McDougall
约翰·纽辛格 John Newsinger
约翰尼·钟 Johnnie Chung
约翰斯·霍普金斯大学出版社 Johns Hopkins University

El capital. Crítica de la economía política
《资本主义的威胁》
"The capitalist threat"
《自达尔文以来》
Ever since Darwin
自然失业率
tasa natural de desempleo
《自由》(周刊) *Liberty*
自由出版社 Free Press
自由大学 Universidad Libre
自由监狱 Libertad
《自由尼加拉瓜》 *Nica libre*
宗教事务银行
Instituto para Obras de Religión (IOR)
祖恩尼尔·文图拉 Zuenir Ventura
《罪行与文化》
It's all the rage: Crime and culture
尊严集中营 Dignidad
尊严日 Día de la Confraternidad
左手页出版社 Verso
佐齐尔人 tzotzil
佐治亚州 Georgia
《作为自由实践的教育》
La educación como práctica de la libertad
《做一天拜耳股东》
"Accionista de Bayer por un día"

Fuentes consultadas

LA ESCUELA DEL MUNDO AL REVÉS

LOS ALUMNOS

Brisset, Claire, «Un monde qui dévore ses enfants». París, Liana Levi, 1997.

Childhope, «Hacia dónde van las niñas y adolescentes víctimas de la pobreza». Informe sobre Guatemala, México, Panamá, República Dominicana, Nicaragua, Costa Rica, El Salvador y Honduras, en abril de 1990.

Comexani (Colectivo Mexicano de Apoyo a la Niñez), «IV informe sobre los derechos y la situación de la infancia». México, 1997.

Dimenstein, Gilberto, «A guerra dos meninos. Assassinato de menores no Brasil». San Pablo, Brasiliense, 1990.

Gibert, Eva, y otros, «Políticas y niñez». Buenos Aires, Losada, 1997.

Iglesias, Susana, con Helena Villagra y Luis Barrios, «Un viaje a través de los espejos de los Congresos Panamericanos del Niño», en el volumen de UNICEF/UNICRI/ILANUD, «La condición jurídica de la infancia en América Latina». Buenos Aires, Galerna, 1992.

Monange/Heller, «Brésil: rapport d'enquête sur les assassinats d'enfants». París, Fédération Internationale des Droits de l'Homme, 1992.

OIT (Organización Internacional del Trabajo), «Todavía queda mucho por hacer: el trabajo de los niños en el mundo de hoy». Ginebra, 1989.

Pilotti, Francisco, e Irene Rizzini, «A arte de governar crianças». Río de Janeiro, Amais, 1995.

Tribunale Permanente dei Popoli, «La violazione dei diritti fondamentali

dell'infanzia e dei minori». Roma, Nova Cultura, 1995.
UNICEF (Fondo de las Naciones Unidas para la Infancia), «Estado mundial de la infancia, 1997». Nueva York, 1997.
— «Estado mundial de la infancia, 1998». Nueva York, 1998.

CURSO BÁSICO DE INJUSTICIA

Ávila Curiel, Abelardo, «Hambre, desnutrición y sociedad. La investigación epidemiológica de la desnutrición en México». Guadalajara, Universidad, 1990.
Barnet, Richard Jr., y John Cavanagh, «Global dreams: imperial corporations and the New World Order». Nueva York, Simons & Schuster, 1994.
Chesnais, François, «La mondialisation du capital». París, Syros, 1997.
Goldsmith, Edward, y Jerry Mander, «The case against the global economy». San Francisco, Sierra Club, 1997.
FAO (Food and Agriculture Organization), «Production yearbook». Roma, 1996.
Hobsbawm, Eric, «Age of extremes. The short twentieth century, 1914/1991». Nueva York, Pantheon, 1994.
IMF (International Monetary Fund), «International financial statistics yearbook». Washington, 1997.
Instituto del Tercer Mundo, «Guía del mundo, 1998». Montevideo, Mosca, 1998.
McNamara, Robert, «In retrospect». Nueva York, Times Books, 1995.
PNUD (Programa de las Naciones Unidas para el Desarrollo), «Informe sobre desarrollo humano, 1995». Nueva York/Madrid/México, 1995.
— «Informe sobre desarrollo humano, 1996». Nueva York/Madrid/México,

1996.
— «Informe sobre desarrollo humano, 1997». Nueva York/Madrid/México, 1997.
Ramonet, Ignacio, «Géopolitique du chaos». París, Galileé, 1997.
World Bank, «World development report, 1995». Oxford, University Press, 1996.
— «World Bank atlas». Washington, 1997.
— «World development indicators». Washington, 1997.

CURSO BÁSICO DE RACISMO Y DE MACHISMO

Berry, Mary Frances, y John W. Blassingame, «Long memory. The black experience in America». Nueva York/Oxford, Oxford University Press, 1982.
Commager, Henry Steele, «The Empire of Reason: How Europe imagined and America realized the Enlightenment». Nueva York, Doubleday, 1978.
Escobar, Ticio, «La belleza de los otros». Asunción, CDI, 1993.
Friedemann, Nina S. de, «Vida y muerte en el Caribe afrocolombiano: cielo, tierra, cantos y tambores». En *América negra*, Bogotá, nº 8, 1994.
Galton, Francis, «Herencia y eugenesia». Madrid, Alianza, 1988.
Gould, Stephen Jay, «Ever since Darwin». Nueva York, Norton, 1977.
— «The mismeasure of man». Nueva York, Norton, 1981.
Graham, Richard, y otros, «The idea of race in Latin America, 1870/1940». Austin, University of Texas, 1990.
Guinea, Gerardo, «Armas para ganar una nueva batalla». Gobierno de Guatemala, 1957.
Herrnstein, Richard, y Charles Murray, «The bell curve: Intelligence and

class structure in american life». Nueva York, Free Press, 1994.

Iglesias, Susana, y otros, obra citada.

Ingenieros, José, «Crónicas de viaje». Buenos Aires, Elmer, 1957.

Ingrao, Pietro, «Chi é l'invasore». En *Il Manifesto*, Roma, 17 de noviembre de 1995.

Kaminer, Wendy, «It's all the rage: Crime and culture». Nueva York, Addison-Wesley, 1995.

Lewontin, R. C., y otros, «No está en los genes. Racismo, genética e ideología». Barcelona, Crítica, 1987.

Lombroso, Cesare, «L'homme criminel». París, Alcan, 1887.

— «Los anarquistas». Madrid, Júcar, 1977.

Lozano Domingo, Irene, «Lenguaje femenino, lenguaje masculino». Madrid, Minerva, 1995.

Martínez, Stella Maris, «Manipulación genética y derecho penal». Buenos Aires, Universidad, 1994.

Mörner, Magnus, «La mezcla de razas en la historia de América Latina». Buenos Aires, Paidós, 1969.

Organización de las Naciones Unidas (CEPAL/CELADE), «Población, equidad y transformación productiva». Santiago de Chile, 1995.

Palma, Milagros, «La mujer es puro cuento». Bogotá, Tercer Mundo, 1986.

Price, Richard, «First time. The historical vision of an afroamerican people». Baltimore, Johns Hopkins University, 1983.

Rodrigues, Raymundo Nina, «As raças humanas e a responsabilidade penal no Brasil». Salvador de Bahía, Progresso, 1957.

Rojas-Mix, Miguel, «América imaginaria». Barcelona, Lumen, 1993.

Rowbotham, Sheila, «La mujer ignorada por la historia». Madrid, Debate,

1980.

Rubin, William, y otros, « “Primitivism” en 20th. century art». Nueva York, Museum of Modern Art, 1984.

Shipler, David K., «A country of strangers: Black and whites in America». Nueva York, Knopf, 1997.

Spencer, Herbert, «El individuo contra el estado». Sevilla, 1885.

Tabet, Paola, «La pelle giusta». Turín, Einaudi, 1997.

Taussig, Michael, «Shamanism, colonialism and the wild man». Chicago, University Press, 1987.

Trexler, Richard, «Sex and Conquest». Cambridge, Polity, 1995.

UNICEF, informes citados.

United Nations Population Fund, «State of world population». Nueva York, 1997.

Vidart, Daniel, «Ideología y realidad de América». Bogotá, Nueva América, 1985.

Weatherford, Jack, «Indian givers. How the indians of the Americas transformed the world». Nueva York, Fawcett, 1988.

Zaffaroni, Eugenio Raúl, «Criminología. Aproximación desde un margen». Bogotá, Temis, 1988.

— Prólogo a Nils Christie, «La industria del control del delito». Buenos Aires, Del Puerto, 1993.

CÁTEDRAS DEL MIEDO

LA ENSEÑANZA DEL MIEDO

Banco de datos de derechos humanos y violencia política en Colombia, informes publicados en *Noche y niebla*, Bogotá, CINEP/Justicia y Paz, 1997 y 1998.

Baratta, Alessandro, «Criminología crítica y crítica del derecho penal». México, Siglo XXI, 1986.

Batista, Nilo, «Fragmentos de un discurso sedicioso». En *Discursos sediciosos*, nº 1, Río de Janeiro, Instituto Carioca de Criminología, 1996.

Batista, Vera Malaguti, «Drogas e criminalização da juventude pobre no Rio de Janeiro». Tesis, Niterói, Universidade Federal/História Contemporânea, 1997.

Blixen, Samuel, «Para rapiñar, rapiñar a lo grande». En *Brecha*, Montevideo, 13 de febrero de 1998.

CEPAL (Comisión Económica para América Latina, Naciones Unidas), «Marginalidad e integración social en Uruguay», Montevideo, 1997.

Chevigny, Paul, «Edge of the knife. Police violence in the Americas». Nueva York, The New Press, 1995.

Girard, René, «Le bouc émissaire». París, Grasset, 1978.

Monsiváis, Carlos, «Por mi madre, bohemios», en *La Jornada*, México, 29 de septiembre de 1997.

Oris, John, «Law and order», en *Latin Trade*, Miami, junio de 1997.

Pavarini, Massimo, «Control y dominación. Teorías criminológicas burguesas y proyecto hegemónico». Epílogo de Roberto Bergalli. México, Siglo XXI, 1983.

Platt, Anthony M., «Street crime. A View from the left», en *Crime and Social Justice*, nº 9, Berkeley.

— «The child savers. The invention of delinquency». University of Chicago, 1977.

Ruiz Harrell, Rafael, «La impunidad y la eficiencia policíaca». En *La Jornada*, México, 22 de enero de 1997.

Sudbrack, Umberto Guaspari, «Grupos de extermínio: aspectos jurídicos e de política criminal», en *Discursos sediciosos*, nº 2, Río de Janeiro, Instituto Carioca de Criminología, 1996.

Van Dijk, Jan J. M., «Responses to crime across the world; results of the international crime victims survey». Universidad de Leyden/Ministerio de Justicia de Holanda, 1996.

Ventura, Zuenir, «Cidade partida». San Pablo, Companhia das Letras, 1994.

LA INDUSTRIA DEL MIEDO

Bates, Eric, «Private prisons». En *The Nation*, Nueva York, 5 de enero de 1998.

Burton-Rose, Daniel, con Dan Pens y Paul Wright, «The celling of America. An inside look at the U.S. prison industry». Maine, Common Courage, 1998.

Christie, Nils, «La industria del control del delito. ¿La nueva forma del holocausto?». Buenos Aires, Del Puerto, 1993.

— Entrevista en *The New Internationalist*, Oxford, agosto de 1996.

Foucault, Michel, «Vigilar y castigar. Nacimiento de la prisión». México, Siglo XXI, 1976.

Human Rights Watch, «Prison conditions in the United States». Nueva York, 1992.

Informe publicado en *The US News and World Report*, mayo de 1995.

Informe publicado en *Crónica*, Guatemala, 19 de julio de 1996.

Informe publicado en *The New Internationalist*, Oxford, agosto de 1996.

Informe publicado en *La Maga*, Buenos Aires, 13 de agosto de 1997.
Lyon, David, «El ojo electrónico». Madrid, Alianza, 1995.
Marron, Kevin, «The slammer: The crisis in Canada's prison system». Toronto, Doubleday, 1996.
Morrison, Toni, entrevista en *Die Zeit*, 12 de febrero de 1998.
Neuman, Elías, «Los que viven del delito y los otros. La delincuencia como industria». Buenos Aires, Siglo XXI, 1997.
Rusche, Georg, y Otto Kirchheimer, «Pena y estructura social». Bogotá, Temis, 1984.

CLASES DE CORTE Y CONFECCIÓN: CÓMO ELABORAR ENEMIGOS A MEDIDA

Amnistía Internacional, «Informe 1995». Londres/Madrid, 1995.
Amnistía Internacional, «Informe 1996». Londres/Madrid, 1996.
Amnistía Internacional, «Informe 1997». Londres/Madrid, 1997.
Bergalli, Roberto, «Introducción a la cuestión de la droga en Argentina». En *Poder y Control*, nº 2, Barcelona, 1987.
Batista, Nilo, «Política criminal com derramamento de sangue». En *Revista Brasileira de Ciências Criminais*, nº 20, San Pablo, 1997.
Del Olmo, Rosa, «La cara oculta de la droga». En *Poder y Control*, n.º 2, Barcelona, 1987.
— «¿Prohibir o domesticar? Políticas de drogas en América Latina». Caracas, Nueva Sociedad, 1992.
— y otros, «Drogas. El conflicto de fin de siglo». En *Cuadernos de Nueva Sociedad*, n.º 1, Caracas, 1997.
Human Rights Watch, «Colombia's killer networks: The military-paramili-

tary partnership and the United States». Nueva York, 1996.
International Institute for Strategic Studies, «The military balance, 1997/98». Oxford University Press, 1997.
Levine, Michael, «The big white lie. The CIA and the cocaine/crack epidemic: An undercover odyssey». Nueva York, Thunder's Mouth, 1993.
Miller, Jerome, «Search and destroy: African-american males in the criminal justice system». Cambridge University Press, 1996.
National Institute on Drug Abuse, «National household survey on drug abuse. Population estimates, 1990». Washington, U.S. Government, 1991.
Niño, Luis Fernando: «¿De qué hablamos cuando hablamos de drogas?». En «Drogas: mejor hablar de ciertas cosas», varios autores. Buenos Aires, Facultad de Derecho y Ciencias Sociales, Universidad, 1997.
Reuter, Peter, «The organization of illegal markets. An economic analysis». US Department of Justice, Washington, 1985.
Schell, Jonathan, «The gift of time. The case for abolishing nuclear weapons». En *The Nation*, Nueva York, 2/9 de febrero de 1998.
Wray, Stephan John, «The drug war and information warfare in Mexico». Tesis, Universidad de Texas, Austin, agosto de 1997.
Youngers, Coletta, «The only war we've got. Drug enforcement in Latin America». En *Nacla*, Nueva York, septiembre/octubre de 1997.

SEMINARIO DE ÉTICA

TRABAJOS PRÁCTICOS:
CÓMO TRIUNFAR EN LA VIDA Y GANAR AMIGOS

Arlt, Roberto, «Aguafuertes porteñas». Buenos Aires, Losada, 1985.

Boff, Leonardo, «A nova era: a civilização planetaria». San Pablo, Ática, 1994.

Calabrò, Maria Antonietta, «Le mani della Mafia. Vent'anni di finanza e politica attraverso la storia del Banco Ambrosiano». Roma, Edizioni Associate, 1991.

Di Giacomo, Maurizio, y Jordi Minguell, «El finançament de l'Església Catòlica». Barcelona, Index, 1996.

Feinmann, José Pablo, «Dobles vidas, dobles personalidades». En *Página 30*, Buenos Aires, septiembre de 1997.

Greenberg, Michael, «British trade and the opening of China». Nueva York, Monthly Review Press, 1951.

Hawken, Paul, «The ecology of commerce: A declaration of sustainability». Nueva York, Harper Business, 1993.

Henwood, Doug, «Wall Street». Nueva York/Londres, Verso, 1997.

Lietaer, Bernard, «De la economía real a la especulativa». En *Revista del Sur/ Third World Resurgence*, Montevideo, enero/febrero de 1998.

Newsinger, John, «Britain's opium wars». En *Monthly Review*, Nueva York, octubre de 1997.

Pérez, Encarna, y Miguel Ángel Nieto, «Los cómplices de Mario Conde. La verdad sobre Banesto, su presidente y la Corporación Industrial». Madrid, Temas de Hoy, 1993.

Ramonet, Ignacio, obra citada.

Saad Herrería, Pedro, «La caída de Abdalá». Quito, El Conejo, 1997.

Silj, Alessandro, «Malpaese». Milán, Donzelli, 1996.

Soros, George, «The capitalist threat». En *The Atlantic Monthly*, febrero de 1997.

Spiewak, Martin, «Bastechend einfach». En *Das Sonntagsblatt*, Hamburgo, 24 de febrero de 1995.

Verbitsky, Horacio, «Robo para la Corona. Los frutos prohibidos del árbol de la corrupción». Buenos Aires, Planeta, 1991.

World Bank, obras citadas.

Ziegler, Jean, «La Suisse lave plus blanc». París, Seuil, 1990.

— «La Suisse, l'or et les morts». París, Seuil, 1997.

LECCIONES CONTRA LOS VICIOS INÚTILES

Banco Mundial, «Prioridades y estrategias para la educación». Washington, 1996.

Cerrutti, Gabriela, entrevista con el empresario Enrique Pescarmona. En *Página 12*, Buenos Aires, 18 de febrero de 1997.

Chomsky, Noam, entrevista en *La Jornada*, México, 1 de febrero de 1998.

Economic Policy Institute, «The state of working America, 1996/1997». Washington, Sharpe, 1997.

Figueroa, Héctor, «In the name of fashion. Exploitation in the garment industry», y el testimonio de la obrera Judith Yanira Viera, «The GAP and sweatshop labor in El Salvador». En *Nacla*, Nueva York, enero/febrero de 1996.

Filoche, Gérard, «Le travail jetable». París, Ramsay, 1997.

Forrester, Viviane, «El horror económico». México, FCE, 1997.

Gorz, André, «Misères du present, richesse du possible». París, Galilée, 1997.

Iacocca, Lee, conferencia en Buenos Aires, *El Cronista*, 12 de noviembre de 1993.

Méda, Dominique, «Le travail. Une valeur en voie de disparition». París,

Aubier, 1995.

Moledo, Leonardo, «En defensa de los bajos sueldos universitarios». En Página 12, Buenos Aires, 2 de diciembre de 1997.

Montelh, Bernard, y otros, «C'est quoi le travail?». París, Autrement, 1997.

OIT (Organización Internacional del Trabajo), «Panorama laboral, 1996». Ginebra, 1996.

— «Panorama laboral, 1997». Ginebra, 1997.

— «El empleo en el mundo, 1996/97. Las políticas nacionales en la era de la mundialización». Ginebra, 1997.

Rifkin, Jeremy, «The end of work». Nueva York, Putnam's, 1995.

Stalker, Peter, «The work of strangers: A survey of international labour migration». Ginebra, OIT, 1994.

Stronach, Frank, declaración citada en *New York Newsday*, 7 de agosto de 1992.

Van Liemt, Gijsbert, «Industry on the move». Ginebra, OIT, 1992.

Verity, J., «A company that's 100% virtual». En *Business Week*, 21 de noviembre de 1994.

CLASES MAGISTRALES DE IMPUNIDAD

MODELOS PARA ESTUDIAR

Bañales, Jorge A., «La lenta confirmación». En *Brecha*, Montevideo, 27 de setiembre de 1996.

Bassey, Nnimmo, «Only business: A pollution tour through Latin America». En *Link*, Friends of the Earth, n.º 80, Amsterdam, setiembre/octubre de 1997.

Beristain, Carlos Martín, «Viaje a la memoria. Por los caminos de la milpa». Barcelona, Virus, 1997.

Donovan, Paul, «Making a killing». En *The New Internationalist*, Oxford, setiembre de 1997.

Greenpeace International, «The Greenpeace book on greenwash». Washington, 1992.

Helou, Suzana, y Sebastião Benício da Costa Neto, «Césio 137. Conseqüências psicosociais do acidente de Goiânia». Goiás, Universidade Federal, 1995.

Informe de *Uno más uno*, México, setiembre de 1985.

International Finance Corporation (World Bank), «Investing in the environment: Business opportunities in developing countries». Washington, 1992.

Karliner, Joshua, «The corporate planet. Ecology and politics in the age of globalization». San Francisco, Sierra Club, 1997.

Monsiváis, Carlos, «Entrada libre». México, Era, 1987.

Poniatowska, Elena, «Nada, nadie. Las voces del temblor». México, Era, 1988.

Saro-Wiwa, Ken, «Genocide in Nigeria: The ogoni tragedy». Londres, Saros, 1992.

Schlesinger, Stephen, y Stephen Kinzer, «Bitter fruit. The untold story of the american coup in Guatemala». Nueva York, Anchor, 1983.

Strada, Gino, «The horror of land mines». En *Scientific American*, mayo de 1996.

Tótoro, Dauno, «La cofradía blindada». Santiago de Chile, Planeta, 1998.

Verbitsky, Horacio, «El vuelo». Buenos Aires, Planeta, 1995.

LA IMPUNIDAD DE LOS CAZADORES DE GENTE

Americas Watch, «Human rights in Central America: A report on El Salvador, Guatemala, Honduras and Nicaragua». Nueva York, 1984.

— «Into the quagmire: Human rights and U.S. policy in Perú». Nueva York, 1991.

Amnistía Internacional, «Crónica de las violaciones de los derechos humanos en Guatemala». Londres/Madrid, 1987.

Cerrutti, Gabriela, entrevista con el capitán Alfredo Astiz, en *Trespuntos*, Buenos Aires, 28 de enero de 1998.

Comisión de la verdad para El Salvador, «De la locura a la esperanza». San Salvador, Arcoiris, 1993.

Comisión interamericana de derechos humanos/Organización de Estados Americanos, «Informe sobre la situación de los derechos humanos en la república de Bolivia». Washington DC, 1981.

Comisión nacional de verdad y reconciliación (Chile), «Informe Rettig». Santiago de Chile, La Nación, 1991.

Comisión nacional sobre la desaparición de personas (Argentina), «Nunca más». Buenos Aires, EUDEBA, 1984.

Guena, Marcia, «Arquivo do horror: Documentos da ditadura do Paraguai». San Pablo, Memorial de América Latina, 1996.

Inter-Church Committee on Chile, «Le cone sud de l'Amérique Latine: une prison gi-gantesque. Mission d'observation au Chili, en Argentine et en Uruguay». Montréal, 1976.

Servicio Paz y Justicia, «Nunca más: Informe sobre la violación a los derechos humanos en Uruguay, 1972/1985». Montevideo, 1989.

Jonas, Susanne, «The battle for Guatemala. Rebels, death squads and U.S. power». Boulder, Westview, 1991.

Klare, Michael T., y Nancy Stein, «Armas y poder en América Latina». México, Era, 1978.

Marín, Germán, «Una historia fantástica y calculada». México, Siglo XXI, 1976.

Ribeiro, Darcy, «Aos trancos e barrancos. Como o Brasil deu no que deu». Río de Janeiro, Guanabara, 1985.

Rouquié, Alain, «El estado militar en América Latina». México, Siglo XXI, 1984.

Verbitsky, obras citadas.

LA IMPUNIDAD DE LOS EXTERMINADORES DEL PLANETA

Baird, Vanessa, «Trash». En *The New Internationalist*, Oxford, octubre de 1997.

Barreiro, Jorge, «Accionista de Bayer por un día». En *Tierra Amiga*, Montevideo, junio de 1994.

Bruno, Kenny, «The corporate capture of the Earth Summit». En *Multinational Monitor*, julio/agosto de 1992.

Bowden, Charles, «Juárez, the laboratory of our future». Nueva York, Aperture, 1997.

Carson, Rachel, «La primavera silenciosa». Barcelona, Grijalbo, 1986.

Colborn, Theo, con Dianne Dumanoski y John Peterson Meyers, «Nuestro futuro robado». Madrid, Ecoespaña, 1997.

Durning, Alan Thein, «How much is enough?». Londres, Earthscan, 1992.

Lisboa, Marijane, «Ship of ills». En *The New Internationalist*, Oxford, octubre de 1997.

Lutzenberger, José, «Re-thinking progress». En *The New Internationalist*, Oxford, abril de 1996.

Payeras, Mario, «Latitud de la flor y del granizo». Tuxtla Gutiérrez, Instituto Chiapaneco de Cultura, 1993.

Salazar, María Cristina, y otros, «La floricultura en la sabana de Bogotá». Bogotá, Universidad Nacional/CES, 1996.

Simon, Joel, «Endangered Mexico». San Francisco, Sierra Club, 1997.

The National Toxic Campaign, «Border trouble: Rivers in peril». Boston, mayo de 1991.

Worldwatch Institute, «State of the World, 1996». Nueva York, Norton, 1996.

LA IMPUNIDAD DEL SAGRADO MOTOR

American Automobile Manufacturers Association, «World motor vehicle data». Detroit, 1995.

Barrett, Richard, e Ismail Serageldin, «Environmentally sustainable urban transport. Defining a global policy». Washington, World Bank, 1993.

Business Week, «The global 1,000», 13 de julio de 1992.

Cevallos, Diego, «El reino del auto». En *Tierramérica*, México, junio de 1996.

Faiz, Asif, y otros, «Automotive air pollution: Issues and options for developing countries». Washington, World Bank, 1990.

Fortune, «Global 500: The world's largest corporations», 7 de agosto de 1995 y 29 de abril de 1996.

Greenpeace International, «El impacto del automóvil sobre el medio ambiente». Santiago de Chile, 1992.

Guinsberg, Enrique, «El auto nuestro de cada día». En *Transición*, México, febrero de 1996.

International Road Federation, «World road statistics». Ginebra, 1994.

Marshall, Stuart, «Gunship or racing car?». En *Financial Times*, 10 de noviembre de 1990.

Navarro, Ricardo, con Urs Heirli y Víctor Beck, «La bicicleta y los triciclos». Santiago de Chile, SKAT/CETAL, 1985.

Organización Mundial de la Salud (World Health Organization), «World Health Report». Ginebra, 1996.

Organización Mundial de la Salud/Programa de Medio Ambiente de las Naciones Unidas (WHO/UNEP), «Urban air pollution in megacities of the world». Cambridge, Blackwell, 1992.

— «City air quality trends». Nairobi, 1995.

Wolf, Winfried, «Car mania. A critical history of transport». Londres, Pluto, 1996.

PEDAGOGÍA DE LA SOLEDAD

LECCIONES DE LA SOCIEDAD DE CONSUMO

Bellah, R. N., y otros, «Habits of the heart: Individualism and commitment in american life». Berkeley, University of California, 1985.

Centre de Recherches Historiques, École Pratique des Hautes Études, edición especial de *Annales*. París, Armand Colin, julio/agosto de 1970.

Cooper, Marc, «Twenty-five years after Allende». En *The Nation*, Nueva York, 23 de marzo de 1998.

Flores Correa, Mónica, «Alguien está mirando». En *Página 12*, Buenos Aires,

4 de enero de 1998.

Forbes, «Annual report on american industry», 12 de enero de 1998.

Hernández, Felisberto, «Muebles El Canario». En «Narraciones incompletas», Madrid, Siruela, 1990.

Informe de la Policía de Colombia al Primer Congreso Policial Sudamericano. Montevideo, diciembre de 1979.

Jouvenel, Bertrand de, «Arcadie, essai sur le mieux-vivre». París, Sedeis, 1968.

Majul, Luis, «Las máscaras de la Argentina». Buenos Aires, Atlántida, 1995.

Marx, Karl, «El capital. Crítica de la economía política/III». Madrid, Siglo XXI, 1976.

Moulian, Tomás, «Chile actual; anatomía de un mito». Santiago de Chile, Arcis/Lom, 1997.

Sarlo, Beatriz, «Instantáneas. Medios, ciudad y costumbres en el fin de siglo». Buenos Aires, Ariel, 1996.

Steel, Helen, entrevista en *The New Internationalist*, Oxford, julio de 1997.

Wachtel, Paul, «The poverty of affluence». Nueva York, Free Press, 1983.

Wallraff, Günter, «Cabeza de turco». Barcelona, Anagrama, 1986.

Zurita, Félix, «Nica libre». Video documental. Managua, Alba Films, 1997.

CURSO INTENSIVO DE INCOMUNICACIÓN

Alfaro Moreno, Rosa María, con Sandro Macassi, «Seducidos por la tele». Lima, Calandria, 1995.

Asociación Latinoamericana de Educación Radiofónica (aler), «Un nuevo horizonte teórico para la radio popular en América latina». Quito, aler, 1996.

Auletta, Ken, «Une toile d'araignée jetée sur l'information». En *Courrier International/The New Yorker*, París, 9 al 15 de abril de 1998.

Chomsky, Noam, y Edward S. Herman, «Manufacturing consent». Nueva York, Pantheon, 1988.

Da Mata, Lídice, «Salvador resiste». En *Folha de São Paulo*, 28 de abril de 1994.

Davidson, Basil, «The black man's burden». Nueva York, Times Books, 1992.

Engelhardt, Tom, «The end of victory culture». Nueva York, Basic Books, 1995.

Gakunzi, David, «Ruanda». En *Archipel*, Basilea, enero de 1998.

Gatti, Claudio, «Attention, vous êtes sur écoûtes. Comment les Etats-Unis surveillent les européens». En *Courrier International/Il Mondo*, París, 2 al 8 de abril de 1998.

González-Cueva, Eduardo, «Heroes or hooligans: media portrayals of peruvian youth». En *Nacla*, Nueva York, julio/agosto de 1998.

Herman, Edward S., y Robert N. McChesney, «The new missionaries of Corporate Capitalism». Londres, Cassell, 1997.

Hertz, J. C., «Joystick nation». Boston, Little, Brown, 1997.

Herz, Daniel, «A história secreta da Rede Globo». Porto Alegre, Tchê!, 1987.

Leonard, John, «Smoke and mirrors. Violence, television and other american cultures». Nueva York, The New Press, 1997.

López Vigil, José Ignacio, «Manual urgente para radialistas apasionados». Quito, amarc/aler, 1997.

Martín-Barbero, Jesús, «De los medios a las mediaciones». Barcelona, Gili, 1987.

— y otros, «Televisión y melodrama». Bogotá, Tercer Mundo, 1982.

Miller, Mark Crispin, y otros, «The national entertainment state». En *The Nation*, Nueva York, 3 de junio de 1996 y 8 de junio de 1998.

Noble, David, «The religion of technology». Nueva York, Knopf, 1997.

Organización Internacional del Trabajo (oit), Documento de base para el coloquio sobre la convergencia de los medios de comunicación múltiples. Ginebra, 1996.

Pasquini Durán, José María, y otros, «Comunicación: el Tercer Mundo frente a las nuevas tecnologías». Buenos Aires, Legasa, 1987.

Postman, Neil, «Amusing ourselves to death. Public discourse in the age of show business». Nueva York, Penguin, 1986.

— «Technopoly». Nueva York, Vintage, 1993.

— con Steve Powers, «How to watch tv news». Nueva York, Penguin, 1992.

Ramonet, Ignacio, «La tiranía de la comunicación». Madrid, Debate, 1998.

Santos, Rolando, «Investigación sobre la violencia en la programación infantil de la tv argentina». Buenos Aires, Universidades de Quilmes y de Belgrano, 1994.

Terkel, Studs, «Coming of age. The story of our century by those who have lived it». Nueva York, The New Press, 1995.

Touraine, Alain, «¿Podremos vivir juntos?». México, fce, 1997.

unesco, «Many voices, one world». Nueva York/París, 1980.

Zerbisias, Antonia, «The world at their feet». En *The Toronto Star*, 27 de agosto de 1995.

LA CONTRAESCUELA

TRAICIÓN Y PROMESA DEL FIN DEL MILENIO

Blackburn, Robin, y otros, «After the fall. The failure of communism and the future of socialism». Londres, Verso, 1991.

Burbach, Roger, «Socialism is dead, long live socialism». En *Nacla*, Nueva York, noviembre/diciembre de 1997.

Ejército Zapatista de Liberación Nacional, «Documentos y comunicados». México, Era, 1994 y 1995.

Fals Borda, Orlando, y otros, «Investigación participativa y praxis rural». Santiago de Chile, ceaal, 1988.

— «Participación popular: retos del futuro». Bogotá, icfes/iepri/Colciencias, 1998.

Fernandes, Bernardo Marcano, «mst, Movimento dos Trabalhadores Rurais Sem-Terra: formação e territorialização en São Paulo». San Pablo, Hucitec, 1996.

Freire, Paulo, «La educación como práctica de la libertad». México, Siglo XXI, 1995.

Gallo, Max, «Manifiesto para un oscuro fin de siglo». Madrid, Siglo XXI, 1991.

Genro, Tarso, y Ubiratan de Souza, «Orçamento participativo. A expêriencia de Porto Alegre». Porto Alegre, Fundação Abramo, 1997.

Grammond Barbet, Hubert, «El Barzón: ¿un movimiento social contra la crisis económica o un movimiento social de nuevo cuño?». Conferencia en Querétaro, unam/piisecam/amer, marzo de 1998.

Latouche, Serge, «La planète des naufragés». París, La Découverte, 1993.

López Vigil, María, «Sociedad civil en Cuba: diccionario urgente». En *Envío*, Managua, 229 julio de 1997.

Max-Neef, Manfred, «La economía descalza». Montevideo, Cepaur/Nordan, 1984.

— «Economía, humanismo y neoliberalismo», en «Participación popular: retos del futuro». Bogotá, icfes/iepri/Colciencias, 1998.

Rodgers, Dennis, «Un antropólogo-pandillero en un barrio de Managua». En *Envío*, Managua, julio de 1997.

Rengifo, Grimaldo, «La interculturalidad en los Andes», en el encuentro *Con los pies en la tierra*, Asociación para el Desarrollo Campesino/Colombia Multicolor. La Cocha, Colombia, 1998.

Stavenhagen, Rodolfo, «Racismo y xenofobia en tiempos de la globalización». En *Estudios sociológicos*, n.º 34, Colegio de México, 1994.

United States Senate, «Covert action in Chile, 1963/1973. Staff report of the select committee to study governmental operations with respect to intelligence activities». Washington, 1975.

Zurita, Félix, video citado.

不可思议之书·第1辑

001 《园丁的十二个月》

[捷]卡雷尔·恰佩克 著　约瑟夫·恰佩克 绘
耿一伟 译

卡雷尔·恰佩克以刻画“黑色乌托邦”的小说和戏剧、清新隽永的随笔小品以及优美的童话闻名于世。《园丁的十二个月》辅以其兄长约瑟夫·恰佩克风趣的插画，展现最纯粹的捷克式幽默，揭示作为一个园丁之快乐的秘密源泉。从这里可以读懂——如何诗意而有脾气地栖居在大地上！

002 《单行道》

[德]瓦尔特·本雅明 著　李士勋 译

本雅明最富盛誉的文学作品，由六十篇短文构成的伟大复调心灵史。《单行道》犹如探针，试探到二十世纪三十年代德国社会的灵魂，洞察到即将来临的混乱；又如挽歌，谜一样地交织着孩子的、成人的、知识分子的声音，挑战着迷宫入口忒修斯的决心。本书据德文权威定本精译精校。

003 《柏林童年》

[德]瓦尔特·本雅明 著　徐小青 译

再没有人能像他那样，赋予儿时记忆如此柔和与明快的诗意；也没有人能像他那样，如此真切地刻画出孩子内心的不安与压抑。《柏林童年》完成于流亡岁月，本雅明于心中唤回最激起思乡之痛的童年画面，以祭奠一座城市的消失，一个时代的终结。本书据德文权威定本精译精校。

004 《城镇　堂吉诃德之路》
005 《西班牙　卡斯蒂利亚》

[西班牙]阿索林 著　徐曾惠、樊瑞华 译

作为"九八年一代"作家,阿索林以表现一个真实的西班牙为自觉使命，这使命最终驱策他以神奇的笔力，再现西班牙生活的普遍精神,采集西班牙宏阔疏野的灵魂。因戴望舒、徐霞村、卞之琳、周作人、汪曾祺等艺术朝圣者的选译推介而在中文世界里久负盛名的阿索林随笔，首次授权结集出版。四部脍炙人口的代表作,全部依据西班牙文研究版全集翻译。